주님. 이 책이 출간된 후, 제 가족에게 들이닥칠 파장이 두렵습니다. 그런데 왜 까발리냐고요? 유언이잖아요. 죽는 마당에. 내 남편, 내 자식은 부끄럽겠지만 어찌 보면 자기들 살아가는 인생에 지금 제 나이 되면 이해하겠지요. 까짓것 이해 안 해도 돼요. 하지만 주님을 영접하고 나서 용기가 생겼습니다. 자살을 결심한 사람들 그리고 청소년들에게 제가 지금 이 나이에 이 위치에 있기까지 제 삶의 철학을 알려주고 싶어서입니다. 주님, 모든 언론의 질타를 받더라도 받을 겁니다. 주님이 계시잖아요. 사실을 사실대로 까발리고 싶을 뿐인데….

나는 탄원한다

나를 죽이는

모든 것들에 대하여

나는 찬성한다
나를 죽이는 모든 것들에 대하여

초판 1쇄 발행 · 2024년 12월 12일
초판 2쇄 발행 · 2024년 12월 19일

지은이 · 김수미

발행인 · 우현진
발행처 · 주식회사 용감한 까치
출판사 등록일 · 2017년 4월 25일
팩스 · 02)6008-8266
홈페이지 · www.bravekkachi.co.kr
이메일 · aoqnf@naver.com

기획 및 책임편집 · 우혜진
마케팅 · 리자
디자인 · 죠스
교정교열 · 이정현
CTP 출력 및 인쇄 · 제본 · 이든미디어

ISBN 979-11-91994-33-9(03810)

나는 탄원한다
나를 죽이는
모든 것들에 대하며

김수미 쓰고 지다

도서출판 용감한 까치

목차

서문

내 기분보단 누굴 보여주기 위해 친구들 앞에서, 파티에서 과시하기 위해 부렸던 허세들. 이를 위해 살면서 얼마나 많은 돈을 충동적으로 쓰고 명품 옷, 가방, 신발을 샀는가. 절약하려고 사고 싶은 걸 참은 기억은 거의 없다. 나는 참 손이 컸다. 동네에 '만물양행'이라는 수입품 가게가 있다. 간판 그대로 만물이 다 있는 집인데, 집에서부터 걸어서 10분 거리였다. 한때는 일 없는 날 뭐라도 사야겠다 싶어, 동네 한 바퀴 돌면서 운동한답시고 그 집에 꼭 들러서 이쁜 반찬통, 치즈, 약 등을 샀다. 한두 가지라도 사야만 맘이 편하다. 카드 사용액은 거의 1천에서 1천5백 이상. 자동이체 해놓은 것들도 많아 도무지 내가 얼마 벌고 한 달 지출이 얼마인지 알 수가 없고, 5월 종합부동산세를 내면서 세무서가 내 작년 수입을 알려줘야 그제야 안다. 아마 허해서 쓰는 걸 텐데, 써도 써도 쓸 만큼 돈이 되니 계속 쓰는 걸 테다. 무엇보다 내가 나에게 힘들고 고생한 것을 보상해주는 의미이기도 하다. '나는 내가 원하는 걸 전부 다 가질 권리가 있어.

당연해. 누가 뭐래?' 그러다 보니 뾰족하게 남긴 재산도 별로 없다. 후회는 하지 않는다. 원 없이 써젖혔다.

다만 나는 내가 만들어놓은 규칙엔 철저했다. 그걸 어기면 너무 속상했기에 별로 어긴 적이 없는 편이다. 새벽형이라 몇 시에 자든 간에 5시, 6시면 자동으로 눈이 떠진다. 눈 뜨고 제일 먼저 습관적으로 시계를 보는데 5시에서 6시 사이다. 밤새 켜놓고 잔 TV는 뉴스 채널이다. 잠이 완전히 깨면 커피 한 잔을 타서 책상 앞에 앉는다. 그리고 일기를 쓴다. 중학교 1학년 때부터 지금까지 이 시간에 일기를 써왔다. 그래서 일기엔 거의 '어제', '어제는'이다. 밤에 약해서 밤 10시가 지나면 맥을 못 추지만 컨디션 좋은 날 새벽녘엔 남산도 옮길 만한 힘과 맑은 영혼 에너지가 솟는다. 그럴 땐 주방에 들어가 아침 반찬거리 준비해놓고 걸어서 동네 단골 사우나에 가서 뜨겁게 몸을 지진다. 냉탕에서 첨벙첨벙 발장구 치고 앉았다 일어났다 반신욕을 하면서 오늘 촬영할 일들, 오늘 미팅할 일들에 대해 생각한다. 그런 후에 다시 걸어

올라와서 꽃들에게 물도 주고 아침상도 준비한다. 가끔 새벽 기운이 주체할 수 없이 치솟을 때는 터미널 꽃 시장에 간다. 몇 시간만 참았다가 매니저와 오면 힘들지 않을 텐데 혼자 가서 한 아름 들고 택시 타고 온다. 내 집에 쌀은 떨어질 뻔한 적이 있어도, 꽃이 시들거나 화병이 빈 적은 거의 없었다.

어떤 날은 9시쯤 나가서 밤 12시 다 돼서 들어오고, 어떤 날은 새벽 4시부터 준비해 지방 가서 며칠씩 촬영하고 들어오고. 또 어떨 때는 일주일 내내 일이 없다. 들쑥날쑥한 내 스케줄엔 오래전부터 적응이 돼놔서 잘 소화하고 지낸다. 그 일주일 동안 각양각색의 계절 따라 김치를 담근다. 평생 이 규칙은 어긴 기억이 별로 없다. 대개 사람들은 내 인상이 좀 드세고 나다닐 것 같다지만 내가 제일 안 내키는 약속이 저녁 약속이다. 나가기 싫다. 어쩌다 친구들을 만나도 점심 먹고 5시 정도면 무조건 들어온다. 아무도 뭐라 할 사람도 없고 기다리는 사람도 없고 유일하게 우리 강아지들뿐인데…. 내 친한 지인들은 얘길 많이 해서 다 아는 사실이지만, 아마 그 트라우마일 거다. 중학교 1학년 때 아부진 서울에 방 한 칸 얻어주셨다. 그때는 서울역 앞 지금 호텔 옆길 쪽에 빠알간 형광등들이 달려 있었고, 그 불빛 아래 화장을 요란하게 한 여자들이 마네킹처럼 앉아 있었다. 그런 가게가 쭈욱 많았는데 얼핏 보아도 화장은 했지만 어른치고 어려 보였다. 아부진 "아가, 너 밤에 돌아다니다 여기 사창가에다 팔아먹으믄 아부지도 못 빼 와" 하셨다. 사창가가 뭐 하는 곳인지는 몰라도 어렴풋이 무섭고 더러운 데라는 건 알았다. 그때부터 내 몸이 집이 아닌 밖에 있게 되면 불안하고 무서워졌다. 내 친구가 또 해 지기 전에 그만 가자 하니까 "너 안 잡아가. 안 팔려. 절대. 더 놀다 가자" 해서 한바탕 웃은 일이 있다.

그런 내 유일한 취미는 돈질하는 쇼핑과 맛있는 밥 해서 집에서 손님 초대해서 먹는 일이다. 너무 바빠서 한 달에 한 번도 지인들 초대를 안 하면 분이 안 풀릴 정도로 짜증이 나고 재미없다.

김치가 이렇게 맛있는데 참…. 내 주위 사람들은 하루 전, 때론 당일 아침에 밥 먹자고 전화해도 거의 다 출동한다. 철마다 계절 생선, 야채 등 메뉴가 바뀐다. 4월엔 꽃게가 알이 꽉 찬다. 단호박을 넣고 꽃게탕도 하고 겨울엔 냄비 밑에 고사리 깔고 보리굴비찜도 하고. 주로 굴전, 굴밥도 한다. 한여름에 200개씩 담가 노오랗게 꼬들꼬들 익은 오이지를 손님들마다 20~30개씩 싸준다. 11월달 보름만 나오는 천수무는 동치미 무보다 조금 작은데 수백 개를 내 방식으로 담는다. 어느 해인가 깜빡하고 11월 말에 알아보니 천수무가 씨가 말랐다고 해서 10월달부터 긴장한 적도 있다. 며칠 전 견미리하고 소속사 대표와 일 관계로 점심을 먹으러 가면서 천수무 한 통을 싸 들고 나갔다. 먹어본 사람은 그날로 전화가 오는데 며칠째 전화가 없어서 의아했다. '미리가 참 예의 바른 앤데…' 하고 있는데 전화가 왔다. 남편이 입원해 있다 어제 퇴원해서 천수무 김치를 먹더니 계속 곡기를 못 먹던 사람이 밥 한 그릇을 다 비웠단다. 이럴 땐 너무 감사하고 행복하다.

잃어버린 것들에 애달파하지 아니하고.

살아 있는 것들에 연연하지 아니하고.

살아가는 일에 탐욕하지 아니하며

나의 나 됨을 버리고

오직 주님만 내 안에 살아 있는 오늘이 되게 하소서.

가난해도 비굴하지 아니하며 부유해도 오만하지 아니하며

모두가 나를 떠나도 외로워하지 아니하며

부유해도 오만하지 아니하며

억울한 일을 당해도 원통해하지 아니하며

소중한 것을 상실해도 절망하지 아니하며

오늘 살아 있음에 감사하고 감격하는 하루가 되게 하소서.

누더기를 걸쳐도 디오게네스처럼 당당하게.

가진 것은 다 잃고도 하느님을 찬양하며

천하를 얻고도 다윗처럼 엎드려 회개하는

넓고 큰 인간으로 넉넉히 사랑을 나누며 오늘을 살게 하소서.

주님,
이 책이 출간된후 제 가족에게
들이닥칠 파장이 두렵습니다
그런데 왜? 가발리나구요로
위인이랑아요.
혹은 아담이 내 남도느
내 맏서이 부끄럽겠지만은
여려보 느
그들 살아가는 인생이
지금 제 나이되면느
이해하겠지느
끄려냈 이해안해도
된다

하지만 수간을 명합하고
내게 용기가 샘솟습니다
진심한 ✕

그리고, 청소년들 뵈게
제가 대표 이 나이에
이 위치에 있기까지의
게 삶의 철학 그를
알려주고 싶어서 입니다
수 많은 언론의 질책을
받는데도, 받을겁니다
그날이 계시겠지만...
진심은 사실대 로
가벼리고 싶은데 ...

빈 잔

1983년 어느 새벽

나는, 인생은, 바람인가. 방황인가. 그리움, 기다림. 항상
채워지지 않는 빈 잔인가.

1983년 9월 9일

가을을 얼마나 기다렸던가. 조용히 묵묵히 서두르지 않고
살포시 가을은 우수와 침묵과 공허를 안고서 밀려왔건만 아무
것도 마음에 담아놓을 수가 없다. 여름의 공허함이 가을이라
해서 달라질 수야. 다시 겨울을 기다리는 공허함. 나는 여우도
아니요, 곰도 아니요, 토끼도 아니고. 논바닥에서 팔딱거리는

하얀 새우일 게다. 날이 가물어 논에 물이 마르면, 팔딱거리다 금세 가버릴 새우일 게다. 그러나 맑은 물에서는 튀어 팔딱 노니는 새우일 게다.

나약하다. 자꾸만 생각하고 싶다. 무엇이든지. 나의 유년 시절에는 고무신 바닥이 너덜거리도록 뛰어놀았다. 자갈밭 진달래 들국화 호박 넝쿨 사이로, 새벽 이슬에 촉촉이 젖은 잡초 사이로, 몹시도 뛰면서 좋아하면서 살았다. 나의 10대는 무서웠다. 외로웠다. 배고파했고 많이도 슬퍼했고 다시 무서웠고 겁이 났다. 20대는 강했고 젊었고 무서움이 없었고 자신이 있었고 피가 끓었고 무한한 희망이 있었고 용기가, 욕심이, 참을성이 있었고 아름다웠다. 기운이 많았다. 다시 말한다면 아름다웠다. 비가 온 뒤 장독대 사이에서 새파란 풀잎이 불쑥 자라듯이 사랑과 용기가 쑥쑥 자라났고 마음도 몸도 아름다웠다. 묵묵한 것은 해바라기 같았고 아름다운 것은 싸리문 줄기를 타고 올라가는 나팔꽃 같았다.

나의 30대는 해바라기도 나팔꽃도 아무것도 아닌, 피었다 진 꽃인지 피다 말고 진 꽃인지 죽은 꽃인지 살아 있는 꽃인지 모를 풀일 게다. 용기도 인내도 사랑도 욕심도 아름다움도 물에 떠오르는 참깨의 쭉정이 같은 빈 껍데기일 게다. 냄새도 없는 쭉정이, 가벼운 쭉정이. 그러나 사랑이란 걸 좋아하며 나팔꽃도 좋아하며 친구도 좋아한다. 목요일은 목요일이기에 살고 금요일은 금요일이기에 살고, 겨울이기에 살고 봄이 오니까 그냥 살고.

과연 나는 돼지일까? 그런가 보다. 밥을 많이 먹으니까 나는 돼지일 게다. 마루도 편치 않고 침대에서도 편치 않고 차 안에서도 편치 않다. 울고 싶어도 눈물이 나오질 않는다. 차라리 돼지가 되고 싶다. 솔직해지고 싶다. 위선은 싫다. 몸서리치도록 위선은 싫다. 그래서 나는 솔직한 돼지다. 돼지로서도 만족치가 않다. 그렇다고 다른 것도 되기 싫다. 아무거라도 좋다. 온통 울타리에 보라색 흰색 분홍색으로 핀 나팔꽃을 보며 멍하니 앉아 있고 싶다. 그래서 어제는 민속촌에 갔다. '아, 바로 저거다' 하고 나팔꽃 앞에서 넋을 잃었다. 한결 후련하다.

변덕이 많은 여자. 하루는 즐겁고 행복하고 향수에, 분칠에, 에메랄드색의 제비 같은 원피스에, 유리 구두에, 조각배 모양의 핸드백에. 하루는 무릎 나온 헐렁거리는 바지에, 구겨진 부라우스에, 맨발에 굽이 뭉텅한 쓰레빠에. 하루는 천사요, 하루는 악처요, 악마요, 수다쟁이 잔소리꾼. 이건 비극이다. 나의 10대와 20대의 안정되지 않은 불안한 환경의 영향일 게다. 잠시 좋았다 다시 나빠지는, 풍랑이 심하고 기후가 험난한 섬가에서 사는 것처럼. 언제나 잔잔한 자갈 위로 조용히 흐르는 호숫가에서, 드높은 하늘을 마음껏 바라보며 다리를 꼬고 드러누워 온통 머리 위로 새파란 하늘을 보며 꿈의 나래를 여유 있게 펴보지도 못하고. 불안, 초조, 위험, 위기, 의심. 정녕 이건 나의 가장 큰 적이요, 감당해야 할 의무가 아니었던가. 한 가지도 막아줄 보호자가 없길 않았던가. 돌이켜 생각해보면 슬펐을 게다. 그러나 그다지 많이 슬퍼하지는 않았다. 비가 온 뒤 푹 파인 웅덩이가 있으면 풀쩍 뛰어넘듯이 뛰어 살았기에. 그러나 억울하다. 원통하다. 나의 20대를 다시 갖고 싶다. 지금의 환경에서는 꿈일 게다.

　한 친구가 영원한 반려자를 만나 따라간다. 언제일까 빨리 짝을 지어줄 수만 있으면 하고 바랐건만 이렇게 빨리 떠나가게 될 줄이야. 자식을 시집보내는 어머니의 마음같이 허전하고 외롭고 슬프고 그리고 기쁘다. 영란아, 곱게 닦아놓은 유리 바닥 같은, 너무나 깔끔하고 정결해서 언제나 너를 볼 때면 아침을 보는 듯했단다. 여느 아침보다도 비가 온 뒤 빗방울이 맺힌, 화단가에는 꽃망울이 잔치를 하고 장독 위엔 깨끗이 목욕을 한 장독들이 서로 자기들의 청결함을 나타내려고 두 손을 뒤로 젖히고 잘난 체하고 서 있고. 그런 아침 말이다. 정사각형을 그려봐도, 삼각형을 그려봐도, 아니면 원을 그려봐도 어느 선 하나 흐트러지지 않는 너일 게다. 한동안 우울했단다. 다시 말해서, 섭섭하고 무서웠다. 무척이나 나는 외로운 사람이거든.

부디 많이 사랑하고 이해하고 많이 즐거워하고 모든 인간과 사물을 사랑하는 예쁜 여인이 되길 빈다. 넌 얌전한 원피스를 좋아했고, 하이힐을 즐겨 신었고, 핑크색이나 연한 초콜릿색 루즈를 즐겨 발랐고. 머리는 언제나 좀 촌스럽게 빗었잖니. 핑크 스타일이 그리도 예쁘던데. 얌전한 핸드백을 들었고, 커피를 즐겨 마셨고, 그것도 무드 있는 곳을 찾아서. 빵을 좋아했고 양식을 잘 먹었고 조그만 일에도 잘 놀라고 물건을 잘 놓고 다니고, 언제나 목소리는 한 톤이 높았고. 예의가 바르고 솔직했고 절대 속이는 것이 없었고 효녀이고. 친구하고는 의리가 있고 남의 험담을 안 하고. 그리고 내 코를 너는 늘 부러워했지. 나는 너의 다리를 부러워했고. 올여름 워커힐에 수영하러 많이 다녔잖니. 아직 솜털이 가시지 않은 쭉 뻗은 나보다는 굵은 너의 다리를 많이 훔쳐봤단다.

서른다섯 살의 여자가 마음은 팔십인 것 같구나. 모든 것이 염려스럽고 뭔가를 해줘야겠는데 뭘 해야 할지 생각이 안 나는구나. 잠이 올 것 같지가 않지만 딸아이가 기침을 자주 해서 신경이 쓰인다. 안녕.

1983년 10월 16일

넓지도 좁지도 않은 가장 편안한 내 방이다. 오렌지색 이름 모를 꽃이, 조화이긴 하나 그 아름다움이 언제나 싱싱해 보이며, 맘에 드는 가구와 늘 음악이 흐르는 라디오도 있고 노란색의 아주 작은 스탠드가 있고. 모든 꿈과 영혼을 불사르며 다시 태어나게 하며 뒹굴 수 있는 침대가 있고. 보라색 튜울립 무늬의 침대 시트가 언제나 정돈돼 있는….

지난달이, 9월이 나에겐 훌쩍 스쳐 지나간 것만 같다. 여행 뒤에 후유증도 없었고 즐거웠고 외로웠고 기운이 있었다. 지난주에는 영숙 언니네서 성경 공부를 했고, 내일도 가는 날인데 말씀이 가슴에 와닿질 않는다. 주님, 당신에게 들려드리고 싶고 제가 좋아하는 찬송을 불렀읍니다. 주님 곁으로 좀 더 당신 말씀 곁으로 가게 해주십시오. 주님 품 안에서 살고 싶읍니다. 가족을 이해하고 사랑하게 포근한 마음을 갖고 싶읍니다. 나 자신을 아끼고 사랑하게 해주십시오. 지난 1년 동안의 낭비를 올해도 계속입니다.

이제라도 정신 차려야겠다. 뭐가 남았단 말인가. 다부진 데도, 악착같은 데도 없이 산 생활이, 자신이 밉다. 물론 생활, 집수리, 가구, 싱크, 잡다한 금붙이 다 쓸 수는 있는 거지만 몇백만 원의 옷값이 너무 아깝다. 절약해야겠다. 젊었을 때 40까지는 말이다. 허무하다. 뭐가 남았는가 말이다. 모처럼 오늘은 하루 종일 진호 엄마도 미진이도 없이 집에서 청소하고 애들 보며 주부의 맛을 보았다. 애들이 그렇게 잘 따라주는 걸. 될 수 있는 대로 집에서 생활하고 절약을 목적으로 해서 주님 말씀 안에서 살아야겠다.

1983년 12월 9일

오늘은 아침부터 기분이 안 좋았다. 김정아 의상실도 생각 없이 돈만 없애고 좋지 않은 기분에 상황이 어쩔 수 없었고. 집에 오니 명호 때문에 학부형 집에 갔고 이 기사도 신경에 거슬리고. 한번 참았지만, 자식 교육, 사람 부리는 일, 돈, 방송국, 생활, 아내 노릇 너무나 벅차다. 모든 문제는 나 혼자 이해하고 참으면 되지만 명호는 큰일이다. 모두가 내 책임이다. 사랑이 부족한 탓에 나 자신에게 묻는다. 항상 딸 생각뿐. 명호에게는 심한 매질과 욕설뿐. 부부 싸움에…. 아무리 화가 나도 명호에게 당분간 화를 내지 않겠다.

앞전에 일기에 하느님께 감히 맹세한 담배 문제도 약속을 안 지켰다. 낭비 문제는 조금 실천이 되니 서서히 맹세를 지키겠다. 잠이 안 온다. 쓸데없는 커피, 담배…. 말이 없는 정서적이고 지적이고 상냥한 여자가 되도록 맹세하겠다.

연모

1984년 1월 어느 날

M에게.

분명 당신의 마음을 읽고 많은 얘기도 없었지만 그리운 건 어찌해야 할까요. 가까이 오는 것 같으면 겁이 나서 멀리하고, 너무 먼 것 같으면 가까이하고 싶고. 결코 우리는 하나는 되지 않았지만 둘도 아닌…. 그리움 속에서 이게 죄인 줄은 알지만, 인간이 인간을 그리워함이 이렇게 죄의식에 싸임은 결코 좋은 일은 아닐 텐데. 작년 한 해도 말없는 당신의 사랑으로, 양지처럼 따뜻한 힘으로 나는 푸르른 한 포기 풀처럼 싱싱하게 자랐읍니다. 만남이 두렵고 당신의 시선도 이겨낼 힘도 없는 연약하고 자신 없는 나이지만 그의 시선이 없음은 쓸쓸하고 고독하답니다. 그래도 몇 년 사이 그나마 많은 얘길 한 건 작년인 것 같습니다. 잔잔하고 조용하면서도 대담한 그의 솔직함에 어찌해야 할지…. 당신을 알고부터는 어찌 살아야 하는지 많이 배웠고 두려움도 알았지만 결코 우리는 가까이 만날 수도 없는 사이이기에 답답한 마음에 글을 적습니다. 다시 주님께 기도합니다. 작년처럼 인간이 지켜야 할 테두리에서 조용히 살게 해주십시오.

1984년 1월 8일

김남조 시인의 '사랑의 말'을 뚜벅뚜벅 읽었다. 책 읽는 버릇부터가 처음부터 차분히 읽지 못한다. 매사가 살아온 성장과정에서의 문제겠거니, 허나 차차 고쳐야겠다. 항상 노상에서 과일 행상을 하다 보자기를 펴놓고 간 마늘 몇 무더기, 색깔 고운 깐 콩 몇 공기, 잘잘한 토마토 몇 무더기 놓고 정성 들여 만지고 쏟아서 다시 담아놓다가, 호루라기 소리가 나면 그대로 보자기에 둘둘 말아 네 귀퉁이를 딱 말아 쥐고 쫓아가다 다시

퍼놓고 썩은 콩 토마토를 가려놓는 행상인처럼.

안정된 생활이 아닌. 화장품도 빽도 그렇고.

1984년 4월 9일

잠시 눈을 붙였다가 불현듯 불편한 잠옷 때문에 잠이 깨 테
레비를 켰다. 내가 존경하는 김남조 시인이 〈11시에 만납시다〉
에 출연하셨다. 주옥같은 그의 기침 소리 하나, 그냥 지나칠 수
없는 말들을 하나하나 기억하고 싶다. 그는 '시'를 정의한다면
'삶'이라 했고, 삶을 한마디로 정의하기 어렵듯이 시 또한 쉽게
정의하기 어렵다 했고. 언제나 삶을 긍정적으로 축복적으로.
버려야 할 여러 가지를, 좀 더 나은 것 때문에 버리지 않아야 할
일들을…. 많은 감명을 받았다.

다시 한번 돌이켜보자. 그의 음성은 크지도 강하지도 않으
나 내팽개친 나의 일기장을 다시 펴게 했고 좀 더 인생을, 삶
을 아름답게 생각할 기회와 용기를 주었다. 나는 보라색이 좋
아 보라색을 따라 보라로 시작해서 한참 좇다가 하늘색이 좋
아져 하늘색을 따르다가, 주체성 없이 울분하고 격분하고 미워하

고 그러다가 사랑하고 인내하고 슬기로워지려 하고 외로워지고 약해지고 괴롭고 답답하고.

캄캄하다가 너무 환해서 앞을 가리고⋯. 왜 나는 항상 슬기롭고 부드럽고 조용하지 못하고 내면에 의지력이 없을까. 저렇게 인자하고 부드럽고 사랑스러운 분도 있는데⋯.

1984년 겨울 어느 새벽

마음이 몹시 불안합니다. 아마 어제 소변을 자주 봐서 약국에서 약을 사다 먹어서인지, 명호가 스키장에서 무사히 잘 지낼까 걱정돼서인지 마음이 안정이 안 됩니다. 어제는 《나의 사랑 까스또르》, 한 가지는 시드니 셀던의 《벌거벗은 얼굴》. 이것은 추리소설인데 별로 흥미가 없었고 《나의 사랑 까스또르》는 지금 보고 있는 중입니다.

딸아이가 칭얼대서 잠시 중단하고 11시가 넘어 지금 라듸오에서 외국의 크라식 음악을 디스코로 편곡해서 만든 곡을 들으니 마음이 다소 편안한 듯싶습니다. 사랑스러운 우리 딸이 밥을 잘 안 먹고 야위는 것 같아 걱정이 됩니다. 왜 모든 일이 걱정만 될까요. 우울증인지요. 활기차고 희망적이고 즐겁지가 않으니 말입니다. 사치인가 봅니다. 잠은 올 것 같지가 않습니다. 내 머릿속은 언제나 급하고 바쁘고 한가하지 않으니 휴식을 취하고 싶습니다. 좋은 친구와 음악이 있는 푹신한 의자에서 너무 밝지 않은 조명 아래서 예의 바른 웨이타가 갖다주는 정성이 담긴 스카치가 먹고 싶습니다. 담배가 피우고 싶지만 참습니다.

이 일기장에 펜을 댈 때마다 과연 나는 옷을 다 벗어 던져야 하나, 속옷만은 걸쳐야 하나 망설입니다. 아직은 벗지 못하고 추위를 이기려 겉옷만 겨우 벗었지만 내가 원하는 것은 진실을 얘기하는 겁니다. 진실을 그저 나 자신과 얘기하고 싶은 겁니다. 수없이 마음속에서 주고받고 많이 웃고 울어왔지만 긁적거려보고 싶은 겁니다. 진실을 담기엔 겁이 날 뿐입니다.

비가 온 웅덩이를 요리조리 피해 뛰어넘는 것처럼 그저 웅덩이에 풍덩풍덩 빠지며 제대로 피하지 않고 걷고 싶을 뿐입니다. 지금 곡목 모를 크라식 음악이 웅장한 궁전에서 울리듯 나옵니다. 조금은 커서 줄여야 할 것 같습니다. 딸아이가 몸을 뒤척입니다. 나의 사랑 우리 딸. 걱정이 됩니다. 밥을 잘 안 먹어서.

보고 싶습니다. 만나면 외면하는 것이 습관이긴 하나 외면하기 직전에 당신의 모습은 언제나 한두 번 기억하게 됩니다. 언제고 나는 이 글을 책으로 낼까 합니다. 평범한 어느 여자의 삶을. 지금, 음악이 좋습니다. 당신은 나의 삶의 의미를 가르쳐 준다는 내용의 노래가 흐르는군요. 글을 쓰기엔 마음의 정리가 안 된 듯싶군요. 갈팡질팡입니다. 내일 요리 녹화가 있어 일찍은 아니지만 잠에 들어야 하겠군요. 담배가 피우고 싶습니다. 의지력도 인내심도 없는 팔푼이인가 봅니다.

1984년 겨울 어느 새벽

서른여섯.

나에게 만약 누군가 오해의 돌을 던진다 해도 강한 팔로 막아줄 남편과 아들과 딸이 있고, 집이 있고, 직장이 있고, 아직은 젊음이 있고, 헌데 불면이 심하다. 잠들기가 힘이 든다. 언제나 안정이 안 되고 불안하다. 밖에 나가서는 관대하고 이해심이

많고 손이 큰 여자이면서 집에서는 찡그리며 달달 볶는 여편네
가 된다. 내가 무어란 말인가. 매일매일 적어도 딸아이에게 밥
수저만은 먹여줘야 할 게 아닌가. 너무 가정일에 손을 놓아버
렸다. 틈틈이 주부가 할 일이 있는데 좀 더 부지런해져야겠다.
넓다면 넓은 아파트에 먼지와 게으름이 구석구석에서 꽃 피운
다. 진호 엄마도 힘이 들 것이다. 불평 한마디 없는 미진이나
내게, 그들에게 좀 더 관대한 평안을 줘야겠다.

1985년 1월 26일

아침에 별로 상쾌하지도 기분이 좋지도 않았읍니다. 일어
나서 겨우 세수만 하고 옷만 입고 문밖을 나갔읍니다. 아이들
세수 하나 봐주지도 않고 말입니다. 왜 이리 모든 것이 귀찮을
까요. 그리 나가도 마음은 께름칙하면서 말입니다. 라듸오 녹
음을 하고 여의도로 가는 중, 올겨울 눈이 이처럼 많이 오긴 처
음인 것 같습니다. 그야말로 떡잎 같은 눈이 하늘이 무너져 내
리는 것처럼, 내리는 것이 아니라 줄줄 흘러버렸읍니다. 한결
마음이 편안하고 즐거우면서 너무나 엄청나게 내리니 겁이 좀

났읍니다. 교통수단보다도 뭔지 모를 겁이 말입니다. 차를 타면 언제나 공상하는 습관이 있읍니다. 미국도 가고 싸워도 보고 울어도 보고 말입니다. 하루 종일 기다리는 동안 지루하고 젊음이 점점 삭아지는 얼굴만 들여다보며, 하루가 끝이 나고 잠이 안 옵니다.

1985년 4월 29일

근 넉 달 만에 당신을 봤읍니다. 수많은 사람 중에 당신은 내 시야에 재빨리 가슴에 비수가 꽂히듯 꽂히셨읍니다. 감히 당신의 전부를 쳐다볼 수가 없어 살짝 훔쳐보았읍니다. 이 순간 당신과 마주치고 싶지 않았지만 피할 수 없이 당신을 마주 봤읍니다. 너무나 타인, 생소하게 길거리에 붙은, 나와는 상관없는 이름 모를 구멍가게 간판처럼 아무것도 남기지 않고 너무나 빨리 훌쩍 지나가버렸읍니다. 결국 허무라고 할 것도 없고 그냥 지나치고 말았읍니다. 이런 감정이 몇 번이나 작년부터 지나쳤읍니다. 슬픔이랄 수도 배신이랄 수도 환희라고 할 수도 없고 그저 얼굴 아는 사람끼리의 상식적인 인사에 그치고 말았읍니다. 당연하겠지요. 분위기가 그러했고 더 이상 원할 수도 없는 저 아닙니까. 허나 분명 당신을 본 것은 사실이라는 사실은 기억하고 싶읍니다. 요 며칠 한동안은 불안하고 폭발적으로 기분이 안 좋았읍니다. 겨우 어제부터 안정을 찾았읍니다. 거울 속의 나는 얼굴이 일그러져 악녀나 마녀 같았읍니다. 괴로워 미칠 지경입니다.

그러나 이렇게 안정을 되찾아서 얼마나 다행인지 모릅니다. 주님을 멀리했고 당신 생각을, 잊지는 않았지만, 뜸하게 생각했지요. 궁금하군요. 당신은 이처럼 많은 생각을 하시는지, 잠시 발길에 닿던 작은 돌을 주워 예뻐하다가 어딘가에 쑤셔 넣고 잊어버렸는지 궁금합니다. 허나 지난 6~7년 동안의 끊임없는 당신 태도의 꾸준한 면을 보아 저를 잊지 않았다 생각됩니다. 믿고 싶읍니다. 괴롭읍니다.

언제까지고 이 상태가 좋습니다. 어느 날 당신이 만나자 해도 거절할 것입니다. 이 상태가 좋습니다. 허나 너무 메마르고 보고 싶읍니다. 언젠가 내일이 될지 1년 후가 될지, 먼발치서라도 당신을 보고 싶은 것뿐입니다. 어느 파티에선가 그 많은 사람 중 당신의 "집에 같이 가요"라는 음성이 항상 나에게 아름다움과 슬기와 용기를 불러일으켜줍니다. 당신은 직선적이고 대담합니다. 그때의 당신의 눈빛과 음성을 항상 기억하려고 애씁니다.

1985년 5월 2일

가슴이 두근거리는 것이, 심장이 뛴다고 할까요. 몹시 불안하고 가슴이 뜁니다. 일하고 밖에 있을 땐 모르다가 집에만 오면 뜁니다. 근 일주일째 말을 하지 않습니다. 소리 지르고 싸우기 싫어 말을 안 하는 것이 답답하지만 정말 밉고 싫습니다. 내가 사랑받지 못할 이유야 많겠지요. 자기 스스로 만드는 것이 아닐까요. 생각하고 싶지도 않습니다. 오히려 이대로를 원했읍니다. 당신 생각으로 매일을 보냄이 죄라는 것을 알지만, 저는 외롭고 답답하고 쓸쓸합니다. 당신 생각이라도 안 하면 저는 쓰러지고 말 것입니다. 요번 주부터는 좀 한가할 것 같더니 계속 일이 있읍니다. 가슴이 뛰고 손끝이 떨립니다. 겨우 정신을 차려 열심히 살려고, 낙관적으로 살려고 노력합니다. 세상

사는 것은 마음먹기 달렸다고 생각합니다. 한강 쑈핑에 가서 비싸지 않은 옷 몇 벌이 마음에 들어 기분이 좋았고, 오전에 라듸오 가서 점점 젊어진다는 말을 듣고 기분이 좋았읍니다. 라듸오에선 저를 좋아하는 남자가 많아요.

1985년 5월 11일

몇 살 때던가. 방앗간에 기계가 쉴 사이 없이 돌고 돌고 하는 것을 재미있게 바라보며 언제나 멈추나 하고 기다렸지만, 보리 방아 때라 그치는 것을 보지 못했고 참 정신없이 돌아간다 생각했다. 방앗간을 나와 시끄러운 소리도 멀어지고. 산비탈을 올라오며 뭔가 심심했고 다시 가고 싶고, 하지만 조용해서 살 것만 같았다. 지금이 바로 그 심정이라 할까. 왜 여덟, 아홉 살 때의 그 기억이 진하게 남아 있을까. 지난해 지지난해 개미처럼 바빴다. 보람이 있다면….

허무하다. 좋은 찬스를 허사로 만들고 그 쉴 새 없이 들어오는 돈은 어디로 갔단 말인가. 갑자기 한가해지니 갈피를 못 잡겠다. 담배를 줄이고 아이들에게 관심을 더 가져야겠다.

1985년 5월 14일

79년도에 간간이 적은 일기장을 펼쳐봤다. 감출 데도 마땅찮고 아무렇게나 봤다. 그 고통을 다 감당해냈다 생각하니, 지금보다 너무 못한 시련을. 역시 5~6년의 세월이 지난 지금, 여러모로 많이 좋아졌다. 조금 마음의 성장이 생겼다. 입맛이 없진 않았는데 한 일주일째 식욕이 없고 체한 것처럼 소화가 안 된다. 할머니도 지방 가시고 남편은 다 저녁때 나가고 아이들도 자고 TV도 볼 것도 없고. 음악도 싫고 잠도 안 오고. 이 방 저 방 왔다 갔다. 잠을 자고 싶다.

수요일 밤차로 순천에 가서 목요일 밤차로 올 예정이다. 막상 몇 달 만에 일일 판매를 가니 서울을 떠나 여행한다는 해방감이 들고 일하는 두려움은 별로 없다. 나는 역시 바빠야 아프지 않은가 보다. 한가해지니 몸살이 나는 것 같다. 우리 두 아이가 건강하게, 명랑하게, 곱게 자라니 감사하다. 딸아이가 유아원에서 배운 노래와 춤이 너무 예쁘고 귀엽다. 무도회 발음도 잘한다.

1985년 5월 15일

스승의 날이기에 명호의 선생님, 딸아이 유아원에 선물을 보내드렸다. 명호 선생님의 편지를 받고 감사했다. 선생님 역시 생각대로 하느님 자식이신가 보다. 명호를 위해 기도하겠다고 하셨다. 명호가 모범생이 되겠다고 했다. 너무 대견스럽고 기쁘다. 주님, 감사합니다. 당신 말씀대로 가르치니 저렇게 잘 따르고 있읍니다. 당신의 말씀은 우주를 바꿔놓을 수도 있고, 악녀를 선녀로, 뜨거운 물을 찬물로도 만드실 수 있는, 이 천지 어느 힘보다 강인하심을 믿습니다. 꽃을 사니 꽃집에서 마른 예쁜 꽃을 주서서 대나무 바구니에 꽂아두었더니 너무 예쁘다. 〈전원일기〉 이번 주는 내가 주인공이다. 정말 기대에 찬다. 나의 시청자는 예민하고 진실하다는 걸 느끼며 열심히 해야겠다.

순천 일이나 〈전원일기〉, 야외 요리로 이번 주 시간이 빠듯합니다. 어려움 없이 잘하도록 이끌어주십시오. 주님, 감사합니다.

1985년 5월 어느 새벽

너무나 멀고 멉니다.

당신이 계시는 바로 아래층은 자주 들르지만 만날 수가 없군요. 오늘도 가서 행여 당신의 자취를 살펴어도. 뵙고만 싶읍니다. 저 혼자서만 너무나 오랜 만남이, 만남이라기보다는 스치는 눈길이라도 너무 모자랍니다. 바쁘시겠지요. 당신이 저를 보고 계신다는 것만으로도 만족합니다. 외로울 땐 외로울 때대로, 기쁠 땐 기쁠 때대로 바빠도 슬퍼도 화가 나도 역시 생각을 지울 수가 없읍니다. 토요일에 야유회가 있는데 행여 기대합니다. 온 천지가 5월의 풋내로 천지를 안아버립니다. 저는 풀이 좋습니다. 이름 모를 싱싱한 풀잎이 좋습니다.

요즘 읽고 있는 신연식 교수님의 《부모 교육》에서 인용합니다. 사랑은 주는 것이라 했읍니다. 두 가지가 있는데, 받기 위한 사랑이 있고 주기 위한 사랑이 있다 했읍니다. 저는 저 자신을 위해 상대방을 사랑하는 것이지 이용하는 사람은 결코 아닙니다. 이러한 사랑은 타산적이기 때문에 나에게 불리할 경우에는 여지없이 상대방을 버리게 됩니다. 즉 나 자신을 위해 상대방을 갈망하는 것입니다. 사랑은 '주기 위해 주는 사랑'이라 했읍니다. 고귀한 것일수록 비싼 대가를 치르는 법입니다. 사랑도 크면 클수록 그리고 진정한 사랑일수록 희생이란 큰 대가를 치른다 했읍니다. 그리고 모든 것을 사랑하는 자와 관련지어 생각하며 그를 떠나서는 아무것도 생각할 수 없게 된다 했읍니다. 그를 떠나서는 내 삶의 의미도 보람도 가치도 없게 됩니다. 그런 면에서 저는 당신을 위해 존재한다 해도 너무 지나칠까요.

1985년 5월 26일

그를 의식한 지 근 6년 만에 그에게서 집으로 처음 전화가 왔다. 그와 6년 동안 나누었던 대화가 손구락 열서너 개 폈다 구부렸다 할 만큼 한 마디 한 마디 외울 수 있는 정도이나 전화 음성은 처음이었다. 짧은 사무적인 몇 마디였으나 그 분위기는, 그 생각은 비슷했을 것인가. 여러모로 착잡한 날이다.

햇수로 3년 동안 맡았던 요리 프로의 마지막 녹화를 끝내고, 지난 3년 승승장구, 앞에 가로막는 일, 장애물 없이 순탄 대로였다. 이렇듯 아쉬움을 남긴 채 뒤를 돌아볼 수 있게, 방자함과 교만함, 자신만만함을 반성하고 생각할 수 있게 한 주님의 사랑의 채찍이라 생각한다. 4월은 두어 가지 일로 안 좋고 편치 않은 달이었다. 요 며칠 동안 기분 나쁜 전화를 받고 무척 당황하고 떨리었다. 아직은 다행히 별일 없으나 정말 꺼림칙한 협박 전화였다. 양심에 거리낄 일 없다 편히 맘먹으나 찝찝했다. 몇십 년 프로를 하리라 생각한 건 아니나 자의가 아닌 타의로 놓게 된 것이 부끄럽다.

1985년 5월 27일

갑자기 할 일이 없어진다. 그렇다고 편치 않은 마음으로 집안에서 이 일 저 일 차분히 할 기분이 아니다. 구석구석 얼마나 할 일이 많은지 모른다. 베란다에 하루하루 무섭게 잎이 파래지는 나무를 본다. 왠지 자꾸만 누렇게 일그러져가는 자신이 무섭기만 하다. 삶이란 바로 이런 것들인데 좀 더 무덤덤하고, 모르고, 알아도 깊지 않게, 술렁술렁 이겨내지 못하고 까실까실하고 더듬고 더듬어야만 하는가. 그래, 무엇이 도대체 너를 파 헤집는단 말이냐.

사랑받고 싶다. 밥 한술, 차 한잔 마시는 관심을 받고 싶다. 이제 생활일랑 가장의 손으로 하게 하고 싶다. 정돈되고 낭만이 있는, 좀 더 아늑하고 조용한 집을 갖고 싶다. 간단하고 당연하다면 당연한 일이다. 아니다. 나 같은 사람에겐 과분한, 영원히 가질 수 없는 사치일 것이다. 모르겠다.

1985년 5월 28일

J. 헤이우드는 혀는 날이 있는 연장은 아니지만 자를 수 있다고 말했다. 김남조 시인의 시구가 생각난다. 어찌 다 말하고 살리요, 더러는 바람에 날리고 더러는 삼키어버리고 더러는 묻어버리고 더러는 마음에 품어도 보리요.

너무나 많은 말을 하고 산다. 느낀 대로 생각나는 대로 하고 싶은 대로, 기분이 좋아도, 기분이 나빠도, 우울해도, 심심해도, 남에게 진심은 잘해주고 있어도, 세 치도 안 되는 혀가 육척 장신에, 심장에 비수가 되어 여러 번 꽂히게 하니 말이다. 정말 조심해야 한다. 입을, 말을. 부도수표 같은 약속을.

여전히 과부처럼 아이들만 데리고 민속촌에 가서 놀다

왔다.

1985년 9월 15일

못나고 앙상한 45kg의 여자는 무더운 여름, 그래도 조금은 안정되게, 싫고 떨쳐버리고 싶은 여름을 거부하지 않고 잘 안아서 이제 보내버렸다. 올여름 설악산 알프스 산장 여행은 싱싱하고 편안한 여행이었다. 올여름이 어땠는가, 나 자신도 들볶이며 지질히도 볶아댄 여름이다. 세상만사 순리대로 정직히 살면 되거늘…. 믿음 소망 사랑 중에 사랑이 으뜸이라 하셨거늘, 증오와 미움과 의심과 질투와 원망으로 가족을 저주하고. 주님께선 여전히 날 사랑하시는데….

며칠 전 주님께 간구히 염치없는 기도를 드렸으나 외면하셨으리라. 이토록 속없는 여자는 너무 크게 실망하여 몸살까지 났는데 주님께선 그래도 서서히 들어주셨고…. 모든 사람을 이해하고 믿고 사랑하리. 너무 못난, 지구력도 인내심도, 자신 하나 누를 힘도 없는 못난이. 너무나 부끄럽다.

건강한 아이들과 집과 직장과 건강과 평화를 다 주셨는데,

외롭다느니 신경질 난다느니 의심과 적개심으로 많은 시간을 낭비하고. 결국 혜선 언니가 방광염 약을 지어 왔다. 고맙다. 배가 어제부터 뻐근하고 소변이 자주 마렵다. 아무 병이 아니길….

남편은 마산에 가고, 아이들은 꿈속에, 집 안은 조용하고 좀 적막하고 쓸쓸하다. 조용히 사랑으로, 닥쳐올 파도 같은 생을 한 알 한 알 순리대로 이겨내리라. 내 계산대로 하면 이사할 수 있을 것 같다. 편안하게 정리를 하고 소음 없는 조용한 집에서 안정되게 살림에 신경 쓰고 싶다. 올겨울 안에 이루어졌으면 좋겠다. 아랫배가 뻐근한 건 전에는 없었던 일인데, 이렇듯 아프진 않았는데. 모두가 건강관리 하나 제대로 못하고 정신 나간 여자처럼 급하게만 살았으니 제발 내일부턴 담배를 줄이리라.

편안한 마음으로 용서할 수 있는 아량과 믿을 수 있는 믿음과 희생할 수 있는 사랑을 기르겠다. 너무나 못난 여자가 이 밤에….

1985년 10월 13일

두 주 전, 조선일보 여성 칼럼에 '아버지와 가을'이라는 내 글이 실렸다. 내 꿈의 실현이 아주 작게 보임을 느꼈다. 이른 새벽 TBC에 계셨다는 분의 너무나 고마운 전화와 김정수 선생님의 진심의 칭찬 전화를 받았다. 정문수 부장님은 작은 일인데 감동을 받았다며 놀라는 듯했고, 혜자 언니는 단편집을 본 느낌이라 했다. 연극배우 누구 씨(생각이 잘 안 난다)는 우셨다고 하셨다. 어쨌든 칭찬은 듣기 좋은 것. 김정수 선생님은 김수미 씨를 지켜보겠노라고 하시고.

올 4월부터 두어 달 동안 너무나 여러 가지 갈등에 실망과 허무로 모든 것은 주 뜻대로 되는 것임에도 안달하고 갈망하고 불안해했다. 이제 가을이 되어 CF도 적잖게 한성게맛살, 뮬가톨, 다가, 브론치쿰 네 개나 했고, 주말 프로는 내일모레 첫 녹화다. 모든 일을 주님께 감사하나, 아직 진전 없는 회사 일이 걱정이다. 제발 조용한 소음 없는 집에서 깨끗이 하고 살고 싶다. 지금의 욕망은 그것뿐이다. 말해야 소용없지만, 은행 문제, 사채 문제만 아니면 너끈히 이사할 수 있는데 도대체 회사 일이 답답하고 불안하다. 시어머니도 65세로 작년보다 왠지 믿을 수가, 의지할 수가 없이 불안하다. 도대체 집 안에 들어오면 안정이 안 된다. 어디서부터 손을 써야 할지. 어쨌든 무슨 일이 있어도 내년 봄엔 이사를 가야겠다. 내년 여름에는 차 소리에 시달릴 수가 없다.

근 한 달간 부인과와 지독한 감기 몸살로 너무나 힘들게 앓았다. 바보. 건강을 지키지 못하고 오늘도 열 개비 이상의 담배를 피우고. 가슴이 약간 답답하다. 앉아 있을 힘도 없는 육신을 끌고 곤하게 천사처럼 자는 딸아이 이마에 입을 맞추고 매일 맹세한다. "너희를 위해 이 엄마 열심히 살게"라고. 입안에 밥알 한 톨 넣기 어려울 정도로 입맛이 없이 CF 촬영이다 뭐다 근 2주간 정신없이 바빴다. 박 기사가 고들빼기 김치와 꿀을 갖다줘 추석에 선물이라도 사주겠다 맘먹었는데 너무 소홀했다.

올겨울 낭비하지 않고 열심히 모아 내년 봄 깨끗하게 도배, 장판 한 집에 명호 방 딸 방 예쁘게 꾸며주고, 마루에는 큰 항아리에 들꽃을 한 다발씩 언제나 꽂아두리라. 가능하면 두툼한 카페트를 깔고 가죽 소파와 아름다운 스탠드를 놓고 아이들 공부에 신경을 더 써주며 많은 책을 읽으리라. 그리고 좀 더 조용하고 말이 없고 부드러운 영란이처럼 선량한 여자가 되리라. 보면 볼수록 영란이는 왕실의 왕비처럼 의젓하고 착하고 여유가 있고 이해심이 있고 말이 없다. 말 많은 나 자신이 싫다. 오래된 포도주처럼 은은한 향과 관록이 붙은 것 같은 영란이가 좋다. 비록 일곱 살이나 아래지만 항상 란이에게 배운다.

1985년 10월 23일

김수미 가는 곳에 밥은 따라다닌다. 다른 사람들은 한두 끼 빵으로 잘 해결하던데 오직 나는 밥에 갓김치나 부추김치면 세상을 다 줘도 안 바꾼다. 방송국 식당에서 정신없이 추가시킨 밥 두 그릇을 해치우자 동료인 박원숙 씨 왈 "수미야, 혹시 나보다 니가 먼저 가면 비석에 이렇게 써주마. '사랑하는 친구여, 그리도 즐기던 밥을 두고 어이 발길이 떨어지던가. 이 친구가 밥 한 그릇 추가해 왔네'라고." 그러면 모두 우하하들 웃고, 혹 나를 찾아대는 동료가 있으면 "수미? 수미 찾으려면 식당에 가 봐"라고 하는 박원숙 씨 죠크.

몇 년 전 방송국 회식할 때 꼴뚜기젓에 정신없이 밥 한 그릇 살짝 추가해서 먹는 나에게 언제 왔는지 제작부 유홍렬 선생님 왈, "어릴 때 성장 과정을 한눈에 볼 수 있어 좋구만"이라고 점쟁이처럼 예리하게 과거를 찔렀고, 어느 회식 땐가는 제작부 박 선생님은(지금도 참 섭섭합니다) 땀 뻘뻘 흘리며 먹는 나에게 "술맛 떨어지게 초장부터 밥이야? 그놈의 밥 물리지도 않아?" 했다. 하느님, 이렇게 탄탄한 위를 주셔서 감사합니다.

〈전원일기〉녹화 날, 부엌칼을 들고 살살 다니며 무 싹 잘라 깎아 먹고 고구마 깎아 먹고, 상 차려놓은 밥 먹고. 그러다 소품 아저씨에게 들키면 "아유, 소품 좀 고만 좀 먹어요. 끝나고 먹으라니까요. 지난번에도 홍시가 모자라서 난리 났잖아요"라고 혼난다. 구탱이에 가서 그래도 와작와작 다 먹고. 어느 날 한 상 때려 먹고 이 쑤시는 나에게 후배인 이숙은 걱정스레 묻는다. "언니, 언니는 다른 사람보다 화장실을 배로 가지? 그렇게 먹는데 살로 안 가고 다 어디로 가?" "야, 뼈로 간다, 뼛속으로. 그러니까 이렇게 힘이 좋지."

이렇게 먹어대는 밥을 슬프게도 오늘은 한 끼도 못 먹었다.

새벽 6시에 나오면서 도시락을 현관에 깜빡 두고 〈전원일기〉 촬영에 와서 야외 촬영이 12시 반에 끝났다. 점심 먹을 새도 없이 1시부터 다른 프로를 5시까지 연습하고, 5시 30분부터 CF 녹음. 간간이 우유와 빵을 먹으나 허기진 건 매한가지. 밤 7시에 경양식 집에서 밤 촬영을 하길래 부리나케 오므라이스를 시켰으나 먹을 시간도 안 주고 찍어젖히니 11시가 지났다. 허리를 펴지도 못하고 물만 가득한 배를 쥐고 집으로 오니 침대 위에 한 장의 카드가. 일곱 살, 한글 겨우 더듬더듬 읽는 딸아이가 '엄마, 생일 축하해요. 귀여운 내가 선물 내일 주께요'라고. 오머나. 내일이 내 생일이네?

다들 잠든 방에 차례로 들어갔다. 아들 방에 가서 아들에게 뽀뽀를 해대니 "아이고, 징그러" 하며 돌아눕고, 딸 방에 가서 정신없이 뽀뽀를 하며 "고마워. 엄마 더 열심히 살게"라며 품어주고. 남편 곁에 와서 "여보, 배고파 죽겠어. 내 생일 자기가 알아냈지? 나 뭐 사줄 거야?"라고 애교를 피우자 내 귀를 잡아당기며 "내일 아침에 밥 두 솥 하라고 했다, 됐지?" 한다. 우하하하.

조용한 밤 12시에 오늘 한 맺힌 밥을 청국장에 비벼서 파김치하고 갈치속젓하고 두 그릇을 먹고 나니 졸음이 쏟아진다. 내일 아침은 미역국에 말아서 또 먹어야지.

1985년 어느 새벽

"여유를 갖자."

참으로 오랜만에 토요일 저녁 하루를 혼자 보낸다. 남편은 마산으로 출장 가고 애들은 고모네 가서 내일 오고, 일하는 언니는 집에 다니러 가서 내일 오고. 복작거리며 지내다 갑자기 조용해진 방 안을 팔짱을 끼고 이리저리 돌아본다. 살림하는 주부가 밤낮 나다니니, 도배도 해야 하고 문손잡이도 헐거워지고 할 일도 많다. 적당히 외롭고 고독하니 왠지 슬프기도 좋기도 하다. 삐쩍 마른 손마디를 쳐다보며 벌써 낼모레 사십이구나, 조용히 옛날을 생각해본다.

아무개 씨 하면 알아주는 점잖은 집안에 아직 이름도 없는 치와와 같은 깡마른 '딴따라'를 시어머니는 내 이마와 코를 보니 마음이 넓겠다며 쾌히 결혼을 승낙하셨고, 결혼 몇 년 후 단

독으로 사업하겠다며 어머니 회사를 나온 남편이 1년 만에 다 들어 없앨 위기에 처하자 당신이 아끼던 물건을 가차 없이 없애 아들의 위기를 살리고. 바가지 긁어대는 나에게 "뒤에 이런 엄마가 있으니 너는 행복하잖니? 남자는 엎어졌다 뒤집어졌다 해야 성장한다"고 위로하시며 내 생일을 제일 먼저 기억하시고 꽃을 보내시는 시어머니. 고집도 세고 외아들이라 이기적이어서 날 사랑하는지 마는지 알쏭달쏭한 남편. 몸이 아파 이 약을 먹을까 저 약을 먹을까 약통을 들고 물으면 신문을 보며 퉁명스럽게 "내가 약사냐, 써 있는 대로 먹어"라고 핀잔을 주고, 코미디 프로를 제일 좋아해서 시험공부하는 아들 놈을 불러 "김병조 나왔다야, 빨리 와라! 구봉서 봐라, 지가 웃네, 지가" 하고 쿡쿡거리며 열한 살 난 아들과 같이 노는, 참 낙천적이고 세상 걱정 없는 남자. 그래, 나같이 자로 잰 듯이 정확하고 각박하고 빡빡하고 틀림없이 철저하게 사는, 좀 사람을 피곤하게 하는 나에게 남편은 "너 싸이코 드라마 촬영한다고 중곡동 무슨 병원 가서 뭐 보고 왔다, 뭐 보고 왔다 허지 말고, 니가 좀 들어가서 한 한 달 푹 쉬고 와. 왜 이렇게 사람이 여유가 없냐? 애들

앞길이 염려된다"라고….

그래, 불안하게만, 초조하게만 살았다. 어떻게 농사지어서 만든 돈인데 이 돈을 함부로 써, 하면서 살았다. 중학교 시절 서울에서 자취하면서 빵집에서 곰보빵 하나를 맘 놓고 못 먹었다. 그렇게 보고 싶은 나탈리 우드 나오는 영화 두 가지를 상영하는 필동 아테네 극장 앞에서 들어가냐 마느냐로 피를 말렸다. 결국 아버지가 괭이질하는 모습에 눈물을 머금고 돌아섰다. 이렇게 큰 나와, 쵸코렛을 먹고 자가용을 타고 살아온 남편과 보리밥 찬물에 말아 풋고추 된장 찍어 먹고 조금 비 오는 날은 막 뛰어다니고 비가 퍼부으면 개성 베 보자기 쓰고 다니던 내 어린 시절과는 천지 차이다.

그래, 여유를 갖자. 불안해하지 말자. 애들 성격이 급하고 신경질적이 된다. 신연식 교수의《부모 교육》책을 읽어본다. 또 내가 제일 좋아하는 김남조 시인의 글귀를 다시 읊어본다. '어찌 다 말을 하리요 / 더러는 허공에 날려버리고 / 더러는 깊이 땅속에 묻어버리고 / 더러는 품속에 품어도 보리요. / 어찌 다 말을 하리요'(김남조 님 글 중에)

1985년 어느 새벽

늦게 결혼해서 결혼 생활 3년에 한 살 먹은 아들이 있는 친구가 미국에서 한밤중에 울면서 전화를 했다. 남편에게 여자가 생겼다, 헤어지겠다, 서울로 나오겠다며 몇 분 동안 울먹였다. 우선 편지를 보내겠노라 하고 장장 열 장의 편지를 그 애에게 썼다.

○○야, 밤 12시, 1시, 2시. 부재중인 주인 없는 빈방에 죄인처럼 후줄근하게 서 있는 커텐과 가구들 앞에서 위스키 한 방울 떨어뜨려 시커먼 커피 한 컵 홀쩍홀쩍 마시며, 흐릿한 차 소리에 촉각을 세우며 껄껄한 입안과 충혈된 눈을 갖고 아침을 맞는다. 이른 아침, 어디선가 출근 준비를 할 그를 생각하는 비참하고 처절한 심정에 더욱이 낯선 이국땅에서 얼마나 고통스럽겠냐만, 너보다 7년 결혼 생활을 더 한 선배로서, 우선 아무런 대책도 생각도 하지 말고 겪으라고 답답한 얘기밖에 할 수가 없구나. 이 세상에서 가장 슬픈 노래, 가장 지독한 욕으로도 해결이 안 되는 총칼 없는 전쟁. 슬플 때나 아플 때나 같이하라는 주례사의 말씀은 그리도 신중히 듣는 듯하더니 다 잊고, 머

리가 아프고 허리가 아파 어떤 약을 어떻게 먹을까 물어보니 신문만, 잡지의 숨은 그림만 죽기 살기로 찾으면서 "내가 약사냐? 써 있는 대로 먹어, 써 있는 대로!" 하는 사람. 엎드려 있는 뒤통수를 바라보며 이 사람하고 적어도 30~40년을 앞으로 더 살아야 하나 하니 막막하고 숨이 막히다가도 나는 팔푼이인가 봐. 밥상에서 애들이 다 집어 가는 계란 후라이를 하나 빼앗아 내 밥 위에 올려주는 선심에 그만 감격해서 앞으로 백 년은 같이 살아야지 하고 마음이 변한단다. 그냥 이렇게 우습게 산단다. 미장원에서 몸집이 좀 큰 아주머니가 "아이고, 이리 깜찍한 부인을 둔 남편은 어디 일 나가고 싶을까. 옆에서 끼고만 있고 싶겠지" 하고 날 부러워하더라만은. 우리 그 남자 여자 탤런트만 TV에 나오면 입이 예쁘다고 대놓고 얘기한다. 한두 번이 아니고 수십 번. 거울을 보고 그 탤런트 입처럼 오므려보기도 해보면서 '내 입도 괜찮은데…' 해본다. 결혼하고 4년쯤, 나도 큰일을 치렀단다. 한 갈래로 머리 땋은 뒤통수와 아침에 입고 나간 밤색 양복의 뒷모습을 분명히 봤는데도 절대 명동 근처도 안 갔다고 잡아떼는 그가 슬슬 작은 심장과 가슴을 그리도 놀래키고 짓누르고 울리더니, 둘째 딸애를 낳고 퇴원하는 차 안에서 이틀 지난 딸애를 안고서 "아이고, 이 아빠가 열심히 뛰어야겠네. 우리 애기 까까 사대고 장난감 사댈라면" 하기에, 까까, 장난감은 내가 사댈 테니 일찍 좀 들어오라고 한번 해본 소리 후 6년째 아직 이상은 없는 듯하다. 그저 할 말은 딸 하나 빨리 낳아서 나처럼 이렇게 빈말이 요행이 되도록 바랄 수밖에. 남편을 사랑한다면 희생하라고 얘기하고 싶구나. 제발 털고 나온다는 말일랑 다시 하지 마라. 나도 11년 살았는데 아직도 확실히 모르겠어, 이 남자를.

1986년 3월 29일

45kg의 가느다란 육신을 끌고 전국 팔도 참 많이도 다닌다. 비행기를 탈 때마다 만약 사고가 난다면 하고 이륙 전 착륙 전 한 번씩 생각해본다. 그래, 후회 없이 살았다. 한이 좀 있는 여자, 두려운 것은 없다. 운명이라면 어쩔 수 없겠지, 후련한 생각도 든다. 부산, 광주, 대전, 목포, 경주, 영산포, 대구, 울산, 제주도, 포항⋯. 애들 학교, 시장, 방송국, 미장원, 백화점, 의

상실, 신문사 인터뷰, CF 촬영.

내가 진정 가고 싶은 곳은 많은 사람이 없는, 자잘한 들꽃이 수줍게 피어 흐드러져 있는 풀밭에서 마호병에 담아 온 커피 한잔 마시며 자잘한 꽃 몇 송이 뜯어 머리에 꽂고 혼자 조용히 앉아 있고 싶은데. 참 일도 많이 한다. 누군가가 요즘 숨 쉴 틈이 있느냐고 물어왔다. 정말 숨 쉬기도 바빠 몰아쉴 때가 있다. 바쁜 건 나에겐 너무나 행복하다. 아무런 잡생각 할 틈도 없이 바쁘라고 하느님께선 한꺼번에 이토록 일을 많이 주시고, 그다음은 어쩌실는지.

적당하게 일하고 아늑한 집에서 돌로 된 절구통에 자잘한 꽃을 심어놓고 좋은 책들을 읽으며 애들이 학교에서 돌아올 시간을 기다리고 싶다. 난 스타성, 화려한 인기보다는 조용한, 평범한 애들 엄마 쪽을 많이 원한다. 짭짤한 반찬에 맥주 한잔씩 놓고 친구들과 저녁을 먹으며 끈끈한 대화를 하고 싶다. 이사를 해야 할지, 이대로 견뎌야 할지, 수리를 해야 할지. 환경을 바꾸고 싶은데….

이제 속상해하지 않기로 마음먹었다. 속상해하기도 지쳤

다. 되는대로 살자. 설혹 누가 내 목을 치겠다면 내놓고 싶다. 복사꽃이 불길처럼 피듯 마음이 부푼 지도 오래고 분홍색 감정도 잿빛으로 말라버려 그저 스케줄대로 끌려 일하고 일하고. 그래도 나에겐 일이 있지 않은가. 얼마나 다행인가. 좀 더 내 몸 안의 피가 새빨갛게, 뜨겁게 흘렀으면. 이토록 천천히 돌아가는 삶이 나태해진다. 결코 사치는 아니다. 그저 바둥대지 말자. 되는대로 살자.

4월, 5월까지 계속 바쁠 듯싶다. 지난번 영산포 일일 판매일 때는 너무 힘이 들었다. 저녁 늦게 도착해서 세수를 하자 코에 빨간 딱지가 끼어 있고 다리가 후들후들 떨린다. 그 수많은 인파에 끼어서. 인기가 좋아? 천만에. 무섭게 달려드는 사람 속에서 졸도할 것만 같았다. 엄니, 아부지 같은 사람에겐 악수를 많이 했다. 돌아오는 몇 시간 차 속에선 궁둥이가 아파 비스듬히 누우며 '김수미, 니 운명이야'라고 되새겨왔다.

1986년 4월 어느 새벽 경주에서

주님. 사랑할 수 있는 대인이 될 수 있는 힘을 주십시오. 사랑은 거대한 나를 옮겨놓을 수 있답니다. 외롭습니다. 나는 혼자입니다. 주님, 두렵습니다. 인도해주십시오. 이 죄인을 거두어주십시오. 주님, 거두어주세요. 힘이 듭니다.

1986년 4월 3일

뿌옇게 흐린 날이다. 화창한 날은 왠지 싫다. 고독과 우울을 즐기는가 보다. 눈도 올 것 같고 비도 올 것 같고. 아침부터 바빴다. 전원 연습. 대사가 많다. 오전에 일을 끝내고 애들이 집에 올 시간 맞춰 좀 일찍 왔다. 어디 한구석 몸 붙이고 있을 편안한 구석이 없다. 시간 나는 대로 복사꽃 한 다발 사다가 꽂아두고 싶다. 엄마가 집에 있으니 딸아이가 너무 좋아한다. 귀엽고 사랑스러운 내 분신, 나의 전부, 나의 끈질긴 삶의 희망의 표본. 좌절 안 하고 포기 안 하는 나의 마음의 밧줄. 가장 훌륭한 스승, 우리 딸.

○○ 엄마가 옷을 두어 벌, 입던 것을 너무 야하다고 가져왔고, 갑자기 초밥이 먹고 싶어 초밥을 먹고, 다시 들어와 두 놈들 목욕시키고 시커먼 때를 밀고 나니 속이 다 개운하다. 맥

주 한 컵에 오징어 안주 해서 먹고 대사 좀 보고 자련다. 문득 발톱을 깎다가 내 나이를 생각하니 많이도 먹었다 싶다. 분명 나는 늙었다. 이젠 늙은이다. 내 몸속에서 서서히 분홍색이 녹아져간다.

아침 MBC 라디오에서, 무엇을 하든 목숨을 걸어라 한다. 용돈 정도를 걸면 그것뿐이요, 목숨을 걸면 목숨만 한 대가가 나온다는 좋은 얘기다. 너무 긴박하고 절실한 얘기일 줄은 모르나 그래, 목숨을 걸고 녹화하고 연습하고 놀고, 목숨을 걸고 참으면 어떤 대가가 있겠지. 내 목숨이 파리 같지는 않으니. 아무 생각도 하지 않으련다. 첫째도 마지막도 참는 것만 남았다. 하느님은 아시겠지요, 무엇을 위해 참고 누굴 위해 참는지요. 주님. 한 알의 밀알이 되게 해주십시오. 밭두렁에 늙은 호박. 내 몸무게만큼이나 무거울 텐데 가느다란 줄기에서 떨어지지 않고 매달려 있다. 나 또한 어떠한 무게도 견디며 질긴 호박 넝쿨이 되리라.

그래 목숨을 걸고
노력하고 연습하고 늘고. 목숨을 걸고
참으면 어떤 뭣가가 있겠지
내 목숨이 따라 죽지는 아니니……
아무 생각도 하지 말으련다
첫째도 그래서도 참는것만 남았다
하나님은 아니겠지요
무엇을 위해 참고
누굴 위해 참는지요
추운 한 날의 밤 날이 되게 해주십시

1986년 5월 26일

근 일주일 동안 하동엘 무리해서 다녀오고 〈전원일기〉 야외 녹화, 요리 녹화에 몸살이 나고 입안이 심하게 터져서 고생했다. 다행히 오늘은 정상으로 돌아와 몸이 풀린 것 같다. 쑥탕에서 목욕을 시원하게 했다. 〈전원일기〉 '고목나무에 꽃이 피네' 타이틀을 맡아서 유감없이 잘해낸 것 같다. 작품이 좋았고 이 부장님의 연출의 힘이 큰 것 같다. 약간 한가하니 드라마에 혼신을 다할 수 있을 것 같으나 욕심엔 현대물 한 편 정돈 더 하고 싶기도 하다. 어제 요리 녹화 후 정동에 ○○○ 선생이 이제 마지막 녹화라서 인사 갈 일이 있었으나 가지 않았다. 왠지 마주 대하기는 피하고 싶다. 떨리고 아껴야겠다는 생각에 자존심이라기도 그렇고 뭐라고 표현하기가 어렵다. 저녁엔 영등포 청소년 근로자 회관에 간단히 출연해 노래와 담소를 나누고….

요즈음은 배우고 싶다. 영어, 일본어, 사회학, 기타…. 모르는 것이 너무나 많고 부끄럽다. 밤이 깊어 잠자리에 들 시간이 되어도 잠과 가까워질 생각도 안 함은 아마 감정과 그리움의 배고픔이 아닌가 싶다. 나의 그란 언제나 부재자다. 생각은 가슴속에, 심장에서 뛰면서 그의 형태는 멀리 있는 부재자. 도대체 아무리 흔하고 쉬운 말로서 그와의 관계를 무엇이라 해야 하는지. 관계라고 말하는 자체가 너무 가까운 단어이고, 사이라고 하기엔 너무 아깝고 억울하고. 그의 마음이 내 마음과 한 가닥 이어져 있었던 것밖에는. 분명히 하고 싶은 것은 나는 이어져 있지만 그 끝이 연결이 안 되고 허공에 나부끼고 있는 것뿐. 더욱더 분명한 것은 그의 머리카락 한 올도 내 것일 수가 없는 것을.

왜 탐내고 있는지…. 그러나 모든 걸 송두리째 가질 수 있어도 갖지 못하고 가질 욕심도 없다. 그러면서 원하고 갈망한다.

책을 보면서 잠을 청해야겠다. 다음 주는 소파 천갈이도 하고 마루를 좀 치우고 꽃을 군데군데 꽂아두고 편안하게 아이들과 집에서 여름을 조용히 살이 찌게 보내야겠다.

1986년 5월 29일

흐르는 물에 성냥불을 그어댄다. 한 개비 두 개비 열 개비. 활활 불이 붙어야 할 텐데 한 치의 양보도 없이 분명히 꺼지고 만다. 갈증이 나고 45kg도 채 안 나가는 솜덩이 같은 몸뚱이 하나 얹어놓을 자리도 없다.

일복

1986년 10월 10일

깊은 밤, 2시가 가까워오는데 잠을 이룰 수 없다. 조선일보 원고를 쓰는데 글을 쓴다는 것이 내 얄팍한 상식으론 너무나 어렵다.

바쁘다, 피곤하다는 핑계로 명호 공부 한번 제대로 봐주지 않고 억지로 떠밀고 야단치고 때리고, 집에 들어오는 걸 피하며 밖으로만 돌았으니 물론 편안한 분위기도 없는, 마음에 안 드는 집이긴 하나 마음 문제라 생각한다. 어쨌든 지금 계획으론 내년 봄이면 무리해서 좀 넓은, 허접쓰레기 다 버리고 깨끗하게 집을 꾸며서 일체 바깥일을 끝내겠다. 집안일을 손수 하며 아이들과 집에서 보내겠다. 말 못할 고통과 나의 신경질을 무던히 견뎌주는 남편이 가엾다. 돈이 무엇이기에. 가족을 사랑하리라. 나에게 일과 돈을 주시는 주님의 은혜가 감사한데, 그 감사를 가정에 돌리리라. 원망도 불평도 삼가리라. 내 눈치만 보면서 지내는 시어머니도 가엾다. 당신 재산 없애 아들 뒷바라지해주고 이제 늘그막에 곤란한 듯한데 제발 회사가 빨리 잘돼야 할 텐데. 없으면 없는 대로 이대로 온 식구 건강하고 사고만 없으면 편안한 마음으로 살자. 아등바등 무리한 계획을 세워 온 신경을 써서 자꾸만 느는 담배만 태워서, 몸은 날로 윤기 없이 꺼칠해지고 말라가 건강이 염려스럽다. 제발 담배를 끊어야 하는데 이렇게 정신력이 약하니 어찌 한단 말인가. 약속하리라, 일 끝나면 내 자식, 내 가족과 시간을 많이 가져야겠다.

낭비하는 습관은 조금 고쳐진 듯하다. 절대 사치나 낭비는 안 하리라. 어린 자식들을 위해 절대로 안 된다. 친구들과도 너무 자주 어울리지 않겠다. 조용히 말없이 내 계획과 일만 열심히 하리라.

1986년 12월 13일

정말 주님의 은혜가 충만한 한 해였다. 방송 일, CF 만족하리만큼 일이 쏟아졌고, 더욱이 내일이면 알게 될 MBC 대상과 최우수상. 대상이 안 되더라도 최우수상은 결정된 것 같다. 호사다마라고 왠지 정상의 길이 눈앞에 보이니 허전하기도 하고 불안하다. 오늘 이 순간이 있음이 먼저 주님의 가호와 건강해 준 가족, 나의 철저한 부지런함과 인내심 덕분인 것 같다. 물론 대상이면 더더욱 좋겠지만. 올 연말은 돈 쓸 곳이 많다. 경제적으로 내 꿈대로 아늑하고 깨끗한 집으로 내년 봄 이사만 한다면 일단 편안한 생활이 될 듯싶다. 건강함에 감사하고 정말 건강에 신경 써야겠다.

"군자는 기뻐도 크게 기뻐하지 아니하고, 슬퍼도 크게 슬퍼하지 않는다"라는 옛 성인의 말씀처럼 조용히, 감사한 친구들을 잊지 않고 사치하지 않아야 하련만 드레스도 해야겠고…. 돈 나갈 것이 걱정이다. 들어오면 써야 되는 것은 순리거늘 너무 순리를 거역하면 부작용이 있다. 내일, 내일이 기다려진다.

1987년 1월 6일

사람들은 나더러 최고의 한 해였다, 수미의 한 해였다고들 얘기한다. 나는 그토록 실감은 나지 않으나 모든 만나는 사람들의 칭찬과 좀 놀라운 지난해의 수입에 '아!' 하고 느껴본다. 지난 4월로 기억된다. 요리 프로를 놓고 몇 개월 갑자기 한가해지고 일도 될 듯 될 듯 하다가 틀어지고. 되는 일 없이 불안하고 허탈하고 너무 괴로웠지만 7~8월부터 서서히 풀리더니 순식간에 CF를 서너 개 해서 수입을 올렸다. 조선일보 칼럼을 연재해 내 글재주를 인정받는 계기가 됐고, 주말 연속극에 캐스팅되어 새해까지 아직은 근사함을 이어가고 있으나 《명심보감》에 '달도 차면 기울고 그릇도 차면 넘친다'고, 정말 더 큰 욕심보다는 별다른 사고 없이 한 해를 보내고 싶다. 늙은이 같은 생각일지 모르나 이미 정해진 운명, 안달복달해봤자 속만 상한다. 좀 모자란 사람이 되어 아등바등하지 말자. 순리대로 무사안일. 건강에 신경 써야겠다. 어찌 열 가지 만족을 바라리요. 올 한 해 조용하면서도 인간적으로 성숙해지고 싶다. 아이들 건강하고 회사 일이나 잘됐으면 싶다. 지난 한 해 주님의 무서운 은혜 감사합니다. 이 죄인 할 말이 없습니다.

1987년 2월 23일

두 프로그램, 스타샵 CF 촬영 등 1월, 2월 눈코 뜰 새 없는 나날이었고, 얼굴이 보통 야윈 것이 아니다. 며칠 전 방송국에 갑작스러운 인사이동이 있었다. 사람은 만나면 헤어지나 허전하고 맥이 탁 풀린다. 부디 좋은 결과가 있길 바란다.

이상하게 마음에 평화가 생긴다. 인생을 다 살아버린 듯한 여유가. 자포자기라고 할지 웬만한 일엔 흥분도 분노도 없고. 일하는 아줌마가 다행히 괜찮은 사람이 왔고. 미진이도 있기로 했고. 멍하니 정신이 있기도 하다 없기도 한 듯. 너무나 다른 사람보다 특출나게 인기가 있으니 겁이 난다. 자연 시기하는 사람도 많겠지. 좀 더 겸손하고 조심해야지. 건강에 신경 써야겠다. 착잡하다.

1987년 4월 10일

나는 전생에 무엇이었을까. 사람이었을까, 소였을까, 도깨

비었을까. 눈이 크고 말이 없고 할 말은 많지만 할 수 없이 일만 하는 순한 소였을까. 동에 번쩍, 서에 번쩍 하는 도깨비불이었을까. 오늘은 경주다. 어제 도착해서 여행처럼 일하는데 부담이 없고 많은 자아 발현을 했다. 다만, 진호 아빠 생각에 분장 다 한 얼굴에 눈물이 범벅된다. 집을 떠나 혼자가 되면, 봇물 터지듯 눈물뿐이다. 이렇게 오빠의 죽음 앞에 보고만 있어야 하나. 누구 없을까. 지친 나 말고, 누구 없을까.

1987년 4월 24일

하늘이 잿빛이라서 술이 한잔하고 싶어 친구 집에 모였느냐고 전화를 했다. 잿빛이 아니라도 나는 요즘 술을 사랑한다. 아슬아슬한 바위 언덕을 쉽게 날아갈 수 있는, 설혹 낭떠러지 위에서 숨바꼭질을 하든, 안심이 되도록 해주는 술. 시간이 정지할 수 없이 아무리 흘러 감각이 없어도 지혜가 나오고 두 다리를 펴게 하는, 너는 무슨 약일까? 집수리를 시작했다. 열흘후, 제대로 숨을 쉬고 살고 싶다. 이름도 모를 하얀 술을 서너잔 냉장고에서 꺼내 마셨다. 좋다. 좋다.

1987년 8월 19일

밤이 좋다. 설익은 밤보다 깊은, 아주 깊고 어둡고 조용한, 무엇보다도 모든 사람들이 약속한 듯 누워 자는 밤이 좋다. 어느 누군가도 나처럼 똑바로 앉아 있다 생각하면 어서 잠들길 바란다. 이상한 체력이다. 오후 4시쯤이면 파김치가 된다. 목이 무거워 머리라도 어디엔가 기대고 싶다. 잠시라도 두 다리 뻗고 누워 있고 싶다. 커피로도 안 되고, 드러눕고만 싶다. 그대로 엎드려 자면 아침까지 세상 모를 것 같으나 밤 11시가 지나면 살아난다. 한 차례 비 맞은 장독대 틈바구니의 이름 모를 한 포기 새파란 풀처럼 새파랗게 살아난다. 그리고 이 방 저 방 다니며 일을 만든다. 일 만드는 것이 소용이 없어 결국 다들 누운 방에 불을 꺼주고 소리 없이 멍청하니 침대에 앉는다. 눈은 초롱초롱 서캐라도 잡을 듯이 맑게 개고. 물먹은 우단 커텐도 빨아놓을 힘이 생긴다. 그냥은 못 잔다. 야간 근무 체질인가. 어떤 날은 창을 열고 불 안 꺼진 아파트의 집 수를 센다. 깜깜한 집은 가엾어 보인다. 그러나 다행스럽다. 유난히 훤한 집의 불이 꺼지기를 한 시간 이상 기다려도 본다. 묵은 앨범을 손톱을 다쳐가며 꺼내놓고 그냥 다시 올려다 놓고. 언뜻 생각나는 눈에 안 띄는 푸른색에 흰 땡땡이 원피스를 미친 듯이 찾아본다. 없다. 포기해버린다. 생각이 안 난다. 선풍기를 분해해서 새것처럼 닦아서 기름칠하고 다시 틀어본다. 아까보다도 새 바람이 불어온다. 커피도 마셨고 맥주도 한 병 마셨고 담배도 한 개비 피웠고. 남들이 다들 자는데 도깨비처럼 앉아 있어봐야…. 누워보자. 누워서 생각하자. 그러다 보면 수가 있겠지.

엄니

1987년 어느 새벽

엄니. 너무나 늦게 고백합니다. 그날도 치맛자락을 잡고 광으로 부엌으로 샘가로 따라다니며 연신 뿌리치는 매서운 손길에 얻어맞으며 끈질기게 한나절 따라다녔죠. 빨간 리본을 꼭 사야 한다고. 뒷걸음질로 차여도 부지깽이로 서너 차례 얻어맞아도 지칠 줄 모르는 내 끈기에 언제나 지시면서도. 힘 빼지 말고 애초에 들어주실 일이지. 언제나 한마디 빼놓지도 않으시고 "에이고, 이놈의 세상. 하늘허고 땅허고 딱 달라붙지"라며 수그러지셨지요. 나는 맘속으로 오른팔은 하늘로 뻗고 왼팔은 땅에 붙이고 달라붙지 못하게 막고 있었지요.

그날도 뒤꼍에서 애호박 네댓 개 따서 양철 다라이에 이어
주시며 호박 값보다 많은 걸 주문하셨죠. 뇌신 한 통, 소다 한
봉지, 풍년초 담배 한 봉. 그렇게 이어주신 다라이 홀로 이고
가 유가꼬 시장 복판에서 나 혼자 신이 나게 부르짖었죠. "금방
따 온 놈여유. 새우젓 넣고 볶아유, 아줌니. 채 썰어서 전 부쳐
봐유. 된장 풀고 지져봐유." 재수 좋은 날에는 빈 다라이 방앗
간에 맡겨놓고 강낭콩 색색이 붙은 찰떡 두어 개 해치우고 빨
간 나이롱 리본 두 개 사고, 겁도 없이 플라스틱 헤어밴드 한 개
사고. 아이스케이키 집에서 흘러나오는 수챗가에서 찬물에 발
담그고 날이 어두워지길 기다리다 참으로 묘한 기막힌 생각이
떠오르면 빈 다라이 둥둥 치며 뒷밭으로 올라갔죠. 어두운 밤
에 밭두렁에서 호박 찾아 개수 맞춰 다라이에 다시 이어 지친
듯이 집으로 들어섰지요. "아이고, 내 새끼. 불쌍한 것" 하며 끌
어안고 밥상 코앞에 대령시켜주시며 열무김치 찢어주며 안쓰
러워하셨지유. 굴뚝 밑에 감춰둔 빨간 리본, 엄니는 몰랐지유.
　　책보 허리춤에 차고 호박잎 양산 삼아 학교에 갈 때 우리 집
아물거리는 산 중턱에서 책보 끌러 양 갈래 빨간 리본 잠자리

처럼 접어 매고 선창가에서 불어주는 바람결에, 여덟 살 적에
난, 너무나 행복했답니다.

1987년 어느 새벽

아궁지에 벌겋게 남은 불더미에 쇠젓가락 달궈 걸레로 싸
거머쥐고, 지지지 머리카락 태워가며 굽실거리게 머리 말고.
양철집 건넌방에 해 질 녘이면 남색인가 하늘색인가 아주 고운
한복 입고, 반달님 모양 핸드빽을 오른손으로 살짝 쥔 하얀 얼
굴에 무당 같은 분 냄새 날리며 좀 무서운 얼굴을 하고 귀신처
럼 소리 없이 지나가는 낙원장 아줌마네 집에서, 언젠가 밥상
이 통째 마당으로 날아가 우물가에서 뒤집어져 나뒹굴 때. 잽
싸게 수챗구멍 옆에 뚫린, 개 한 마리 드나들 만큼의 구멍에 막
대기 넣어 끄집어낸, 자잘한 들국화가 그려진 사금파리 반 토
막으로 빠끔살이를 했다. 언제나 그 뒤뚱뒤뚱거리는 사금파리
그릇이 내 밥그릇이었다. 새까만 개미 잡아다 귤 껍데기에 소
복이 쌓아놓고 엄지손가락만 한 새끼 호박 따다가 채 썰어서
전복 껍질에 담아놓고. 아이스케이키 먹고 모아놓은 나무때기

잘 드는 칼로 깎고 다듬어서 젓가락 만들고. 두 홉짜리 빈 소주 병에 작은 콩 껍질 같은 데서 보라색 꽃이 아물딱지게 핀, 아직도 이름 모를 꽃을 수북이 꽂아놓고. 빨간 벽돌 조각 곱게 곱게 빻아서 고춧가루 만들고. 제일 못생긴 점례더러 물 길어 오래서 성이 다 쓰고 버린 구루무 통에 물 채워 놓고. 찌그러진 깡통을 베개 삼아 퍽이나 푹신한 새 가마니를 침대 삼아 반듯이 누워서 하얀 구름이 스르르 그대로 내려올 것 같은 하늘 아래서, 빠끔살이도 열심히 했다.

선창가에서 다리 떨어진 게를 주워다가 양쪽 기다란 산길에 하늘을 덮고 널려 있는 벚꽃 밑에서 불을 피워 구워 먹고, 먼지 품고 떠나간 미군 트럭 "헬로 헬로" 따라다니며 던져주는 봉지 속 미끈한 깡통을 두들기고 까고 해서, 아주 작게 이빨로 한입씩 떼서 억지로 먹고 켁켁거리다가 토해내고. 네모반듯한 하얀 바둑 껌을 한 개씩 나눠 씹다가 집으로 돌아와 잠이 들 때면 아쉽고 아쉬워 나만이 찾을 수 있는, 빈대 피가 안 묻은 깨끗한 벽에 붙여놓고 삭을 대로 삭아 씹히지 않을 때까지 아껴 씹으며 참으로 행복했다.

풀꽃 뜯어다 시계 만들고 반지 만들고, 새까맣게 푹 익은 콩 알만 한 열매 찾아 산중을 헤매며, 절간 소리 울리는 쥐 죽은 듯 조용한 언덕에서 팔뚝만큼이나 큰 쑥을 치마폭에 한 무더기씩 뜯어 오고. 외진 길가에 하얀 문창호지 위에 흰쌀밥, 명태 한 마리 무섭게 앉아 있을 때 못생긴 점례더러 명태만 주워 오래 서 살짝 구워 찢어 먹고. 자잘한 빨간 개미 털어내고 명태 대가 리 엄니 갖다줄 요량으로 허리춤에 집어넣고. 봉창에다 몰래 한 줌 담아 온 생쌀을 똑같이 나누어 흰 거품 물며 오독오독 씹 어 먹고. 미군 부대 뒤 철로과에 가서 눈 크게 뜨고 쇠붙이 주 워서 고물상에 갖다주고, 톡톡 넓은 칼로 쪼끔 떼어주는 하얀 엿을 똑같이 나눠 먹고. 공동묘지 쪽에 유난히 많이 열린 산딸 기 따서 임자가 누군지 모를 무덤 옆에 베개 삼아 누워 입안이 떫도록 딸기 따 먹고. 무서운 할미꽃, 그래도 보드라운 쥐색 잎 속에 핀 자주색 꽃이 좋아서 한 아름 뜯어 오고.

1987년 〈엄니〉

키가 크셨다. 아버지가 키가 작아서 키 큰 색시를 택했나

보다. 미국 사람처럼 이국적이셨다. 벙어린 아니지만 말수가 적고 언제부터 앓아온 위장병인지 하얀 소다를 한 주먹씩 털어 넣고. 내가 들어가 숨어본 일 있는 새까만 가마솥에 새벽부터 보리밥을 한 솥씩 해서 소쿠리에 담고 도구 통에 뭔가를 찧어댔다. 김화순. 꽃 화 자, 순할 순 자. 꽃 화 자는 맞는 것 같은데 순할 순 자는 틀린 듯싶다. 연극 놀이 한답시고 모시 치마 몰래 뜯어 천사 옷 만들어 놀다 들키면 허벅지가 시퍼렇게 네댓 군데 멍이 든다. 이 작두로 모가지를 쓸어 죽일 년아. 창사구를 터쳐 죽일 년아. 나는 작두만 보면 가마니로 덮어놨고 풀 더미로 덮어놨다. 언젠가 저 작두 사이로 내 모가지가 들어갈 것 같았다. 엄니, 지금이라도 벌떡 일어나서 작두로 썰어 죽이겠다고 한 말씀 해보시지요. 그립습니다. 끼니를 거르는 동네 사람 모아다 김장 김치 몇 포기 대가리만 툭 잘라 황석어젓 묻혀서, 밥 한 사발씩 퍼서 배고픈 사람들 어서 먹으라고 먹이고. 인정 많던 우리 엄니. 우리 엄니 덕에 배 채운 아줌니들 많았을 겁니다.

1987년 어느 새벽

삶에 나사를 조이자. 김장 해놨겠다, 쌀 두어 가마니 팔아 놨겠다, 밖은 눈이 펑펑 쏟아지고 마음은 들떠서 종로로 명동으로 어디론가 나가고만 싶다. 계절 탓일까, 삶에 나사가 풀린 듯 모든 걸 털어버리고 친구들과 한 사흘 온천에라도 가서 실컷 웃다 울다 노래하다 춤추고 싶다.

이럴 때 으레 내 마음을 송두리째 꽁꽁 묶어 동여주는 어릴 때 일 한 가지가 생각난다. 우리 집의 모든 꿈과 소망을 걸머진 송아지 한 마리를 일곱 살 여름, 아버지는 사 오셨다. 아버지는 큰아들에게 송아지가 새끼를 낳으면 대학에 보내주겠노라 약속했고, 둘째 언니에겐 한 짐 싸서 시집보내겠노라, 셋째 오빠에겐 하모니카를, 바로 위 언니에겐 운동화를, 막내딸인 나에겐 카메라를 사주겠노라 약속하셨다. 그날도 아버지와 나는 빨리 커서 새끼 낳으라고 부지런히 풀을 뜯는 송아지에게 야단이었다. 나는 내가 이 집의 막내 주인임을 알라고, 그 큰 눈에 내 눈을 맞췄다. 그러다 아버지는 개울가에서 등목을 하겠다면서 송아지 밧줄을 나에게 넘겨주고 개울가로 내려가셨는데, 갑자기 멀쩡했던 여름날에 천둥 번개가 치며 캄캄해지니 얌전했던 송아지가 놀라 순식간에 몇 자씩 뛰면서 언덕 아래로 튀질 않는가. 일곱 살 허깨비 같은 나는 한 발자국 버틸 틈도 없이 보릿단 쓰러지듯, 성냥개비 따라가듯 술술술 딸려 갔다. 밧줄을 놔버리라는 아버지의 목소리가 온 산을 뒤흔들어도 언니의 시집 밑천, 오빠의 대학교를 죽어도 안 놓치겠노라, 어린 나는 자잘한 돌부리에 온 몸통을 쓸리고 가시나무 넝쿨 가시에 온 다리가 쓸려 피를 흘리고도 악착같이 줄을 놓지 않았다. 서부 영화에서 범인을 마차 뒤에 묶어 사정없이 달리듯이 질질질 딸려가다 겨우 우뚝 솟은 소나무를 발견하고 몸을 잽싸게 새우처럼 구부려 소나무에 줄을 감고 송아지를 세웠다. 나는 해냈다. 책임을 다했다. 등목을 하다가 광목 빤스 차림에 비 맞은 쥐처럼 달려와 "내 새끼 죽네, 아이구" 하시며 내 입에 대고 산소호흡 하시는, 내 앞에서 처음으로 우시는 아버지 모습이 너무 우스워 온 산이 떠내려갈 듯 웃어젖혔다.

그래, 한순간이라도 삶에 나사를 풀면 영원히 맞출 수 없이 깨져버릴 수 있다. 얼마나 할 일이 많은가. 이유 없는 삶의 권태를 커피 한 잔으로 털어버리자. 지금, 몇 장의 연탄 때문에, 몇 되의 쌀 때문에 이 추위에 시장에서 노상에서 두 눈에 불을 켜고 소리치며 혹은 병마와 싸우며 삶과 죽음의 기로에 있는 사람들이 많은데. 건강할 때 건강한 정신으로 일하자. 나사를 바짝 조이고 팔을 걷고 비눗물 풀어 화장실 청소, 대청소를 하자.

1987년 어느 새벽

나의 하루는 25시간도 모자란다. 45kg의 몸에서 에너지를 쉬지 않고 내뿜는다. 참으로 많은 일을 한다. 처녀 시절, 살림살이가 하고 싶어 몹시도 빨리 시집가고 싶어 했지만, 빨리도 아닌 스물여섯 살에 동갑내기와 결혼을 했고 열두 살 아들과 여덟 살 딸아이를 두었다. 행복을 찾으려면, 엄마 얼굴을 크게 그려놓고 '사랑해요, 먼저 자요. 뽀뽀해줘'라고 써놓고 잠든 딸애의 톡 튀어나온 이마에 입을 맞출 때 '하느님, 감사합니다. 아, 행복하다'라고 느낀다.

만물박사, 북극 남극 남태평양을 가본 사람보다 더 잘 알고

퀴즈 프로, 〈장학퀴즈〉, 신문에 난 낱말 맞히기를 한두 개 빼놓고 척척 맞히는 똑똑한 남자, 머리에 비해 수입은 적은, 낙천적이고 코메디언 이상으로 웃기길 잘하는 철없는 남자와 완벽하다 못해 컴퓨터란 별명이 붙은 칼날 같은 여자와의 10여 년 넘는 결혼 생활. 결혼 때 해 온 장롱 문짝이 금이 가게 대전투를 했고, 고속도로에서 싸우다가 날 내려놓고 혼자 아주 가버린 야비하고 냉혹적인 전투 사건 속에서도 용케도 헤어지지 않고 한 치의 양보도 없이 아직은 그런대로 견디며 산다. 그러나 내일모레 나도 40인데 아무리 방방 뛰어도 인생사 순리대로 사는 것, 누구 말마따나 깨가 열 번 구르나 호박이 한 번 구르나 마찬가지라고. 외아들 왕자처럼 커온 이기적이고 고집쟁이 남편에게서 외로움을 느끼나 가파르고 한 치의 여유도 없는 나의 성격이 조금씩 변해간다. 술에 거나하게 취한 남편은 아들에게 경례를 시키고 "명호야, 너는 이담에 커서 뭐가 될래?" "네! 저는 나라를 위해 군대에 가서 장렬하게 지뢰를 밟고 전사하겠습니다!" "아, 그래? 그럼 이 아빠는 연금을 타는구나. 우하하하!" 한다. 예전 같으면 자식 교육 잘 시킨다고 제일 싫어하는 잔소리를 늘어놓으련만 그냥 웃고 마는 여유가 생긴다.

살림하고 싶어 결혼한 나의 살림 솜씨. 큰돈을 써보질 못해서 마음에 드는 고가의 가구는 벼락맞을 것 같아 망설이다 망설이다 사질 못하고, 이름 없는 들꽃을 좋아해 촌스러운 꽃들만 사다가 싼 가구에 꽂아둔다. 여름이면 열무 사다 열무김치에 자반 지지고 가지나물까지 무쳐, 언제나 식탁엔 촌스러운 반찬이.

한밤엔 온 아파트에 불을 다 끄고 아이들과 숨바꼭질을 한다. 딸아이를 두 살 때부터 안고 숨었으니 이골이 났다. 뻔한 공간이지만 이불 더미 속, 걸어놓은 옷 사이, 식탁 밑. 너무나스릴 있다. 작년까지만 해도 무서워서 못 찾겠다 꾀꼬리로 기권만 하던 우리 딸이 이제 악착같이 찾는다. 가여워서 일부러 기침 소릴 내서 들켜주면 좋아서 몇 자씩 뛴다. 한번도 가담하지 않은, 그토록 아이들이 사정해도 불 끄고 있는 것만으로 도와준다는 인심을 내세우는 아빠는 왈, "촌스럽게 놀구들 있다. 게임을 해. 노래 자랑도 하고. 촌에서 놀이터가 있었어, 장난감이 있었어? 신문에서 못 봤어? 숨바꼭질하다가 각목 쌓아놓은 데서 사고 난 것" 하고 핀잔을 준 이후로 잠시 휴업했다가 어제도 신나게 숨고 찾았다. 아빠 품속에서 쥐 죽은 듯이 숨어 있는 딸애의 가쁜 숨소리를 모른 척 지나가면 잽싸게 "딱콩!" 하며 뛰어나오고.

옛말에 마음이 편하면 초가집도 아늑하다 하고 성정이 안정되면 나물국도 향기롭다고, 우리 집에 특별한 가훈은 없다. 밥상 앞에서 모두 "하느님, 감사합니다"라고 기도할 뿐 승진하라고 돈 많이 벌어 오라고 아우성치는 아내도 없고…. 새벽에 나가서 밤중에 들어오든 여우 털 코트를 개털 코트라고 속이고 사 입든 무난히 속아주는 남편에, '나의 재산 목록 1호' 아들 하나 딸 하나 아빠 닮아서 머리는 천재들이고. 자기 반에서 20등 정도니 천치는 아니니 괜찮다. 그저 내 옆의 풀잎도 좋다. 들꽃이 항상 있고 좋아하는 책과 커피와 언제고 뭔가 끄적거리고 싶을 때 끄적거릴 노트와 펜이 준비됐으니.

중년이 되어 가끔 아부지가 보고 싶어 느닷없이 엉엉 우는 '약간 취기가 있을 때의 나'를 구경하는 애들에게, 남편 왈 "애들아, 너희 외할아버지께서는 아주 훌륭하고 큰 분이셨단다"

하면, 우리 딸 "아빠, 외할아버지가 사장님이었어요? 사장님은 사장님인데, 아주 크게 하셨대요. 고구마밭을요! 수십 가마니를 캔대요, 가을이면. 엄마가 고구마 보더니 아빠 생각이 나서 운대요" 한다. 그이가 수건을 던져주고 아이들을 데리고 안방으로 가면 울다 웃다 "아부지, 저 사람이 아버지 사위예요. 딱 한번만 오셔서 술 한잔만 하시고 가세요…" 한다. 그러면 안방에선 삼중창으로 "울어라, 쌍고동아" 노래가 들려온다.

1987년 어느 새벽

가을이 간다. 가을을 잡으러 나가자. 하느님이 시험 삼아 맨 처음 만드셨다는 코스모스를 만나러 나가자. 울타리 안보다는 외로이 길가에 서서 뽀얀 먼지도 마다하지 않고 잘난 체도 안 하며 적당히 웃고 서 있는 이제 조금은 초라해 보이는 너를 만나러 나가자. 아무것도 탐하지 않으리. 금속성의 목걸이와 교만과 속절없는 인기와 가득가득 차 있는 탐욕의 욕망일랑 모두 끄집어내어 뒤꼍 베란다에 걸쳐두고. 아무도 몰라주고 불러주지 않아도 좋은, 이름 없는 시인이 되어 가을엔 떠나고 싶어

라. 빈 바구니 하나만 흘연히 들자. 가을을 담으러 나가자. 산을 넘고 들을 넘어 천천히 걷자. 오늘은 오늘이고 싶어라. 조금 더 먼저 가겠노라고, 뛰지도 말고 구르지도 말자. 오늘은 기다리는 사람도 약속된 시간도 없다. 부엌도 저만치 멀찍이 버려놓았고, 시멘트 벽의 다섯 칸 방도 멀리 밀어놓았다. 삶의 공식과 법칙과 지혜일랑 적어도 오늘은 모른다. 다만 빈 바구니에 가을을 소복이 담아보고 싶다.

적어도 오늘만은 내 나이도 모른다. 툭툭 떨어지는 아가 이불만 한 오동 잎을 담자. 도처에 널려 있는 구름 한 점 잡아 바구니에 담아 넣고. 그 누구의 호령인지 순종하며 자꾸만 내려가는 순진한 시냇물을 한 줌 담고. 고개 흔들며 그윽한 향기 뿜으며 옹기종기 앉아 있는 자잘한 들국화 사이에 조용히 앉아보자.

아, 오늘은 시인이 되자. 무언가에 취해보고 싶다. 손바닥으로 가득 뜬 시냇물 한 모금 마시고, 잉크 색깔에 만두 모양을 한 밥풀만 한 이름 모를 꽃잎 따서 입술에 녹이며 안주 삼자. 거나하게 취하면 하얀 들국화 사이로 두 팔을 벌리고 편안

히 눕자. 가을 보석에 눈이 부시다. 여기저기 이름 모를 나무에
선 푹 익은 새까만 열매를 주르륵 떨어뜨리고. 가슴 위엔 몇 장
의 고운 가을의 훈장이 이불이 되어 잠재워주려 한다. 취한 김
에 취한 생각이나 하자. 인생이 별거냐고 국화에게 물어보자.

국화야, 너는 아느냐. 목젖까지 치오르는 서러움을. 거부할
수도 모른다고도 할 수 없는 외로움을. 임이라고 부르기엔 어
림없는 불멸의 존재의 뒤통수를. 인생이 별거냐고 물었거늘,
대답 없는 국화와 작별하고. 인제 누구에게 물을까나. 나는 아
직 설익은 쌉쌀한 과실. 익지도 않았으면서 익은 체하는, 한입
씹으면 쌉쌀한 덜 익은 과실. 묵묵히 좀 더 하늘을 보고 이슬을
먹고 서서히 태양을 쬐며 익히자.

1987년 9월 22일

아, 그 무엇들이 나를 어떤 것들에게서 취하지 않으면 안 되
게 만드는 것일까. 허기진 배에 밥알보다는 커피와 담배와, 이
젠 좀 더 진한, 배 속에서부터 뇌 속으로 좀 더 빠른 속도로 와
줄 진한 알콜을 사랑하게 되나. 오금을 펴지 못하도록 차가운

겨울이 빨리 왔으면 좋겠다. 모든 내장을 꺼내 말끔히 씻어 다시 넣고 싶다. 잠들어야 할 시각에 잠들고 싶고 멍청해져야 할 때 멍청해지고 싶다. 그렇다고 행복이 무언지는 모르나, 정녕 행복해지고 싶지도 않다.

그. 누구인지는 나는 안다. 그저 몇 가닥 흘러내린 머리통을 보드랍게 말려주는 걸로 족하다. 아무런 소리도 없이 잠시만 미쳐 있고 싶다.

권태

1987년 어느 새벽

정초에 시누이네 따라서 용평엘 갔다 왔어야 하는 건데. 며칠만이라도 집을 떠나 쉬었어야 하는 건데. 집이 물린다. 방송국이 물린다. 똑같은 밥에 계속 먹어대는 신 김치처럼 매일 보는 사람, 방송국 로비에는 언제나 아는 얼굴, 모르는 얼굴, 자동판매기 커피 잔을 하나씩 들고 많이 웃어 보이며 반가워하는 얼굴. 적당히 눈만 감았다 마는 얼굴들. 분장실엔 그 얼굴 그 얼굴. 질린다, 물린다. 모르는 공간에, 처음 가는 집에 낯선 사람과 있고 싶다.

1987년 9월 27일

"이 가을 하늘을 보십시오"라는 라디오의 귀 익은 소리를 듣고 차 안에서 고개를 들어 창밖 높은 하늘을 쳐다봤다. 참으로 강행군이었다. 이제는 쓰러질 때가 됐구나 하며 쓰러질 준비까지 해놨다. 전라도 무안, 진도. 그다음 순천, 다음 날 이천, 논산, 인천, 다시 순천, 부산으로. 나는 해냈다. 수첩의 스케줄을 쭉 훑어보며 과연 해낼까 무서움에 떨었지만 이제 평안한 침대에서 오랜만에 자신을 읽어본다. 근 몇 개월 만에 나는 참으로 미쳐 있다. 완전히. 미쳐 있다. 무언가 아니, 정확히 말하면 누구에인가.

살 수도 죽을 수도 없는 이 목숨. 말할 수도 말 못할 수도 없는 언어. 이대로 미쳐 있을 수도, 아니 깨어날 수도 없는 현실의 삶이란 이런 건가. 해가 지면 베란다의 조용히 입 다문 분꽃을 보며 캔맥주잔을 들이켤 수밖에 없는 너는 무엇인가. 절망과 희망과 행복과 비관을 엇갈리어서 누리며 그래도 밥알은 입에 넘어간다. 어떻게 이렇게 살란 말인가. 하루는 죽음을, 하루는 삶을 생각하며 어림도 없는 삶을 살아야 하나. 도대체 만남이란 무엇일까. 그래, 내 가슴이 까맣게 타도록 녹이 슬도록 견디고 보자. 허세도 버리자. 가을아, 혼자 가지 말고 위선일랑 허세일랑 간교함일랑 데리고 가렴. 나는 그저 진한 향기도 없고 색깔도 없는, 그 누구도 이름을 잘 모르는 풀꽃이 되고 싶어라. 다만, 이 가을이 떠날 때 내가 버린 것을 갖고 가준다면 조급하지 않게 나를 다스릴 수 있는 작은 삶의 지휘봉을 조용히 들리라.

1987년 어느 새벽

확실한 주관을 갖고 성실하게 열심히 사는 사람들을 보면 한결같이 소신껏 자기 일에만 열심인 것을. 조용히 배운다. 나는 중년의 수다스러운 한 아줌마다. 자식을 둘이나 두고 한 치의 한순간도 예측할 수 없는 어려운 삶을 하하 겪으면서 왠지 한마디 쏟아놓는 말에 언제부터인가 조심스러워진다. 누구는 곧 이혼한다더라, 누구는 치사하고, 누구는 정말 나쁜 인간이더라고 홍분을 하며 한마디 쏟아내며 분해한다. 하루 종일 남편 얘기, 애들 얘기, 누구의 흉을 실컷 보고 저녁에 잠자리에 드는 날은 왠지 허무하고 씁쓸함을 느낀다.

어느 책에 보니 사람이 성낼 때의 침전물은 밤색이 되고, 고통과 비애 때는 회색, 후회의 정에 괴로워할 때는 분홍색이 된단다. 성낼 때 만들어진 밤색의 침전물을 모아서 쥐에게 주사 놓았더니 쥐가 죽었다고 한다. 즉 성내는 것은 우리 체내에 독소를 만들게 해서 신체에 해독을 끼친다는 것이다. 얼마 전 큰 욕심 없이 행복하며 평안한 신혼 생활을 시작한 어느 후배에게 정말 괴롭고 안타까운 허무맹랑한 소문이 퍼져 맘 상해하는 일을 보았다. 아무리 소문이라 해도 기분 나쁜 건 사실이건만, 선한 마음으로 침착하게 조용히 견디는 후배를 지켜보니 참으로 대견스러웠다.

아침에 현관문을 나서며 한 번씩 꼭 다짐해본다. 온 수다를 다 떨어도 남의 욕일랑은 하지 말자. 굳게 약속하나 또 두어 건의 흉을 보고. 정말 깊은 산속에 따로 들어가서 도를 닦든지. 자신이 밉고 후회스럽다. 이제야 걸음마 시작하는 아이처럼 조금 철이 드는 것일까? 아니면 너무 바빠 기운이 없어서일까. 말이 없어진다. 말이 없어지니 실수가 예전만큼 없어진다. 너무나 하찮은, 배운 것 없고 보잘것없는 존재라 생각이 드니 살기가 좀 편안해진다. 우선 나 자신이 편하다. 그래요, 당신이 잘났소이다 생각하니 우길 필요도 없고 성낼 이유도 없다. 이렇게 성격이 변함도 감사하게도 내 주위엔 좋은 몇몇 친구가 있기 때문이다. 언제부턴가 늦게나마 느낀 일이지만, 그들은 한결같이 남의 험담을 하거나 잘못을 들춰내지 않는다. 정말 영원히 같이할 최선의 친구들이다.

1987년 〈레이디경향〉 원고

우리 부부처럼 철저하게 성격이 안 맞는 부부가 있을까. 이혼 안 하고 13년 살아온 거다. 나의 인내력과 우리 친정의 가훈과 우리 시어머님의 인자함과 존경심, 우리 시누이의 물량 공세에 약해서일까. 우선 식성부터 보자. 나는 신 김치 길게 찢어서 멸치 넣고 푹 지져 먹는 걸 좋아한다. 남편은 돼지고기 큼직하게 썰어서 지져야만 먹는다. 우리 아들(12), 딸(8) 식성이 아빠 닮았다. 화장실이 두 개인데도 아침에 30분이나 차지하고 있어서 급할 땐 화장실 한 개로 바쁘다.

나는 성격이 깐깐하다 못해 컴퓨터처럼 철저하고 칼이다. 반면에 남편은 시외전화가 와도 보던 신문의 끝머리마저 읽으면서 느릿느릿 걸어오는 타입. 밥상 차려놓고 대여섯 번 "식사해요, 식어요, 불어터져요! 에이, 우리 먼저 먹자" 하면 중간쯤에야 신문 들고 나온다. 교육도 나는 일단 애들을 군대식으로 가르친다. 왜 피아노를 10분이나 늦게 갔냐, 양치질 위아래 다 했느냐, 양말은 벗으면 구석에 처박지 말고 빨래 통에 넣어라. 그러나 남편은 늘 여유롭다. 술 한잔 거나하게 걸치고 퇴근 시간 자유자재로 들어온 남편에게 아들놈 세워놓고 따끔하게 나무라라고 일렀더니, 우스갯소리만 한다.

언젠가 마누라 생일날, 너무 섭해서 "사람이 이제 늙어가면 마후라 한 장 포장해서 던져줘봐요. 내 아무리 인기가 있다 해도 난 정말 외로운 사람이야"라고 심각하게 말했더니 "먼저 여태껏 잘 살아줘서 고맙습니다"라고 하라나. 그러더니 할머니들 하면 딱 맞을 디자인의 다섯 돈이나 되는 금팔찌를 사 왔다. "주웠어?" 하는 내 방정맞은 한마디에 이제 환갑 전까지 선물은 없을 듯싶다. 너무나 디자인이 우스워서 얼떨결에 한 말인데…미운 정, 고운 정. 뭣 때문에 살까. 내 개인 생활에도 전혀 관심이 없다. 돈을 얼마 벌든, 여우 털 코트를 사고 미안해져 묻지도 않는데 개털 코트라 해도 그러냐고 한마디 하고 끝. 딸 아이한테는 그토록 자상한 아빠인데…. 원피스, 구두를 나보다도 세련되고 예쁜 색깔로 사 오면서.

성공

2003년 12월 31일

괜찮았고 감사했던 한 해의 마지막 날이다. 어찌 보면 한 5~6년 전부터 인기나 일거리가 줄어들면서 경제적 곤란 등으로 서서히 마음은 공황 상태로, 우울증으로 스며들었고 거기에 오십견까지 겹치면서 늪에 빠져들기 시작했다. 사랑 또한 공황 상태였다. 연극으로 돌파구를 찾아보려고 시도도 했다. 견디기 힘들어 매달린 술, 담배, 폭식. 쪼들리기 시작했고 은행에서는 압박이 들어왔다. 어쩔 수가 없었다. 아들 명호가 보이지 않을 때면 느끼던 걱정 불안 공포. 심장이 벌벌 떨렸고 무서웠다.

허나 더한 시련도 견뎠는데 왜 그렇게 실성했던가. 왜 죽으려는 길밖에는 안 보였나. 왜 말을 더듬고 발을 뗄 수도 없었을까. 왜 심장은 그토록 뛰었는가. 정말로 빙의였다. 그 기 치료는 뭐였길래 단 한 번에 정신을 차릴 수 있었고, 묘심화 스님은 어떤 힘으로 한 번에 낫게 해주셨을까. 갑자기 화장실에 가서 펑 하고 소리가 나더니, 숯검정 같은 가루가 터져나왔다. 다음 날 아침. 어쩜 그리도 샛노란, 냄새가 전혀 나지 않는 변이 나왔을까. 기 치료를 받으면서 혈관이 뚫려서 몸속 까만 독가루가 빠져나온 거란다.

다음 날부터 살아나기 시작했다. 그때부터는 삶의 의욕이 생겼다. 시장에 가고 싶어 뉴코아에 들렀다. 혜자 언니는 "너 살아났구나. 귀신 들렸었어" 했다. 묘심화 스님은 믿지만 '기'는 이해가 가지 않는다. 삶이, 생각이 통째로 헷갈린다. 어머님 사진이 몇 번이고 나를 노려본 건 뭔가 말이다. 어머님의 시선을 느낄 때마다 머리카락이 솟고 사시나무 떨리듯 떨렸다. 혜자 언니와 통화할 때 느꼈던, 귀신들이 내 방에 들어오는 한기. 전화를 붙잡고 하느님을 부르며 언니와 함께 물리쳤다.

주님께서 가엾은 나를 불쌍히 여겨 은인을 보내 경제적으로 살려주셨고, 스님께서는 내 업장을 바꿔 일이 술술 풀리게 해주셨다. 이 은혜는 절대로 잊어서는 안 된다. 갚을 것이다, 몇 갑절로. 때가 아직 아니라서 방송 일은 없었다. 생각난다. 다단계 강의. 어느 땐 형사들이 오지 않을까 불안해하며. 그러다 작년 수해로 그 강의마저 뚝 끊겼을 때의 좌절감. 그러다 본업인 영화를 운 좋게 할 수 있게 됐고, 촬영했던 두 편 다 큰 성공을 거둬 화젯거리가 됐다. 결국 몇 년 동안 못 썼던 사치가 발동이 걸려 군산 땅, 밍크, 반지, 귀고리를 사 모았다. 에세이, 요리책은 어찌 됐는지 되레 출판사에 빚이 몇백이 남았다.

이제 남편 일의 결과가 곧 나온다. 새해에는 3개월짜리지만 드라마를 시작하기로 했고, CJ와의 좋은 인연으로 말이 오가는 영화 계약도 남아 있다. 서너 날 계장으로 살았다. 7년 전부터 그토록 갈망했던 '일용엄니 집'도 좋은 기미가 보인다. 내 나이 쉰여섯. 외모로는 마흔다섯 정도로 보인다만 이제 중요한 결단을 해야 한다. 무지무지 어렵다는 건 알지만. 이미 종합검진 때 갑상선과 간에 약간의 문제가 있다고 들었다. 우리 부모, 형제 다 단명했다. 큰성, 작은오빠, 담배 골초였다. 아부지

또한. 그렇게 오래오래 살고 싶진 않다. 허나 병마와 싸운다는
건 너무 무섭고 앞으로 아들 명호와 딸아이 결혼도 시켜야 한
다. 오늘까지만이다. 명호랑 약속했다. 일단 끊어보자. 끊어보
고 결과가 어떻게 나오는지 보자. 끊는다. 끊는다. 맹세해보자.

2004년 1월 1일

어제 친구 때문에 ○○ 엄마네 가서 축사까지 해주고 왔다.
친구 도움으로 딸아이 취업이 스무스하게 됐으면 한다. 확실
한 듯했던 영화 계약이 주인공이 아직 결정되지 않아 미뤄지고
있다. 돈이 5천인데, 새옹지마. 두고 봐야지. 어제 포항 형님이
랑 강원도에 갔다가 우연히 시골 밥집 숯가마에 들렀는데 앞으
로의 내 사업 구상에 큰 도움이 됐다. 불가마는 꼭 해야 한다.
숯가루 황토 흙, 문도 한지문으로 하고 대나무 천장에 장작을
때야 한다. 문제는 돈과 허가. 내일 군수님과 3시에 약속을 했
다. 책방, 불가마, 음식점은 꼭 해보고 싶다. 어제 보니 손님이
밀려서 줄을 서 기다리더라. 그 집 메뉴 나오는 거에서 아이디
어가 떠올랐는데, 1인당 만 원으로 겉절이, 메밀묵, 부추호박

전, 나박김치, 청국장, 굴회, 박대, 갓김치, 총각김치, 동치미, 장아찌, 황석어젓, 풋고춧잎, 콩잎을 한 판에 내는 거다. 불가마에서는 식혜, 커피, 녹차, 아이스크림, 당근즙, 토마토, 오이즙, 오렌지를 팔고 츄리닝, 타올 대, 소짜, 진흙 팩을 놓고, 젓갈, 된장, 청국장, 게장도 팔까.

2004년 1월 18일

어제 방송에 70대 할머니처럼 험하게 나왔다. 아무리 조명 탓이라 해도…. 딸이 참 예리하다. 지난번 꿈에 갔을 때 담배를 많이 피웠다. 담배에 찌들어 스킨케어도 잘 되지 않고 파운데이션도 뻑뻑했다. 머리는 맑았는데…. 오늘부터 다섯 개비로 줄여보자. ○○이네 갔다가 되게 우울했다. 거리를 둬야겠다. 얄밉도록 깍쟁이다. 우리 집에 꽃 사 온 거 보면 안다. 며칠째 너무 우울하다. 나 자신이 싫어서 괴롭다. 수미야, 잊었냐? □□ 기업 회장님은 연예인 동원해 그리 도와주고도 어려워 손 내밀 때 단 천만 원밖에 못 준다 하고, 누구 회장은 "나는 돈거래는 안 합니다" 하고, 또 누구는 단 돈 몇백에 내 전화를 아예

94

피했던 것을. 어떤 중견의 남자 배우는 돈도 꿔주지 않았으면서 소문내고 다녔다.

앞으로 자식들 결혼도 시켜야 하는데, 어제 화면으로 본 내가 꼭 환자 같다. 주변에서 얼굴이 제일 좋다고 한 날에도 기미가 낀다. '일용엄니 집'이나 얼른 하고 싶다. 좋은 아이디어가 또 생각났다. 흙벽과 중국 원목 가구, 한지로 꾸미는 거다. 식탁도 주방 문도. 그리고 시골 대문을 달아야겠다. 얼른 차리고 싶은데 이번 달도 지출이 많다. 에멜 귀고리 5백, 진주 반지 5백, 밍크 코트 6백, 군산 땅 5백, 자동차와 기타 옷 1천5백, 그릇 3백, 이불 4백, 가전 2백, 싸이판 3백. 정신 차리자.

2004년 1월 22일

예정대로라면 〈익스퀴즈미〉, 〈프리티우먼〉 출연 계약으로 필요한 수입이 생긴다. 주님! 이사 갈 때 맞춰서 이렇게 준비해 주시는군요. SBS 이명우 씨가 편집하다가 너무 재미있다고 휴대폰 메일로 보냈다고 한다. 〈오! 해피데이〉, 〈위대한 유산〉 두 작품 모두 히트시키고 났더니 영화가 밀려온다. 유리 창문이

꽁꽁 얼었다. 불쌍한 우리 아줌마. 어제오늘 밤 반찬 싸주면서 며칠 자고 오라고 했다. 아들 선물하라고 양말 선물도 줬고. 기사 아저씨에게도 얼마를 드렸다. 우리 아저씨 참 좋은 사람이다. 오늘 택시 타고 묘 스님 절에 세배 다녀오고 싶다. 우리 이쁜 딸은 어제 하와이로 떠났다.

사람은 크게 상처를 입으면 누구는 반쯤 죽었다 생각하고, 누구는 반쯤 살았다 생각한다고 한다. 반쯤 죽었다고 생각하는 사람은 정말로 죽어가고 있을 것이고, 반쯤 살았다고 생각하는 사람은 실제 살아날 것이다. 도리에 맞는 삶을 살자. 창조적인 삶을 살자.

2004년 1월 23일

큰 스승님께 세배하러 갔다 왔다. 곧 돌아가신단다. 육체는 뵐 수 없다지만 그분의 진리와 철학은 내 가슴에 남아 영원히 내 생명과 영혼을 다스릴 것이다. 너무나 슬프다. 그제, 김 실장이 까불었지만 후회하고 있을 것이다. 생각하고 싶지도 않다. 오만불손. 오늘 영화사에 전화해 빠른 시일 내에 계약하자고 말하자. 다음 주에는 치과 종합검진이 있다. 앞으로 건강을 조심해야 한다. 요즘 위가 이상하다. 경련이 자주 일어난다.

내 나이 육십 되는 해 가을에 은퇴하고 싶다. 앞으로 만 4년. 일단 하나하나 빚을 갚아야 한다. 작년 3억 정도 벌었다. 올해 5억을 목표로 해서 2억만 더 벌자. 벌어서 생활비로 쓰고 빚을 갚자. 임 사장님 1억을 꼭 갚아야 한다. 양수리 땅은 팔자. 지금 시세로 3억이다. '일용엄니 서당'을 지어 음식점으로 쓰고 2층은 흙으로 지어 펜션으로 하자.

식물은 그 어려운 조건에서도 기적적으로 꽃을 피운다. 눈을 헤치고 성숙해지면 꽃가루가 터져나온다. 씨앗은 험난한 여행을 한다. 암술머리에 붙은 꽃가루를 바람을 이용해 날린다. 수억의 꽃가루를 날려 척박한 땅에도 꽃을 피운다. 번식이란 거의 전쟁이다. 그러다 찬 바람이 불면 이내 잎을 떨굴 준비를 한다. 씨앗을 남겨 우수하고 건강한 자식을 낳기 위해, 다음 해봄을 기다리며….

2004년 1월 24일

생각이 바뀌었다. 조건만 유리하면 강원도에 전원일기 마을을 만들 수도 있지만, X 회장이 워낙 쪼잔해서… 월요일날 〈익스퀴즈미〉 PD를 만나기로 했다. 출연료를 조금만 올려달라고 얘기해볼 예정이다. 착하고 순수한 자에게는 좋은 기회가 온다. 그러나 착하고 순수한 것을 더럽히는 자가 많다. 책을 내서 무료로 나눠주자. 내년 4월. 매섭고 놀라운 연기로 영화와 드라마 판을 중년 연기자로서 제패할 것이다.

2004년 1월 25일

8시 반부터 5시까지 여덟 시간을 잤다. 불과 2년 전, 쉬운 말로 빙의됐을 때, 술을 먹어봐도, 수면제를 먹어봐도 고작 세 시간 정도밖에 자지를 못했다. 새벽부터 심장이 뛰어 오전에 담배를 한 갑이나 피우고. 정말로 귀신 짓이었을까? 선사님의 기 치료는 어떤 신비였을까. 눈이 빠지도록 시리고 아팠는데 묘 스님의 천도재를 받고 그 자리에서 괜찮아진 것은 무엇일까. 그러나 분명 내가 자리에 누워버린 절망은 경제적 파탄이었다. 어디로 갈 데도 없건만 집을 비우고 나가야 함은 심장을 뛰게 할 수밖에 없는 일이었다.

왜 지금 같은 용기가 없었을까. 큰 스승님이 업장을 바꿔주신 후로는 내가 원하는 대로 돼간다. 지금 골머리 썩이는 재건축 문제가 지지부진 늦어지는 이유도 다 내 형편상 때가 아니기에 늦춰주시는 것이다. 몸의 백반도 여기서 멈추게 해주셨다. 백반 흔적이 희미해지고 있다. 주위에 나를 도와주는 새로운 인물도 자꾸 만나게 된다. 기존의 아는 인연도 나에게 더 잘해준다. 아프기 전보다 더 유명해지고 주가가 높아졌다. 더 이뻐졌다. 시술 효과도 있겠지만. 물론 내 타고난 순발력과 끼, 노력도 있었겠지만, 결정적으로 영화 두 편이 영화계를 놀라게 했다. 조선일보 기사에서도 다뤘다. 〈오! 해피데이〉, 〈위대한 유산〉. 영화 전문가는 영화 감상 후 내 역할만 머릿속에 남는다고 한다.

내 마지막 핏줄들을 더 돌봐야 하는데. 조카 진호 취직도 시켜야 하고, 언니 제사도 지내드려야 한다. 이 세상 피붙이 하나 없이 그렇게 갔는데….

2004년 1월 29일

다시 활동하니 잘나갔던 다른 인기 중견 배우들의 태도가 화들짝 다르다. 느끼겠지. 본때를 보여주고 싶다. 어제 녹화도 잘했다. 연기로, 70년 만에 다시 데뷔하는 마음으로 전력 질주해서 교만하고 비인간적인 것들, 돈 몇백에 연락을 피하고 일절 상대해주지 않았던 사람들에게 본때를 보여주자. 아니, 그들을 탓하지 말자. 그게 세상사인 것을. 용서하자. 아니, 용서가 아니다. 당연한 것이다.

2004년 2월 1일

그나마 어제 방송은 괜찮게 나왔다. X 회장님. 계속 전화 오지만 안 받았다. 큰 스승님 말씀대로 사람이 너무 가까워지면 밀어내고 싶고 멀어지면 당기고 싶다고…. 일본 문제에는 너무 큰 기대를 갖지 말자. 지금 이 방송들도 큰 스승님께서 내려주신 기회다. 로비도 못하고, 인맥도 없고, 불의를 못 보는 나한테 더러운 방송 관계자들은 하대하며 내 연기력을 무시했다. 나는 그저 묵묵히 무서운 연기력으로 세상을 놀라게 하겠

다. 미스 김의 테일러 코트가 역시 멋있게 나왔다. 이번에는 진
선생님 의상을 입어야겠다. 군산 언니에게 돈을 보내줄 수 있
어 다행이다. 이 세상천지 하나 남은 핏줄. 도울 수 있는 데까
지 도와줘야 한다. 불쌍한 우리 엄니, 아부지를 위해, 배우지도
못하고 얼마나 몸 던져 일해가며 우리 밥 굶지 않게 했던가. 조
카 진호도 데려와야겠다.

2004년 2월 4일

몹시 허망하고 나 자신이 매사 후회스럽다. 괜히 폼으로 영
화도 캔슬시켰다. 잔머리 의리 없기로는…. XX대 총장도 그
렇게 아쉬운 소리 하더니 차 한잔하고 스케줄도 물어보지 않
는다. 군수도 연락도 없다. ○○○ 역시 이용만 하려고 든다.
XXX 방송국 강의도 자기 형 옷 가게 오픈에 데려가려고 의도
적으로 잡은 것 같고. 한지 공예 역시 골프장 비지니스로 날 데
려간 것 같다. 기사 아저씨 여관비도 안 내주고, 기껏 비빔밥
하나. 선물 하나 준비 안 하고… 믿지 말자. 발렌타인을 백만
원어치 줬건만 내 불찰이다. 모임에서 바가지 씌워야겠다. 지

사님더러 비빔밥 점심 사라고 하고, 저녁은 ○○○더러 내라고
해야겠다. 남대문에서 발렌타인도 내라고 해야겠다.

2004년 2월 5일

주님, 감사합니다. 〈발리에서 생긴 일〉이 3위로 뛰어올랐
다. 〈천국의 계단〉이 끝나면 2위가 되는지… 〈발리〉 때문인지
영화가 또 들어왔다. 전화위복일까. 무에서 유를 창조한다. 내
씬이 많다. 하지원이를 내 사무실에 두고 맘껏 멋 부리며 원 없
이 모양 낼 수 있는 역이다. 아마 데뷔 이래 처음으로 멋 내는
역일 것이다. 사치스럽고 미를 발산할 기회다. 영화사에서도
내가 출연하면 된다는 설이 있나 보다. X 회장님 일도 오해를
풀고 어제 매듭을 지었다. 인연은, 필연은 어쩔 수 없다. 최선
을 다하겠다. 버린다는 것은 목적이 아니라, 도달하기 위한 수
단이다. 모르는 사실을 깨달았을 때가 진정 아는 때다.

2004년 2월 8일

주님! 감사합니다. 큰 스승님 감사합니다. 임 사장님 감사

합니다. 혜자 언니 너무 고맙고 사랑해요. 효재야, 너는 필연이다, 미안하다. X 회장님도 필연의 인연이고, 고마워요. 숙아 인연이고 좋고 밀어줄게. 후연 씨 고마워요, 좋은 친구 돼요. 혜선 언니 밀어줄게. 나경아 좋은 인연이고, 고맙다. 등산회장 체면도 섰고 너무 잘했다.

SBS 특별 기획 〈발리에서 생긴 일〉, 이번 주가 최고였다. 이제 갤러리 세트도 나오고 씬도 많고 얼굴도 좋다. 데뷔하는 마음으로 최선을 다하고 있다. 3월 말에 드라마 하고 한 작품만 더 했으면 좋겠다. 주님, 지금이 기회입니다. 때가 왔습니다. 예전에 우울증이 온 이유도 몇 년 동안 일이 없어서였던 것 같습니다. MBC에 본때를 보여주겠습니다.

재능

2004년 2월 11일

그 무엇이 이토록 나를 짓누르는가. 숨통이 막힌다. 순조롭게 잘돼가는데도 그 무엇인가가 답답하다. 곧 어디론가 떠날 텐데 육신이 무엇인지를 깨닫고 사회에 이바지할 만한 희생적인 일을 하고 가고 싶다. 그리고 글을 쓰고 싶다. 무주에서 '일용엄니 서당', '일용엄니 밥집'을 하고 싶다.

2004년 2월 13일

작품을, 글을 써야 한다. 지금이 영화 시나리오를 쓸 때다. 주님, 시작하겠습니다.

2004년 2월 21일

어제 급히 부산에 〈슈퍼스타 감사용〉 촬영을 갔다 왔다. 스케줄상 그쪽 미스가 있었지만 잘 갔다 왔고, 인서트지만 더위에 부채질하며 씬을 잘 소화했다. 오늘 제주에 간다.

2004년 2월 25일

어쨌거나 3월 1일부터 류관순 언니를 기리며 담배를 한 달간만 끊어보겠다. 어제는 춤을 추는데 김 실장이 어깨가 이렇게 작냐며 정말로 놀란다. 양수리 땅을 팔자. 3억이면 2억 정도 은행 빚 갚고, 1억은 리모델링할 때 쓰면 된다. 땅부터 팔자.

2004년 2월 29일

큰일을 해 보이겠다. 드라마 촬영 때 내가 치는 애드립을 PD도 작가도 그대로 따라 한다. 이번 〈발리〉에서도 "애기야"가 떴다. 시놉시스를 써서 일단 신 이사도 주고, 최문식 PD도 주고. 안 돼면 CJ 최 상무한테도 주고. 시작을 해보자. 올 가을 겨울 내년 4월. 건산을 무대로, 무주에서 촬영해야 한다. 방송가를 장악하겠다.

2004년 3월 7일

주님, 꼭 데려가실 때라면, 데려가세요. 어쩔 수가 없잖습니까.

2004년 3월 8일

다시 한번 세상살이 인심이 내 생각과는 다름을 느낀다. 아니면 내가 바보인가. 나는 즉흥적으로 게릴라식으로 좋으면, 가엾으면 딱 한 번은 조건 없이 도와준다. 있는 사람들이 무섭다. 세상사 곤란을 모르니 어떤 면에서는 기업의 회장도 우리 시누이와 비슷하다.

양수리 땅을 내놓자. 임 사장님 1억 갚아드려야 한다. 그것이 사람의 도리다. 그때 1억이 우리 가족을 살렸다. 그러지 않았으면 양수리 땅까지 다 날아갔을 것이다. 재산을 잃는 것까지는 견딜 수 있으나 내 병까지 더 악화됐을지도 모른다. 그때 통장에 1억이 들어온 것을 확인했을 때의 감동. 지금 생각하니 백억 같은 감동이었다. 제주도는 때가 아니다. 너무나 그 촌집을 작업실로 갖고 싶지만. 어쩌면 양수리 땅이 팔리면 할 수 있을지도 모른다. 치사스럽게 동정받지 않겠다. 건강만 따라준다면, 영화 1년에 5편만 되면 5억 5천이다. 그 돈이면 양수리 땅 안 팔아도 해결할 수 있다. 주님, 제주도 작업실이 너무나 갖고 싶어요. 시나리오는 꼭 써야겠습니다.

딸아, 화요일날 제주에 가자. 한라산 설경을 보자. 주님, 큰 스승님, 어머님, 아부지, 임 사장님, 선사님, 묘 스님. 당신들의 사랑으로 저는 다시 우뚝 서가고 있습니다. 오늘 조직 검사를 하지만 별문제는 없을 듯싶습니다. 주님, 저는 글을 쓰고 싶습니다. 특별 기획으로 20부 제작을 하고 싶습니다. 오늘은 정말 제주도에 가고 싶습니다.

2004년 3월 11일
게장이 꺼림직하다.

2004년 3월 12일

뭐가 뭔지. 몸이 피곤해서인지. 내 발등의 불은 못 끄고 남의 집 불만 끄고 다닌다.

2004년 3월 20일

어제 MBC 〈뉴스데스크〉에서도 언니 책을 멋지게 다뤄줬다. 혜자 언니 감사의 글 중에 '당신이 없었더라면 이 세상에 이 책은 없었습니다'라는 구절이 눈에 띈다.

다행히 큰 충격은 없다. 나는 이미 물 건너갔기 때문에⋯. 허나 이성은 우정을 배신할 수 있다는 걸 다시 한번 생각케 한다. 언니 책을 보며 역시 큰 별이구나, 역시 그릇이 다르구나를 느꼈다. 그럼에도 이 감정은 질투겠지.

한대 병원에서 한 2~3개월 후 조직 검사를 다시 해보자고 한다. 갑상선 수치를 올리는 약을 다시 짓고⋯. 언니를 위해 시나리오를 준비해왔지만 당분간은 작품에 몰두하겠다. 목숨을 다 바쳐서⋯. 나에게도 언니에게도 주님의 가호가 있기를.

2004년 3월 26일

옛날처럼 떡판을 다시 갖다 놓고 야생화를 갖다 놨다. 돈 백만 원 옷 사는 것보다 좋다. 곧 질 것이 아깝다. 어젯밤도 꽃을 보느라 졸려도 거실에 앉아 있었다. 지금도 이 새벽에 나와 있다. 어렸을 때 수원지 공동묘지에서 많이 봤던 할미꽃. 재건축이 무산되면 주방만 수리하고 도배만 해야겠다. 풀꽃이라 지더라도 햇빛이 잘 들어와서 잘 살 거다. ○ 회장이 자존심 상했는지 전화 목소리가 이상하다. 박 회장이 어제 병원에 급히 갔나 보다. 오늘 사무실 오픈식도 다음 주로 연기했다. X 회장님이 어리석은 것 같지만 보통이 아니다. 거리를 좀 두자. 이제 내 일에 충실하자. 하루 만에 거지 같은 소파 치우고 이렇게 바꿔놓으니 집 개성이 산다. 낡았지만 괜찮다. 영화와 드라마 계약은 아직이다. 돈 씀씀이가 무섭다. 영화, 드라마 하면서 받은 몇천이 순식간에 다 나가고 없다.

오늘 백상예술대상에 참석해야겠다. 어젯밤까지도 참석 않겠다고 했는데…. 오늘 신문을 보니 역대 수상자인 최불암 씨, 강부자 씨도 온다. 박 회장 사무실 오픈 때 입으려고 드레스, 구두를 완벽하게 준비했는데 입을 기회가 없어져 아쉬웠는데 잘됐다. 리틀엔젤스회관이다. 5시 55분. 집에서 메이크업하고 11시에 가서 유지승네에서 머리하고 놀다가 김 의원님 사무실에 들른 후에 저녁에 백상에 가야겠다.

2004년 3월 27일

참 신기하다. 어제 중앙일보 백상에 가길 아주 잘했다. 김 의원님 사무실도 너무 잘 갔고. 피곤해서 취소하려고 했다. 어제 내 드레스가 너무 멋있었다. SBS 〈발리〉 팀이 상을 많이 받았다. 오늘은 제주에 간다. 출연료가 나올 데가 있어서일까 잔고가 몇백밖에 남지 않았지만 걱정이 안 된다.

어제 일터에서 많은 걸 느꼈다. 정치인이나 기업인은 구속되면 1~2년의 공백 기간이 무섭단다. 돈이 없으면 가족도 떠난다고 했다. 맞는 말이다. 시나리오를 써야겠다는 의욕이 불길처럼 솟구쳤다. 내가 다시 일어나서 활동하니 배우 동료들도 달라진다. 그중 인기가 있던 배우 한 명. 너는 어쩔 수 없는 간사한 소인배다. 어제 냉대한 얼굴로 선배 옆에 딱 붙어서 요살을 부린다. 나한테 잘못했다, 미안하다 사과하더니. 간사한 년.

좋다, 시나리오를 쓰고 영화 두 편 더 잘해서 딛고 일어서겠다. 2년 후에 보자. 해내고 말 거다. 실력으로 본때를 보여주겠다.

2004년 4월 1일

주님! 큰 스승님! 이따가 7시에 워커힐에서 BMW 사장이 서울에 온다고 해 항의 시위*할 생각입니다. 언론화하고 여론화할 방침입니다. 주님께서 도와주십시오. 그저께 저녁 박 회장이랑 식사하다가 문득 패소당하면 소복 시위하리라 맘먹었는데 이튿날 이렇게 하게 되다니.

2004년 4월 4일

주님. 큰 스승님. 생각한 대로 된 것이 신기합니다. BMW에 패소했을 때 시위하려고 마음먹고 있었는데 이튿날 임원진이 서울 왔다기에 급습 시위한 결과, 다행히 신문과 TV에서 대대적으로 실어주었습니다. SBS 부사장님도 잘했다고 했고 동

---

* 저자의 시어머니는 BMW 차량의 급발진 사고로 돌아가셨다.

아일보 정치부장도 잘했다고 했습니다. 일요일입니다. 꼭 일
주일 만입니다. 시나리오를 써야겠습니다. 5월 말에는 끝내겠
습니다. 언니가 책을 낸 계기와 맞아떨어집니다.

2004년 4월 10일

거의 두 갑 정도의 담배 탓인가. 백반 점이 무섭게 쳐 오른
다. 주님! 겁나지 않습니다. 불치병은 아니니 얼굴까지 치민다
면, 은퇴하고 제주도 가서 글을 쓰며 사는 것도 좋습니다. 하지
만 그렇게 되면 생활이 문제입니다.

2004년 4월 18일

적당할 때 떠나야 한다. 주님! 이렇게 한 달이 또 중반에 들
어섭니다. 일이 이렇게 됐어도 감사합니다. 제가 다 자초한 것
이지만 왠지 그러고 싶었습니다. 역시 헝그리 정신과 그리움
이 있어야 연기가 되는지, 그 여파로 영화 야구장 나이트 씬은
정말 잘했습니다. 감독이 몇 번이나 "잘해주셨습니다" 합니다.

○ 회장과 은애 두 사람한테 5천씩 꿔야겠다. 집수리는 해

야 한다. 마루만은 효재네처럼 깔아야 한다. 벽지도 백만 원 정

도는 필요하다.

인연

2004년 은애에게

너한테 거의 첫사랑이나 같은 사랑이라 했지. 아무것도, 아무 생각도 할 수 없이 그 사람을 고통스럽게 죽여버리고 싶고 혼인 빙자로 고소도 하고 싶다고. 너의 그 아픈 상처를 조금이라도 치유하는 데 도움이 될까 하고 나 나름대로 노력했다. 실연의 명약은 사랑. 새로운 사랑만이 빨리 잊게 할 수 있기에, 네가 아무나 대화라도 할 사람이 필요하다기에. 그래서 부산에서 묵었던 날, 이튿날은 너하고 자면서 인생에 대해, 사랑에 대해 얘기하고 싶었다. 은애야. 나 돈 받고 선거운동하러 다니는 사람 아니야. "우리 언니 비싸요" 했다는데 "용돈 좀 많이 주세요"

나 마찬가지인 말 아니냐. 그래, 그것까진 괜찮아. 아무리 네가 "언니, 나 믿어요. 아무 일 없을 거예요" 했어도, 아무리 술김이래도 넌 너무나 큰 실수를 했어. 나하고 그 사람이 어떤 사이인데…. 단지 나와 생각하는 사고가 비슷하고 재미있고, 그래도 여자 친구보다 이성 간의 친구가 재미있거든. 나 두 눈 벌겋게 뜬 남편이 있어. 내 나이 오십 평생 명호 아빠 같은 신사는 못 봤어. 심지어 지금은 펄펄 날아다니며 잘나갈 때도 아니고 건강도 안 좋다. 물론 30년 넘게 산 부부에게 무슨 설렘이 있고, 좋아하는 마음이 있겠니? 다만 동반자야. 믿을 만하고 측은한. 때론 여자로서 무척 외로운 것도 사실이지만 말이야.

은애야, 그 남자 이야기부터 하자면, 《명심보감》 성심 편에 '내 두레박 줄이 짧은 건 모르고 남의 집 우물 깊은 것만 탓하지 마라'라는 글이 있다. 배신이란 단어는 쓰지 마라. 남녀 관계 싫어서 떠난다는데 미련 두지 말고 증오도 하지 마라. 자식 낳고 살던 부부도 헤어지는데….

자, 이제 너하고 나하고의 이야기를 마무리 지어보자. 사람은 상대방이 실수할 기회를 주는 것도 괜찮다고 했다. 허나 요즘 내 마음은 그렇다. 그때가 언제일지는 나도 모르나 당분간 일과 관련되지 않은 사람들과는 아무도 만나지 않을 거다. 그러니 내가 소식 전할 때까지 시간을 갖자. 시나리오 작업만 끝내면 나도 담배 끊을 거야. 형제간한테 무작정 조건 없이 잘하는 은애. 그리워할게. 좋은 사람 만나길 빈다.

2004년 4월 20일

언니! 나는 언니가 우리 아부지가 맺어준, 아니 하느님께서 나에게 붙여주신 인연이라고 생각해요. 언니가 도와줬다고 이러는 거 아녜요. 어느 한량인 남편이 이쁜 여자들만 있는 꽃밭에서 주색잡기 밥 먹듯 하다 잠시 집에 들렀을 때, '아차' 하고 미안해하는, 믿음 가는 본처처럼 언니는 그런 여자임을 세월이 갈수록 느껴요. 늘 감사하고, 당신을 내게 주신 주님과 아부지한테 감사드려요. 언니! 지금부터 하는 말 100% 진심이란 걸 꼭 알아주세요. 그 머리 짧은 사람 얘기예요. 작년 봄 책 낼 때 제목 지어준 사람 말이에요. 그 후 SBS 라디오엘 갔다가 손숙 씨가 "소문이 났는데 정말야, 수미 씨?"라고 선의로 말해주고 물어주는데 깜짝 놀랐어. 나는 손숙 씨한테 "사실은 나예요" 했어. 그 이전에 비슷한 얘기 서로 살짝 한 일이 있었거든. 내 얘기는, 본론은 그게 문제가 아니라 이미 그는 나에게 오래 전 다 식어빠진 양은 주전자라는 거예요. 아무렇지도 않아요. 물론 한때는, 비록 아무 일도 없고 일방적이긴 해도, 마지막 사랑일 거야 했지만…. 시작도 못한 끝이었지만. 그런데 얼마 전 그 사람 소식 듣는데 좀 허탈했어요. 마음속으로나마 힘들 때 갑자기 찾아가고 싶은, 들꽃 핀 깊은 산중의 주인 없는 집이라고 생각했는데….

2004년 4월 22일

상계동에 갔다 온 게 효과가 있다. 어제 SBS 부장에게 게장, 김치 등을 보냈다. 부인이 내 책을 다 읽고 팬이라고 했단다. 신 사장하고 우선 홈쇼핑부터 해보기로 했다. 재건축은 못할 것 같다. 어쨌건 이번 주 영화 계약해서 돈이 들어와야만 뭐든 시작한다. 남은 강의가 5회가 된다. 집수리도 벽지도 그냥 됐고, 흰 페인트 사다가 칠하고 우선 싱크대와 주방 바닥만 해도 살 것 같다. 이따가 동대문에 가서 이불 거리 할 수입 원단을 좀 사야겠다. 식탁도 저렇게 훌륭한 걸 괜히 바꾸려고 했다. 지금 식탁 자리에 줄무늬 소파 놓고 바닥 좀 깐 다음에 TV 놓으면 지금 거실도 넓고 좋다. 도배공 50만 원, 바닥 약 백만 원이면 우선 된다. 싱크대는 카드로 하면 되고. 만약 영화 계약이 안 되면 X 회장한테 2천만 원만 꾸고…. 은애한테 5천만 원만 꾸고…. 형편 되면 흰색으로 커텐도 좀 바꾸고. 5월부터는 시나리오 작업에 들어가야겠다.

2005년 8월 12일

제천영화제에 휴가 겸 다녀왔다. 매사 편안한 편인데도 별 기쁨이 없다. 오히려 드는 이 불안함은 무엇일까. 9월부터 다시 바쁠 것 같다. 〈프란체스카〉는 대강 컨셉이 섰다. 헤어스타일도. 4백이면 그런대로 괜찮다. 5백을 얘기할 걸 후회도 된다. 〈가문의 위기〉가 어떨는지…. 재건축 문제가 그리 쉽지는 않은가 보다. 집수리도 일단은 포기하고 침대만이라도 대강 바꿔야지. 집이라고 안정되지가 않는다. 왜 이렇게 불안한지, 이

달 안에 병원에 가서 몇 가지 체크해봐야겠다. 소문난 잔치에 먹을 거 없다고, 굵직한 CF가 성사되지 않는다.

딸이 사회에 나가 야물딱지게 일하는 모습을 보니 기특하기만 하다. 명호와 딸아이 둘 중 하나는 내년쯤 결혼해야 되는데…. 왜 이리 다 써버린 전기 밧데리처럼 힘이 없을까. 충전이 안 된다. 여행을 못 가서인가. 제주도라도 2~3일 다녀왔으면 좋겠다. 너무 평안한 게 불안하다. 익숙지 않아서일까.

2005년 8월 13일

주님. 그런대로 이 평화로움이 얼마나 지속될 수 있을까요. 이른 아침의 바람이 다르다. 풀벌레 소리들이 오케스트라 연주처럼 맘놓고 울어대는 한여름의 아침. 딸은 힘들어 힘들어 하면서도 처음 사회에 부딪혀 자기 일을 시작하고 오늘은 온종일 잔다며 곤하게 잔다. 내가 사랑하는 강아지 삼식이, 달리는 덜 깬 잠을 아쉬워하면서도 침대에서 서로 옹알대며 장난친다. 매미 소리에 맞춰서….

어제 〈연예가중계〉에서는 중견들의 활약상을 보여주면서

'김수미 신드롬'이란 표현을 썼다. 그런 칭찬에 우쭐하거나 흔들리진 않지만, 불과 2~3년 전을 생각해보면 참 대단하다는 생각을 해본다. 이럴 수가 있을까? 〈프란체스카〉와 SBS 미니시리즈를 하반기에 방송하고…. 예정대로라면 이사할 수 있을지 모른다. 몇 가지 가구는 새로 준비해야겠는데….

2005년 8월 16일

〈프란체스카〉 연습하면서 내가 왜 이런 결정을 했는지 후회스럽다. 마음이 조급해서였을 것이다. 어제 어머님 7주기. 산소에 다녀왔다. 시누이에 대한 미움도 소멸해야 한다. 어쨌거나 단 하나 있는 핏줄 아닌가. 무덤 앞에서 눈물을 제일 많이 흘린다. 한 인간이 사람답게 사는 방법을 터득하기 위해 지금껏 고생을 그렇게 한 거라면 좋은 공부일 것이다. 떵떵거리며 살 때 부모 형제 무시하고 불효하며, 돈 붙은 칼로 사람들의 마음을 휘저어 없는 자의 자존심에, 마음에 생채기를 많이 낸 인물이다. 참 연구해볼 만하다. 근본은 착한데 철이 없다기보다는, 무지다. 그래도 요즘은 많이 달라졌다.

마음에 드는 침대를 봤다. 가격이 우선 괜찮은데…. 이사 가기 전 기분 전환으로 몇 군데 보고 결정해야겠다.

시절 인연

사람은 말하기 시작하며 스스로 일어나 걸을 때, 부모, 형제, 할머니 품 안에서 자라다가 어느덧 놀이터나 유아원, 유치원 등을 다니면서 엄마가 가르쳐주지도 않았어도 스스로 맘에 드는 친구를 사귀게 된다. 사탕도 주고 손목도 잡고 집에 오면 보고 싶기도 하고. 그러다가 장난감 한 개로 밀치고 말다툼하다가 엉엉 울고 그 친구와 말도 안 하고 미워한다. 어리니까! 애들이니까! 아니? 오십, 칠십에도 이런 일이 무수히 많다. 나는 오래된 앨범을 본다든가 대청소할 때 광 뒤편에서 꽤 예쁜 작은 그림을 발견하곤 하는데 그때마다 '아, 예전에 누가 줬던 그림인데?' 하고 생각해본다. 인과 연. 인은 직접적인 원인이요, 연은 간접적인 원인이라고 한다. 이를테면 농사를 지을 때 씨앗은 인이요, 흙이나 물은 연이란다. 인은 사람의 힘으로는 어쩔 수 없다. 배추 씨앗을 심으면 배추가 나오고 봉선화 씨를 심으면 봉선화가 나온다. 그러나 연은 다르다. 좋은 흙인가 나쁜 땅인가, 물을 많이 주느냐 적게 주느냐, 햇빛이 잘 드는가에 따라 배추는 베개만큼 큰 포기로 자랄 수도 있다. 봉선화꽃이 빠알갛게 피기도 하지만 홍수가 나거나 가물거나 하면 물러지고 꽃도 피지 못하고 말라 죽기도 하는 것과 같다. 이렇게 인연에 인과 연이 있듯이 여고 시절 새끼손가락 걸고, 흔히 언니 동생이라 부르며 죽을 때까지 같이 가자 하던 동무들…. 그땐 꼭 그러려고 했다. 난 시절 인연이란 말을 참 자주 한다. 그때 그 일, 그 상황, 그 환경. 그때 신명 나게 만났던 사람들이 그 시절의 인연이다. 그러다가 특별히 관계가 나빠지지도 않았는데 몇십 년 지나고 보면 연락처도 모르고 사는 사이도 있다. 물론 혈육도 안 본 사이인데도 몇십 년을 계속 같이 살아내는 인연도 있지만…. 가만히 생각해보면, 지금도 그립고 보고 싶은 인연들은 아마도 너무 빨리 뜨거워져서 양은 냄비처럼 빨리 식었을 수도 있다. 그리고 너무 친해서, 너무 믿어서 그만 선을 넘고 만다. 어렸을 때 공기 할 때 세 개를 집어야 하는데 아슬아슬 한 개가 붙어 있으면 세 개 줍다가 옆에 한 개를 건드려 죽는다. 아웃이다.

열망

2005년 8월 18일

이틀간 영화 〈웰컴 투 동막골〉과 효재 실장의 피아노 연주를 보고 에너지를 얻었다. SBS와도 출연 계약했다. 여기서 주춤하면 안 된다. 〈프란체스카〉, 미니시리즈에서 다시 한번 저력을 발휘해야 한다. 안개처럼 사라져 빚더미에 싸인 채 어느 방 한 칸에서 비참하게 살아갈 수도 있었던 우리 아이들을 생각하면, 지금 내 삶이 이렇게 건강해짐에 너무나 감사하다. 주님께선 나를 너무나 사랑하신다. 그렇게 무시했던 옥동에도 어제 가서 옷 한 벌 샀다. 허나 당뇨, 갑상선. 언제 오늘내일 쓰러질지 모른다. 언제나 살얼음 위를 걷듯 조심해야 한다. 오늘 아침, 일간스포츠에 크게 '한석규, 김수미에 밀렸다' 라는 제목의 기사가 났다. 물론 홍보 기사겠지만. 〈마파도〉 땐 전혀 기대를 안 했는데 이번엔 겁이 난다. 하늘의 뜻에 따를 수밖에…. 다행히 〈외출〉이나 〈형사〉는 강적이 아닌 것 같다. 〈동막골〉하고 붙었더라면 문제 있었겠다. 내일부턴 조용히 시트콤 준비를 해야겠다. SBS는 경상도 사투리로 살리면 좋겠다. 가발을 써야겠다.

2005년 8월 24일

생각보다는 덜 고단하게 〈프란체스카〉 촬영을 했다. 밤샘의 여파가 며칠 가지만…. 내 애드립에 카메라 감독이 미안할 만큼 웃었는데 결과는 모르겠다. 영화도 모든 언론에서 마치 내가 주연인 것처럼 보도를 하고 기대를 하고 있다. 그래서인지 〈마파도〉 때는 전혀 신경 쓰지 않았는데 이번엔 신경이 많이 쓰인다. 모든 인생사가 억지로 안 된다. '때'가 있고 '기'가 통해야 한다. 몇 년 만에 MBC 분장실을 사용하면서 〈전원일기〉녹화 때 자리에 앉아 화장했다. 현관 들어서는 순간 많은 생각이 교차됐다. 쓰러져 무너져 있을 때의 경제적인 어려움과 좌절, 설움을 잊을 수 없다. 차 타고 가면서 잠자리에 들기 전까지 그 비참하고 심장 뛰던 기억들을 떠올린다. 내 자식들 눈에 눈물 흘리는 설움을 줄 순 없다. 순간순간 최선을 다해야겠다. 오늘 SBS 〈야심만만〉 녹화가 있고 저녁에 영화 회식이 있다.

2005년 9월 2일

며칠간 몹시 아팠다. 위경련에… 지금도 피곤하다. 제주도 가서 며칠만 쉬었다 왔으면 좋겠다. 조선일보에 임동창 씨 기사를 보니 영화 시나리오를 쓰고 싶은 생각이 절실하다. 검은 꽃. 오늘 영화 까메오 촬영하고 오후에 김동건 씨 딸 결혼식에 간다. 월요일 〈가문의 영광2〉 VIP 시사회는 촬영 때문에 못 갈 것 같다. 이제 주사위는 던져졌다. 신경 쓰지 말자. 영화 결과는 일단 생각하지 말고, 시트콤하고 〈일밤〉만 신경 써야겠다. 수요일 또 기자회견, 오후에는 김원희 라디오. 지친다. 어제도 MBC 경영센터에서 〈프란체스카〉 기자 간담회…. 일이 겁이 난다. 오늘 피검사 결과가 나온다. 오후에 전화해보자.

2005년 9월 7일

주님, 감사합니다. 일단 〈프란체스카〉는 성공이다. 걱정이 많았었는데…. 요즘은 인터넷이 있어서 한 치의 속임수를 부릴 수 없고, 약은 시청자들의 입맛을 맞추기도 쉽지 않다. SBS 〈야심만만〉도 전국의 시청자를 울렸다. 홈페이지에 올라온 글에는 '오락 프로 보고 울 줄은 몰랐다'는 내용으로 가득하다. 인터넷 신문에도 엄마 얘기 한 내용이 주욱 올라와 있다. 어제 〈일요일 일요일 밤에〉 MC 녹화를 하긴 했는데 왠지 재미가 없다. 큰 기대는 하지 말아야겠다.

〈프란체스카〉는 의상이 한 벌이라 너무나 좋다. 전부 야외라서 이동하는 시간에 간간이 대사도 외울 수 있고…. 영화는 개봉했는데 어째 조용하다. 오늘 단독 기자 인터뷰가 있고, 5시에 김원희 라디오 생방 출연이 있다.

나도 내가 이렇게 뜰 줄 몰랐다. 그동안 〈전원일기〉 한 편에 매달려 기회가 없었다. 영화에서 내 애드립을 선보이고 실력 발휘를 하니 오히려 TV 쪽에서 손짓을 한다. SBS 수목에서도 씬은 적지만 확실한 캐릭터가 준비돼 있다. 한 회 한 씬씩이라서 부담도 없고, 힘껏 멋 내는 역할이라서 출연료도 역대 최고로 받았다. 하지만 욕심이랄까. 유명세에 비해 CF가 없다. 나는 뼈 빠지게 움직여서 벌어야 하나 보다.

오른쪽 다리가 가끔 뻣뻣해 마비가 온다. 금연 껌을 씹기 시작하고 2~3일 지났는데 그 사이 담배가 많이 줄긴 했다. 거의 반으로 줄어든 것 같다. 담배를 적게 피우니 훨씬 덜 피곤하다. 한 갑 이상 피울 때는 아마 일보다 담배에 짓눌려 그토록 피곤하고 초주검이었나 보다. 그 맛있는 한 대의 담배 맛이 없으니 섭섭하긴 하지만, 피부나 내 건강에 얼마나 좋은지 모른다. 이번 주 한대 병원에 가서 몇 가지 검사해봐야겠다.

2005년 9월 21일

추석 명절. 군산에는 아무것도 보내지 못했다. 영화 〈가문의 위기〉는 대박이다. 300만은 돌파했는데, 과연 500만이 될는지는 모르겠다. 까메오만 3편이 들어왔다. 반나절에 천만 원이다. 재건축이 쉽게 잘 안 된다. 정부의 강력한 부동산 정책으로 집값이 하향하고 있다. 어제 한남동에서 〈프란체스카〉 촬영하면서 마당 있는 주택이 그리웠다. 마당에 고추 심고 나팔꽃 올리고 삐뚤어진 소나무, 감나무만 한 그루씩 있어도 마음의 갈증은 다소 해소될 수 있을 텐데…. 며칠만이라도 여행을 갔다 왔으면. 다음 주 금, 토에 제주도라도 갔다 왔음 좋겠다. 오늘은 쉰다. 샤워나 실컷 하고 스킨케어해야겠다.

2005년 9월 30일

가을비가 조용히 내리는 어두운 새벽이다. SBS 촬영이 이틀 동안 안 찍게 되는 바람에 나흘을 쉰다. 어젠 제주도에 훌쩍 다녀오려고 준비하다 몇 가지 걸리는 게 있어서 말았다. 상황이 이렇게 달라지다니. 이젠 일이 많아 고민이다. 영화 두 편이 내년 1월부터는 문제가 없는데, 나머지 하나가 무리다. 개런티가 높다면 해야겠다. 이렇게 몇 개의 영화 얘기가 오고 가도, 내 손안에 들어와야 내 돈이다. 불과 2년 전, 최불암 씨 아들 결혼식 때 하객으로 온 방송 관계자들에게 건강한 모습을 보여주려고 악착같이 버티며 그날만 기다린 날들도 있었다. 분명 주님께서 도와주심을 믿는다.

〈가문의 위기〉는 오늘부터 시작되는 연휴가 추석 연휴 만만치 않게 길어서 500만은 너끈히 넘길 것 같다. 서울은 오늘부터 다른 영화가 개봉이지만, 지방은 여전히 매진이라고 한다. 건강 잘 챙겨야 한다. 〈프란체스카〉 출연 결정은 잘한 것 같다. 시청률도 오르고 젊고 이쁘게 나와서 재미있다. 의상 걱정 안 해도 되고…. 〈일요일 밤〉은 비교적 출연료를 거저 먹는 기분이다. 오후에 나가서 서너 시간 하면 된다. 내 코너만 시청률이 올랐다고 한다. 온갖 매스컴에서 난리들이었다. 각 연예 매체, 일본 닛폰TV에서도 인터뷰를 해 갔다.

나에게 충분히 이런 재능이 많은데 그동안은 TV 쪽에서 기회가 없었다. 〈전원일기〉 하면서 폭행 사건, 술주정 등 내 책임도 컸다. 그러다 영화 시장이 호황을 누릴 때 영화를 할 수 있게 된 것이 맞아떨어졌다. 〈프란체스카〉는 내가 맘놓고 발휘할 무대다. 지난번 방송을 보고 좀 더 부드럽고 고운 쪽으로 성격을 잡아야겠다는 생각이 든다.

하나가 잘되면 다 잘되는지 명호 일도 잘 풀린다. 인기, 재력, 명예에 많은 사람들이 달라짐을 새삼 느낀다. 연락 없던 이대에서도 난리들이다. 요즘 《세상을 보는 지혜》라는 책을 자주 본다. 이럴 때 더 겸손하고 큰 대로를 가야 한다. 남편도 차를 바꿔줘야 하고, 딸도 내년엔 차를 사달라고 한다. 재건축이 그리 쉽지는 않은 것 같다. 무리하지 말고 순리대로 따르자. 만약 안 된다면 앞집처럼 수리해서 그냥 살아야겠다.

2005년 11월 6일

어제가 57, 쉰일곱 살 생일이었다. 한 치 앞도 모르는 세상사지만 적어도 어젠 행복했다. 깨지지 않은 가족들에게 선물을 받고 촛불을 켜고 저녁을 먹었다. 누구나 할 수 있는 평범한 행사 같지만 오늘이 있기까지 내 인내와 고통은 이루 말할 수 없었다. 산산조각 날 뻔한 가정도 곰처럼 그냥 참고 버텨왔다. 내가 나 자신에게 선물을 하려고 백화점을 둘러봤지만 구두만 사고 말았다. 남편은 기다렸다는 듯 차를 바꾸고 신바람이 났다. 한평생 이것이 내 운명인가.

천부적인 재능을 주신 부모님께, 가난을 대물림해주신 부모님께 감사드린다. 타고나지 않았더라면 이럴 순 없다. 연기

생활 35년 중 〈전원일기〉가 획을 긋는 대표작이었다면, 제2의 시대는 영화 〈오! 해피데이〉의 단역 까메오였다. TV에서 보여 줄 기회가 없었던 끼가 100%로 발산됐다. 긴 악몽 같은 병마를 털고 난 후의 첫 일이었다. 신은 그때 이미 재기의 기회를 주신 거다. 절벽까지 밀려 나 자신은 물론 우리 애들까지 젊은 인생에 먹구름이 낄 찰나에 살아남았다. 무엇보다도 임 사장님이 경제적인 숨통을 트여주셨다. 집이 날아갈 위기에 아무런 대책도 없을 때 보증을 서주고 1억을 꾸어주셨다. 내게 그때 그 1억은 지금의 10억과도 비교가 안 되는 돈이다.

오늘날 명예, 인기, 재물, 이런 것들을 실감하면서 세상사 간사함을 느낀다. 예정대로 올 영화 두 편, CF 성사되면 약 5억은 된다. 연말까지 더 열심히 하면 더 벌 수 있을 것 같다. 순리대로 살자. 재건축이 안 되면 이층은 그만두고 아래층만 수리해서 그냥 살아야겠다. 여기저기 보고 다녀서 멋있는 가구와 커텐은 봐놨다. 건강만 추스르고 올겨울 견뎌내면 된다.

2005년 11월 10일

지나친 욕심이 화를 일으킨다. 아무리 봐도 무리였던 영화 하나는 포기해야 할 것 같다. 지금 이대로의 스케줄이라면 12월까지는 괜찮다. 그나마 쉬어주니까 유지할 수 있지, 생각만 해도 죽을 것 같다. 워낙 씬이 많고 거리가 너무 멀다. 아무 일 없이 〈마파도〉만 할 때도 힘들었는데…. 너무나 무리다. 그 영화는 못하겠다고 오늘 전화해야겠다. 대신 CF가 있지 않은가. 아무리 개런티를 많이 준다 해도 거절해야겠다. 지금 병나면 끝이다. 부귀영화도 끝이다. 이제 건강만 하면 좋은 날들인데. 안 된다.

2005년 11월 14일

오늘 내일 쉰다. 총각김치하고 부추김치를 담아야겠다. 며칠째 새벽 5시에 눈이 떠진다. 불과 3년 전과 모든 것이 달라진 요즘. 통장에 돈 백만 원뿐이었던, 심장이 조마조마하고 여기저기에 자존심 생각 않고 돈 꾸어댔던 창피함. 돈거래해보면 그 사람을 알 수 있다. 어떤 사람은 일본에 빌딩이 몇 개고 자랑하면서도 꿔 간 돈 빨리 달라고 닦달하고, 어떤 사람은 세상을 해탈한 자유 여행가처럼 굴다가 감사 나오니 꿔 간 돈 빨리 해달라 하고…. 없어 빌리는 주제에 누굴 탓하겠느냐마는 이렇듯 세상은 없으면 사람대접 못 받는다.

6백짜리 맘에 드는 핸드백, 사지 말아야겠다. 이사하거나 집수리하게 되면 돈 들어갈 일이 이만저만 아니다. 인테리어 쓸 일 없이 바닥, 도배, 베란다만 고쳐도…. 다들 '김수미 신드롬'이라고들 한다. 욕심이지만 10년 전에만 이런 기회가 왔더라면. 내년엔 정말 짬을 내서 여행을 좀 다녀와야겠다. 내가 아플 적에 이층 딸 방에서 흘러나오던 울음소리…. 내가 다시 이렇게 일어설 수 있는 용기와 에너지는 그 울음소리였다. 언젠가 혜자 언니하고 야외 촬영하면서 서로 내 딸 눈에서 눈물 흘리게 하는 사람 지옥 끝까지 쫓아가자고 한 적이 있다. 내 딸을 내가 그렇게 울렸다는 죄책감과 한이 오늘을 만들었다. 연애 감정이나 그리움이 없으면 삶의 맥이 끊어질 줄만 알았다. 하지만 주님께서는 내 인고의 세월을 인정해주셨다. 어젯밤엔 서울에서 보낸 내 사춘기부터의 생활이 가엾어서, 슬프고 가슴 아파서 잠을 잘 수 없었다. 오늘 혜자 언니에게 꿨던 돈 중 나머지를 보내드리고, 12월에 약속대로 임 사장님께 반을 갚고 내년에 반을 마저 해서 드려야겠다. 우리 가족의 위기 때 살려 준 분이다. 결코 은혜를 잊으면 안 된다.

일이 잘 풀리고 많아질수록 신명 나고 좋아야 하는데…. 앞으로 촬영할 일들이 부담이 돼서 그런지 오히려 불안하고 기분이 영 가라앉는다. 그래도 저번에 설악산 갔을 때 내 인기를 다시 한번 실감할 수 있었다. 휴게실에 있던 학생들. 〈프란체스카〉 때문에 10대 팬들이 생겼다. 시간 있을 때마다 아름다운 집을 상상해본다. 오늘 SBS 야외 촬영하고 내일은 없다. 모레는 손대현 원장님 자녀 결혼식. 바로 군산 간다. 내일 남대문 가서 내의 등 좀 사고…. 다음 주 병원 가서 몇 가지 검사를 해봐야겠다. 오늘 혜자 언니와 임 사장님께 돈 일부를 갚을 수 있게 해주셔서 너무나 감사합니다, 주님.

2005년 11월 22일

주님. 불과 몇 년 전에는 새벽녘에 눈을 뜨면 심장이 미치도록 뛰고 답답했습니다. 이 집을 비워줘야 한다는 불안감에 소주를 병째 마시고 담배를 피우고 또 피웠습니다. 그러나 요즘은 새벽녘에 눈을 뜨면 감사합니다. 그해 그즈음, 홍수 때문에 예정되었던 강의들이 취소됐을 때의 절망감이 떠오릅니다. 요즘 스케줄 때문에 강의나 사인회는 못합니다. 불과 작년 이맘때도 이렇지 않았습니다. 작년 〈마파도〉 촬영할 때는 군산 언니한테 돈을 부탁했을 정도입니다. 일과 재물. 이런 것들이 풀려간다고 해서 맘 놓거나 자만하지 않겠습니다. 주님, 이 집에서만 어서 떠나게 해주십시오. 주방이고 어디고 너무 헐어서 견딜 수가 없습니다.

2005년 11월 27일

〈다세포 소녀〉 영화로 이틀 동안 학교에서 밤새울 일이 지금부터 걱정이다. 세상에 쉬운 일이 없지만 이제 밤샘과 추위는 겁이 난다. 체중이 2kg이나 빠졌다. 당뇨 때문인지, 운동을 열심히 한 덕분인지는 모르겠다. 뱃살은 많이 빠졌지만 얼굴, 팔다리가 엉망이다. 어제 영애가 새로 이사 간 집에 가서 점심을 먹었다. 예쁘게도 꾸며놨다. 인도 가구가 가격도 괜찮고 해서 나도 몇 점 주문했다. 엊그제 군산 가서 고기도 사주고 돈도 좀 주고 왔다. 애들도 마침 와 있었더라. 비참함을 느끼며 발길을 돌렸다. 군산시 주최 행사에서 노래 한 곡 부르니 4백을 준다. 참 감사할 뿐이다. 사미자 언니가 너무나 내가 부럽다고 했단다. 그래, 그러니 투정 부리지 말자. 일이란 원래 있을 때 몰리는 법이다.

〈프란체스카〉 조 PD가 참 예리하고 능력 있다. 한번 본 악세사리도 금세 기억한다. 얼굴 살 빠진 것도. 라디오 리포터들이 찾아와서 〈프란체스카〉 신드롬에 대해 인터뷰를 해 간다. 역시 TV가 빠르다. 다음 주 수요일은 정말 한대 병원 가서 체크해봐야겠다. 딸이 이번 주 토요일에 하와이를 가는데 용돈을 좀 줬다. 좋아서 기운이 난단다. 좋아하는 모습에서 행복을 느낀다. 내가 계속 아팠더라면 어떻게 됐을까. 소름 끼친다. 집도 날아갔을 것이고 아들 명호도 상상할 수 없을 것이다. 수미야! 감사하며 내년 1월까지만 견뎌내라. 날만 따듯하면 괜찮다. 이틀에 돈 3천만 원이면 웬만한 사람 1년 연봉이다. 단 이틀 밤샘에 3천이다. 최선을 다해주어라. 식탁도 한남동에서 툇마루도 사야겠다. 의자도 맞추고. 약간 한식풍으로….

2005년 12월 2일

어쩌다 화수목이 빈다. 삼식이랑 단풍 든 도서관에 가서 커피를 마시고… X 회장이 밥 먹자는데 귀찮아서 안 만났다. 자꾸 제주도 아파트를 사라고 한다. 돈 샘이 흐리고 별로 인격이 안 좋다. 큰 스승님께서 인생에 별 도움이 안 되는 인간은 영혼의 방에 들여놓지 말라고 하셨다. 말만 옮기고…. 인간들이 싫어서 전화 받지도 걸지도 않았다. ○○한테도 실망이 크다. 착하다 선하다 말은 하지만, 너무나 삼류처럼 인품이 낮다. 늘 그랬듯이 영혼이, 가슴이 통하지 않는다. 내 마음을 시시껄렁한 선물로 사려는 것도 싫다. 그러나 인연이라 생각하고 최대한 노력해봐야겠다. 잊고 있었던 홍구 삼촌 영화사도 금요일 날 계약하자고 한다. 1월 중순부터 3월 초면 끝나고 양수리 오픈세트에서 촬영한다. 인기 여파로 일이 이렇게 술술 풀린다. 어떨 땐 머릿속에 아무런 고민과 절박함이 없는 것이 오히려 나를 당황하고 불안하게 만든다. 소소한 것들에 더 놀라고 만

다. 내 인생에 이런 시기를 서너 번 느끼는 것 같다. 말년이라
서 얼마나 다행인가.

〈마파도〉 이야기

김을동, 여운계, 김수미, 김형자. 그 작품 감독이 ○○였
다. 드센 여자 연기자들 사이에서 참 속 많이 상했을 거다. "다
시 한번만요", "마지막입니다", "다시 한번만요", "아! 좋은데 카
메라 이동이…", "아, 다 좋은데 개 짖는 소리가 심해서…", "아,
포 샷인데 쓰리 샷이 돼서요" 등등 한 씬을 한 방에 간 일이 없
고 거짓말 좀 보태서 스무 번씩 찍었다. 그래 놓고도 늘 만족한
얼굴이 아니었다. 영화 초반에는 바닷가 경치도 좋고, 읍내 영
광굴비집도 맘 놓고 먹을 수 있어 좋았는데, 5회 차인가 지나
고부터는 연기자 개개인의 성깔이 드러나기 시작했다. 대기 시
간이 촬영 시간보다 더 길었는데, 우리 넷은 평상에 눕거나 앉
아서 감독 흉을 보기 시작했다. 결론은 세 번 이상 NG거나 다
시 찍자고 하면 그만하자였다. 노조가 파업하듯 결성을 했다.
첫 미팅 때 고사 지낼 때 최선을 다해 좋은 결과 있기를 했다.

스텝들 말로는 감독은 밥도 잘 안 먹고 잠도 잘 안 자고 멍하니 바닷가 높은 데 앉아 뭔가 생각만 한다는 거다. 나는 "아니, 영화사도 그렇지, 우리 넷을 모아놓고. 도대체 개봉하면 누굴 보러 와? 여기 다 조연급이잖아" 했다. 우리는 대강대강 하자고, 출연료도 쥐꼬리만큼 받았다고 결성을 했다. 다시 촬영에 들어가 감독이 "컷. 다시 한번만요!"를 외쳤을 때 우리는 결성한 대로 "더 못해!" 하곤 우르르 흩어져버렸다. 조감독이 달래고 제작부장이 빌고 추 감독은 먼 산 쳐다보고….

그러던 어느 날 새벽 나는 새벽형이라서 일단 5시, 6시면 몸이 일어난다. 산책하기 참 좋은 환경이었다. 유년 시절 내가 살던 군산 바닷가 마을과 비슷했다. 울 엄니 생각하면서 이름 모를 풀꽃도 몇 가지 꺾어 늘 숙소에 꽂아놓곤 했는데 그날은 먼 산 위에서 내 쪽으로 남자가 내려오는 것이 아닌가. 가까이 왔을 때 보니 추 감독인데, 며칠 못 본 사이 못 알아볼 만큼 야위었다. 젊은 사람이 곧 죽을 것만 같은 느낌을 받았다. 초여름인데도 첫 촬영 때 입었던 잠바에 충격받을 만큼 몰골이 형편없었다. 그 순간 스텝 중 누군가가 했던 식사도 잘 안 하고 잠도 잘 안 잔다는 말이 귓전을 때렸다. 인사하고 지나치는데 '아, 우리 거센 여자 넷이 이러다가 사람 하나 잡겠다'는 생각이 심장에 꽂히듯 내리쳤다. 그날 오전 촬영 전 평상에 앉아 언니들한테 "우리 그만 노조 파업 풉시다" 하며 여차저차 쭈욱 늘어놨다. 김을동 씨나 운계 언니나 형자 씨나 세상사 겪을 대로 겪으며 쓴맛 단맛 다 맛본 사람들이라 내 말에 적극 동의해줬다. "우리 백 번 다시 찍자고 해도 해줍시다." 그날 촬영할 때 아마도 스탭들은, 특히 추 감독은 우리가 무슨 약이라도 먹은 줄 알았을 것이다. "컷! 죄송합니다. 한 번만 더….""네에, 예예. 그럽시다. 괜찮어유."

그렇게 근 4~5개월 만에 영화가 개봉을 했고, 제작사 사장도 감독도 놀랄 만큼 흥행을 했다. 영화사 대표는 내 통장에 보너스도 넣어줬다. 헌데 당시 한창이었던 대선 중에 이명박 대통령 후보가 어느 경제 기업인들 사이에서 영화 〈마파도〉 얘기를 했다는 거다. 사업 얘기에 예로 들어. 아주 싼 개런티에 집에서 놀 아줌마들 데려다 대박 친 게 영화 〈마파도〉라고. 아마도 내 해석으론 높은 원가의 자재나 비싼 임금이 꼭 좋은 제품을 만드는 건 아니라는 의미였던 것 같은데, 갑자기 상대방 당에서 우리 배우 네 명을 싼 인력으로 묘사했다며 명예훼손으로 고소하라는 등 난리 난리였다. 이명박 후보에게서 전화가 왔고 그런 뜻이 아니라는 설명을 들었다. 난 평소 이 후보를 새우젓이라고 불렀다. 〈전원일기〉 시절 현대그룹 임원 정주영 회장님 등 우리 〈전원일기〉 몇몇 사람들과 배구 대회도 했고, 가끔 정 회장님 댁에서 식사와 술도 했는데 아마도 그때 유인촌 씨와는 형님 동생 사이가 된 것 같다. 난 술에 취하면 이명박 후보에게 새우젓, 새우젓 했다. 눈이 작다고…. 정치를 떠나, 이 후보의 말이 기분이 나쁘지는 않았다. 자존심 상하지도 않았다. 그 당시 〈마파도〉와 같이 붙은 영화는 사실 아주 유명한 A급 배우가 주연한 영화였다. 그런데 완전히 예상치도 못한 할머니들 영화에 밀려버렸다.

허무

2005년 12월 4일

어제는 기분이 좋았는데 흐린 날씨 탓인가, 좋은 일을 앞두고 짜증이 난다. ○○○ 의상실에 가서 나머지 받을 돈으로 〈프란체스카〉에 어울리는 털 쟈켓을 가져왔다. ○○○ 씨가 그 돈 다 뭐 할 거냐고 한다. 글쎄… 다녀보면 인기를 실감하지만, 왜 기쁨이 없을까. 남편 셰타, 잠바도 사는 김에 함께 샀다. 밤낮으로 드라마 찍고 영화 촬영을 한다. 다행히 날씨가 안 춥다. 감사하고 또 감사하지만 신명이 안 나는 건 어쩔 수 없다. 방송국에 좀 늦어도 상계동 병원에는 들러 가야겠다. 내 신체는 노동을 해야 하는가 보다. 며칠 시간이 나서 쉬었더니 잠도 잘 안

오고 피곤하다. 어쨌건 내년 3월 〈가문의 위기〉 다음 편 촬영.
내년 상반기까지는 일이 잡혀 있다.

2005년 12월 6일

어쨌든 내일은 모르지만 오늘 이렇게 평화로운 느긋한 시
간을 갖고 있음이 감사하다. 아침에 눈을 떠 지난날의 고통에
눈물이 났다. 오늘의 행복을 보상받을 자격이 있다. 영화 밤샘
을 그토록 걱정했는데 날씨가 춥지 않아서인지 거뜬히 새웠
고⋯. 별 기대도 안 했던 홍구 삼촌 영화도 계약했다. 이달 중순
김장하고 집 문제만 결정 나면 바로 이사 가자. 〈프란체스카〉 촬
영이 싫증 났는데 좀 더 열심히 하고⋯. 다음 주는 남해에 가고
하루도 빈 날 없이 정신없다. 어쨌든 서울을 떠나는 것이 시원
하다. 자연을 접할 수 있음이. 딸은 일주일 후에나 온다.

2005년 12월 7일

정말 살인적인 스케줄이었다. 그토록 목말랐던, 절규에 가
까웠던 일. 주님께선 소나기처럼 퍼부어주셨다. 청룡영화상 인

기상을 받았고 무엇보다 전혀 가능성이 없었던 임 사장님 1억을 2년여 만에 다 갚았다. 이제 빚이 한 푼도 없다. 그토록 원하던 일이었어도 밤늦도록 양수리 세트에서 〈다세포 소녀〉 까메오 촬영하는 건 춥고 너무나 힘들었다. 다음 주 〈맨발의 기봉이〉 마지막 촬영만 하면 한 2주는 여유롭다. 내가 부르짖는 건, 돈이란 내 손에 들어와야 내 돈이다. 영화 얘기가 오고 갔던 영화사 사장이 구속됐다, 주가 조작으로. 12월달 계약금을 받기로 돼 있는데…. 재건축도 힘들 것 같다. 흥구네도 나머지 잔금을 받아야 내 돈이다. 〈맨발〉과 개봉 날짜가 같으면 큰일이다.

2005년 12월 17일

문득문득 깜짝 놀라고 불안하다. 아무런 걱정이 없기 때문에… 익숙지가 않아서 그런가 보다. 3일을 쉬다 보니 아무것도 하기 싫다. 10년 전부터의 우울증이 아마 열정을 쏟을 만한 일거리가 없어 방황하고 쪼들리던 경제적 고통으로부터 시작됐을 것이다. 얼마간은 맘대로 쓸 수 있으나 아무것도 함부로 쓰고 싶지 않다. 사람들이 권력, 명예를 추구하는 야망을 알 것 같다. 소위 인기를 많이 얻은 지금, 얼마나 대접이 다른지 많이 느낀다. 우선 개런티가 엄청 다르고 출연 쇄도가 만만치 않다. 젊은 인기인에게는 별로인 얘기겠지만, 중견 치고 아마 6개월 사이에 몇억 정도의 돈을 벌기는 데뷔 이후 처음인 것 같다.

사람들은 내게 운이 따라준다, 코가 돈복이 있다고들 말한다. 천만의 말씀들. 천부적으로 타고난 나만의 재능에, 내 영혼까지 꺼내는 노력으로 덤벼들었다. 병석에 누워 벼랑 끝까지, 갈 데까지 갔다가 추락 직전에 다시 살아났을 때 느꼈던 사람들의 배신과 고통 그리고 딸아이의 울음소리…. 내가 내 딸눈에서 가슴 찢어지는 눈물을 흘리게 하다니…. 그동안 기회가 없었던 거다. 내 숨은 능력을 다 발견하지 못했던 거다. 욱하는 성질 죽이고 죽기살기로 해냈다. 이제 세상이 깜짝 놀랄만한 진짜 내 재능이 꿈틀거리는, 폭발 직전의 글을 쓰자. 시나리오다. 리차드 기어를 출연시킬 계획이었는데 우연찮게 묘스님 라인에 달라이라마와 리차드 기어가 연결되는 것 같다. 정초부터 이미 수년간 머릿속에 들어 있는 실을 뽑아내는 작업을 해야겠다.

2005년 12월 21일

새벽부터 함박눈이 내린다. 느긋하다. 영화가 내년 2월로 촬영이 연기됐고 2월부터 6월까진 〈우리집〉, 〈가문3〉 촬영, 요리 프로로 스케줄이 가득 잡혀 있다. 슬슬 시나리오 작업을 시작해야겠다. 항상 느낌이 안 좋았던 ○○의 안 좋은 일들이 서서히 밝혀진다. 선물 따위가 중요하지 않다. 사람 자체가 중요하다.

맘에 드는 10인용 식탁을 찾았다. 계약금 3백을 먼저 보냈다.

2006년 1월 1일

SBS 연기대상에서 새해를 맞이했다. 안 사장님 이하 드라마국 사람들과 새해 첫 새벽에 레드 와인으로 테이프를 끊었다. MBC에서 섭섭하고 화가 났을 것이다. 교만했다. 특별상이라도 받을까 싶었지만…. 왠지 전날 가기 싫어졌다.

주님! 그 누구보다도 저는 2005년 한 해를 잊을 수 없을 것입니다. 주님께선 제가 술주정, 기타 등등으로 TV 쪽에서 발디딜 기회가 적고 없어짐에 영화 쪽으로 자연스럽게 이끌어주셨습니다. 그냥 끊길 뻔했지만 주님의 아들인 신현준 씨를 통해 〈가문의 위기〉, 〈맨발의 기봉이〉, 〈가문3〉까지 일을 주셨습니다. 결코 우연이 아님을 저는 잘 알고 있습니다. 그러자 TV 쪽에서도 자연스럽게 저를 끌어들였습니다. 문득 하루하루 이 현실이 사실인지, 한 해 거의 10억 정도를 벌다니. 갚아야 할 빚, 세금, 기타 등을 다 갚고도 남습니다. 몇백 날 동안 심장이 뛰고 불안했던 불과 얼마 전과의 다른 날들이 믿기지 않습니다. 오히려 불안감마저 들 때도 있었습니다. 물론 가슴이 벌게질 것 같고 두 발에 얼음덩어리가 달려 있는 듯한 강추위는 힘들었지만, 어찌 된 영문인지 일할 때보다 쉴 때가 더 피곤합니다. 상계동 병원을 알게 돼 자연스럽게 얼굴 주사도 맞아 주름도 없앨 수 있었습니다. 다들 젊어졌다고 합니다. 이제 2006년도입니다. 사랑하는 삼식이, 달리가 얼마나 제게 기쁨과 엔돌핀을 주는지 모릅니다. 허나 사고나 건강은 아직도 한 치 앞도 모르는 일일 테죠.

2006년 1월 15일

시작이 있으면 끝이 있다. 〈프란체스카〉는 처음엔 망설였지만 결국 대성공을 거뒀다. 그러다 보니 앞으로 TV 하기가 더 겁이 난다. 가을엔 정극을 한 번 더 해서 깜짝 놀래키자. 〈맨발의 기봉이〉도 다음 주 남해 촬영만 갔다 오면 거의 끝이다. 꽃 피는 봄이면 대강 집 문제가 해결이 나겠지. 죠지 알마니 검정 소파가 너무나 마음에 든다. 집을 지으면 블랙 앤 화이트로 모든 가구를 바꿔야지. 푼돈도 절약해야겠다. 영애한테 이불솜 부탁한 거 소용없다. 너무 무겁다. 내 실수다. 2월 비는 날, 여행이고 뭐고 집 문제 해결 날 때까지 시나리오 작업이나 해야겠다. 난 해낼 수 있다. 류시화 시인이 혀를 내두르며 칭송을 해줬다. 내 가슴 깊이 내장돼 있는 잠재력을 이제는 발산할 시기다. 때가 온 것이다.

2006년 1월 31일

쉬면 아프다. 아프다가도 현장에 나가면 안 아프다. 무심코 쉴 때 아프다 했더니 남편이 하는 말, 노예 근성이 있어서 그렇단다. 농담이었지만, 나도 그런 생각을 해봤다. 우울증에 많이 시달렸을 때도 생각해보면 이 열정을 발산하지 못해 생긴 병이었다. 품은 열정을 발산하면 육체적 노동이 따르지만 그건 하루 정도 휴식을 취하면 괜찮았다. 요즘 효춘이와 통화하면서 가장 솔직한 대화를 하는 오래된 친구임을 확신한다. "한 프로 끝나면 손 놓고 놀고 있는 게 불안해, 한없이…." 놀아야 할 놀이터가 없음을 누구보다 이해한다. 영화 쪽에 효춘이가 얼마나 좋은 배우인지, 알고 있지만 한번 더 얘기해봤다. 나는 얼마나 감사한 일인가. 앞으로 영화 찍을 게 두 편이 더 있고 일은 계속 들어오고 있다. 어제 음력 새해 첫날 담배, 소식, 운동 세 가지 지킬 것을 다짐을 하고 담배는 세 개비인가 피웠고, 운동을 열심히 했다. 그리고 시나리오도 진도가 잘 나가고 있다. 소설로 할지 영화로 할지는 아직 모르지만, 만약 영화가 안 되면 소설로 내야겠다. 4월에 개봉할 〈맨발의 기봉이〉는 처음으로 맡은 주연이다. 모든 것은 주님의 뜻이다. 새해부턴 화를 내지 말고 부드럽게, 건강관리에도 신경 쓰고 살아야겠다. 주님! 2년간 고통과 좌절을 주시고 죽음 직전까지 가게 하시더니 마치 그 몇 배를 보상해주시듯 연예계 데뷔 35년 만에 이렇게 경제적 풍요와 인기를 쏟아주십니까. 감사합니다.

2006년 2월 어느 새벽

참 희한하다. 며칠 쉬면 왜 이리 컨디션이 안 좋은지 몸도 아프고 신경질적이 된다. 더더욱 집 꼬라지 때문에 정착이 안 된다. 날씨도 며칠 푹하더니 오늘부터 영하 10도란다. 한 주만 더 있으면 〈프란체스카〉도 끝이 난다. 성공적이었다. 몇 달 동안 혜진이도 마음고생이 있지 않았을까. 명색이 타이틀롤인데 내가 중간에 들어가서 판을 쳤으니…. 확실히 TV 프로는 한 프로 정도 더 하는 게 좋을 듯싶다. 집은 이사 안 가고 수리하는 걸로 결정을 내렸다. 2년 후 최소한 9억 정도를 준비해야 하는데 쉽게 결정도 안 나고, 이대로는 단 하루도 견디기가 어렵다. 견적이 얼마나 나올진 몰라도 열흘 정도 고생해 수리해야겠다. 블랙 앤 화이트로 알아봐야겠다.

2006년 2월 13일

아버지, 정월대보름 전날이 아버지 생신이었습니다. 나물을 볶으면서 내내 생각했습니다. 이제 제 나이가 쉰여덟. 그 숫자는 내 것이 아닌 것 같은데 사실이지요. 그동안 내 책 속에서 미화된, 그런 아버지가 아닌 실제 아버지를 생각해봤습니다. 막내딸이라서 이뻐하셨지만 가난 앞에서 책임은 못 지셨지요. 선물이라면 가난이었습니다. 대신 천부적인 성격을 두되 넘게 주셨습니다. 열여섯 달랑 몸뚱이 하나로. 이제 한 가정의 가장으로 할 바를 해놓은 것 같습니다. 곰처럼 무조건 참으면서 가정을 지켰습니다. 가끔 분하고 억울할 때도 많습니다. 그리고 너무 싫어요. 도둑놈, 넝마주이, 다방, 식모, 식당, 페인트공, 형제들의 이력서…. 이제 다 떠나고 남은 하나는 반쪽 병신…. 이렇습니다. 누구나 그렇듯이 힘든 건 사실입니다. 영화가 주연이다 보니 개봉을 앞두고 신경 쓰입니다. 〈왕의 남자〉가 1000만을 넘었습니다. 뭔가, 기봉이는 처음부터 삐그덕거렸어요. 우선 〈마라톤〉과 비슷한 내용이란 것이 꺼림직합니다. 내 느낌에 300만 정도면 다행입니다.

2006년 3월 2일

기봉이 촬영이 다 끝나 3~4월 두 달이나 홍보 일 외에는 스케줄이 빈다. 요즘 한가한 탓도 있겠지만 정신적으로 탈진 상태다. 병원에서 몇 가지를 검사한 결과, 건강은 괜찮다. 갑상선도 당뇨도 폐도. 괜찮다니 다행이다. 5월에 〈가문〉 영화가 기다리고 있지만…. 역시 정신없이 밤낮으로 일터에서 일하는 것에 단련이 돼서 그런지 걱정은 없다. 집수리, 재건축도 정말 이달이면 해결 난다. 얼른 한시가 급하다. 쓰레기장 같은 이 집에서 탈출해야 한다. 이사하면 기분이 좀 나아지려나. 재건축에 드는 비용도 걱정이다. 체중은 2kg이나 줄었다. 집 문제 때문에 어디 여행도 맘대로 못하겠다. 이달 딸하고 일본이나 다녀오고. 사우나에서 너무 오래 땀 빼지 말아야겠다. 4월에 이사할 수 있게 되면 제주도에나 자주 가야겠다. 마음이 혼란스러워 소설도 펜을 놓고 있다.

2006년 3월 12일

근 3년 만에 일본에 왔다. 이번 여행은 딸을 위한 여행이다. '내가 언제 죽을지도 모르는데…'라는 생각에 엄마로서 해줄 수 있는 한도에선 다 해주고 싶다. 순간순간 행복함을, 평생 살면서 그리워할 행복이 뭔가를 알려주고 싶다. 일본에서의 교포 생활이란 아직도 전쟁이다. 물론 상류사회를 많이 안 봐서 그렇겠지만 타국에서 여유로움이란 없다. 내 환경과 위치가 3년 전과 이렇게 달라졌음을 주님께 감사드린다. 연예인이기에 가능한 일이었는지도 모른다. 이제 스크린쿼터로 영화 제작 편수도 많이 줄 것이다. 가을부터 슬슬 드라마 쪽으로 방향을 바꿔보자. 영화 개봉 앞두고 TV 프로그램이 많다. 젊고 아름답고 지적인 모습으로 나오는 것은 물론, 영화사에서 보너스도 많이 준다 하니 최대한 협조를 해주자. 〈맨발의 기봉이〉는 제작자는 너무 좋다고들 하나, 뚜껑을 열어봐야 한다. 모두 다 주님 뜻이다. 5천짜리 계약을 한 건 더 했지만 아직 내 손에 들어오진 않았다. 건강부터 챙기자.

2006년 3월 20일

일본 여행 다녀온 지 일주일 됐다. 딸을 위한 여행이라 따분

하고 재미없었다. 매사 나태해짐이 싫다. 정신 바짝 차리고 살아야겠다. 임하룡 씨가 인심이 좋은가 보다. 동생 상가에 많은 연예인들이 왔다. 옥동 박 사장도 만났고 병헌이도 만났다. 시간 있을 때 모든 모임에도 적극적이어야겠다. 이대 동창회도. 조금 늦겠지만 1시 30분쯤 참석하고 책방도 들르고 시간 되면 한대도 저녁에 가야겠다. 너무 일에만 얽매여서 사회생활을 너무 등한시했다. 오래 살다 보니 이숙이도 뜨고 있다. 악바리. 그렇게도 적극적이더니 해내고 만다. 보기 좋다. 이번 주에는 집수리를 시작해야 한다. 최소 비용으로 계획대로만 하면 괜찮을 것 같다. 집이 이러니 아무것도 할 수가 없다.

개나리꽃이 터지기 시작한다. 전부 다 핀 것보다 노릇노릇 드문드문 피기 시작하는 꽃망울들이 너무 반갑다. 그 추웠던 추위 속 제일 바빴던 스케줄. 잘해냈다. 몇 년 사이 명호와 딸을 장가, 시집보내고 나면 그리 큰 집은 소용없을 것이다. 리모델링해서 계단, 경비실 등 수리하면 이층집이라 그럭저럭 괜찮다. 앞집 수리한 걸 보니 너무 괜찮다. 재건축하면 8억 정도 든다는데, 나중에 은행 대출받는다 해도 다 빚이다. 나중에 형편이 더 나아지면 집이야 얼마든지 좋은 집을 구할 수 있다. 돈만 있으면 뭐가 안 될까. 지금은 그냥 수리부터 하자. 수리 날짜가 잡히면 버릴 거 과감하게 버리고 물건들을 다 정리해야겠다.

2006년 3월 25일

안방 침대에서 8시부터 푹 잤다. 내 방 침대를 바꿔야 하는데 집 문제 때문에⋯. 영화 시나리오가 두 개 들어왔는데 두 작품 다 너무나 분량이 많다. 〈마파도2〉는 너무 재미가 없고 진주는 너무 멀고⋯. 다음 주는 TV 홍보 프로그램이 만만치 않다. 4월 말 독일에 갔다 올까 말까. 〈기봉이〉 개봉인데 홍보 때문에 바쁘다. 제주도나 꽃 보러 잠시 갔다 왔으면 좋겠다. 어제 쏠레에서 정장 두 벌하고 상의 두 벌 샀다. 쏠레가 제일 마음에 든다. 계속 다리 팔 운동을 해야겠다.

용서

2006년 3월 26일

미움도 용서하면 사랑으로 변한다고…. 시누이가 꿈에 보이고 안됐다는 생각이 자꾸 든다. 어제도 TV 프로그램 〈천원의 전화〉에 계속 전화했다. 절박한 사람들이 얼마나 많은가. 죽음의 문턱까지 갔다가 완전히 빈털터리가 된 상황에서 지금까지 버텼다. 내일은 어떤 일이 일어날지 모르겠으나 우선 오늘은 어쨌든 빚이 없으니 됐다. 돈 꾸러 다닐 때의 부끄러움과 자존심을 결코 잊을 수 없다. 내 평생 기적 같은 제2의 인생이다.

나는 죽어도 괜찮다. 살 만큼 살았고, 쓸 만큼 썼고, 할 만큼 했다. 다만 한 번도 그 누군가에게 사랑받지 못했음이 슬프고 서러울 뿐이다. 내 새끼들. 특히 부드럽게 사회와 부딪히지 못하는 딸의 인생이 걱정된다. 아마 죽어도 내 혼은 고통스러울 것 같다. 그래서 더 잘해주려 한다. 명호는 삼식이고, 딸은 달리다. 바짝바짝 마르는 게 당뇨도 당뇨지만 이놈의 담배 때문일 거다. 일이 많을 때보다 한가할 때 더 피우게 된다. 월간지를 힘들여 사진 찍고 인터뷰했는데 기대했던 것보다 별로다. 다음 주 혜자 언니한테 꽃하고 편지를 보내야겠다. 오늘 제주도엘 가고 싶다.

2006년 4월 16일

어제 가족끼리 안면도에 갔다 왔다. 항상 여행이란 가기 전의 설렘이 좋은 것. 막상 여행에서는 달리와 삼식이 때문에 힘들었다. 다른 강아지를 만나면 삼식이는 싸우려 들고 달리는 무서워서 안아만 달라고 한다. 안 그래도 요즘 체중이 빠져 힘이 드는데…. 체중이 빠지는 이유는 아마 운동량이 많아서인 것 같다. 교수님도 검사 결과는 아무 이상 없다고 한다. 런닝머신을 줄이고 이틀간 잘 먹고 잠을 많이 잤더니 쪼끔 나아진 것 같다.

재건축은 결국 무산됐다. 이게 잘된 건지 아닌지는 세월이 지나봐야 알 것 같다. 라면 CF를 찍을 것 같다. 이것 말고도 몇 건 더 얘기가 있다. 시나리오도 주연, 조연 포함해 세 편인데 7~8월에 결정 날 것 같다. 얼마 전에 예능 프로 〈프렌즈〉를 녹화했는데 초등학교 생활기록부에 명랑치 못하고 고독을 즐긴다고 적혀 있다. 그렇다. 나와 딴판인 시누이를 보고 성격으로 인해 얼마나 인생관이 달라지는지를 뼈저리게 느꼈다. 그 시련을 겪고도 랄랄라. 자식이 죽고 이혼하고 경제적으로 쪼들려도 랄랄라 좋단다. 형제간에 비슷한 것 같다. 반면 나는 우울증과 무기력으로 손 놓고 누워버렸다. 억지로 안 된다. 타고난 성격. 〈기봉이〉가 성공해야만 다음 영화들도 문제가 안 된다. 일주일 내내 영화 홍보로 TV, 잡지 인터뷰로 바빴다. 힘들었다. 그래도 5월 초부터는 20일까지 시간이 빈다. 아마 집수리가 그때쯤 될 것 같다. 7월까진 〈가문〉 촬영만 있다.

왠지 〈기봉이〉가 성공 못할 것만 같다.

2006년 4월 17일

〈한국, 신화창조〉라는 TV 프로에서 산업 디자이너 김영세 씨의 신화를 보면서, 소설을 시작해놓고 핑계야 그럴듯하지만 허송세월을 보냄에 자극을 받았다. 그를 명문대를 나온 천재라고들 한다. 하지만 나는 교육은 못 받았지만 천재다. 이제는 나의 최고 장점을 발휘해야 한다. 표현이 내 마지막 희망이고, 한의 표현이다. 내 순간의 애드립과 영화에서의 아이디어가 적중함은 타고난 천재 의식이다. 〈가문의 부활〉 감독도 촬영 전 나를 만난 것이 스토리 전개의 아이디어를 얻기 위해서란다. 〈가문의 위기〉에서 등에 용 문신 넣은 것도 내 아이디어였고 영화를 흥행으로 이끈 큰 요인이 되었다.

새벽에 예술 TV 채널에서 한용운 님에 대해, 사랑에 대해 보았다. 내 소설 첫 부분에 나오는 한용운 님 얘기가 기가 막힌다. 다만 딸이 찾아오느냐, 남자가 찾아오느냐가 문제다. 내 에세이를 읽고 류시화 시인 등이 한 이야기가 입에 발린 소리가 아님을 느꼈다. 오늘부터 잡동사니들 조금씩 박스에 담아 지하실로 내려놓고 리모델링 준비를 하면서 작업도 다시 해야겠다.

2006년 4월 25일

TV에서 청보리밭(고창)을 보고 언제쯤 낙향해서 자연과 살게 될까 생각했다. 아니면 여행으로 가기만 해도 좋다. MBC 차장의 MC 요청은 거절했다. 당분간 TV에는 모습을 보이지 말아야겠다. 각종 오락 프로, 신문, 방송, 홍보. 정말 지겹고 지쳤다.

남편 피붙이인 시누이를 내가 잘되고 있을 때 용서하고 살펴야겠다는 마음에 시간 될 때마다 파티 모임에 초대한다. 어제도 패션 샵에 다녀오고 식당에서 저녁 먹고 샵까지 갔다 왔다. 가끔 효춘이를 만날 때마다 자기 관리에 배울 점이 많다. 그녀의 절약 정신이 무섭다. 건강관리도 무섭게 한다. 정말 건강관리해야 할 사람은 나다. 금연해야 한다. 당뇨에, 자꾸만 보기 싫을 정도로 마르는데…. 체중 때문에라도 금연해야 한다. 오늘부터 금연 껌으로 시작해보자. 금연 껌 씹으면서 담배 피우면 치명적이란다.

영화는 주님께, 아니, 관객들에게 맡긴다. 내가 볼 땐 대박은 힘들다. 촬영할 때부터 역부족임을 느꼈다. 만약 성공한다면 이건 운이다. 다음 계약은 개런티를 더 올려주지 않으면 계약하지 않겠다. 주연한 영화는 조금 더 받아야겠다. 5월 중순부터 〈가문〉 촬영이다. 촬영에 부담은 없다. 하반기에는 어떤 작품을 하게 될지 아직 결정을 하지 않았다. 까메오는 절대로 하지 않겠다.

2006년 5월 2일

개봉 5일째지만 뒤집기는 어렵다. 아무리 비수기라 해도 사람들이 야외로 나가는 때다. 학생들 중간고사가 끝난다 해도 외화도 들어오고 힘들 것 같다. 3편 중 3위 안 한 게 그나마 다행이다. 정말로 감독이 잘못 만들었다. 혹시 모른다. 영화는 선거판 같다. 흥행에 이렇게 관심을 가져본 건 처음이다. 주연이라서일까. 〈마파도〉, 〈가문의 위기〉 때도 전혀 신경 쓰지 않았다. 3일간의 무대 인사. 힘들었지만 매진돼 관객들 앞에서는 힘이 솟았다. 잊을 건 빨리 잊고 앞으로에 대비해야 한다. 〈우리집〉을 2억 4천에 8~9월쯤 한 달간 20회 차 정도 촬영으로 계약했다. 15일 후에 1억 9천이 먼저 들어온다. 다른 영화도 추석 끝나고 비슷한 금액으로 계약할 것 같다. 이제 드라마는 힘에 부쳐 못할 것만 같다. 목요일까지 쉰다. 어린이날 묘 스님 손자 옷 사서 찾아가 뵙고….

조용필도 담배를 끊었단다. 너무 말라서 끊었는데 7kg 늘었다고 한다. 나는 어제부터 끊겠다고 다짐해놓고 10개비 정도 피웠다. 정말로 끊어야 한다. 담배가 한 갑이 남아서 손을 댔다. 담배 안 갖고 나가야겠다. 나머지 영화와 〈여인열전〉까지 계약되면 10억이 넘는다. 10억을 눈앞에 놓고 건강을 잃으면 모든 것이 끝난다. 당뇨에 담배는 치명적이다. 끊겠다. 절대적으로 끊어야겠다는 마음이…. 나 자신의 인내력뿐이다. 누군의 도움도 없다.

2006년 5월 12일

지방 무대 인사도 끝냈고… 누구나 대박은 생각지 않았을 것이다. 〈도마뱀〉, 〈국경의 남쪽〉, 〈공필두〉, 기타. 허무하게 몇십만에 그칠 조짐이고… 그래도 160만 분기점은 됐다. 이제 살인적인 스케줄이다. 우선 이달 말부터 6~7월까진 〈가문〉만 촬영하고 〈우리집〉은 8월 한 달만 촬영하면 된다 해서 그나마 부담 없지만, 8월 말부터 나머지 영화 작품과 〈마파도2〉가 겹칠 것 같다. 해내야지…. 8~11월까지 아마 거의 하루도 쉴 날이 없을 것 같다. 〈마파도〉가 거리가 멀어서 새벽에 출발하고 밤늦게 출발하면 어찌 되지 않을까. 즐거운 비명이지만 건강이 걱정된다. 〈기봉이〉가 화제가 된 건 사실이다. 어제 뉴스에 서울시장 패러디로도 화제가 됐다. 어제 영화사에서 서울대학병원에 1억을 기탁했다. 현준 씨도 〈김관장〉하고 두 편을 찍고 있다. 하긴 드라마 두 편 하면서 〈기봉이〉도 찍었다. 광고도 재촬영 없이 6개월 연장하자고 한다. 작년 세무 신고 액수가 7억이다. 세금이 얼마나 나올는지.

2006년 6월 30일

오랜만에 촬영을 해서인지 새벽 3시까지 찍었는데 역시 힘들다. 아마 중견 탤런트로는 최고 개런티인 회당 6백으로 MBC와 계약할 것 같다. 주님께 감사하다. 그렇게 푸대접하더니 내가 해냈다. 작품성이나 시청률은 운이고, 두고 봐야 한다. 내 침대가 제일 저렴하고 편치가 않다. 매트리스만 좋은 걸로 바꿔야겠다. 영애, 영희, 시누이 등 수리 끝난 우리 집에 왔다가 깜짝들 놀란다. 시간이 되면 올 생일날 집에서 저녁이나 먹어야겠다.

2006년 7월 2일

여름이지만 장마철이라 새벽녘에는 방바닥이 따뜻하게 전기 시스템을 켠다. 그럼 금세 온돌처럼 따뜻해진다. 토닥토닥 비가 떨어진다. 서재 창밖 큰 은행나무 가지에 보라색 나팔꽃 사촌 같은 꽃 화분을 걸어놨다. 늘 불안과 긴장 속에서 살다가 허무하리만큼 근심이 없으니 약간의 공황 상태처럼 허하다. 과연 나 혼자만이 느끼는 행복인 것 같아서 숨죽여 누릴 뿐이다. 좀 더 베풀어야겠다. 아니, 아마 내 58년 생애 불과 몇 번밖에 못 느껴보는 나날일지도 모른다.

한 열흘째 몸이 여기저기 편치가 않다. 목욕탕 미스 리가 "선생님, 잔고장도 날 만한 연세예요. 그래도 참 건강하신 편이에요" 한다. 다음 주 세브란스 병원에서 종합 진찰을 받아야겠다.

오늘 홍보 대사로 위촉이 돼서 김성환 씨와 최불암 선생님을 몇 년 만에 뵙게 됐다. 소띠라서일까. 소처럼 힘을 쓰고 일을 해야 아프지 않은 체질임을 잘 안다. 현장에서는 오히려 아프지 않다. 금요일날 제주도 오성자 씨 아들 결혼식으로 의정부까지 갔다 오다가 나팔꽃 화분을 사 왔다. 만 원의 행복. 꼭 내가 들고 가게끔 둥글게, 철망으로 타고 올라가게끔 해놨다. 가는 가지가 반나절 만에 쑥쑥 올라간다. 축축한 날씨 탓인지, 온몸이 아프다. 배도 살살 아프고 삭신이 쑤신다. 이달 말부터는 더 바쁠 것 같다. 이번 주가 한가하다.

2006년 7월 18일 진천에서

긴 장마다. 전국이 물난리다. 진천에서 이틀째 밤샘 촬영을 하고 낮에는 하루 종일 깨끗한 모텔에서 쉬니 여행 온 기분이다. 다행히 내일모레 대종상 빼곤 일이 없다. 앞으로 스케줄 잡을 때 절대 밤샌 다음 날은 잡지 말아야겠다. 불과 2년 전 〈마파도〉 촬영 때 모텔 방에서 군산 언니에게 긴박하게 전화했던 그때의 상황이 떠오른다.

체중은 2kg밖에 줄지 않았는데도 보는 사람마다 많이 야위었다고 한다. 확실히 운동이 약이다. 진천 오기 전 너무나 몸이 무거워 집중적으로 운동을 했더니 몸이 아주 가벼워졌다. 여기도 사우나가 있어서 몇 시간 쉬었더니 몸이 가뿐하다. 다음 주 24일은 예정대로 홍콩에 딸과 다녀와야겠다. 예정대로라면 8월에 MBC와 〈우리집〉, 〈가문〉으로 일정이 좀 빠듯하고 9월은 약간 여유 있다. 10월부터는 영화 하나와 MBC만 촬영하면 된다.

요즘 안면도와 제주도를 생각하고 있다. 제주도야 그냥 쉴 별장이지만, 안면도 쪽은 내가 꿈꾸던, 책으로 갖고 있는 미국인 할머니의 《맘 먹은 대로 살아요》의 꽃이 있는 산장이다. 산 속이래도 가을에는 온 산 전체에 해바라기와 국화를 심고, 봄에는 살구나무, 배나무, 장미 등을 심고 싶다. 꽃 재배만 1~2년은 걸릴 것이다. 5층이나 3층 정도의 목조건물에 제주도 허니문 하우스처럼 흰색으로 짓고, 세미나를 할 수 있는 100평 정도의 세미나실과 펜션을 만드는 거다. 펜션 앞 베란다에도 꽃마당을 만들고 정원에는 고기와 생선을 바베큐할 수 있는 시설을, 식당에는 뷔페를 만들어놓고…. 책을 볼 수 있고 음악을 들을 수 있는 공간도 만들고 싶다. 남녀 숯가마 찜질방도 아주 재래식으로 흙가마로 만들어놓으면 겨울에도 아주 좋을 것 같다. 식당 테이블마다 야생화를 꽂아놓고 한택식물원 원장님의 도움도 받아 연못을 파서 연꽃도 만들고 싶다. '수미산장' 아니면 '비밀의 화원'을 만들고 싶다. 뷔페 접시도 아주 멋진 걸로. 침대 시트 같은 것도 구상을 해봐야겠다.

2006년 7월 21일

나는 행복할 자격이 있다. 큰돈을 지출할 때마다 두렵다. 이래도 되는 건지…. 한 점 부끄러움 없이 내 영혼과 체력으로 번 돈이지만 나 자신한테 쓰이는 게 이토록 겁이 날 수가 없다. 한 달 정도 걸려서 만족스럽게 집수리했다. 다시 한번 돈의 위대함을 느낀다. 나는 행복할 자격이 있다. 맘에 드는 책상 앞에서 창가 은행나무에 꽃 화분을 걸어놓고, 장마가 시작하는 첫날 비 내리는 창밖을 보며 글을 쓴다. 주방도 맘에 들고 이층 서재도 생각한 대로 잘 나왔다. 정말 쓰레기장 같은 집에서 고생 많았다. 건강도 조심해야겠지만 하늘의 운이다. 한 일주일 더 있어야 제대로 정리될 것 같다.

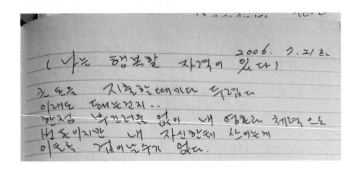

(나는 행복할 자격이 있다)
2006. 7. 21 금.
오늘 지독하게 아파 누웠다.
이래도 돼는건지..
한점 부끄럼 없이 내 열정과 체력으로
버둥이지만 내 자신한테 산아늬께
이르는 거에 늬수기 없다.

2006년 7월 23일

월드컵으로 다른 모든 일들은 마치 멈춰 있는 듯하다. 내일 새벽 스위스와 16강을 놓고 경쟁한다. 꼭 절대적으로 이겨야만 한다. 스위스는 비겨도 올라갈 수 있으니까. 스포츠를 보면서 승자와 패자, 인생을 보게 된다. 특히 역전승을 보면서. 4년 전 서울에서 월드컵이 열렸을 때도 나는 성치 못했다. 희망도 꿈도 없는 절망 상태에서 그나마 우리나라가 이겼을 때 많은 기쁨을 느꼈다. 그 후 3년. 오늘 나는 연예계에서 중견으로는 최고의 자리에 우뚝 섰다. 2억 5천의 개런티도 마다하고 〈마파도2〉를 거절했을 정도다. 왠지 하기가 싫다. 스케줄만 꼬이지 않아도 할 수 있었는데…. 아쉽지만 전화위복인지 모른다. MBC 미니시리즈를 할지 모르겠다. 이젠 너무 무리하게 일하지 않겠다. 욕심을 부리자면 한도 끝도 없다. 〈우리집〉 영화도 불투명한 상태다. 나머지 영화와 미니시리즈만 하다가 상반기에 한두 작품 더 하고 겨울에는 쉬어야겠다. 집수리 시작부터 다 끝날 때까지 내 체력에 놀란다. 쓸고 닦고 정리하고. 지출도 많이 했다. 현아가 아파서 쉬느라 새 파출부 아줌마가 왔다. 일을 너무 잘한다. 나는 행복할 자격이 있다.

2006년 7월 26일

아마 저녁 4시부터인가 자서 지금이 새벽 3시니까 근 열두 시간을 잤나 보다. 장마가 시작됐다. 빗소리가 처적처적 들린다. 군산의 연희도 언니처럼 뇌출혈로 쓰러졌다 해서 어제 병원에 갔다가 50만 원을 부조했다. 나보고 조심하라는 주님의 메시지이고 경고다. 어제부터 담배를 많이 줄이니 확실히 다르다. 큰 스승님께서 말씀하시길, 과감하게 거절할 줄도 알라고 하셨다. 〈마파도〉를 거절한 것이 막상 아쉽기는 하나, 몸이 상당히 피곤한 상태에서 스케줄상 겁이 났다. 조금 더 주면 움직일 수 있었겠지만. 거리만 가깝다뿐이지 〈우리집〉도 만만찮다. 7월 1~2일까지 개런티 완납이 안 되면 그만둘까 보다. 나머지 작품에 충실하고 신경을 많이 써야겠다. 오히려 〈가문의 부활〉 촬영 스케줄이 널널하다. 어제 맘먹은 대로 가을에 SBS 토크쇼에 출연하게 되면 7월 초 홍콩에 휴가나 갔다 와야겠다.

〈마파도〉를 거절한 것이 혹시 교만하고 방종해서 그런 건 아닐까 생각해보지만, 겁이 났다. 시기가 요새 같았더라면 교통정리가 됐을 텐데…. 일이 무서웠다. 잊어버리자. 힘들어도 TV 쪽에 주말이나 미니시리즈를 하는 걸로 신경을 써봐야겠다. 전 여사님께 게장하고 김치하고 보내드려야겠다.

2006년 7월 30일 양평 춘사관에서

근 보름간 내란 상태다. 발단은 딸이고, 난 폭발했다. 짚고 넘어가야 할 문제다. 내 배 속에서 낳은 아들딸이지만 이렇게 색깔이 다를 수가 없다. 명호는 착하고 유연하고 성격이 원만한 반면, 물러터지고 성장 덜 된 사춘기 아이처럼 어리다. 그러나 정이 많고 순박하다. 딸은 야무지고 책임감 있고 정확한 반면, 철저하게 이기주의고 고집이 세고 깍쟁이다. 둘이 적당히 섞였더라면 좋았을 것을…. 너무나 많은 걸 보고 겪어서 큰 상처는 안 받았지만 허무하고 잘못 키웠다는 생각이 든다. 이런 상태의 시간들도 필요하다고 본다.

혜자 언니 손녀들이 방학이라 서울 와 있다 해서 신세계에서 갈비, 굴비 등 많이 사서 보냈다. 다시 외국 갈 때 용돈도 보내줘야겠다. 4~5년간 언니한테서 쓴 돈의 이자만도 얼마인가. 이 세상에서 어떤 사람이 돈을 주면서 언제고 여유 있고 부자 되면 갚으라 할까. 돈만이 아니라 종종 풀 수 없는 답답한 일들을 언니는 덕망과 지혜로 원만하게 풀 수 있는 길을 알려주셨다. 정신적으로 여유가 생기니 점점 지난날이 생각이 난다. 지금 이 시점에서 본다면 지난 시절 가정을 지킨 내 결정,

내 생각이 옳았다는 결론이다. 혜자 언니가 언젠가 "대신 신분 상승했잖아"라고 위로했던 기억이 난다. 맞는 말이다. 그래서 더 서글프다.

〈우리집〉은 투자를 못 받아서 공중에 떴다. 일본 TV MC는 내일 계약금을 받게 되면 할 수 있는 거고. 게장도 돈을 받았다. MBC는 계약은 했지만 아직 시간대를 못 받았나 보다. 지난주 제주도에 가서 여러 물건을 봤는데, 안면도고 제주도고 개발은 관둬야겠다. 그런 쪽으로 쓸 에너지라면 작품을 써야겠다. 이제 내 애착을 다른 일에 소모하기에는 건강상 너무 늦었다. 지인들 다루기도 힘든데 그림처럼 아름다운 산장 펜션을 어떻게 관리할까. 그냥 여유 될 때 땅이나 조금 사놓고 외국 좋은 곳에 여행이나 다녀야겠다.

이번에 나 자신에게 벤츠 600을 선물했다. 근데 즐겁지도 않다. 연말쯤 은행 것 갚고 내년 말쯤 한남동이나 방배동의 개인 주택으로 이사를 가야겠다. 베란다가 있고 마당이 넓은 새 빌라도 괜찮다. 어제 〈가문〉 편집본을 봤는데 너무 잘 만들었다. 외화같이 찍었다. 관객 수가 천만은 될 것 같다. 과연 맞을지는 11월달에 봐야겠다. 벤츠를 기사 아저씨가 잘 몰지 불안하다.

2006년 8월 1일

예상했던 대로 내가 구성한 소설 내용과 비슷한 스토리의 영화가 진행되는 것 같다. 하인즈 워드 얘기긴 하나, 어쨌건 외국인 남자와의 혼혈아 문제다. 제목은 〈보리밭의 비밀〉로 정했다. 9월달이 시간이 좀 빈다. 제주도건 어디건 가서 마무리해서 내년 1월달에 출간해야겠다. 내가 소설 쓴다니까 정 감독이 영화화하자고 연락 오지 않겠냐고 한다. 참 빠른 사람이다. 주인공을 소설가나 시인으로 만들든가 그냥 무지렁이로 만들든가. 내 특유의 글필로 1월달에 출판해야만 4월에 보리밭 고장을 찍을 수 있다.

위선

2006년 8월 13일

스케줄이 이렇다 보니 〈마파도〉를 할 것 그랬나 후회도 된다. 2억 5천인데…. 허나 10월달을 생각하면 다행이다 싶기도 하다. 운계 언니는 어제 대본을 보고 내가 빠진 줄 알고 계속 전화해준다.

사람들이 다 저마다 사는 스타일이 있다. 자신은 안 먹고 안 입고 손에 쥐고만 있는 사람들은 젊다면 긍정적이다. 하지만 나는 이제 예순, 10년이면 일흔을 내다본다. 나는 내 생활에 후회 없다. 가정에, 남편과 자식에게 30년 넘게 희생해왔다. 가장이었다. 2년 동안 절망한 채 파산한 상태에서 빚 독촉에 시달렸고, 일은 없었다. 오직 의지하고 비빌 수 있는 언덕은 술과 담배였다. 맨 정신으론 24시간이 초고통이었다. 1년 넘게 만두만 먹다가 언젠가 마지막 죽음을 택하려고 했을 때 남편과 자식들은 이것 좀 먹어보라며 음식 한번 준비해주지 않았다. 악화되는 내 상태에 강제로 병원에 입원하기도 했는데, 딸은 담배 못 피우게 감시하면서 교도관처럼 굴었다. 그러나 나는 그때 그저 위로와 사랑이 필요했다. 집이 넘어가면 호텔 생활을 해야 하나 고민하던 때였다. 당장 보증금으로 걸 천만 원도 없었다. 매달 5백의 수입이 됐던 〈전원일기〉가 폐지됐을 땐 정말로 죽어야겠구나 싶었다. 아무 생각도 할 수 없고, 더 이상 걸을 수도 없고, 입은 삐뚤어지고. 하루하루, 단 한 시간 버티는 것조차 고통이었다. 동료들한테 백만 원씩 꾸다 보니 방송국엔 안 좋은 소문이 돌았고, 다들 내게서 등을 돌렸다. 내가 죽음을 생각하고 절망 속에서 폐인이 됐을 때 남편과 두 자식이 내게 준 사랑은 없었다. 다정한 말, 걱정이면 충분했는데…. 다들 자기들 고통뿐이었다. 죽음을 생각하고 있는 나에게 담배, 술 따위가 무슨 상관이냔 말이다.

이 억울하고 불쌍한 나를 주님께서 하루아침에 살려내셨다. 귀신에 시달렸던 건 분명하다. 그리고 기 치료도 신기하다. 기 치료 한 번에 단번에 나아버린 건 지금도 알 수 없는 수수께끼다. 묘심화 스님도 그렇고…. 알 수 없는 신비의 수수께끼다. 현대 과학으론 어떻게 입증 못할 신비한 사실.

김학렬 감독을 만나 거실 소파에서 애드립 연습을 했다. 이것이 오늘을 이어준 안타였고, 계속 홈런을 날렸다. 지난 30년 간 4~5년 동안의 전성기 빼곤 늘 일에 허덕였다. 한 프로그램이 끝나면 1~2년은 일이 없었다. 하지만 지금은 2~3년 만에 억대 출연료를 받는 등 인생이 달라졌다. 〈마파도〉가 어찌 보면 큰 공인데, 그 〈마파도2〉를 거절했다.

자식들은, 아직 철이 없어서라고 치부하기엔 너무 화가 난다. 한 달 전 딸아이의 그런 태도에 심한 배신감을 느꼈다. 너무 분해 도저히 용서가 안 된다. 내가 잘못 키웠다. 이대로 마냥 용서하고 이해해줄 수 없다. 30년 동안 희생과 사랑의 대가가 이런 거라면 나도 더 이상 희생하지 않겠다. 이번 주에는 제주도에 가서 글을 쓰고 쉬어야겠다. 나는 할 만큼 했다. 용서할 수 없다. 싫다. 남편도 옆방에 누워 있다는 사실조차 싫다. 자식도 남편도 모두 싫다. 지긋지긋한 악마들…. 내 육신과 혼을 다 빼먹고도 뻔뻔스러운 인간들….

2006년 8월 28일

두 달 가까이 말없이 모르는 체 지내는 가족. 딸을 이해할 수도 없고 용서도 쉽게 되지 않는다. 요즘 사회문제가 된 사행성 오락 비리. 거기에 가산을 탕진하고 폐인이 된 사람들이 많다. 그중 한 사람이 내 남편이라니. 역시 아닌 것은 끝내 아닌가 보다. 일생을 그렇게 그런 식으로 산 사람. 거짓말, 속임수 그리고 또 거짓말…. 어차피 오래전부터 남편이 인간됨을 포기하고 살아온 지 오래돼 뭘 하든 충격은 없다. 다만 이런 사람과 결혼할 수밖에 없었던 그때의 내 환경이 안타깝고 불쌍하다. 내가 자식들을 더 용서할 수 없는 것은 송충이보다 싫은, 어쩌다가 손이 닿으면 끔찍한 사람과 살아온 이유가 자식들이었기 때문이다. 헌데 머리 좀 컸다고…. 소름 끼친다. 아무것도 없이 내 감정, 내 행복을 잊고 모르는 채 자식만을 위해 30년을

뛰었다. 여기서 끝이다. 어른들이 자식들 다 소용없다고 하는
말을 이제야 알 것 같다.

이 정씨 남매 말고 다른 정씨 남매도 정말 지긋지긋하다.
내 남편과 그 시누이. 어쩌면 사람의 도리, 사람으로서는 반드
시 있어야 할 도덕성, 의리, 책임감이 결여된 악랄한 사람들이
다. 내 가슴에 여러 번 생채기를 준 사람. 이제 와서 돈을 꿔달
란다. 자기가 떵떵거리고 살 때는, 지 어린 조카가 빈집의 차
가운 방에서 석유난로 하나 놓고 벌벌 떨며 지낼 적에, 방송국
일거리 전화를 받아야 먹고 사니 전화 한 대만 놔달라고 그렇
게 애원해도 들어주질 않더니…. 밑 빠진 독에 물 붓기라며 그
냥 가버렸다. 지독한 년이다. 그뿐인가. 자기 친구한테 "애가
부모가 일찍 죽어 버릇이 없어"라며 내 면전에서 내 얘길 했다.
나는 정말 잘못한 것도 없었는데…. 딸 등록금 때문이라고 백
만 원만 빌려달랐을 때도 외면했다. 그러더니 이제 와서…. 새
옹지마다. 하늘이 너 같은 사람을 벌을 주지 않는다면 하늘이
아니다. 자기 엄마한테도 그렇게 모질게 하더니 바람나서 자
기 인생, 자식 인생까지도 다 망치고. 숨 쉬는 공기도 아까운

두 인간이다. 파렴치한이다. 어디서 손을 내밀어. 너 같은 인간에게 빌려줄 돈 있으면 불쌍한 소녀 가장을 주겠다. 기분 더럽게 나쁜 날이었다.

그때 생판 남인 혜자 언니는 아무 때고 너 부자 되면 갚으라며 몇천만 원을 주셨다.

2006년 9월 3일

어제 순경 언니 딸 결혼식에 갔다. 마치 오래전 MBC 분장실에 앉아 있는 기분이었다. 혜자 언니는 어쩌면 하나도 안 변하고 여전히 곱다. 그런데 왜 그리 최불암 선생님이 초라해 뵈는지…. 오후에는 혜숙이 어머니 상가에서 미숙이, 예진이, 숙이 등과 얘기했다. 오늘은 여러모로 평소 느껴보지 못했던 야릇한 기분이 든다.

2006년 9월 10일

춥다. 겁난다. 어제 뜬금없이 안혜숙 씨에게 전화가 왔다. 아마 조선일보를 보고…. 일단 시놉을 써보라고 했다. 어차피

각색할 작가를 물색하고 있었는데 잘됐다. 인연인지 악연인지는 두고 봐야 할 일이다. 자기 출판사에서 출판하자고 한다. 문학과 의식. 20일까지는 완성해보자.

어제 금연 껌 문구를 보고 충격받았다. 뉴스에서도 다룬 얘기다. 수년 전부터 괴롭고 고통받았던 담배, 오늘부터 끊는다. 갑상선, 당뇨…. 잘못하면 돈 몇억을 돌려줘야 할 상황이 올 수도 있다. 벤츠? 웃긴다. 하느님께서 내 원대로 불과 2년 만에 소원을 들어주셨다. 헌데 내가 이 부를 지키지 못한다면 사람이 아니다. 조용필도 끊었다. 무엇보다도 삐삐 마른 얼굴과 몸. 하루에도 수십 번 듣는 말랐다는 말이 지겹다. 모임에서는 장교수에게 그 말을 듣고 화가 나서 따지기까지 했다. 금연 껌으로 견뎌낼 수 있다. 김수미, 다시 피운다면 너는 실패자다. 안그러면 진수성찬을 엎어버리는 거다. 혜자 언니의 맑은 피부, 최불암 씨와 변희봉 씨. 남자들도 끊는데…. 해낼 것이다. 그리고 결정적으로 담배가 싫어졌다. 어떤 충격받을 일이 생겨도 안 피운다. 과거로 돌아간다는 것은 죽음이다. 김태희 박사님도 뇌졸중 올 수 있다고 경고하셨다. 설마가 사람 잡는다. 군산 언니도 뇌졸중이 아닌가. 끊는다, 끊었다.

2006년 9월 23일

도대체 이놈의 인생은 얼마나 살아야 알까. 내 복이 여기까지인가. 신은 두 가지 이상의 복은 주시지 않는 걸까. 상상도 못할 짓을 남편이 저질러놨다. 어쩌면 4억 정도를 고스란히 물어줘야 한다. 두 편의 출연료 액수다. 이제는 끝이다. 용서할 수 없다. 아마 내 건강에도 이상이 올 것 같다. 멍해서 정신이 없다. 살아낼 기운도 빠지고 세상이 무섭다. 〈가문〉은 하루 만에 20만이 됐고 예매율 1위다. 오늘 대구와 부산에 무대 인사를 간다. 그러면 뭘 하나. 죽 쒀서 개 준다는 말. 결국 1년 동안 내 돈으로 일본으로 태국으로 놀아난 거다. 무섭다.

2006년 9월 24일 부산에서

열흘 전 부산 파라다이스에 남양알로에 강의로 왔을 때도 전혀 몰랐다. 워낙 많은 것을 겪어서일까, 고통을 피하고 싶어서일까. 결혼 초 전화 좀 놔달라고 15만 원을 줬더니 영영이었

고, 외려 화수한테 가서 돈을 빌렸다. 그것도 내가 갚았다. 주
님, 신분 상승의 대가입니까? 제 팔자입니까? 건강 때문에라도
자꾸 생각하지 말아야겠다. 생각할 생각이 아깝다. 내 복이 여
기까지다. 그래도 내가 쓰러진 것보다는 나은 것이 아닌가. 올
연말 안까진 뚜렷한 수입이 없다. 〈우리집〉도 결국 촬영을 못
하게 될 것 같다. 〈가문의 부활〉이 개봉 4일째가 됐다. 예매율
1위이기는 하지만 추석 연휴가 지나봐야 대박인지 알 수가 있
다. 어쨌든 한숨 놓긴 했다. 13일경 하와이에 다녀오고 거기서
소설을 마무리하자. 좋은 일이 많았으니 나쁜 일이 있는 것이
다. 그러니 또 좋은 일이 있겠지….

2006년 9월 29일

틀림없이 올 추석에 관객 수 500만을 넘기기는 힘들 것 같
다. 아무리 연휴가 길어도 만만치가 않다. 그나마 성사가 될진
모르지만 내가 주연인 대본이 와 있다. 위험 부담은 크지만 해
볼 만하다.

꿈이 심란하다. 30년의 애증, 아니 증오라고 해야 할까. 그

증오도 인간적으로 걱정이 된다. 이 세상에서 시누이와 남편
은 어떤 인간인지 아직도 파악이 안 된다. 근본적으로 인간이
응당 갖춰야 할 도덕성과 기본적인 양심이 없다. 매사 속임수,
사기성. 사기성이 있는 사람은 자기도 사기를 당한다. 돌아가
신 분을 나쁘게 생각해서는 안 되지만 어머님이 무책임했다.
사람이 좋아서 당하고 사셨다. 모르는 것과는 다르다. 우선 남
에게 빌리고 얻어내서 쓰고 만다. 이런 사람과 결혼할 수밖에
없던 내 젊은 시절의 환경이 안타깝다. 88올림픽 때도 마누라
내세워 비지니스를 했다. 그마저도 10원짜리 동전 하나 못 갖
고 오고 탕진했다. 그림자조차도 무섭고 싫은 인간. 이러다 내
명에 못 죽지 싶다.

2006년 10월 4일

나도 잠을 이렇게 많이 잘 수 있었는가. 앞으로 한 20여 일
간 시간이 빈다. 대상포진이란다. 무대 인사가 과로였나 보다.
영화는 이번 주말까지가 피크인데 매진은 매진이다. 〈타짜〉하
고 어느 편이 1위가 될진 모르겠다.

이대로 영원히 사람 안 보고 살고 싶다. 끝을 내야 되겠다. 안방 침대에서 이토록 잠을 편히 자고 또 자고. 얼굴 살이 다 통통해졌다. 어떻게 해결이 되는지, 내가 4억이란 돈을 토해내야 할지. 무사히 마무리되긴 틀렸다. 중순경에 하와이 여행 계획을 세우고 있지만 여유롭지 못한 상황에서 맘이 편치가 않다. 남은 영화에 올 가을 겨울 매달려보고 지금 얘기가 오가는 다른 영화를 내년 봄에 기대해봐야겠다. 시나리오는 맘에 드는데 성사가 되는지도 모르겠다. 나도 멈춰놨던 시나리오 작업을 해야 하는데 펜이 쉽게 움직이질 않는다.

2006년 10월 9일

정신 차려야겠다. 불안하고 무서워진다. 아무런 근심 걱정 없을 때 뭔가가 불안했다. 경제적인 손실은 그래도 희망이 있다. 요 며칠 속상해서 피워댄 담배로 가슴이 아프다. 열흘 동안 소설도 시나리오도 한 줄도 못 썼다. 〈가문〉도 2위로 떨어졌다. 너무 약하다. 3000만 명 정도에서 그칠 것 같다. '코메디 배우', '삼류 영화'. 가당키나 했나, 객기로 산 벤츠 600이며….

남은 영화 외에 아직 계약한 게 없다. 오히려 토해낼 돈이 있고…. 내 복은 여기까지가 한계인 듯싶다. 잊을 건 빨리 잊자. 당장 배상할 건 아니다. 그러나 그렇게 될 가능성이 90%다. 하와이 여행도 취소하고 건강진단과 치과 치료만 하고 소설을 써야겠다. 20만, 60만 관객 수로 그친 영화도 있다. 그나마 2위도 다행이다. 하지만 4탄, 5탄 시리즈는 불가능할 것 같다.

죽음까지 이르게 할 경제적 압박은 없어야 한다. 현금 6억이 있지만, 이건 내 돈이 아니다. 자식들도 다 소용없다. 나는 나지만, 딸년도 참 매몰찬 계집애다. 걱정도 안 한다. 그래도 어디서 어떻게 뭘 먹고 자는지…. 환자인데…. 원수라도 걱정이 되는 건 어쩔 수 없다.

2006년 10월 23일 영광에서

불과 2년 전 바로 여기 이 모텔에서 돈 얼마 때문에 군산 언니하고 절박하게 통화했던 기억이 난다. 그때 개런티 7천에 했던 영화를 2년 후에 2억 5천도 적다고 거절했다. 2년 동안 근 20억을 벌었다. 〈마파도〉를 딛고 중년으로서 성공했는지 모른다. 그래도 아직은 건강하다. 지금 정신적으로 힘든 것들도 소설을 쓰는 데 많은 에너지가 되리라 믿는다.

두 달째인가 보다. 어디서 뭘 먹고 자는지…. 다시 본다는 건 끔찍하다. 정말 싫다. 인간적으로 불쌍할 뿐이다. 그이랑 같이 일 친 작자가 일 때문에 만나자고 하지만 더 이상 말려들 순 없다. 내 돈을 먼저 해결해야만 뭐든 거들어줄 수 있다. 아마 남편이 이렇게 말려든 것 같다. 왜? 왜? 사람이 왜 그렇게 정직하지 못할까. 아니, 정직이 아니라 그건 기본이다. 거짓이 빚어낸, 자기가 자기 무덤을 판 사건이다. 바보. 정말 바보다. 어떻게 자기 통장으로 들어온 돈을, 그것도 몇억을 그냥 내준단 말인가…. 내 건강 해칠까 봐 잊어버리려고 해도 기가 막혀서 잊히지가 않는다. 모르고 사기당한 것도 아니다. 자기 돈으로 4억을 주고 말았다. 그냥 날렸다고 생각할 수도 있다. 4억이 문제가 아니다. 거기에 파생되는 것까지 또 몇억이다. 상식적으로 이해가 안 간다.

무슨 악연이기에 죽기 살기로 날 속이고 내 말을 안 들을까. 피, 유전. 내 오십 평생 시누이 같은 여자도 처음이다. 남매가 인간이 지녀야 할 근본적인 도덕성이 결핍됐다. 그건 동물이나 다름없다. 그녀의 가정생활도 복잡했고, 오죽하면 자식도 엄마를 외면한다. 노름에 바람에…. 그때 끝냈어야 했다. 이젠 끝이다. 더 이상 이해와 용서는 없다.

2006년 영광에서 새벽녘

엄마. 엄니가 나이 몇에 돌아가셨는지 모릅니다. 내 나이가 아마 열아홉에서 스무 살 때였습니다. 언니마저 뇌졸중으로 말을 잘 못하니 알 수 없고 기억을 더듬어도 모르겠습니다. 새벽녘 눈을 떠 가끔 엄니가 그리워 베갯잇을 적십니다. 정확한 감정을 말하자면, 보고 싶은 것보다도 저 자신이 가엾어서 우는지 모릅니다. 남편, 자식들. 이 가정을, 가족을 갖고 싶어서, 지키고 싶어서 곰처럼 묵묵히 고통을 안고 지냈습니다. 어쩌면 가족을, 가정을 설계하면서 정씨를 택했다는 게 사실인지 모릅니다. 사랑 따위보다도 안주하고 싶었습니다. 사랑 없는 남자였기에 그 많은 바람을 피웠어도 덜 분했는지 모릅니다. 가정이 없는 여자보다는 아기가 있는, 자기 자식을 기르는 어머니가 더 나았기 때문입니다. 30여 년을 그렇게 지켰습니다. 내 정원을…. 자식들은 다 컸고 점점 소용없다는 생각이 듭니다. 어미의 외로움이나 고통을 하나도 모릅니다. 말 한마디 조금만이라도 의지가 돼야 할 텐데 아닙니다.

2006년 10월 25일 영광에서

김지영 언니, 이문식 씨도 담배를 끊었다. 생일을 시작으로 나도 반드시 끊어야겠다. 영애도 끊었고…. 건강은 둘째 치고라도 너무 말라간다. 조용필 씨도 너무 말라서 담배를 끊었다고 한다. 지금 남아 있는 담배 두 갑을 버렸다. 김지영 언니 얼굴이 통통하니, 칠십이라는데 육십으로밖에 안 보인다. 수미야, 너는 바보야. 김을동, 김형자 그들도 다 끊었다. 넌 해낼 수 있어. 우선 서울 가서 현대, 롯데백화점 식품관에 게장 판매부터 해야겠다. 아무한테도 금연 얘길 하지 말고 한 달 후 달라진 모습을 나 스스로 느껴보자.

주님! 주님께서는 절 특별히 사랑하시지요. 저는 잘 압니다. 주님, 주님의 능력이 필요합니다. 지영 언니, 영애도 주님의 은혜로 금연했음을 믿습니다. 쉰여덟 살 생일, 시작합니다.

2006년 11월 6일

아, 여기가 하동이구나. 주님, 제게 이런 직업을 갖게 해주셔서 감사합니다. 엄마 아버지, 저에게 이런 능력을 주셔서 감사합니다.

세상에나, 이렇게 감나무가 많은 곳은 처음 봤다. 여기가 경상도에서 전라도 구례 화개장터도 갈 수 있고, 청학동 최 참판 댁이 있는 곳이다. 〈토지〉 촬영 장소이기도 하고. 영화 〈만남의 광장〉은 밤 씬만 이틀간 있어서 서울에서 걱정했다. 하지만 다행히 날씨도 춥지도 덥지도 않고, 숙소도 섬진강가 호텔이라, 가물어서 물은 적지만, 침실과 거실 창 너머에 강이 흐른다. 남해도 여기서 두어 시간이면 가는 것 같다. 너무 좋다. 참게와 다슬기가 유명한가 보다. 오후에 시장에도 나가보고 동네 골목골목도 다녀보자. 남해고 영광이고 집을 하나 마련할까 했는데 한 군데에만 자리 잡을 필요 있을까. 내년 후반기에는 어찌 됐건 이사를 해야겠다. 단독주택이건 빌라건 장독대만 놓을 수 있으면 좋다. 1년에 두세 번은 무조건 열흘 이상 여행을 해야겠다. 정말 우리나라도 이렇게 좋은 데가 많을 수가 없다. 내가 시골을 좋아해서 그럴지도 모른다.

어제 〈만남의 광장〉 제작자가 말해준 2년 후에 기획한다는 영화도 내 소설 테마와 비슷한 얘기다. 나는 미국 씬을 더 넣어야겠다. 정리하다 보니 10분의 1밖에 쓰질 못했다. 전체적인 구상은 다 됐지만…. 석준의 감정을 더 많이 써야겠다. 〈못말리는 결혼〉은 회차가 20회 정도다. 〈우리집〉도 촬영을 할 것만 같고…. 감을 많이 사 가야겠다. 다음 주 종합검진 결과가 나오지만 모르겠다. 적어도 오늘은 행복하다.

2006년 11월 7일

전국에 첫눈도 오고 추워졌다. 어제 분장 다 하고 촬영을 못했다. 태풍 못지않은 바람이다. 언제 다시 한번 더 와야 될지…. 어제 그 인간 들어왔다고 한다. 며칠 전 꿈에 아주 젊은 모습으로 안경 끼고 슬쩍 지나가는데 아주 선명했다. 결국 화장실에서 쓰러졌다고 한다. 눈물을 흘리며, 이제 딸도 다 커서 따져 물었다고 한다. 정신연령이 15세 정도다. 몇억을 본인이 탕진했어도 자기가 써보기라도 했으면 다행이지, 사채 이자 얻어 남의 입에 넣어주다니. 사랑하지 않았다. 그렇다고 싫지는 않았다. 나이는 차가고 뾰족하게 돈도 모아지지 않았고, 외로웠고, 지쳤고, 셋방살이도 싫고 지겨웠고. 하는 일이 위협받을 정도의 간간이 들려오는 소리도 괴로웠다. 그래서 결혼하자기에, 어머니도 누나도 멀쩡해 보이기에, 안정을 찾아 아들딸 낳고 살림살이하고 싶어서 결혼을 했다. 그러나 허울만 좋았지, 경제적으로 10년 이상을 쪼들리며 살았다. 결국 아이 낳고 내 손으로 가정을 이끌어야만 했다. 무질서하고 파렴치한 가장. 그 와중에 태어난 아들딸. 언제부턴가 포기하고 자식과 일, 살림살이, 그것만이 인생이었다. 공허해서, 외로워서 술을 마시기 시작했다. 내 기억으론 단 한번도 사랑받은 일도, 존경심이 드는 남편 품에 안겨 잠들어본 일도 없었다. 거짓말과 위선, 도둑질. 주먹질만 안 했지, 아침저녁 속이는 거짓말은 정신적 폭력이었다. 손끝을 부딪치는 것조차도 소름 끼치는 남자와 어쩔 수 없이 잠자리를 해줘야 할 때가 거의였다. 죽어버렸으면 좋겠다는 생각도 여러 번 했다. 미워하는 마음도 아까운 인간이다. 남편과 시누이는 이 세상에서 가장 쓸모없는 남매다. 어떻게 가정교육을 그렇게 받았을까. 어머니 살아생전을 보면 알 수 있었다. 딸도 그렇게 키웠으니, 딸에게 하인 취급을 받으며 늘그막을 그렇게 사셨다.

혹여나 명호가 아빠의 유전자를 받아 아빠의 젊은 시절을 걸을까 늘 걱정했다. 딸은 내 유전자를 받아 나처럼 살고 있다. 다행이다. 이제 내 건강이 문제다. 내가 죽는 날까지 지고 갈 십자가다. 나이 육십에 가까워 단돈 만 원도 없고 벌어나갈 능력도 없는 병자를. 이혼도 나에게는 사치일 뿐이다. 이것이 내 숙명이다. 내 복이 이것뿐이다. 탓하고 증오하고 따지며 내 에너지를 소비하는 것조차 아까운 사람들이다. 돌아오는 건 상처와 내 건강이다. 책임은 내가 져야 한다. 더 견디고 버티지 못하고 현실도피로 결혼을 택한, 그럴 수밖에 없었던 내 처지가 불쌍할 뿐이다. 하나님은 불쌍한 나에게 인기, 명예, 재물, 건강한 정신을 가진 딸을 주셨다. 내가 병 없이 살아야 앞으로 몇 년을 더 살까. 내 그림자를 칼로 잘라낼 수 없듯이 죽는 날까지 붙어 있을 귀신들이다.

주님, 몇억 되는 돈 처음부터 안 벌었다고 생각하겠습니다. 건강만 주신다면 벌 기회는 많이 있습니다. 계속 CF 제의도 들어오고 있습니다. 불과 3년 전에는 단 돈 천만 원도 없었습니다. 5년 전에는 죽음 직전까지 간 병자였습니다. 희망이란 1%도 없었습니다. 주님, 개보다 못한 인간을 용서해야 하는 겁니까. 혜자 언니는 "신분 상승했잖아"라며 위로했습니다. 시어머니와 남편이 있는 주부라는 타이틀을 얻기 위해 평생 지불해야 하는 고통입니까? 지고 가겠습니다. 떨쳐버리기엔 너무 늦었습니다. 버리기에는, 버리고 나서도 책임을 져야 할 입장입니다. 제가 얻은 인기의 대가라고 치부하겠습니다.

다음 주 건강진단 결과가 무섭다. 생각하는 것조차 아까운 인간이다. 별로 성공할 것 같지 않은 재미없는 영화. 왠지 속 썩을 것 같은 영화. 20회 차만 끝내고 가고 싶은 남해의 경치 좋은 곳에서 〈맨발의 기봉이2〉나 촬영했으면 좋겠다. 〈우리집〉까지 촬영이 확정된다면 더 신경 쓸 일이 없다. 봄에, 꽃 피는 봄에 촬영하자고 해야겠다. 내년에 소설 내고, 좋은 작품을 몇 작품 더 하자. 이번 영화 끝나거든 하와이든 유럽이든 여행을 떠나자. 가방 싸서 준비하자. 오늘은 하동 장날이다. 어제 봤던 무청 많이 달린 무 사고, 어제 화개장터에서 강경새우젓하고 된장찌개용 무쇠솥 하나 샀다. 가자, 김치 거리 사러….

재기

2006년 11월 17일

영화 첫 촬영. 강원도 홍천에서 낮 촬영만 했고 가발이 마음에 안 들어 외출 때는 패션 모자로 설정을 했다. 어제 남대문 가서 모자, 내의, 마음에 드는 오리털 이불 등을 사고 아침 8시까지 푹 잤다. 호피 무늬로 비싸지만 죽을 때까지 덮을 수 있는 이불이다. 이전에 찍은 영화 시사회에도 갔다. 다들 잘 있는 모습을 보니 우울했다. 날 보고 깜짝들 놀란다. 〈기봉이〉는 내년 가을쯤이나 촬영할지 모르겠다. 오랜만에 본 선배 언니는 요즘 연극을 한다고 한다. 그러고 보니 이 언니도 드라마 안 한 지가 몇 년은 된 것 같다. 그에 반해 난 얼마나 감사한지 모

른다. 주님께서 현준을 통해 자연스럽게 영화 쪽으로 이끌어
서 중견 최고의 스타로 만들어놓으셨다. 그래도 불안하다. 이
미 다음 작품이 결정돼 있어야 하는데…. 〈우리집〉을 봄에 해
치웠으면 좋겠다.

2006년 11월 22일

11월 20일부터 금연에 들어갔다. 촬영장에서 걱정했는데
성공했다. 건강도 건강이지만 너무 말라서 스트레스다. CF 감
독이 3년 전 가문 테잎을 보다가 영화 〈대부〉를 떠올렸다고 했
다. 얼굴 살이 너무 없어 주름 때문에 엉망이다. 하루에도 수십
번 만나는 사람마다 말랐다고 말한다. 분장실에서도 얼굴 살
이 너무 빠졌다고 한다. 이번에는 수영복 입는 씬이 있다. 영화
〈가문〉 실패 후 김수미가 다시 건재하다는 걸 보여주겠다. 더
더욱 패션과 외모로 일단 기를 죽여야 한다. 얼마나 바랐던 일
인가. 내 나이에 이런 역할은 기회가 없다.

어제 단양 촬영에서 내 애드립이 또 먹혔다. 감독도 좋아하
는 것 같다. 비교적 쉽게 하는 것 같다. 의상은 영애, 로베르타,

이광희, 내 의상 등 충분하다. 금연한 지 이틀 만에 피부가 투명해진 게 느껴진다. 내일 무김치 50단 담근다.

지금도 사우나에서 내 또래 할머니들이 젖가슴 한번만 만져보자며 짓궂게 하는 사람도 있다. 내 지인인 열 살 아래인 정인이는 꼭 한 번씩 만진다. "딱 중3 같아요! 아이구 예뻐라" 한다. 내가 봐도 아직 괜찮다. 너무 아까워 벼르고 있다가 〈가문의 영광〉 온천 씬에서 가슴을 내놓겠다고 했다. 나이 먹은 며자니까 심의에도 안 걸리지 않겠냐고, 벗겠다고 정태원 감독에게 말했다. 난 죽기 전에 보여주고 싶다. 아까워서. 그런데 나도 깜박했고, 감독도 온천 씬 전날 술자리에서 한 말이라 그냥 웃기려고 한 말로 들었는지 깜박한 것 같았다. 결국 안 벗었다. 큰 실수였다. 죽기 전 연극 무대건 미친 며자 역할이건 딱 한번은 벗고 싶다. 아까워서…. 신혼 초 결혼 전 찍은 영화에서 축가 씬을 한 씬 찍어야 하는데 신성일 선생님이 내 상의를 벗기는 씬이었다. 사실 대본에 없는 씬이어서 감독과 입씨름했는데 신성일 선생님이 나서서 내 편을 들어주셨다. "신혼인데, 수아 말이 이해돼. 대본 수정해 와!" 그래서 그날 그 씬은 찍지 않았다. 지금 생각해보니, 그때는 더 예뻤는데…. 절호의 찬스였는데….

2006년 11월 23일

금연 3일째. 생각보다 견딜 만했지만, 저녁에 숨이 턱에 닿는 것 같아 명호 담배 한 개비를 피웠다. 헌데 싫다. 말랐다는 애기, 정말 징글징글하다. 금연 겸이 많은 도움이 된다. 오늘 무김치 50단을 담근다. 배추는 전라도에서 절여서 오는 걸로 해볼까 한다. 빨라 담가버리자.

2006년 12월 1일

3일간 강원도 홍천 대명콘도에서 촬영을 했다. 운동과 사우나를 못하니 몸이 너무 무겁다. 주인공 아닌 주인공이다. 내 애드립과 연기를 존중해준다. 생각보다 편하게 진행하고 있다. 35년 연기 생활 중 내 패션 감각을 100% 발휘할 수 있는 절호의 찬스다. 어제 루비 비통 스페셜 호피 무늬 빽을 샀다. 너무 갖고 싶은 거였기 때문에 기분이 좋다. 금연 열흘째 됐다. 한 개비, 두 개비는 피웠다. 그것도 안 피울 수 있다. 얼마나 대견한지 모른다. 어제 영화사 가서 녹음하고 미팅했다. 사무실이 너무 좋다. 좋은 인연의 사람들. 오늘 꽃을 보내야겠다.

2006년 12월 7일

새벽에 눈을 뜨니 수경이 생각이 들면서 걱정이 됐다. 오늘은 전화해보고 돈을 보내줘야겠다. 김치도 좀 보내주고. 불쌍한 것. 얼마나 살기 힘들까. 좌우지간 한 명이 무지하면 여러 사람에게 고통을 준다. 건강하게라도 살아줘야 했는데 그러고 있으니 내가 군산에 갈 마음이 생기겠는가. 핏줄이 섞인 내 조카 아닌가. 엄마 없이 사춘기를 보내고 결혼 역시 실패해 살다가 교통사고까지 크게 당했으니 이 추위에 어떻게 살아가고 있을까. 정작 남들은 다 퍼주고. 미안하다, 수경아. 이모가 무심했다.

어쨌건 촬영 현장에 나가야지. 며칠 집에 있으면 허리가 아프고 스트레스가 쌓인다. 남편이 딸에게 계속 돈 달라고 하나 보다. 얼마 전에 백만 원을 줬는데···. 싫다, 정말 싫다. 생돈 4억을 남의 손에 쥐여주는 병신. 그것도 한 푼 써보지도 못하고. 정말 원수다. 싫다, 싫어.

2006년 12월 17일

첫눈이 너무 많이 왔다. 어젯밤부터. 서재 창가 나뭇가지에 걸쳐진 하얀 장대들. 정말 눈은 소리 없이 내려서 깜짝 놀라게 한다. 어젯밤 펑펑 내리는 눈을 보며 거실로 주방으로 왔다 갔다 했다. 좋으면서도 어두운 게 싫어 얼른 낮이 되길 바랐다. 이렇게 눈이 오시려고 며칠 동안 날씨가 사흘 굶은 시어미 상으로 찌푸리고 컨디션이 안 좋았나 보다.

남해 생각만 하면 좋으면서도 신경 쓸 일 생각하니까 벌써부터 겁이 난다. 얼마나 살겠다고…. '일용엄니 책방'을 만들고 정원에 의자와 나무 탁자를 군데군데 놓고, 바다를 보면서 책을 읽게 만들까? 주님께서 도와주실 거면 〈기봉이2〉를 가을에 제작할 것이고…. 요즘 MBC 창사 특집 〈기적〉을 감동적으로 보고 있다. 내 소설에도 많은 도움이 된다. 작가가 누군지 낮에 원숙 언니하고 통화해봐야겠다.

2006년 12월 19일

'벙어리처럼 함구하라'를 잊은 어제였다. 영희 말을 듣고 한마디 했다가 CF 코디와 촬영 전 분위기가 안 좋았다. 점잖지 못했다. X 회장과도 영희 일 때문에 사이가 벌어졌다. 무엇을 들었다고 쉽게 행동하지 말고 그것이 사실인지 깊이 생각하여 이치가 명확할 때 과감히 행동하라. 내 실수였다.

MBC 뉴스 시간에 내 인터뷰가 많이 나왔다. 단독 인터뷰로 '못 말리는 머리 스타일'과 얼굴도 잘 나왔다. 1월달부터 양수리 세트 먼저 치고 야외를 치는 것 같다. 이번 영화는 의상으로 승부를 걸어야 한다. 앞으로 남해가 관광도시로 무지하게 발전할 것 같다. 사천대교가 개통했다. 아마 남해로 잇는 것 같다. 남해 군수와 통화를 했고 야외 책방을 개관하기로 마음을 먹었다. 올해 1000평 정도 먼저 매입하고 봄부터 정원을 만들어야겠다.

언젠가 책에서 봤던, 흙으로 만든 이층집이 떠오른다. 한옥집은 방을 많이 만들 수 없으니, 이층으로 해서 바다를 높이서 볼 수 있게 할 거다. 아래층과 이층 모두 방바닥은 나무로 만들고, 1층을 책방으로 만들어 정원에서 책을 볼 수 있게 하면 좋겠다. 정원 곳곳에 명언, 명시를 적은 팻말도 꽂아놓아야겠다. 이층 베란다에는 아래로 주렁주렁 내려오는 꽃을 심어 내려오게 하고 싶다. 소설 출판기념회를 내년 가을이나 내후년 봄에 '일용엄니 책방'에서 해야겠다. 꼭 올 사람만 초대할 거다.

2006년 12월 21일

호사다마. 왜 이러나. 늘 불안했던 일들이 현실로 다가오고 있다. 어떻게 지혜롭게 대처해나가야 하나. 죽기 살기로 벌면 뭐해. 남편이란 사람이 4억을, 그것도 자기 통장에 들어온 돈을 줘버리고. 결국 뒤처리는 내가 맡아야 한다. 주변 사람들을 보면, 사기당하고 손해를 보고 골치 아픈 일에 휘말리게 되는 건 잘 살아보려고 애쓰다가 안 된 일이다.

이건 나를 속인 거다. 이 불쌍한 나를…. 영화 〈우리집〉도 촬영이 무산돼서 개런티를 돌려달라고 한다. 만약 이대로 물어줘야 한다면 홍구 3억, 사채 1억, 영화 1억 5천. 총 5억 5천이다. 한 푼도 안 남는다. 무섭고 두렵다. 내년 차기작 섭외도 없다. 매달 2천5백은 정확하게 지출돼야 한다. 남해도 물 건너간 거 아닌가. 내년에는 한국 영화 제작 편수도 많이 줄어든다고 한다. 영화는 어쨌건 촬영이 무산됐으니 개런티는 돌려줘야 하지만, 다른 일은 너무나 억울하다. 그런데 남편이 저질렀고 결국 내 싸인이 돼 있으니 법적으로 내가 책임져야 한다.

2006년 어느 새벽

모든 건 밥이다. 고마울 때 "나중에 밥 한번 먹자", 아플 때 "밥은 꼭 챙겨 먹어", 재수 없을 때 "쟤 진짜 밥맛이야", 한심할 때 "저래서 밥은 벌어먹겠냐?", 뭔가 잘해야 할 때 "사람이 밥값은 해야지", 나쁜 사이일 때 "그 사람하곤 밥 먹기도 싫어", 범죄를 저질렀을 때 "너 그러다 콩밥 먹는다", 멍청하다고 욕할 때 "아유, 이 밥팅아", 심각한 상황일 때 "넌 지금 목구멍에 밥이 넘어가냐", 무슨 일을 말릴 때 "그게 밥 먹여주냐", 최고로 정떨어질 때 "아우, 밥맛 떨어져", 좋은 사람은 '밥 잘 사는 누나', 최고의 힘은 '밥심', 나쁜 사람은 '다 된 밥에 재 뿌리는 사람'이라고 한다.

명예는 정직의 왕관이다. 영광을 누릴 때 절제할 줄 아는 것이다. 완전함에도 지나침은 있는 것이니. 자기표현을 조금 아끼면 더 높은 평판을 얻게 된다. 곤경에 처해서야 최고의 능력을 발휘하는 진짜 천재들도 있다. 그들은 모든 것을 즉흥적으로 처리한다. 돌연히 떠오르는 착상. 거절할 줄 아는 것도 위대한 규칙이다. 통찰력과 정직한 의도, 두 가지를 겸비하면 모든 일에 성공한다. 언어도단의 사태가 일어나는 것은 언제나 뛰어난 재성이 나쁜 의지와 만났을 때다. 그대 이름을 더럽힐 수 있는 일에는 관여하지 마라.

친구를 가져라. 친구는 제2의 삶이다. 정을 이용하라. 모든 것을 이용할 줄 알아야 한다. 그대를 다치게 할 칼날을 잡지 마라. 칼자루를 쥐어 그대 자신을 보호하라. 열정에 들떠 행동하지 마라. 열정은 때로 이성을 태워 없애버린다. 주제넘게 나서지 마라. 그러면 무시당하지 않는다. 깨진 거울 조각들은 여전히 거울의 성격을 가지고 있다. 자제할 줄 알라. 오랜 시간의 침착함보다 순간의 분노와 기쁨이 더 많은 문제를 일으킨다. 보이는 카드로 노름하는 자는 위험에 빠진다. 어떤 일에는 용기가 필요하고 어떤 일에는 예리한 재성이 필요하다. 자리에 빠짐으로 존경을 얻어라. 자연의 도움을 얻어라. 최고의 부류 안에서 최고가 돼라.

소망

2009년 5월 17일

갑자기 어제 소설 내용을 고쳐 다시 쓰고 싶어졌다. 〈옥선이의 노래, 세상에서 가장 슬픈 노래〉, 〈1950 엄니〉, 〈엄니는 바보〉. 이미 써놨고 머릿속에 입력이 다 돼 있어서 한 달 안에라도 끝낼 수 있다. '일용엄니 집'은 우리 동네가 제일 괜찮다. 마땅한 자리가 나질 않지만, 내년쯤 건물을 사서 하는 게 나을 것 같다. 허가가 나올 수 있는 가정집을 사서…. 외져도 상관은 없다. 서두를 필요도 없고. 남해 땅은 아름답지만 접어야겠다.

2009년 5월 20일

여운계 언니가 암이 폐로 전이돼서 심각한 것 같다. 그렇게도 알뜰하게 당신 몸은 안 돌보고 아끼더니…. 내 생각과 열정도 많이 달라진다. '일용엄니 집'도 너무나 하고 싶지만 이것저것 관리 때문에 신경 쓸 일이 겁난다. 요즘 소설에 필이 꽂혀서 기분까지 착잡하다. 너무나 쓰고 싶다. 내일은 차로 다섯 시간 넘게 완도에 강의 다녀온다. 모레는 밀양이고. 몇 개비 남은 거 피우고 내일부터는 정말 금연이다. 피부가 검고 말이 아니다. 나는 당뇨가 있지 않은가. 최인호 선생님도 암이라는데…. 법정스님도 폐암이라 하고….

2009년 5월 24일

노 전 대통령이 어제 투신자살했다. 여운계 언니는 돌아가셨고…. 정말 착잡하고 내 인생관에도 생각이 많아진다. "명예는 정직의 왕관이다"라는 말도 실감이 난다. 언니는 죽기 직전까지도 일, 일. 병원에서도 드라마 빼지 말라고 하셨단다. 일을 해야 아프지 않을 거란 생각이었을 것이다. 온 대한민국은 노 전 대통령의 서거로 난리다. 부디 좋은 세상에서 편안하시길….

2009년 5월 28일

오늘 진도에 강의를 간다. KTX를 타고 가니 부담이 없다. 며칠 전 차로 비 오는 날 완도에 갔다 왔는데 피곤했다. 운계 언니가 한 줌의 재로 어제 떠나셨다. 운계 언니 연세까지 산다고 쳐도 앞으로 8년이다. 욕심부리지 말자. 언니도 무리한 일 욕심 때문이었다. 양수리 계획도 다시 생각해보자. 4일에 영화 관계자를 만나기로 했는데 분명 개런티를 깎자고 할 것이다. 영화 〈우리들〉이 진행되고, 얘기가 오가는 주말 드라마도 하게 되면? 거기에 영화까지 좀 더 하게 되면? 내년 3월까지 10억은 벌 수 있을까? 집이 팔린다면 약 16억이 되려나? 그냥 이 동네 단독주택이나 사서 마당이나 보면서 남은 여생 글 쓰고 연기하면서 살고 싶은데…. 만약 2~3층 가정집이 있다면, 1층을 '일용엄니 집'으로 해 한식집과 책방을 함께 하고 싶다. 아이디어가 너무 좋다. 양수리는 그만 생각을 접자. 남해도 실수다. 양수리 땅 살 때 경험해놓고도 또 실수했다. 군청에 확실히 알아보고 할걸. 집 짓기도 복잡한 땅이라더라. 25억만 있으면 이 동네에서 집을 살 수 있는데… 신재화 미용실 뒷집이 마당도 넓고 참 좋은데…. 가을에 소설을 내야겠다.

나는 죽어서 화장은 싫다. 아니, 화장해서 바다에 뿌리지만 않고 땅에 묻으면 괜찮다. 꼭 묘비에 몇 자 쓰고 싶다. 기억에 남는 묘비명은 오만함과 익살스러움으로 명성을 떨쳤던 버나드쇼의 묘비명이다. 그는 94세까지 장수하면서 살았지만 그가 남긴 묘비명이 충격적이다. '내 우물쭈물하다가 이렇게 될 줄 알았다.' 이 글을 내가 40대인가 읽었는데, 가끔 이 묘비명이 생각이 난다.

아마 6년 전인가, 〈마파도〉를 몇 개월 같이 촬영하고 6년후 여운계 언니의 부고를 들었다. 그때 촬영 장소가 전라남도 영광의 바닷가였다. 지금보다 도로 사정이 안 좋아 4시간에서 5시간 정도 걸렸다. 매주 2~3일 찍다가 서울에 왔는데, 언니는 KBS 사극을 하고 있을 때라 밤 10시쯤 녹화가 끝나면 곧바로 운전해서 영광까지 오셨다. 우린 새벽 5시에 스텐바이를 했다. 그래서 어떨 땐 미처 사극 분장도 못 지우고 오셨다. 어떨 때 고속버스로 좀 이르게 출발하시면 우리 매니저가 터미널로 모시러 가곤 했다. 내가 한참 후배인데도 꼭 말을 놓지 않으셨다. 수미 씨. 수미 씨. 촬영이 끝나고 서울 올라갈 땐 난 늘 "언니 대리 기사 쓰세요" 했지만 듣지를 않으셨다. 성격이겠거니 했는데 알고 보니 절약 정신이 아주 꼼꼼했던 거였다.

세월이 흘러 언니는 고인이 됐다. 언니는 왜 그리 절약을 했을까? 유럽을 정복한 알렉산더 대왕은 다음과 같은 유언을 남겼다. '내가 죽거든 나를 땅에 묻을 때 손을 땅 밖으로 내놓아라. 천하를 손에 쥐었던 이 알렉산더도 떠날 때는 빈손으로 갔다는 것을 이 세상 사람들에게 알려주기 위함이다.' 언니가 돌아가시고 한 달 후 언니와 계를 하나 같이 하는 게 있었는데 확인해보니 두 번 더 넣으면 언니가 곗돈을 타는 상황이었다. 나는 언니가 평소 딸에게 신경을 자주 쓰는 거 같아서 딸에게 연락해서 그 돈을 받게 해줬다. 얼마 전 뉴스에서 중고 냉장고를 산 사람이 냉장고 바닥에 비닐로 꼭꼭 싸맨 현금 1억을 발견해 경찰에 신고했는데 돌아가신 어느 할머니의 돈이었지 싶다는 걸 봤다. 아마도 자식들도 몰랐지 싶다. 아마도 지병으로 앓고 계셨다면 자식에게나 얘기했을 텐데 갑자기 돌아가셨거나 치매였거나. 얼마나 안 쓰고 안 먹고 모았을까.

2009년 5월 31일

옛날 생각이 난다. 시누이와 시조카에게 저녁 잘 먹이고, 두 가족 즐겁게 보냈다. 남은 두 남매. 그들 노후가 안됐다는 생각도 든다. 근본은 착한데 도덕 교육이 잘 안 된 것이다. 왕년엔 정말 떵떵거리고 잘살았는데. 옥동 박 선생님께 반찬을 싸드렸는데, 선생님이 참 명언을 했다. 우리 딸더러 엄마한테 배워 한식집을 하라는 거다. 내 생각을 꿰뚫었다. 내년에 이 동네나 청담, 양재동에 '일용엄니 집'을 꼭 해야겠다.

2009년 6월 11일

책은 어제 나왔고, 커버가 마음에 안 든다. 오늘 MBC, 〈샘터〉, 〈우먼센스〉, 세 곳에서 촬영이 있다. 몸이 너무 아프다. 내일은 병원에 가봐야겠다.

2009년 6월 13일

이제 주사위는 던져졌다. 책을 낸 어느 때보다 이번에 신경을 많이 썼다. 그동안 집안일 때문에 과로가 쌓여 힘이 들었다. 어제 촬영을 하고 나니, 부담스러웠던지 아침엔 아프지 않다. 10만 부 판매를 생각하고 있다. 〈인간극장〉을 하자는데 너무 힘들 것 같다. 영애가 촬영 때 소품으로 예쁘고 쓸 만한 것들을 가져와 너무 고마웠다. 소설도 다음 주부터 다시 시작해 7~8월 두 달 동안 마쳐야겠다.

2009년 6월 27일

책 출간한 지 아직 한 달은 안 됐지만 주문은 많은데 매출은 적다고 한다. 왜 이리 요즘 짜증이 나고 답답할까. 두 남자가 꼴 보기 싫다. 명호 때문에 어젠 기가 막혔다. 통화 중 끊어버린다. 아비의 30대를 보는 것 같아서 피가 거꾸로 솟듯 싫다. 싫은 사람과, 싫다기보다는 살이 떨리게 증오스러운 사람과 한 지붕 아래서 매일 고스톱 치는 모습만 보면서 있다. 쌀이나 축내는 기생충 같은 인간. 도덕성, 책임감, 사람의 도리도 없는 파렴치범. 어제 마이클 잭슨이 사망했다. 심장마비인데 아마 약물중독인 것 같다. 이렇게 살다가는 내 마지막도 저럴지 모른다. 방콕에 다녀온 후 제주도건 남해건 여행을 다녀야겠다. 너무나 기력이 없고 짜증이 난다.

2009년 7월 4일

문희 언니한테 책을 너무 감명 깊게 읽었다며 만나자고 전화가 왔다. 같은 여자로서 아름다움에 반해 너무 좋아했는데 기쁘다. 내일은 딸과 방콕엘 간다. 〈우리집〉 영화도 불확실하다. 뭔가 해야 된다. 음식점에 대해 할 건지 말 건지 생각을 정리해야 한다. 현숙이네 가게 쪽으로 해볼까도 싶다. 월세가 적은 곳도 많다. 만약 한다면, 9월에 오픈 예정으로 해야 한다. 점심은 낙지, 간장게장, 아귀찜. 저녁은 한정식으로 해야겠다. 7월 중순부터 8월 중순까지 준비하고 오픈해야 한다. 넋 놓고 가만히 노는 것이 고통이다. 낙지는 목포에서 가지고 오고, 젓 같은 군산 남해에서 가지고 오고, 전라도 한정식도 준비하고. 해볼 만하다. 요즘 영애네 가게에 필이 꽂혀서 계속 다닌다.

〈개콘〉에 출연했는데 내일이 방송이다. 폼위고 뭐고 괜찮을 것 같다. 방송 나가고 책이 좀 더 많이 나갔으면 좋겠다. 방콕에 가서 매일 아침마다 헬스클럽에서 운동하고 오후쯤 수영장에서 책 읽고, 구상하고…. 김수미 아직은 죽지 않았다. 김수미, 건강 이상 없다. 언젠가 해보고 싶었던 전라도 한정식을 서울에서 제일 잘하고 맛있는 집으로, 명소로 만들어보겠다.

2009년 7월 6일

주님. 1년에 한두 번 여행을 할 수 있게 해주셔서 감사합니다.

방콕은 〈전원일기〉 100회 때 전원 팀과 하루 있다가 푸켓에 갔던 적이 있다. 사람들은 순박하지만 느리고, 교통이라든가 너무나 열악하다. 물 한 잔, 재떨이 가져오란 지가 언젠데…. 딸아이가 시내 호텔로 예약을 해서 자연을 느낄 수 있는 곳은 26층 수영장뿐이다.

여행 와서 하루 여덟 시간 정도는 걷는 것 같다. 이상하게 후진국인데도 인테리어나 가구 디자인이 특이하고 멋있다. 이

유를 모르겠다. 이곳도 불황이라 백화점에 손님이 없다. 강아지 삼식이가 보고 싶다. 〈개콘〉 출연한 것이 이슈가 된 것 같다. 영애가 가게에서 주방에서 이리 뛰고 저리 뛰고 있을 걸 생각하니 미안해진다. 다음에 같이 오자. 매력 있는 나라야. 특히 타이 마사지가 너무 좋다. 매일 밤마다 받으러 가는데 서울서부터 왼쪽 허벅지가 땅기고 기분 나쁘게 아팠는데 마사지를 받고 다 나았다. 원래 팁으로 4천 원 준다는데 8천 원을 줬더니 고개가 땅에 닿더라. 24시간 룸서비스가 되니 야참 시켜 먹으며 태국 음식에 흠뻑 빠져 있다. 딸과 24시간 같이 있다가 새벽 7시부터 9시 정도까지 이렇게 혼자 수영장에 있는데, 태국 음악과 피아노곡이 잔잔하게 들려서 좋다. 호텔 근처 일반 가옥과 건물은 우리나라 1960년대 같은데 불교 사옥은 어마어마하다. 개를 숭배하는 나라라서 길거리에 큰 개들이 순박한 얼굴로 걸어 다니고 누워 있고 해 사람들이 먹을 것을 준다. 삼식이가 너무 보고 싶다. 가방 들고 나올 때 강아지들 표정이 일그러지면서 절망적이었는데…. 다행히 아빠 침대에서 둘이 잔단다. 내일은 꽃이 보고 싶어서 유명하다는 공원엘 갈까 한다. 서울에 가기 싫다. 하루하루가 가는 것이 아쉽다.

2009년 7월 21일

어제 영화사와 합의를 봤다. 김XX가 들어간 일엔 이렇게 항상 문제가 생긴다. 저녁엔 대통령 비서실, 한나라당 대변인, SBS 사장님 등과 저녁을 하면서 미디어법, 국회 통과 등 정치 얘기를 들었다. 양평 쪽 국회의원도 있었는데 '일용엄니 집'을 만드는 데 어떤 자문과 도움이 될진 모르겠다. 소위 대통령 비서실장이 2백50만 원이라는 양주 두 병을 갖고 와서 까 먹는 모습을 보며, 서민들의 자살이 디졸브된다.

2009년 7월 27일

일영 쪽 촬영 갔다가 무당 씬이라서 무당을 만났는데 언뜻 내 계획을 말했더니, 관상이 돈이 흘러내리니 음식점이고 뭐고 그냥 통장에 갖고 있으라고 한다. 절대로 하지 말란다. 사실 '일용엄니 집'이고 음식점이고, 연예계 일이 줄어드니 생각하는 것이지, 아주 이사를 가기 전에는 이 나이에 어정쩡하다.

한식집이든 책방이든 사람 관리가 힘들 것 같다. 난다 긴다 하는 현숙이도 카운터에서 무지 해 먹는 걸 발견했다고 한다. 여유만 된다면 마당 있는 집에서 살아보고 싶긴 하다. 들어온 시나리오. 전망좋은영화사 대본은 너무 좋다. 독일 원작이라고 하는데 공감이 가고 재미있고 감동적이다. 김광수 씨 회사 대본은 까메오로 해달라고 한다. 교장 역할인데 괜찮다. 이제 건강이 최우선이다. 당뇨는 무리하거나 스트레스를 많이 받으면 안 된다. '일용엄니 집'은 겨울은 꽝이다. 4월부터 10월 정도까지만 가능하다. 남해도 실패하지 않았던가. 신중하게, 정말 신중하게 해야 한다. 정말로 일이 없다면 '일용엄니 백반'으로, 열두 가지 반찬에 작은 게장 양념해서 압구정동에 집세 월 3백 정도로 해보는 거다. 저녁에는 한정식을 예약받고…. 두 편의 시나리오. 출연료는 기대 이하로 더 죽을 것 같다. 제작비 자체가 반으로 줄었으니 어쩔 수가 없다. TV도 마찬가지고…. 어쨌든 계약은 안 했지만 시나리오 두 개가 와 있음에 안심은 된다. 만약 백반집을 한다면 보리굴비, 낙지볶음이 좋다. 떡갈비는 추가로 팔면 된다.

2009년 7월 28일

담배, 커피, 금연 껌, 판콜A. 건강에 안 좋은 것들만 수십 년. 나 자신에 대해 화가 나고 불안하다. 속이 상한다. 9월부터는 정말로 결단을 내야 한다. 추 감독 영화도 9월에 하자고 다시 연락이 왔지만 개런티가 형편없다. 다행히 10~15회 차면 될 것 같지만…. 이순재 선생님이나 다른 선배도 동참할 것 같다. 참 이상하다. 왜 꼭 일이 한꺼번에 몰릴까? 즐거운 비명이라야겠지만 좋지가 않다. 춥지도, 덥지도 않게 가을이라 다행이다.

2009년 9월 15일

떡을 먹고 급체해서 가슴이 답답했다. 심근경색이 아닌가 겁도 났고. 오늘부터 금연할 거다. 나는 바보다. 다 차려준 밥상을 못 받을지도 모른다. TV에서 당뇨는 뇌졸중과 심근경색, 암에 취약하다고 했다. 치유하기도 어렵다고 귀가 따갑도록 듣고도 실행하지 못하고 있다. 나 자신에게 화가 난다. 이 시점에서 병을 얻으면 나 자신은 물론 애들에게도 치명적이다. 뇌졸중으로 쓰러지면 끝이다. 비참한 노후를 보내야 한다. 난 할 수 있다. 그리고 목숨 걸고 해내야 한다. 스킨케어를 돈 들이고 해 봐야 무슨 소용이 있나.

어제 영희네 가게에서 음식 해서 전 회장이랑 목공 박 사장 이랑 열 명 넘게 먹었다. 당장이라도 나도 백반집을 차리고 싶 지만 영화 때문에…. 내년 봄엔 꼭 '일용엄니 밥집'을 차려야겠 다. 우거지며 내 반찬들을 너무나 좋아들 한다. 〈마파도〉나 가 문 포스터에 '반찬 냉기믄 죽어!'라고 쓰고 걸어놓을 거다. 귀 퉁이에 책방도 하고. 아지트를 만들어야겠다.

2009년 9월 16일

어제 어머니 산소에 갔다. 벌써 11년 됐다. 시누이에게 김 치며 밑반찬을 챙겨줬다. 조금 넓은 집으로 이사를 갔단다. 참 씩씩하게 잘 산다. 성격 한번 좋다. 정씨 남매…. 내가 용서해 주고 이해하니 형제간의 의리가 이어진다. 산소 갔다 와서 저 녁까지 다들 자다가 된장찌개에 맛있게 밥 먹고…. 이것이 가 족이다. 모처럼 몇 푼어치지만 행복했다. 모두 나 한 사람의 희생으로.

2009년 9월 30일

오늘 조용필 공연 안 가기로 한 거 잘했다. 너무 아프다. 집 안일이라는 게 해도 해도 끝이 없다. 손가락이 아프다. 촬영 현장에서 아무리 힘들어도 본업으로 끼를 발산하니 해소가 된다. 이럴 때마다 '일용엄니 밥집'을 해낼 수 있을까 싶다. 명호나 딸에게 물려주고 싶은데…. 완전히 주막집처럼 해도 좋을 것 같다. 방 세 개 정도, 홀, 70평 정도. 영화사 세트맨에게 부탁해서 바닥 한쪽에 시냇물 흐르는 작은 정원도 놓고…. 창문가마다 꽃을 꽂아두고, 양철 대문으로 만드는 거다. 새벽집 근처도 괜찮다. 청국장 북엇국 보리굴비 간장게장 떡갈비 낙지볶음.

영희 때문에 갈등을 느낀다. 형편을 알면서 모른 체하기가 어렵다. 허나 나 들으라는 식으로 남에게 얘기하는 게 싫다. 편안한 침대 그 외 많은 것들. 정말 많이도 받았다. 더더욱 언제 내가 어떻게 될지 모르는데 모른 체하기도 괴롭고. 참 실패한 인생이다. 그 나이에…. 불행한 자를 옆에 두니 항상 시끄럽고 괴롭다.

2009년 10월 2일

아침저녁 쌀쌀하다. 그리도 푹푹 찌더니 갑자기 기온이 떨어져 감기가 들었다. 장진영이 서른여섯에 저세상으로 갔다. 암은 젊을수록 전이가 빠르다고 한다. 늙으면 놀랄 일도, 감동도 무뎌진다. 슬프지 않은 자신이 싫다. 어제 오늘 부천과 수원에 강의를 간다. 가까워서 좋다. 내년에 학구네 미술관을 얻을 수 있으면 좋겠다.

2009년 10월 8일

감기 몸살로 근 일주일 너무 아팠다. 집안일 하는 것이 점점 힘에 부친다. 촬영 현장이 훨씬 낫다. 이제 본격적으로 이달 중순부터 촬영이다. 형편없는 개런티지만, 일이 있는 것이 정신적으로 불안하지 않아 좋다. 건강에 더 신경 써야겠다. 반찬해 나르는 것도 이젠 힘이 든다.

2009년 10월 11일

왜 매일 우울할까? 살아온 날들이 버거워 힘들었고 현재도 미래도 답답하다. 나이 넘긴 두 애들 장래도 걱정이고. 점점 힘에 부치는 내 체력도. 이 나이까지 살면서 이 명성에…. 소원인 마당 있는 집 한 칸도 준비 못한 채…. 눈만 뜨면 그 남자는 카드를 써대고. 이달 카드 대금이 7백에 가깝다. 이 나이에 경제적으로 불안하게 살아가기도 지쳤다.

2009년 11월 어느 새벽

집이 싫다. 사람이 싫다. 싫은 사람과 부대끼는 거, 방문을 열어놓는 것조차 싫어 꽉꽉 닫는다. 무슨 죄를 얼마나 지었기에 이런 형벌을 받아야 하나. 한마디만 오가면 돌 것 같다. 내 말에 전부 쌍수를 들고 나온다. 정신병자처럼…. 악연, 악연…. 언제 죽나. 나는 언제 죽나. 죽어야 끝날 악연….

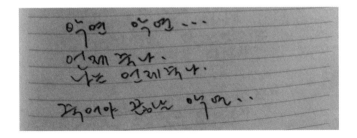

2009년 11월 23일

중노동. 살인적인 스케줄. 헌데 이제 몇 회 차만 앞두고 있다. 그 힘든 현장이 벌써 그리워진다. 작품이 너무 좋다. 이렇게 빠져보긴 처음이다. 무엇보다도 문희 언니를 알게 돼 좋다. 배울 점이 너무 많고 혜옥이에게도 역시 많이 배웠다. 계약 시 섭섭함을 안다. 내 처사가 잘한 건지는 모르겠지만, 이것이 세상 이치가 아닐까? 문희 언니 역시 겪는다고 했다, 다음 작품이 없다는 거. 〈가문〉 영화도 어찌 될지는 미확정. 연극 시나리오를 시작했는데 우선 다 마치고 나서 기획자를 찾아 준비해야겠다. 발상이 아주 특이하다. 무대에서 강아지를 놓고 뭔가 새로운 시도를 해봐야겠다. 딸은 하와이 갔고 12월 2일 온다. 좋은가 보다.

2009년 11월 30일

수년간 갈망한 '일용엄니 집'을 도저히 포기할 수가 없다. 양수리 쪽 2억~3억 정도의 초가나 양철 한옥집을 개조해 내년 봄부터 시작하고 싶다. 전 세계가 지구환경, 먹거리(농약 범벽) 등으로 녹색 환경이 번지고 있다. 어제 SBS 스페셜에서 봤는데, 도시에서도 빈 땅에 야채를 손수 심어 먹는단다.

마지막 노년은 음식과 농사, 꽃, 자연과 보내고 싶다. 생각만 하면 힘이 솟는다. 태생은 어쩔 수 없나 보다. 농촌이 그립고 이젠 자연만이 내 에너지의 원동력이다. 조카와 언니를 데려와 살게 해줄 생각도 있다. 완전히 옛날 집으로 만들고 싶다. 주말에만 예약받아서 영업하고 김장철엔 예약 김치 담가 팔고, 게장, 보리굴비, 청국장을 파는 거다. 이번 등산 모임에도 내가 해 간 음식들을 너무들 잘 먹는다. 홍명보 감독도 갖다줬더니 쪼끔 남은 것을 싸 갖고 갔다. 내년 봄 등산 모임은 '일용엄니집'으로 가게 되길 주님께 기도드린다.

야외에 책방을 두고 마당에는 원두막을 올리고…. 장독대도 만들어야겠다. 겨울에 사야 싸게 살 수가 있다. 아침 프로와 잡지사에다 부탁해서 협찬으로 수리하는 것도 방법이다. 화장실과 목욕탕을 히노끼로 만들고. 수리하려면 2월달에는 준비해야 한다. 꽃 피는 4월에 오픈하면 된다. 자금만 주님께서 해주신다고 응답해주시면 좋겠다.

욕심

2009년 12월 31일

주님. 제 몸을 담배와 기타 등등으로 학대해왔는데도 올 한
해 건강하게 해주심을 감사드립니다.

그나마 〈육혈포 강도단〉 영화 한 편으로, 수입으로나 정신
적으로나 딜레마에 빠진 한 해였다. 한가하게 쉴 때마다 음식
점을 생각했지만 그건 아니다. 꼭 돈을 번다는 보장도 없고, 인
력 관리와 저녁마다 식당에 나가야 하는 스트레스를 견딜 수
없을 거다. 한다 해도 서울 시내는 접기로 하자. 내년에는 명
호나 딸 중에 하나는 결혼시켜야 한다. 상황이 안 되면 나는 양
수리 쪽에 '일용엄니 집'을 만들어 나가 살고, 명호가 이 집에서

결혼해 살면 된다. 상황이 좋으면 이사를 가고…. 정말 내일부터는 금연이다. 확고한 확신이 가슴 벅차게 밀려온다. 다 차려놓은 밥상을 먹지도 못하고 쓰러지는 사태는 벌어져선 안 된다. 우선 자꾸 변하는 목소리와 뇌졸중을 조심하자. 두고 보자!

터미널에서 침대 시트 세 개를 만들어 왔다. 그런대로 괜찮지만… 실크로 다시 하게 해야겠다. 이제 영화 홍보 등 일이 많다. 운동과 피부 관리에만 신경 써야겠다. 이러나 저러나 가족이, 가정이 있어서 감사하다. 계속 집에만 있는 것도 괜찮다. 꽃을 가꾸고 강아지 삼식이와 얘기하고 음악 듣고 영화 보고….

어느 때고, 너무 억울해서 분해서 내 몸에 신나를 한 통 부어버리고 타 죽을 거다. 그래야 죽은 영혼이라도 편할 것 같다. 딸아이는 미국으로 가겠다고 한다. ○○ 엄마네 가게에서 일을 하더라도 가겠단다. 그렇게 하면 아비와 오빠는 평생 딸아이를 안 보겠다고 한다. 창피했다. 어떻게 살아야 하나. 거의 1억 다 돼가는 돈을…. 3월이면 1억을 타는데…. 절대 받아들이지 않겠다.

2월달은 상당히 바쁠 것 같다. SBS 아침 드라마와 영화, 영화 홍보, TV, 신문 인터뷰가 있다. 영화는 3월 초에 개봉할 것 같다. 살아야 한다. 아무 일도 없었던 것처럼. 신인처럼 최선을 다해서 살아야 한다. 이 까만 가슴을, 어떻게 담배를 끊어야 할지…. 자식 문제, 그 누구에게도 말 못할, 차마 입에 묻히기도 창피하고 싫은 자존심 상하는 얘기. 죽을 때까지 묻어야 할 이 답답함. 삭발하고 중이 되어 사라지고 싶다.

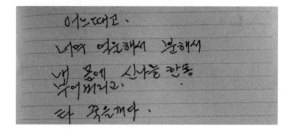

2010년 1월 24일

돈 때문에 마음에 안 드는 아침 드라마를 결정했다. 부담은 없다. 역할이 적어서 박 실장 없이 그냥 할까 싶다. 야외가 없으니 한 달 40이면 되는데…. 좀 더 생각해봐야겠다. 연극과 뮤지컬은 체력이 겁이 난다. 둘 다 확신이 안 선다. 〈육혈포〉가 개봉해서 대박이 난다면 모를까. 요즘 무척 야윈다. 체중은 그대로인데 반신욕과 런닝머신 때문에 얼굴 살이 빠지는 것 같다. 정말로 담배를 끊어야겠다.

2010년 2월 2일

나흘째 됐나? 금연 작심을 하고 하루 한두 개비로 시작은 했는데, 이상하게 담배 생각이 없다. 절대로 금연해야 한다. 벌써 목소리, 피부 색깔이 달라지기 시작한다. 일요일날 영화 보충 촬영 때 한 개비도 안 피웠다. 오면서 차가 막혀 피웠던 성호 담배 두 개비도 맛이 없었다.

요즘 생각이 많다. 뮤지컬을 해보고는 싶었다. 메릴 스트립의 〈맘마미아〉를 보고 나도 노래만 잘했더라면 하고 생각했다. 전망좋은영화사에서 스케줄을 묻는 것이 다음 영화 때문인가 보다. 1980년대 경상도 전라도 신랑 신부의 결혼을 반대하는 이야기란다. 시나리오를 쓰고 있는 중인데 〈청담보살〉 감독이 한다고 한다. 전라도 쪽 엄마는 당연히 나다. 아직은 건강한데, 이 아깝고 좋은 날에…. 밥하고 설거지하고 집 정리도 하루 이 틀이지, 지겹다. 스케줄을 짜보자. 2월 중순 SBS와 일일. 현재 는 야외가 거의 없다. 이 영화의 촬영이 언제일진 모르나 뮤지 컬도 주 1회씩 해서 한 달 공연하면 개런티가 꽤 된다. 성공하 면 차후 공백기마다 할 것이고, 지방에 토, 일마다 가서 4회씩 한다면 나쁘지 않은 액수다. 문제는 체력이다. 연습도 소화해 야 한다. 영화 무대 인사는 서울과 지방 5~6회 정도 잡고 있는 데, 뮤지컬 연습 기간은 3~4월, 두 달이면 할 수 있다. 대사도 200마디인데, 〈전원일기〉도 두 편 녹화에 그 정도는 해봤다. 혜선 언니도 연극 시작했고, 부자 언니도 톡톡히 재미 보고 있 다. 나보다 8~9년은 더 먹었는데…. 나도 할 수 있다.

돈 몇천만 원 금방금방 나간다. 현금이 어느 정도 있어야 대출을 받더라도 마당 있는 집으로 내 소원을 이룰 수 있다. 아 마 2월, 3월달에 영화 홍보를 할 텐데…. 신문이나 월간지를 집 에서 하루 잡고 인터뷰 몰아 해야겠다. 만약을 위해 대본을 외우고 있자. 이번 주 한대 병원도 가봐야겠다. 체중이 1kg 빠졌다. 허송세월로 하루하루 보내는 것이 너무나 아깝다. 지출도 쓸데없이 많고. 오늘 밍크 코트나 수선해야겠다.

2010년 2월 7일

하루 한두 개비로 그럭저럭 10일째다. 견딜 만하다. 어제 목욕탕에서도 한 개비도 안 피웠다. 벌써 피부가 투명해진다. 뮤지컬을 해야겠다. 4월 한 달 연습하고 5월달 중 5회 공연, 한 달. 앞으로 일 없을 때 서울이나 지방 공연도 괜찮다. 쓸데없이 허송세월하는 것이 너무나 시간이 아깝다. 이층 딸 방을 작업실로 만들어놓으니 너무 좋다. 대사는 연습 들어가기 전 집중적으로 외워놔야겠다.

2010년 2월 16일

하루 종일 잔 것 같다. 영희와 거리를 둬야겠다. 사람의 근본이, 바닥이 보인다. 왜 주위에 괜찮은 사람이 없는지. 왜 그 나이에 인생이 그 모양인지 알 것만 같다. 언니 용돈 좀 주세

요, 전당포에 패물 잡혔다느니 선물로 침대 줬던 얘길 수없이
해댄다. 가까이 보니 정말 저질이다. 다 내 잘못이다. 거리를
두자. 내 주위 사람과도 껄끄럽게 만들지 않았나.《명심보감》
이 맞다.

2010년 2월 23일

눈이 시리고 아프다. 당뇨라는 걸 잊고 있다가도 덜컹덜컹
놀란다. 시력도 더 안 좋아진 것 같고. 며칠 내로 병원에 가 종
합 진찰을 해야겠다. 유홍렬 선생님에게서 아들딸네와 게장
을 나눠 잡쉈다고 전화가 왔다. 그래서 또 두 박스를 보내드렸
다. 〈화순이〉는 나의 출세작이었다. 1970년대 건강한 정신세
계의 깨끗한 양반이었다. 그때 선생님한테 연기 지도를 철저
히 받았다.

어제 루이 비통에서 너무 맘에 드는 핸드빽을 샀다. 아껴야
하니 옷은 사지 않았다. 오늘부터 부지런히 연극 대사를 외워
야 한다. 신인 자세로 열심히 최선을 다해야겠다.

2010년 2월 24일

밴쿠버 동계 올림픽으로 매일 열기가 뜨겁다. 축구나 운동 경기를 보며 승자의 피나는 연습, 노력 등을 보면서 많은 동감과 활력을 얻는다. 오늘 김연아 대회인데 떨려서 어찌 볼까?

2010년 2월 28일

늙는다는 것은, 늙었다고 느낄 때는, 감동이 줄어든다는 거다. 여러 번 본 영화를 또 보는 것처럼 '다음은 어떤 장면이다' 라고 생각하게 된다. 많은 걸 겪었기 때문에…. 그래서 음악과 여행 등에서 신선한 충격을 받는다. 이번 작품을 하면서도 신선한 충격을 받았다. 이성에 대한 감정처럼, 설렘처럼…. 사람들이 특히 좋았다. 리차드 기어가 새 연인과 연애하는 감정으로 작품을 해왔다는 인터뷰 기사를 봤는데 이런 기분이었을까. 오히려 재촬영하지 않을까 기대된다. 분위기 좋고 작품 좋은데 연기가 안 될 리 없다.

2010년 3월 5일

시사회에서 영화를 봤다. 내 영화를 보고 울어본 일은 처음이다. 명작이란 생각이 든다. 입소문으로 300만 명은 충분히 들 것 같은데…. 주님! 담배가 싫어져서 감사합니다. 그동안 습관이었다. 하루 두세 개비로 충분히 견딘다. 이러다가 끊어야지. 일정이 바쁘니까 오히려 컨디션이 좋다. 내 인생에 마지막 기회가 2010년도라는 생각이 든다. 그동안 기회는 왔지만 씀씀이가 너무 많았다. 이젠 절대로, 마당 있는 집을 상상하면서 쓰지 않겠다. 이층집을 준비한다면, 딸이 결혼해도 같이 살 수가 있다. 무엇보다 건강이 최우선이다. 당뇨 환자는 3명 중 1명 꼴로 콩팥이 안 좋다고 한다. 3월 말쯤 건강검진을 해야겠다.

기억해야 한다. 절대 잊어서는 안 된다. X 사장 5백만 원에 나를 피했고, 한양대 돈 독촉 등 이젠 그런 무시는 안 당해야 한다. 지병에 나이는 육십둘…. 기회가 없다. 건강도 불확실하다. 뇌졸중이나 암이면 여기서 끝이다. 편안한 노후 대비로 절대 낭비하지 말아야 한다. 특히 옷은 사지 말아야 한다. 지금 있는 옷도 너무나 많다.

2010년 3월 10일

이상하게 피곤하다. 바쁜 건 좋긴 하지만, 덜컹덜컹 불안하다. 임호 결혼식장에서 뵌 최불암 선생님이 건강은 유전이라 어쩔 수 없다고 하셨다. 유전자. 맞는 말이다. 오히려 촬영할 때보다 지금이 더 피곤하다. 홍보 인터뷰 등 또 뮤지컬에 대한 압박감일 수도 있지만…. 다행히 대본이 좋다. 어제는 뮤지컬 팜플렛 사진을 찍었고, 오늘은 SBS 드라마를 녹화했다. 대사가 없는데도 입에 붙지가 않는다.

어제 원피스, 투피스 등 저렴하게, 세 벌에 90만 원에 너무나 마음에 드는 옷을 샀다. 내가 늘 상상해오던 로맨틱한 드레스다. 이번 주 VIP 시사회, 다음 주 MBC 〈기분 좋은 날〉, 모든 매체 인터뷰 등 또 무대 인사가 있다. 한 차례 치르고 나서 연극 연습에 몰두해야겠다. 5월만 무사히 지나가면 살 것 같다.

2010년 3월 12일

어제 빵 한 개만 먹고 잤는데 혈당이 159이다. 의사가 인슐린을 낮춰준 뒤부터 더 피곤해진 것 같다. 3월 초인데 눈이 많이 내렸다. 쌀쌀하지만 옆집 담벼락에 늘어진 개나리가 다닥다닥 피기 시작했다. 철없이 내린 눈을 맞고도 얼어 죽지 않은 걸 보니 생명력에 대한 강인함을 느낀다.

어제 법정스님이 돌아가셨다. 산속에서 채식만 하셨는데 폐암이라니. 유전적인 게 아닐까. 류시화 시인이랑 두어 번 뵀는데…. 《무소유》란 책에서 집착하는 순간부터 고통이라고 하셨지만, 이 험난한 세상에서 욕심과 집착은 다르지 않나 싶다. 내가 마당 있는 집에 살고 싶어 하는 소원이 과연 욕심인가, 집착인가. 그 목표가 있기에 일하는 데 더 열정적이고 힘든 일을 해내는 거 아닐까? 평생 누구보다 열심히 살아왔다. 너무나 부지런하게. 노예 근성이 있어서 손을 놓고 있는 게 더 불안했다. 오늘 시사회, YTN 뉴스 인터뷰, 대여섯 매체 인터뷰 등 하루 종일 시달린다. 다행히 내일 모레 월요일까지 쉰다. 다시 입맛이 없고 야위어간다.

잠자리 들기 전 명호 생각에 눈물이 흐르고 공황 상태에 빠질 때도 있다. 어디서부터 실타래를 풀어내야 하는지… 나는 어미가 아닌가. 세상이 다 버리고 외면해도 나만은 안아주고 다독여야 하는데. 너무나 무섭다. 유전자다. 어디서 누구와 지내는지, 유년기에 명호에 대해 관심이 없었다. 자기 아비에 대한 분노, 방황, 고통 속에서 장난꾸러기였던 아이를 야단만 쳤다. 중고등학교 때도 사랑하지 않았다. 오직 관심은 딸아이뿐이었다. 더구나 아들은 운동을 했기 때문에 합숙하느라 나가 있을 때도 많았고, 방이 이층에 있어서 대화도 거의 하지 않았다. 기껏 눈이라도 마주칠 때면 야단치기만 했다. 외로웠을 것이다. 딸이 태어났을 땐 딸이 있고, 딸이 좋아서 딸에게만 정을 쏟았었다. 미안하다.

2010년 3월 16일

시사회가 성황리에 잘 끝났다. 어느 때보다 반응이 좋았다. 허정무 감독 내외, 박술녀, 이효재, 이혜숙, 김보연, 김용건, 소유진, 김선아, 연희, 전 회장, 전 총리님, 오성자, 신한은행, 우진 엄마가 왔다. 약 100명이 오셨다. 한양대에서도 많이 오셨고. 〈스타킹〉도 출연하길 잘했다. 시청률도 검색어도 1위 했다. 참 많은 사람들이 본 것 같다. 많은 꽃다발을 받아 집 구석구석 꽂아놨다. 꽃을 보니 행복하다. 오늘 MBC〈기분 좋은 날〉도 겸손하게 녹화하길…. 이 모든 것들이 주님께서 인도해 주심을 믿습니다. 성호도 수고해서 5백만 원 보너스로 줬다.

2010년 3월 17일

잔칫집 분위기였는데 예매율이 저조하단다. 내일 개봉인데…. 〈셔터〉라는 외화가 1위라고 한다. 또 한번 인생 공부한다. 《명심보감》을 더 많이, 더 봐야겠다. 법정스님 말씀처럼 욕심은 이 나이에 무리다. 버려야 할 나이다. 이사 가는 것도 무리다. '일용엄니 집' 역시 개인 주택에도 안 살아봐서 복잡하고 힘든 일도 많을 것 같다. 그냥 이대로 살면서 여행이나 다니자. 절망할 필요도 없다. 최선을 다했으니. 아직은 모른다. 허나 1위 하긴 힘들 것 같다.

2010년 3월 22일

아무리 비수기이고 외화가 세다고 해도 조짐이 안 좋다. 주말 관객이 20만 명이다. 〈하모니〉가 60만이었다는데…. 뉴스나 신문은 대박 예감이라 했지만, 생각했던 것보다 이변이 일어나지 않는 한 대박은 안 날 것 같다. 서울, 경기 무대 인사를 다녔는데 반응은 좋다. 이번 주가 안 좋으면 끝이다. 입소문이 얼마나 날진 모르지만.

이젠 잊고 뮤지컬에 총력을 다해야 한다. 한 달 후면 공연이다. 다행히 체력이 좋아지고 있다. 홍삼이 효과가 좋은 것 같다. 입맛이 좋아 밖에서도 잘 먹는다. 토요일에는 대구에 무대인사를 간다. '일용엄니 집'은 접자. 괜히 투자하기 겁난다. 어쨌건 이번 가을이나 내년 봄 이사를 하고 시간 날 때마다 여행을 다니자. 주님, 계속 일이 있음에 감사합니다. 차기작이 기다리고 있어 덜 불안하다. 작년 아무 일 없이 놀 때는 너무 답답했다. 기회가 다시 온다. 이 나이에 건강 때문에 소홀해서 망치지는 말아야겠다. 내일 일일 드라마 녹화다. 얼굴이 잘 나오는 편이라 다행이다.

공연

2010년 3월 31일

어제 진실이 동생 진영이의 상가에 갔다. 우울증이 그렇게 무서운 거다. 너무나 잘 알기에…. 해군들의 젊은 목숨이 수십 명 바닷속에서 잠들고, 한 청년은 스스로 목숨을 끊고…. 세상이, 산다는 것이 정말 착잡하다. 진실이 이모를 수년 만에 만나니 옛날 일이 더 그립다. 저녁엔 피곤한 몸을 이끌고 목동 패션샵에 갔다 왔다. 오늘 SBS 녹화가 있어서다. 뮤지컬 떠블 캐스팅은 선우용녀, 김창숙 언니들이 한다. 그러고 보니 내 또래 중견들이 일이 너무 없다. 원숙 언니도 한 2년째…. 감사해야 한다. 이젠 뮤지컬에 최선을 다해야겠다. 살이 오르기 시작한다.

담배 때문일까. 하루 서너 개비 피웠는데, 이제 더 줄여야겠다. 얼굴에 살이 오르니 피부도 좋아진다. 혜자 언니는 어디 산속 기도원에 계신단다. 보고 싶다.

2010년 4월 25일

각오는 했지만 정말 몸이 만신창이가 될 정도로 고단하다. 하루도 쉴 날 없이 녹화하고 연습한다. 이제 공연이 며칠 안 남았다. 내 인생에 마지막 피크일 수도 있다. 아침 드라마는 성공이다. 시청률도 좋고 얼굴도 너무 좋게 나온다. 위엄 있고 온화한 이미지를 다지기엔 잘한 것 같다. 올 연말까진 지방 공연 10회 정도가 잡혀 있다. 7월 말 아침 드라마 끝난 후 전망좋은영화사 시나리오가 어떻게 결정될는지…. 건강에 이상은 없는지 종합 진찰을 받아봐야겠다.

2010년 4월 30일

어제 첫 뮤지컬 공연. 일단 성공이다. 감기 몸살로 몸이 너무 아팠지만 무대 위에서는 펄펄 몸이 날았다. 1000석이, 초대

석도 있었지만, 만석이었다. 아침 드라마도 인기가 좋고 내 이미지가 좋아졌다. 이러다가 무대에서 콜이 많이 올 것 같다. 많은 사람들이 화분과 꽃다발을 선물해준다. 우진 엄마, 미스 리, 영애, 영애 언니, 묘심화 스님, 이 회장, 박 회장, 한양대, 등산 모임, 아침 드라마 이은경 등. 건강을 추슬러야겠다.

2010년 6월 23일

어렵게 16강에 가게 됐다. 축구 경기가 사회생활이고 인생사인 것 같다. 치명적인 실수, 따라주지 않는 운, 체력, 순발력, 노력. 왜 이리 의욕이 없는 것일까? 일거리가 들어오면 신바람이 났었는데…. 김한영 감독의 시나리오가 들어왔는데도 한겨울 겁부터 난다. 이 대표 영화랑 두 편 잘된다면 최소한 4억은 될 수도 있는데. 가을에 뮤지컬 앙콜 공연이 기다리고 있다. 이사나 갈 수 있으면 좋으련만 이 집이 팔리고도 10억 정도가 더 있어야 하니…. 어쨌건 내년 봄엔 이사를 하고 싶다. 아파트나 빌라 1층이나 단독주택으로…. 함부로 남해에 투자하지는 않겠다. 이번 주 일일 드라마 촬영은 녹화가 이틀이고 야외가 하루 있다. 다른 연기자에 비해 편하게 하루만 녹화했는데…. 다음 주말엔 부산에 가서 쉬면서 마음을 추슬러야겠다.

안철수 교수의 강의를 TV로 보고 많은 깨달음과 반성을 했다. 급한 일보다 중요한 일을 먼저 해라. CEO에서 자리를 내놓고 교수로 돌아온 건 자꾸만 자신을 깨우치고 뭔가가 많이 안 차는 마음, 베풀어야겠다는 마음이 들어서일 게다. 모든 사람들에게 자신의 마음과 기술을 가르쳐야겠다는, 나 말고 남을 배려하는 마음. 그 사람의 성공 비결은 정직과 자비 그리고 노력 유전자인 것 같다. 안 교수의 강의를 듣고 늘 가슴 한 귀퉁이를 괴롭히고 있는 언니와 조카 문제가 생각난다.

쥐꼬리만큼 도와주면서 안됐다는 마음보다 귀찮고 속상한 마음이 앞질렀다. 물론 깨진 항아리에 물 붓기지만 하나 남은 내 핏줄 아닌가. 이번 부산에 갈 때 조카의 삶이 내 맘에 들든 안 들든 그걸 탓하거나 하지 않을 거다. 어차피 고치기는 어렵다. 네댓 살 때 떠난 엄마를 미워하지 않고 끔찍하게 생각하는 마음, 그 심성이 곱다. 자기 엄마 팔자 닮아 인생이 똑같다. 언니고 조카고 따질 필요 없다. 내 언니, 내 조카. 따지기엔 너무나 약자들이다. 신경을 더 써줘야겠다. 가엾은 내 핏줄들….

2010년 7월 8일

마지막 남은 내 혈연. 뭔가가 불안하고 찜찜했는데 간병인 한테 전화가 왔다. 군산 의료원에 입원시키고 돈을 보냈다. 그 냥 핏줄이라는 거 하나로 돕는다. 엄마를 닮아 알콜중독이다. 젊은 것이…. 보람 없이 주는 돈이 아깝다. 내 팔자고 업보다. 유일하게 엄마 아버지를 기억하는 언니, 한평생이 가엾다. 모 르겠다. 내 몸이 물에 담가놓은 솜뭉치처럼 무겁기만 하다.

2010년 7월 22일

지방 공연도 끝났고 아침 드라마도 종영했다. 부산 공연, 광주 공연 모두 성황리에 끝났다. 객석의 열정적인 환호에 다 시 한번 살아 있음을 느끼며, 적지 않은 값의 티켓을 사서 오 신 팬들에게 감사드린다. 올해는 생각지 않았던 드라마도 전 체 시청률 1, 2위를 하면서 대박을 터뜨렸다. 뮤지컬도 작품이 좋고 나와는 너무 잘 맞아서 공연하기가 너무 좋다. 앞으로 10

월 말부터 12월까지만 잡더라도 개런티가 꽤 될 거다. 전망좋은영화사 작품도 하나 할 거고, 〈우리집에놀러와〉란 작품도 내년에 하자는데 불확실하다. 예정대로 다 성사된다면 5억 정도지만 확실시되는 금액은 반 정도다. 〈우리집〉은 내년에 촬영 들어가면 스케줄상 괜찮을 것 같다. 올해 목표가 10억인데, 예정대로 다 된다 해도 한없이 못 미치는 금액이다. 지출이 너무 심하다. 어쨌건 10억 정도 만들어서 내년에는 이층 단독주택으로 이사 가 '일용엄니 집'을 이 동네에다 만들어야겠다. 남해는 생각 좀 해보고….

2010년 8월 13일

지출이 너무 많다. 이달에 자동차보험이 5백, 차 수리가 3백, 타이어가 2백, 세금이 3천이 들었다. 카드가 7백 정도. 지방 공연도 주 3회인 것 같다. 예상한 개런티가 되지 않을 것 같다. 담에 담쟁이넝쿨이 감긴 마당 있는 집에서 죽기 전 살아보고 싶다. 내년 스케줄이 어떻게 될지 모르나 돈 걱정에 답답하다. 얼마 전에 시술받은 얼굴이 날로 자리 잡아 다음 주면 외출

할 수 있을 것 같다. 자신감이 생긴다.

2010년 8월 15일

어머님 기일이다. 악몽 같았던 힘든 시기에 주님께서는 나를 가엾게 여기시어 살려내셨지만, 백 년 천 년 사는 게 아닌 이상 죽음이란 남의 몫이 아니라 내 몫이기도 하다. 앙드레 김 선생도 3일 전 세상을 뜨셨다. 70세를 넘으면 모른다. 또 절실하게 일에 대한 소중함과 감사함을 느끼고 있다. 한 달째 쉬는데도 너무나 할 거리가 없다. 다음 일이 대기하고 있음에도 불구하고 지루하고 맥없다. 평생 놀고 있는 그 사람 심정도 모르는 바 아니다. 그러기에 일체 상관 안 한다. 40대 후반, 〈전원일기〉만 붙들고 이 열정을 발산시킬 곳이 없어 알콜중독과 우울증으로 애를 먹었었던 기억이 난다.

생각대로 전망좋은영화사 작품은 큰 기대는 말아야겠다. 불확실하다. 내년에 마땅히 일이 없으면 가정집 하나 얻어서 '일용엄니 집'을 해봐야겠다. 떡갈비 간장게장 보리굴비, 딱 세 가지만 해봐야겠다.

오리엔탈무드에서 그릇 장식장을 사서 주방 옆방에다 정리했더니 너무나 고급스럽고 안정된 집이 됐다. 너무나 맘에 든다. 요즘 영애도 가게 팔고 시간이 많아 내 병원도 데려가주고 편안하게 지낸다. 며칠 전엔 아주 진한 가지색 매니큐어를 해줬다. 너무 맘에 든다.

2010년 8월 25일

너무나 만족하게 얼굴이 좋다. 킴스에 갈 때마다 스트레스도 없고…. 폭염도 계절 앞에서는 어쩔 수 없는지, 한 이틀 비온 뒤 오늘 아침 기온이 완연하게 달라졌다. 일이 없는 것도 아니고 절실하게 돈이 필요치도 않고. 헌데 알 수 없는 불안과 우울증은 답답하기만 하다. 동대문 가서 너무 싸게 산 부추며, 영애가 준 자라 침대 시트며, 시누이에게서 산 핸드빽이며 시계 등 그때뿐이지, 싫다. 물론 가슴을 짓누르는 명호 문제도 있지만 그것만도 아닌 것 같다.

자연, 남해만 생각하면 신이 난다. 숨통이 트인다. 죽기 전 소원이 있다면 자연 속 '일용엄니 집'인데…. 남해에서 가장 아

름다운 바닷가 집이 나왔다는데, 꽃밭을 만들어 너무나 하고
싶다. 물론 내 건강도 무리라는 것을 안다. 그래도 남해 가서
살고 싶다. 대나무나 황토로 겉을 싸주고 장독대를 만들고….
바다가 보이는 언덕에 북 카페를 만들고…. 그러려면 있는 돈
을 전부 다 올인해야 한다. 불가마 옷장은 짜서 옷장마다 꽃을
그려놓고, 목욕탕 벽도 대나무로 붙이고….

2010년 12월 12일

얼마나 정신없이 바빴으면 일기를 두 달 만에 쓴다. 영화
〈위험한 상견례〉, 뮤지컬, 가게 오픈, 연예 프로그램. 내가 등
에 실어야 할 짐의 양은 용달차 정도인데, 타이탄 트럭의 무게
를 싣고 두어 달을 달렸다. 기력이 달리고 너무나 힘이 들었다.

가게는 2층이지만 예뻐서 그런대로 괜찮다. 벌써 두 달째
로 접어들었다. 만약 1층이었더라면 난리가 났을 것 같다. 아
침 방송에도 나가고 잡지에도 몇 번 나가면 더 괜찮을 것 같
다. 영화 〈위험한 상견례〉도 찍다 보니 아주 재미있다. 개봉
이 기대가 된다. 12월에 찍은 예능 프로 〈놀러와〉와 〈승승장

구)는 아주 대박이다. 얼굴도 너무 이쁘게 나왔고 뮤지컬 티켓 예매율도 1위로 상위권을 쳤다. 특히 〈승승장구〉는 나의 꾸밈 없는 진솔함에 감동을 많이 받고 울었다는 사람이 많다. 김홍 신 선생님도 감동적이었다면서 전화가 왔다. 나 자신이 무서 우리만큼 대단하다. 뮤지컬은 초반 티켓 예매율이 없어서 화, 수 공연을 하지 않았다. 오죽하면 사비로 100장을 사서 이화 여대 총장님을 드렸더니, 공연 후 분장실에 오셔서 나를 꼭 껴 안아주셨다.

〈친정엄마〉 공연은 우리 엄니가 하늘에서 주신 선물인 것 같다. 나에게 너무 맞는 배역이다. 특히 "소주 달라, 씨부럴"이 라는 내 애드립은 객석을 환호성으로 몰아넣는다. 1월 15일부 터 매주 토요일 지방 공연이 16개 도시나 잡혀 있다. 이 밖에 신현준이 시나리오 두 개를 준비하는데 어떻게 될지 모르겠고, TV 주말 드라마나 미니시리즈를 내년에는 해야겠다. 부산에 서 우연히 일도스님을 알게 됐는데 좋은 인연이 될 것 같다. 내 년에는 마당 있는 집을, 아니면 펜트하우스로 꼭 이사하고 싶 다. 명호도 결혼시켜야 하고.

뮤지컬의 기적. 한 사람의 힘이 무서운 희비를 만들 수 있다. 한숨과 절망을 하루아침에 성공과 웃음으로 만들었다. 왠지 박 대표를 돕고 싶었다. 앙상블 아이들을 생각해주고 보호해주고 싶어 하는 사람. 이번 공연이 실패하면 빚을 진다는 말에 주연으로서 내 이름을 걸고 하는 공연인데 책임감을 통감했다. 예능 프로 하면서도 뮤지컬 홍보 생각만 했다. 적중했고 박 대표는 행복하다고 한다. 명호가 박 대표 같다면…. 한 살 차이인데…. 진실성이 있고 무엇보다 돈거래가 정확해서 좋다. 한 사람을 살렸다는 것에 내 자신이 흐뭇하다.

건강에 신경 써야 한다. 담배, 철저하게 하루 세 개비로 약속하자. 요즘 너무 많이 피운다. 판콜도 줄여야 하고…. 군산에 1백50을 보내고, 조카에게 50만 원과 게장, 김치 등을 보내줬다. 1월에 뮤지컬을 끝내고 시누이랑 중국엘 갔다 올까…. 또 속상한 일들이 생기지는 않을까….

불안

2010년 12월 14일

어젯밤 12시에 남편이랑 동대문 가서 잠바를 사줬다. 남자
는 늙어도 똑같다. 나도 부추 하나 샀다. 흰 부추 13만 원짜리.
너무 근사하다. 코트는 도저히 살 것이 없었다. 기분 전환도 할
겸 내일 알마니나 바렌티노 코트를 하나 사야겠다. 영희에게
드디어 폭발하고 말았다. 며칠째 연락이 안 되고 어디서부터
손을 대야 할지 모르겠는, 사고와 습관 모든 것이 정리 정돈 안
된 미완성의 생각과 환경에 있는 사람. 많이 고쳐주려고 했지
만 근본은 어쩔 수가 없다. 허나 나에 대한 사랑의 의리는 잊지
않는다. 조만간 만나서 마지막으로 조목조목 얘기하고 거리를

뒤야겠다. 생각하면 화가 치밀어 오른다.

2010년 12월 17일

3일째 매서운 추위다. 빈 좌석 없이 꽉 찬 홀에서 공연하니 관객 한 분 한 분이 감사하고 호응도가 좋아 공연하기가 좋다. 얼마나 다행이고 좋은 일인가. 아무도 예상 못했던 결과다. 단원들이 티켓 때문에 언성을 높이고 난리다. 다시 한번 나의 열성에 놀랐다. 내년 5월까지 제주도를 끝으로 지방 16개 도시에 공연이 있다. 요즘처럼 매사 편안하기도 드물다. 어제 전 회장이랑 여러 명이 가게에 와서 매상을 올렸다. 두 달이 다 돼가는데 아직 매출은 좋지 않다. 어제 명호랑 32명이 공연 관람을 했고 명호도 많이 울었다고 한다. 연말 안에 김치 문제를 해결해야겠다. 건강에 더 신경 써야 하고. 오늘 남대문을 가야 할지…. 내일 공연장에 아이들 반찬을 해 가야겠다.

2010년 12월 30일

한 해의 끝자락. 나 개인적으로는 끊임없이 바빴고 힘도 들었지만 큰 병이나 사고 없이 지냈다. 명호 문제로 속은 좀 썩을 일이 있었지만, 용서로 받아들였다. 혜자 언니 말씀대로 자식은 평생 몸에 걸고 갈 십자가 아닌가. 다행인지 어떨지는 아직 모르지만 이 회장과 식품 합병 회사를 만들었다. 내가 죽고 나서도 이 회장과 손잡고 일했으면 하는 바람이다. 사업 쪽에 신경 쓰는 게 너무 싫지만 명호를 위해서 최대한 신경 써야 할 것 같다. 딸아이에게도 샵을 차려줬다. 내년에는 이사도 하고 명호 결혼도 시켜야 하는데….

비교적 안정적인 요즘이다. 내년 일이 현재로선 영화 시나리오가 서너 개 들어와 있다. 가장 맘에 드는 건 〈아뿔싸〉라는 영화인데 주연이다. 2~3월 산, 절에서 촬영이라 춥고 힘들긴 하겠지만 작품이 괜찮다. 2~3월, 〈그대를 사랑합니다〉, 〈위험한 상견례〉가 개봉을 한다. 모든 영화가 뚜껑을 열어봐야 알겠지만 두 편 중 한 편은 기대 이상이 되지 않을까 기대한다. 사실 올해 몸만 바빴지 큰 수익은 없었다. 이제 일이 무섭다. 급격히 체력이 달리는 걸 느끼겠다. 다행히 예능 몇 프로가 대박을 쳐서 인기가 더 치솟았다. 두 편 개봉 때문에 또 예능을 하자는데 너무 하기 싫다. 1월에는 시간이 많지만, 잡지, 신문 등 홍보 때문에 바쁠 것 같다. 건강 체크해야겠다. 바인 병원을 알게 돼서 다행이다. 킴스만 믿고 있다가 스트레스를 너무 많이 받는다.

지방 공연은 16회 정도. 눈길 사고 없이 마치길 바라고, 내년에도 영화든 드라마든 다시 또 대박을 냈으면 좋겠다. 그럴 나이도 아닌데 자꾸만 이제 정리하고 떠날 준비가 앞선다. 가정이, 자식이 없다면 내가 강해질 수도, 강해질 이유도 없었다. 내 평생 정직과 부지런하게 살았음에 하느님께서 늘 내 편에서 도와주신다. 잊으면 안 된다. 10여 년 전 모든 걸 잃고 죽음 앞에서 포기했을 때의 비참함. 주님이 아니었더라면 이런 기적은 있을 수 없었다. 새해에는 특히 말, 화, 두 가지를 염두에 두고 건강을 지키면서 살아야겠다.

2011년 1월 6일

모든 일들이, 아직 결과는 안 나왔지만, 순탄한 것이 불안하다. 늘 한평생 위태위태 불안하게 살아와서일까. 이것이 정상적인 삶인데 받기가 겁이 난다. 명호 회사도 우선 대표이사로 자리 잡고, 나는 영화 시나리오를 놓고 고민 중이다. 거의 밤 씬이고 2~3월 동안 산에서 찍는다. 무섭다. 원하는 개런티를 안 해주면 하지 말자. 이번 경우는 작품보다 돈을 생각할 수밖에 없는데 욕심을 부리자니 건강이 문제고, 선뜻 내키지도 않는다. 그냥 지방 공연하면서 시나리오 셋 중에 한 작품은 성사되지 않을까 기다릴까. 미니시리즈 드라마나 한 편 정도 할까. 20회 정도라고 하지만 거의 밤을 새울 것 같다. 신중하게 생각해봐야겠다.

2011년 1월 21일

소크라테스인지 톨스토이인지는 확실히 기억이 나질 않지만 그가 모든 면에서 완전하다 싶은 생활이 정착될 때가 40대였을 때였다고 한다. 행복보다는 알 수 없는 불안과 삶의 회의를 느꼈다고 했다. 자식 문제, 특히 명호의 진로가 불투명했고, 너무나 큰 충격에서 허우적대다가 이제야 안정권에 들어서니 그 철학자의 한때 감정과 비슷한 걸 느끼겠다. 참 운은 좋은 놈이다.

뭔가, 나도 붕 떠서 영화를 보이코트했다. 추운 날 산속에서 찍을 일도 힘들다고 생각됐지만 정신적인 것도 있었다. 다행히 다시 해달라고 사정해서 이달 말쯤 계약할 예정이다. 종합검진 결과는 다 괜찮고 녹내장 검사를 해봐야겠다. 마음이 허탈해서 하늘색 밍크 코트를 샀다. 다시 지출은 하지 말아야겠다. 오늘 사무실에 점심 해 가기로 했다.

2011년 1월 29일

〈그대사〉 VIP 시사회가 있었다. 생각보다 감동적이고 잘 나왔다. 두 번 봤는데, 두 번 다 많이 울었다. 왜 그리 슬픈지…. 2월 17일 원빈 영화와 같이 개봉하는데…. 이제 하늘의 운에 따를 수밖에. 얼마 전 꿈에 이 영화의 화장실 같은 세면 바닥에서 내가 똥을 싸서 온몸에 바르는 꿈을 선명하게 꾸었다. 무슨 꿈일까? 건강검진은 다른 데는 이상 없고 눈만 녹내장 검사를 했는데 월요일 다시 한번 가봐야겠다.

2011년도는 시나리오와 MBC 드라마가 물밀 듯 겹친다. 즐거운 비명이지만 걱정도 된다. 뮤지컬이 9월 리틀엔젤스회관에서 약 40일간 올라갈 예정이고, 〈엄마의 노래〉 영화가 5월경 크랭크인할 예정이라 한다. 〈기봉이〉는 가을쯤. 영화와 드라마를 모두 할 수 있을까. 드라마는 세트 하루 하고, 야외 촬영이다. 공연하면서도 가능하고, 영화는 8월이면 끝나지 않을까? 드라마는 작가가 나를 놓고 썼다 하니 내 캐릭터는 잘 살릴 거라 생각된다. 〈아뿔싸〉는 하기로 했다. 그깟 20회 못할까? 초심을 잃지 말아야 한다.

주님께서 명호 때문에 받은 고통과 충격을 한 방에 해결해주셨다. 조선일보 방송이 개국하면 회사 일거리도 많이 생길 것 같다. 건강 잘 챙겨야겠다. 오늘 모임 가서 점심 먹고 설 쇠고 부산 간다. 부산 가서 푹 쉬고 싶다.

2011년 2월 2일

음력 설이다. 이제 육십셋인가. 그 많은 담배, 술, 스트레스. 종합검진 결과 주님께선 아직까진 건강을 허락해주셨다. 허나 갑작스러운 뇌출혈이나 심장은 조심해야 한다. 혜자 언니 덕분에 그 못된 술 끊게 된 게 10년이 다 돼간다. 실수를 안

하니 얼마나 주위가 조용한가.

　새벽에 눈을 뜨니 지난 살아온 날들이 소설처럼 스쳐 지나간다. 참 잡초처럼 밟히고도 일어서고, 또 밟히고도 또 참아내고. 곰처럼. 우리 부모님은 어려서 특별한 교육을 시키신 것도 아닌데 어떻게 이렇게 정의롭고 부지런하고 정직하고 의리 있는 성정과 예술의 끼를 주셨을까? 적어도 내 이익을 위해 누굴 배신했다거나 속이지 않고 살아왔다. 사람과의 약속은 때론 너무 귀찮고 싫어도 꼭 지켜왔다. 37년 동안. 단 한 가지도 살아야 할 희망이 없었을 때 그 절망 속에서도 자식과의 무언의 약속, 어미의 도리 때문에 버텨왔다. 질경이 풀처럼 동아줄처럼 끈질기고 질기게….

　그런 것들에 내 영혼이 더 이상 유지할 수 없었던지 몇 년 동안 공황 상태로 정신을 잃었다. 그렇게 한 많은 내 인생이 끝나는가 했는데 주님께서는 역사해주셨다. 이대로 자식들을 망가뜨릴 수는, 불행하게 할 수는 없다는 내 열망과 몸부림을, 외침을 주님은 들어주셨다. 아프고 난 후, 오히려 그 전보다 더 연예계 생활에 전성기가 왔다. 항상 일에 대해 갈증을 느꼈고 만족스럽지도, 양에 차지도 않았었다. 늘 불안했다. 이젠 시나리오를 몇 개 놓고 고민을 해야 하는 입장이 됐다. 더더욱 문젯거리인 명호 문제도 속단일지 모르지만 해결이 됐다. 그런데 오히려 해결이 되고 나니 받아들이고 인정하기가 겁나고 허탈하다. 참 운은 타고난 놈이다. 태몽에 용꿈을 꾸었다. 한옥 방안에 전봇대만 한 용이 창호지 문살을 뚫고 들어왔다. 무섭지도 않았고 생생했다.

주님, 마지막 소원이 있습니다. 마당 있는 집에서, 아니면 1층 담에 나팔꽃 넝쿨을 올리고 살아보고 싶습니다. 그러면서 글을 쓰고 싶습니다. 〈미자의 노래〉를 영화로 만들고 싶습니다. 주위의 영희나 사람들을 이해하고 미워하지 않게 해주십시오.

조카는 전화했지만 전원이 꺼져 있어 또 화가 났다. 돈이랑 화장품 등 준비해 갔지만 연락이 없어서 다시 갖고 왔다. 왜 내 혈육들은 그 모양일까. 내가 그날 간다고 했건만, 밥상을 차려줘도 숟가락도 잡질 못한다. 기형이도 그렇고…. 이런 거 저런 거 따지지 말고 도와줘야 하는데도 화가 난다. 내 자신이 너무나 불쌍하다.

　MBC, KBS, 영화 등 3월에 결정해야 할 작품들이다. 계약을 해봐야 하는 거지만…. 안정권은 뮤지컬이다. 오늘 여수에 내려간다. 〈아뿔싸〉 투자가 잘돼서 3~4월에 20회만 찍으면 되는데, 만약 된다면 드라마와 영화 세 편 중 한 편 더 하고, 또 가능하다면 6~8월에 드라마 2회, 영화 4회를 일주일 내내 찍고 싶다. 8월에 영화 끝나면 9월에 드라마와 뮤지컬 20회를 할 수가 있는데…. 스케줄이 잘 맞아야 하는데…. 올가을이나 내년 봄엔 꼭 이사를 하고 명호를 결혼시켜야 한다. 최소한 25억은 줘야 1층이건 2층 단독이건 집을 구해 같이 살 수가 있는데. 정 안 되면 이 집 전세를 놓고 전세라도 이사를 가야겠다. 마당에 장독대를 놓고 싶다.

2011년 2월 24일

　주님. 육십 평생 요즘처럼 편안한 기억이 없습니다. 봄 앓이 하느라 감정이 좀 우울할 뿐입니다. 그래서 받아들이기가 더 힘듭니다. 이 평화가 왠지 어색하고 불안합니다. 일은 늘 허기지고 가정은 남편, 자식들 일로 골칫거리였습니다. 매일 일거리가 들어오고 스케줄이 겁이 납니다. 6월 미국 공연과 드라마 스케줄이 겹칠 것 같고 영화 시나리오도 몇 개나 있고. 반면 통장은 허술하고 허술합니다. 어쨌건 이 평화를 받아들이기가 어색합니다.

2011년 2월 28일

군산에서 공연하고 왔다. 하나 남은 피붙이와 그 가족들. 정보다도 가엾지만, 그 인생에 화가 난다. 친자식들이나 키우고 살지, 어린 자식 셋이나 두고 나와 결국 재혼해 또 자식 둘을 얻어맞아가며 가난에 시달리다 병을 얻어 반신불수가 돼 있다. 가난은 나라님도 막을 수 없다. 명색이 조카라는 녀석들도 제비 새끼처럼 받아먹으면서 평생 내 생일날 축하 메시지는커녕 기억도 하나 해주지 못한다. 무조건 사랑해야 하는데 '화'가 난다.

50여 년 전 소풍 갔던 은파유원지 근처에 호텔이 생겼다. 그리 추억이랄 것도 없는 고향. 월명공원 사쿠라꽃과 돌산의 진달래꽃, 망망대해 바다. 연희하고 서울서 같이 출발했다. 무심코 연희가 ㅇㅇㅇ는 너보다 훨씬 못한데 TV에 집 나오는 걸 보니 좋다면서 얘기한다. 맞다. 뭐 했는지 모른다. 정말 무섭고 강하게 변해야 한다. 금연과 절약이다. 금연. 이젠 지긋지긋하다. 이겨내야 한다. 해내야만 한다. 공연 다니면서 중견이라 여러 가지로 챙겨주지만 너무 얌체들이다. 거리를 둬야겠다. 밥 먹이러 가는데 택시비 몇천 원도 내지 않는다. 나를 호구로 아는 건 싫다. 주변 정리를 해야겠다.

2011년 3월 3일

물가 상승, 기름값 등 리비아 사태로 국제경제 사태가 심각하다. 어제 TV에서 대학생들의 위기를 방영했는데 등록금, 방값 등으로 휴학하고 고시원, 옥탑방에서 막노동을 하고 술집에 나가는 학생들을 보았다. 그중 몇 명이라도 집에 데리고 와서 밥이라도 충분히 먹여주고 재워주고 싶다.

슬슬 회사의 문제점이 나오고 있다. 처음부터 엔터테이너 놈들은 내가 반대를 했다. 아니나 다를까. 이 회장도 문제 삼고, 사무실도 이사를 가자고 한단다. 오늘 만나서 내 계약 문제 등을 얘기해봐야겠다. 벌써 3월인데 아무것도 계약이 성사된 것이 없다. 말도 안 되는 개런티와 투자를 못 받았다는 이야기들. 드라마는 아직 시간이 있고 요리 프로는 다음 주쯤 결정될 것 같다. 나문희 언니가 73세인데 힘들어서 일을 많이 못 하신다고 한다. 나한테도 해당될 일이다. 건강해서 돈 벌 일도 그리 많지가 않다. 괜히 욕심내서 이사를 무리해서 갈 수는 없다. 맘 편한 것이 제일이다. 1층 빌라. 우리 집에서 조금만 초과시키면 이사할 수 있다. 억지로 안 된다. 순리대로 기다려보자. 금연 4일째다.

2011년 3월 10일

뭔가 섬뜩하게 잠깐 스치는 예감이 때론 적중할 수도 있다. 한꺼번에 몰려드는 섭외로 '유리하다고 교만하지 마라'를 잊었다고 하나. 하나도 성사가 안 될 기미가 보인다. MBC 드라마가 문희 언니한테로 섭외 간 듯하다. 영화도 시나리오 네 편이 잘 안 될 듯하다. 회사하고 8:2로 계약하고 나니 심리적 부담감이 더 크다. 일단 Q 채널 요리 프로는 3월 말부터 촬영할 것 같고 9월에 뮤지컬을 할 것 같다. 어제 수목 드라마 〈로열 패밀리〉에서 김영애를 보고 많은 생각과 충격을 받았다. 그 시련을 겪더니 예뻐졌다. 무엇보다 역할이 너무 좋았다. 나는 너무 코믹 쪽으로 가서 정극에서 배제되고 있다. 각자 카리스마가 다르겠지만 충격은 충격이다.

집에 있는 것이 편하고 좋은데, 싫은 사람과 부딪치는 것조차 싫다. 유일한 탈출구는 금, 토, 일에 지방 공연 떠나는 거다. 3월 말 정도면 대강 작품 윤곽이 드러날 것 같다.

2011년 4월 5일

주님, 감사합니다. 〈그대를 사랑합니다〉가 이토록 대박이 났다. 지난주 개봉한 〈위험한 상견례〉는 3월에 벌써 관객 수 70만이 들었다. 몇 주 더 두고 봐야겠지만. 개인적으론 소문난 잔치에 먹을 것 없다고 두 편 해서 몇천밖에 안 된다. 두 영화 다 약간의 보너스가 있겠지만. 〈그대사〉가 만약 200만이 된다면 몇천 더 받을 거다. 어쨌건 올 상반기는 화제다. 상반기 윤곽이 잡히고 있다. MBC 주말 드라마와 〈가문4〉. 두 편이 잘 성사됐으면 한다.

가족

2011년 4월 13일

왜 명호 꿈에 우리 언니 오빠들, 큰언니까지 보이는지…. 나더러 조카들을 챙기라는 건지. 꿈에서 명호한테 축하한다며 화기애애한 분위기였다던데. 늘 마음 한구석에서 조카 생각을 많이 한다. 요즘 종종 이런 결혼을 할 수밖에 없었던 씁쓸하고 외로웠던 나의 20대를 생각하곤 한다. 가엾다. 얼마 전 알고 지내던 두 분이 돌아가셨다.

2011년 6월 5일

〈1박 2일〉이 이렇게 대박이 날 줄이야. 정말 나는 천재인

가. 행동 애드립이 대박이다. 신문, 인터넷 등 예능 나가서 이렇게 난리 난 것은 처음이다. 김치 매출이 1억이 더 올랐다. 내일 곰으로 MBC 드라마 촬영을 간다. 스케줄이 그리 **빡빡**하지 않아 대사 외우고 나면 이틀 정도는 쉴 수 있다. 오늘은 〈가문〉 촬영. 아마 내일 새벽까지 찍을 것 같다.

2011년 8월 16일

새벽에 위경련이 와 너무 아파 응급실에 갔다. 장염이란다. 요 며칠 일에 치여 삶의 회의를 느꼈는데…. 건강이 얼마나 중요한지 오늘 아파보니 알겠다. 어제 어머님 산소 가면서 가스불에 장조림 데우느라 불을 안 끄고 갔다. 어머님이 도와주셨나 보다. 갑자기 생각이 나서 경비 아저씨가 껐다. 하루 한순간도 소홀하면 안 된다. 지난주 녹화 때도 거의 대사도 외우지 않고 갔다. 이번 주부터는 완벽하게 외워야겠다. 저녁에는 박술녀 패션쇼가 있다.

2011년 8월 28일

체력이 바닥이 났다. 일 자체에 회의를 느낀다. 윤심덕의 노래처럼 돈도 명예도 사랑도 다 싫다. 아무리 마음을 추스르고자 해도 삶의 의미를 모르겠다. 무엇을 위해 열심히 사는지. 재미를, 희열을 못 느끼겠다. 어제 TV에서 헐리웃 스타들의 인터뷰를 봤는데 성공한 스타들 대부분이 과거 힘들고 비루했던 때의 초심을 잃지 않았다는 거다. 많이 생각한다. 일 없어서 공황 상태까지 겪고 우울증에 고통받던 날들. 그때를 잊지 않으려고 하지만, 일이 겁이 난다. 쉬고 싶은데….

2011년 9월 27일

어제 딤채 CF 지면 촬영을 했다. 말이 씨가 된다고 조인성과…. 아주 오래전 CF 많이 할 때 함께했던 대홍기획 팀을 다시 만나니 새삼 제3의 전성기라 느껴진다. 지면 촬영이지만 화제가 될 것 같다. 영화 〈가문〉은 추석 연휴에는 1위를 달렸지만 한 주 지나고 바로 탄력을 잃었다. 내 예측대로 300만 명 정도 예상된다. 잘못 만들어졌다. 드라마 〈애정만만세〉는 시청률이 많이 올랐고 탄력받았다. 요즘 일이 너무 힘에 부친다. 뮤지컬은 서울 공연은 괜찮은 것 같고. 10월부터 지방 공연이다. 이제 10월 말부터 요리 프로와 시트콤에 들어가고 내년 3~4월은 영화다. 올해 예능에서 〈1박 2일〉, 〈놀러와〉 등에 나가 많이 히트 쳤고, 영화 〈위험한 상견례〉, 〈그대사〉가 다 성공해서 조금이지만 보너스도 받았다. 너무나도 감사한 일이다. 지방 공연 때 여행 겸 쉬면 좀 나아질까?

2011년 10월 8일

뮤지컬 서울 공연은 끝내고 오늘 포항 공연에 간다. 주말 〈애정만만세〉도 시청률이 좋아져 장근수 본부장이 리허설 때 금일봉을 갖고 내려왔다. 옛날 〈전원일기〉 연출했던 분인데…. MBC는 내 친정인데…. 감회가 교차한다. 주님의 사랑일 것이다. 〈전원일기〉가 종방된다 했을 때 몸 상태도 안 좋았지만 생계 걱정이 큰일이었다. 그리고 얼마 후부터 제2, 제3의 전성기였다. 내 일거수가 인터넷 신문 기사에 뜨고 끊임없이 작품이 들어왔다. 즐거운 비명을 지르지만, 체력이 따라주질 않아 걱정이다. 정직한 마음으로, 감사한 마음으로 부지런하게 일해야 한다. 〈수미옥〉도, 〈쑈킹〉도, 내가 신현준 탁재훈을 보조 MC로 두고 프로를 진행한다니.

아침에 문득 눈을 뜨고 생각해보니 정말 김수미 많이 컸다. 대종상 조연상에 노미네이트됐다. 안 타도 괜찮지만, 이놈의 인기. 엎드리고 엎드리고 벌벌 긴다는 정신으로 살아야 한다. 일 없는 동료들 눈치도 살피면서 겸손해야 한다. 나보다 못한 주위 사람들을 살펴주고, 한없이 베풀어야 한다. 요즘 힘들 때면 마당 있는 집이나 빌라, 펜트하우스를 생각한다. 내년엔 꼭 이사를 가야 한다. 그리고 명호, 딸 결혼도 시켜야 하고…. 사무실에 미스 장이 들어와 내가 일하기가 너무 편하다.

2011년 10월 31일

주님, 알려주시고 대답 좀 해보세요. 37년 아직도 가족을 속이고 병원비와 밥만 축내는 기생충보다 못한 인간과 거짓말, 사기, 바람, 기타 등등에도 오직 자식만 보고 포기한 채 이 좋은 세상을 늘 흐린 눈으로 보며 살아왔는데. 이제 2번 타자인가요? 한술 더 떠 연예계 생활까지 할 수 없도록 곤란하고 창피하게 합니다. 벌써 네 번째. 눈물은 이미 말라 감당할 체력이 안 됩니다. 일할 기력이, 다리에 힘이 빠지고 정신이 멍해서 지금 도저히 대사를 외울 수가 없습니다. 생목숨을 끊어야 할 것 같습니다. 살 자신이, 힘이 없습니다. 죽을 수 있는 용기를 주십시오.

2011년 11월 10일

가족이 나에게 무엇을? 어제 파주 절에 야외 촬영을 갔는데 고 박용하 위패가 있었다. 선하고 잘생긴 젊은 남자 배우의 사진 앞에 향을 한 개 붙였다. 얼마나 편할까? 무작정 참고 견디는 것도 한계가 있다. 내가 앞으로 이 배신과 상처를 어떻게 이겨내고 살지 자신이 없다. 그동안의 남편의 사고나 자식들의 일은 외부로 노출되지 않았었다. 이미 광수한테 돈 안 갚은 것 때문에 남편에 대한 소문이 시작됐다.

2014년 4월 15일

며칠 전 군산 촬영 때 숙소가 은파유원지의 꽤 아름다운 호텔이었다. 감회가 새로웠고 묘했다. 초등학교 때 유원지로 소풍 갔던 기억이 있는데 50년 후 대배우가 돼서 왔다. 인생이란 게, 미래라는 것을 모르니까 행복했고 불행했던 거 아닐까. 엄마 생각이 너무 났다. 창문 커텐을 열고 새벽에 많은 생각을 했다.

2014년 7월 23일

새삼 유병언의 시신이 백골로 발견된 걸 보며 또 한번 '명예는 정직의 왕관'이란 말이 무겁게 다가온다. 정직하게 살면 무서울 것이 없고, 죽음도 그리 두렵거나 하지 않다. 나 또한 무리한 일 욕심을 없애야겠다. 영화 〈헬머니〉를 다 끝내놓고 정신적, 육체적으로 맥을 추스를 수 없이 지쳤다. 감독과 코드가 맞지 않아 촬영장이 더 힘들었다. 그래도 이런 와중에 딸이 아기를 가졌다니 묘한 기분이다. 아직 실감은 나질 않지만 뿌듯하고 이쁘게 사는 모습을 곁에서 보니, 말로 표현하기 힘들었던 내 불행한 신혼을 대리 만족시켜주는 것 같아 행복하다. 유전자가, 명호는 아빠를 닮았다고 여기며 살았고, 딸은 나의 좋은 점만 **빼닮았다** 생각하고 살았다.

몸이 아프니 의욕도 없고, 마음도 약해지고 자신감도 없다. 마당 있는 집. 내 소원도 애써 힘들고 무리하게 이루려 하지 않겠다. 그저 하루하루, 자식들이 사고 치지 않고 나도 큰 병 없이 살면 그만이다.

2014년 9월 4일

얼마 전 내가 주방에서 계란 후라이 하는 걸 보고는 내 핸드백에 손을 대다가 들켰다. 허둥지둥 명함 찾는다며…. 어떻게 인간이 0.00%의 양심도 없을까. 매달 백만 원씩 주는데 TV 도박하면서 아니라고 거짓말 거짓말 사기 거짓말…. 얼른 죽어버렸으면 좋겠다. 방을 바꿔서 그나마 자주 안 마주친다. 소름이 끼친다. 셋이 밥을 먹으면 꼭 체한다. 그래서 될 수 있는 대로 목욕탕에 가서 먹는다. 이젠 싸울 힘도 버텨낼 힘도 없다. 그저 기력이 떨어지고 아프다.

명호는 데리고 일하다 보니 어미로서 내 책임이 크다는 것을 깨달았다. 이것이 태어났을 때부터 난, 상상할 수도 없는,

내 결혼 생활의 혼란과 놀라움과 분함을 아이에게 증오의 화로 풀었다. 어린아이에게 개새끼, 나가 죽어라, 이 새끼, 저 새끼 했다. 장난꾸러기 애를 단 한번도 사랑으로 보듬을 여유가 없었다. 아니, 나는 미치기 직전이었다. 시어머니, 남편, 찾아오는 사람마다 모두가 빚쟁이였고, 여기저기에 사기당했다. 끼니거리조차 없는데도 이어지는 남편의 거짓말 거짓말…. 딸을 낳을 때는 어느 정도 포기한 상태였다. 고지식하게도 애들을 두고 이혼한다는 건 애한테 상처가 되고 성장 과정에 큰 문제가될 거라 믿었다. 딸은 내 유전자를 닮았다고 여기며 예뻐했지만, 명호는 아비 유전자를 닮았다고 여겨 미워하기만 했으니, 성장 과정이 고아원에서 자란 거나 마찬가지였다.

이 모든 게 다 저 사람 때문이다. 병나면 1인실에 입원시켜줘, 옷 사줘, 용돈 줘, 잘 먹여줘…. 주님, 죄받아도 좋으니 마지막 남은 여생 단 몇 년이라도 저 인간이 먼저 가게 해주십시오. 악마처럼 무섭고 싫습니다. 도덕성 양심 없는 더러운 인간.

2014년 9월 7일

내일이 추석이다. 꽃 시장 가서 난 등 40여만 원어치 꽃을 샀다. 내가 나한테 선물했다. 연보라색이 너무 예쁘다. MBC 주말 드라마에 15회만 출연하기로 했다. 교도소 장면이 그리 복잡하진 않다. 그래도 주성우 PD가 꼭 같이 하자고 한다. 〈백년의 유산〉도 안 했는데…. 15회면 출연료가 나쁘지 않다. 제일제당처럼 오래가자며 건강만 하시라고 하는데… 올 상반기 전혀 수입이 없었다. 〈헬머니〉 한 편밖에. 하반기에는 〈인어 할머니〉를 시작한다. MBC 〈백화수복〉, 이것만 확정된다면 몇 억은 벌 수 있을 텐데….

2014년 9월 22일

〈인어 할머니〉도 무산됐고 MBC 드라마만 15회 하기로 했다. 완주도 시간이 걸리고 지금 연말이 헐렁하다. 군산은 고향이라는 명목이 있지 않은가. 그냥 마당 있는 집을 세를 얻어 옛날식 다방을 하는 건 어떨지. 지하실에 있는 잡동사니 갖다 버리고 목포처럼. 준꼬나 영순이에게 맡기고 방 두어 개는 나 쉬는 곳으로 해놓고. 저 인간 때문에 집에 온종일 있을 수가 없다. 정읍 시장하고도 10월 중순에 만나겠지마는 전세는 괜찮지 않을까. 옛날 창고도 괜찮고. 난로 놓고 헌 의자만 갖다 놓고. 아무래도 9월 말에 군산을 한번 다녀와봐야겠다.

2014년 9월 27일

어제 예순여섯 번째 생일이었다. 딸, 아들이라는 선물과 아직은 내가 큰 병 없이 건강하다는 것. 영애, 기영이, 준꼬, 홍윤희 등 꽃바구니와 꽃이 지천으로 널려 있다. 체중이 자꾸 빠진다. 요즘 운동을 소홀히 해서인지…. 병원에서는 삼식이를 보낼 준비 하라는데 일주일을 버티고 있다. 가슴이 철렁철렁한다. 내 사랑으로 끝까지 버티려고 하나 보다. 10월에는 정읍에 구절초 축제 갔다가 익산서 촬영한다. 서울과 익산 한 번 더 갈 것 같다. 분장과 의상도 신경 쓸 필요 없고 캐릭터도 확실해서 부담도 적다. 〈덕혜옹주〉가 1월에 들어간다지만 믿을 수 없고, 〈할머니가 간다〉도 불투명하다. 연말과 내년 초 동안 놀기가 힘들다. 예금을 빼 쓰니 푹푹 줄어든다.

2014년 9월 30일

삼식이의 죽음을 앞둔 순간들을 매일 옆에서 지켜본다. 사람들은 강아지, 개새끼 한 마리 죽음에 왜 식음을 전폐하며 야위어가는가, 사치인가 하겠지만 나는 서울서 학교 다니면서 부모님의 죽음을 전보 한 장으로 받았고, 아이고 아이고 곡소리 하며 장례 치를 때도 대입 준비를 위해 영어 단어를 외웠다. 부모님과는 중 1 때부터 떨어져 서울서 자취를 하고 있었고 나에게는 대입이 우선이었다. 삼식이는 내 나이 쉰 살쯤 살다 살다 지쳤을 때 자살 직전에 내 아들이 데려온 강아지다.

어느 날 이 어린것이 내 젖가슴을 더듬었다. 나는 분명 기억한다. 그때 난 '아, 살아야겠구나. 이 어린것에게 젖을 먹여야겠구나' 하는 생각이 들었고 그때부터 삶의 희망을 가지게 됐다. 사료를 불려서 먹이고 목욕을 시키고 얘기를 건넸다. 남편과 자식과 소통이 안 되는 대화가 삼식이와 시작이 됐다. 그때의 병명은 빙의로, 과학적이진 않지만 어쨌건 현대 의학으론 치유 안 되는 병이었었다. 그리고 얼마 후 〈마파도〉 영화 촬영으로 전라남도 영광에 며칠 있게 됐다. 너무나 미치도록 삼식

이가 보고 싶어 자지 말고 서울에 갔다 올까 안절부절못하고
있던 바로 그때 삼식이도 현관문을 열려고 발악을 했단다. 그
어린것이 철문을 흔들다시피 했다는 거다. 통했던 거다, 우리
둘이. 밤 11시쯤이었기에 집에 전화도 안 했는데, 내가 그리움
에 미칠 때 우리 삼식이도 그 시각에 발광을 했단다. 내가 그 시
간에 전화를 했다면 분명 바로 출발했을 것이다.

목숨. 누구나 죽는다. 하지만 12년 동안 사랑했던 내 삼식
이가 죽어간다. 내 품에서 죽기를 바라 모든 스케줄을 미뤘다.
병원에서는 2~3일을 못 넘긴다 했는데 일주일이 넘어가고 있
다. 스케줄에 차질이 많지만 상관없다. 삼식이를 다시 한번 부
르짖는다. 남편보다 자식보다 더 사랑했고, 더 사랑받았기에
정말, 정말, 따라 죽고 싶다.

울보 삼식이

2003년도 영화 〈위대한 유산〉을 일산에서 촬영할 때다. 기
다리는 시간에 산책로가 좋아서 삼식이를 데리고 갔다. 차를
타면 꼭 차창문을 반쯤 열어줘야 한다. 얼굴을 내밀고 귀 털을

날리면서 바깥세상에 뭐가 그리 관심이 많은지 지나가는 차량이며 거리에 지나가는 사람들을 짧은 다리를 유리창에 대고 다 구경한다. 나는 행여 미끄러질까 봐 궁둥이를 받쳐준다. 참 피곤하다. 차가 신호 대기에 섰을 때 옆 차에 탄 아이들이나 운전기사가 뭐라고 하면 뛰쳐나가려고 하면서 짖어댄다. 전부 다 내 차를 쳐다보니 나는 항상 얼굴을 돌리며 숨는다. 우리 삼식이를 보느라 혹시 사고 날까 봐 창문을 닫으면 다시 열라며 내 손등을 잘근잘근 문다.

굴비가 그렇게 좋아?

가족들과 시어머님 산소에 갔다가 왔는데 현관문 열어주는 아줌마 표정이 별로 달갑지가 않았다. 다른 때 같으면 내가 오자마자 제일 먼저 소리치는 애인데 유독 조용해 이상해서 살펴보니, 삼식이는 우리를 힐끗 한번 보고 특유의 걸음걸이로 (맛있는 걸 먹고 싶을 때) 살랑살랑 귀를 높여 걷고 있었다. "삼식아, 엄마 안 보고 싶었어?" 하고 안는 순간, 세상에… 비린내가 확 났다. 머리통과 온몸에서. 아줌마가 퉁퉁 부은 얼굴로 이층에 좀 올라오라고 한다. 순간 또 삼식이가 사고 친 것을 알았다. 아줌마가 얼마나 야단쳤는지 삼식이는 아줌마를 꼬나보면서 부글거리고 있었다.

사건은 이랬다. 이층 베란다 빨래걸이에 약간 젖은 굴비 한 두름을 그늘에 걸어놨었는데, 팔다리 짧은 삼식이가 아무리 뛰어도 도저히 안 되는 높이였는데도 세 마리를 빼서 우리 아들 방, 그것도 새로 빨아 끼운 침대 시트 위에 올라가 찢어 먹었다는 거다. 얘기를 듣고 가보니 침대가 비린내로 난리가 나 있었고 여기저기에 굴비 대가리 세 개가 굴러다녔다. 아줌마는 현장을 보존해 나한테 보여준단다. 참 가관이었다. 그러고 보니 삼식이 배가 터지기 직전으로 불러 있다. 눈치챈 삼식이는 계단 밑에서 딴청 부리며 흘깃흘깃 이층을 보고 있었다. 우리 딸하고 나는 주저앉아 박장대소했다. 얼마나 펄쩍 뛰었을까. 도저히 상식적으로 굴비를 뺄 수 없는 높이였다. 그래서 도둑질해 먹은 굴비 먹고 포만감에 그렇게 걸었었나 보다. 우리 아들 하얀 침대 위에 굴비 대가리 세 개가 여기저기 놓여 있고 비린 내가 진동했다. 굴비가 젖어서 더 냄새가 많이 났다.

아줌마는 우리를 또 제2의 사고 현장으로 불렀다. 아줌마 방 침대 위에도 과식해서 싼 좀 묽은 똥을 한 무더기 싸놨다. 비린내가 진동을 했다. 그 넓은 장소 다 두고 왜 아줌마 침대에다 똥을 쌌을까? 얼마나 맞았으면 이렇게 해코지를 해놨을까. 아줌마는 삼식이를 없애라며, 이렇게 치우지도 않고 사고 현장을 보여줬다. 아줌마도 참 속상할 것이다. 일단 아줌마 화를 풀어줘야 하기에 삼식이를 크게 부르며 내려왔다. 빗자루를 들고 "너 이리 와봐" 하고 부르니 어디 숨었는지 안 보였다. 안방 서재, 침대 밑이며 다 찾아도 안 보였다. 아줌마가 "개새끼 여기 있네유" 해서 가봤더니 1층 베란다 화분 뒤에 숨어 있었다. 때리는 시늉을 하고 소리만 크게 "너 맞어! 맞어, 이놈아!" 하고 목욕탕으로 데리고 갔다. 나는 계속 웃음이 나와서 죽을 뻔했다. 굴비가 적은 놈이지만 세 마리나 먹었으니 배탈이 나지는 않을지 걱정이었다. 목욕시키고 병원에 데리고 가려고 했다. 배가 땡땡했고 수산시장에 온 것처럼 비린내가 진동을 했다. 목욕을 시키면서 "삼식아, 좋았겠네. 얼마나 펄쩍 뛰었으면 그 높이의 굴비를 뺐어. 다리 아팠겠네. 내 새끼. 목욕하고 엄마

랑 병원 가자. 그런 건 안 돼. 사료만 먹어야 돼" 하고 씻겨주니
아직도 포만감과 해냈다는 만족감에 행복해했다.

그런데 목욕탕 밖에서 들리는 청천벽력 소리. "저 새끼 없
애든가 내가 나가든가 할래요."

…개새끼들….

삼식이의 비밀 창고

우리 부부는 아침 6시에 커피를 마시며 신문을 보며 얘길
한다. 30분 정도. 매일은 아니고 일주일에 서너 번. 내가 너무
바쁠 땐 그나마 일주일 내내 서로 얼굴도 못 본다. 각방을 쓰기
때문에 내가 새벽에 나가면서 남편 자는 모습만 보고 나간다.

그러다가 언젠가, 친구들과 화투를 쳤는데 결론적으로 내
가 남들에게 민폐를 끼친다고 구박을 받은 일이 있었다. 그래
서 나는 남편한테 1시간만 쳐보자고 했다. 결정적일 때 좀 일
러달라고 했다. 남편은 일단 수강료 3만 원만 달라고 해서 줘
버리고 배웠다. 내가 잃어도 다시 안 받기로 하고. 담요를 펴자
삼식이가 날름 가운데 앉아서 뽀뽀해주길래 옆에서 엄마 이기

라고 응원해주라고 했다. 남편은 강사료를 받은 만큼 충실하게 결정적일 때 "너 이럴 때는 내가 곧 나니까. 광은 먹어서 광바가지라도 면해야지. 지금 홍단 해서 뭐 하냐, 이 새대가리야. 내가 돌아오면 나는데." 했다.

서너 판 치고 만 원짜리 한 장과 천 원짜리 열 장 다 잃고 옆에 뒀던 10만 원짜리를 찾는데 없다. 귀신 곡할 일이었다. 내 지갑에 11만 원 있었고 천 원짜리 열 장은 여기저기서 찾은 거다. 분명 남편이 "저거 10분 후면 내 거다" 했다. 혹시 삼식이가 물고 갔나 해서 삼식이를 보니 없다. 삼식이, 삼식이 하고 거실로 나와보니 주방에 멍하니 코 박고 졸고 있었다. 먹을 것도 아닌데 삼식이가 물고 갈 일도 없고 정말 귀신 곡할 일이었다. 남편도 분명히 봤다고 했다. 침대 밑마다 후래쉬를 비춰가면서 다 찾았다. 치던 화투를 접고 새벽에 남편과 난리가 났다. 분명 삼식이 짓이라 생각했다. 그러다 아까 아줌마가 화장실 갔다 오면서 안방을 들여다보며 "밤새시는 거래유?" 했던 게 기억이 났다. 우리 부부의 결론은 삼식이가 물고 나갔다가 10만 원짜리 수표가 굴러다니는 걸 보자 아줌마가 집었다는 거였다. 원래 삼식이가 화장실로 뭘 잘 물고 갔다. 내 추리로는 아줌마가 화장실 갔다가 수표를 보고는 우리 애들이 술 먹고 들어와 소변보다 떨어진 걸로 알았을 것이다. 우리 부부는 안방 화장실을 쓰니깐 밖의 화장실은 거의 안 쓴다.

너무나 이상해서 하루 종일 밖에서 일하면서도 신경이 쓰였다. 돈도 돈이지만 아줌마를 의심하는 게 더 찜찜하고 괴로웠다. 아줌마는 내가 잃어버린 겨울 코트며 돈이며 귀고리며 반지며 다 찾아줬었다. 그거 하나는 믿었다. 내가 꼼꼼히 챙기는 성격이 아니고, 또 월급 줄 때도 어떨 땐 10만 원이 더 들어왔다며 돌려줬는데…. 참 찜찜했다…. 내친김에 침대 밑에 먼지가 쌓여 대청소도 했는데 나오질 않았다.

그렇게 몇 달이 지났다. 체질적으로 강아지를 싫어하는 아줌마. 더운 여름에 물을 안 줘서 내가 들어오면 삼식이는 물그릇에 가서 발로 물그릇을 긁는다. 시원한 물을 주면 얼마나 지쳤는지 엎드려서 물을 다 먹는다. 너무나 안쓰러워 "아줌마, 개도 생명인데 얼마나 물이 먹고 싶었으면 이 물을 다 먹어요. 아줌마 목마를 때 물 없으면 얼마나 목말라요?" 하면 물 많이 주

면 오줌 많이 싸서 조금 준단다. 나는 그 소리를 듣고 충격이었
다. 동물을 사랑하지 않는 사람은 인격이 그리 좋은 사람 같지
않다는 생각이 들었다. 그 소리를 듣고 정나미가 떨어졌다. 단
지 청소하기 싫어서 동물을 저렇게 학대하다니…. 그러고 보
니 아줌마는 꽃도 너무 싫어했다. 우울하고 심란할 때 꽃 시장
에 가서 꽃을 보면 방귀가 풍풍 나오고 가스 찬 배가 시원해진
다. 마음이 즐거우니 스트레스가 풀린다. 그래서 주방이며 거
실, 화장실 등에 들꽃 같은 꽃과 하얀 꽃을 한 항아리씩 꽂고 여
기저기 돌아다니면서 "아이구 이뻐라, 아이구 이뻐라" 한다. 그
러면 아줌마는 "며칠 있으면 시들어버릴 거 세상에 돈이 아깝
지" 한다. 나는 "아줌마, 그럼 먹으면 똥 될 거 밥은 왜 먹어요?
내가 꽃을 50만 원어치 사서 며칠 보면 엔돌핀이 50만 원어치
나와서 얼마나 행복한데" 한다. 그렇다고 개를 구박한다고 아
줌마를 나가라고 하기엔 참 그렇다.

그렇게 한 1년이 지나고 아줌마가 여차저차 나갈 일이 생
겼다. 아이구 잘됐다 싶었고 새로 오는 아줌마는 일단 강아지
를 좋아하는 아줌마가 첫 번째 조건이었다. 여차저차 지금 아

줌마는 자기 방에서 삼식이를 자기 배 위에다 올려놓고 놀기도 한다. 그래서인지 절대 지금 아줌마 침대에는 똥을 안 싼다.

그렇게 10만 원짜리 수표는 아예 잊고 살다가 얼마 전. 마침 최고급 한지를 공짜로 준다는 데가 생겨 벽도 지저분한 김에 도배를 새로 하기로 했다. 도배를 하면서 주방 대형 냉장고를 앞으로 밀어놨는데, 도배 아줌마가 나를 불러 가보니 삼식이가 캉캉 짖으며 아줌마를 물려고 하는 게 아닌가. 세상에나. 나는 그만 주저앉고 말았다. 너무나 우습고, 감격이라 할까, 웃다가 그만 울어버렸다. 1년 전 잊어버렸던 10만 원짜리 수표, 언젠가 잊어버렸던 인감도장(급해서 새로 도장 파서 다시 만들었는데…), 금방 썼던 아이샤도의 펜슬, 볼펜, 옷핀, 바짝 마른 배춧잎, 작은 향수병, 손톱깎이, 칫솔, 우리 남편 짝짝이 양말, 파운데이션 바르는 스펀지 조각, 잘근잘근 씹어놓은 내 사진 등등으로 한 살림 차려놨다. 스브 다이어가 박힌 머리핀을 잊어버려서 단골 사우나 집을 의심했는데… 그것도 있다….

이것저것 살펴보고 있으니, 삼식이는 자기 아지트를 뺑뺑 돌면서 하나하나 다시 물어서 나른다. 나는 알 수 없는 감동에 몇 가지 집어 들고 삼식이를 안고 엄청 웃었다. 그리고 나간 아줌마한테 전화를 했다. "아줌마 큰 냉장고 뒤에서 그때 없어졌던 10만 원짜리 수표 찾았어요" 했다. 그리고 보니 주방 바닥에서 김칫거리 다듬으면 꼭 삼식이가 배춧잎이며 시금치 잎이며 살짝 물고 냉장고 쪽으로 도망갔는데, 그냥 장난하는 줄로만 알았었다. 그것이 알고 싶다. 왜 거기다 다 물어다 놨을까. 삼식아 왜 그랬어? 엄마가 인감도장 찾느라고 얼마나 팔딱 뛰었는데. 나는 너무 이뻐서 주둥이며 목이며 잘근잘근 물어뜯었다. 좋아서 혓바닥을 내밀면서 "엄마 내 아지트 인제 어디다 한대유" 한다.

2014년 10월 8일

삼식이가 떠났다. 일주일…. 무능력자, 사기, 거짓말. 감당할 수 없는 가정이 아닌, 피할 수 없이 대처해야만 살 수 있는 내 상황에서 삼식이는 내 생명선의 돌파구였다. 이 세상 의지할 사람도, 내 진심을 들어주고 얘기할 수도 없는 현실에서 삼식이는 내 위안처였다. 달리처럼 살살거리진 않았지만 속이 깊고 칭찬을 좋아했다. 내 오른팔이 잘려나간 느낌이다. 의지할 것이 없다.

내가 이 좋은 세상을 자꾸 끝내고 죽어버리고 싶어 하는 것은 거짓말, 거짓말, 사기. 한 지붕 아래서 밥을 해줘야 하고 마주 봐야 하는 거다. 마주 보고 밥을 먹으면 꼭 체한다. 식탁 앞에서의 얘기들도 다 사기고 거짓말이고 허풍이다. 그래서 반찬 싸 들고 새벽부터 목욕탕으로 간다. 얼마나 밥을 잘 먹는지…. 내 팔자다. 내가 부모가 있었다면….

그때는 세상이 무서웠다. 사내들은 그저 이쁘니까 잠깐 갖고 놀고 싶어 했고 나는 무서웠다. 서민이라도 좋고 정직한 사람과 된장찌개 끓여 먹으며 아들딸 낳고 사계절을 보면서 사람답게 정직하게 살고 싶었다. 그때는 나를 너무나 따라다녔기에, 이미 지칠 대로 지친 마음에 안주하고 싶었다. 결혼 후 상상도 못할 일들이 벌어졌다. 시어머니한테 전화 걸라고 돈을 줬더니 그것도 꿀떡, 방송국 전화도 이미 배역이 끊어졌을 때야 복덕방을 통해 연락을 받았고. 시누이라는 년 강남에 집 지을 때 애걸을 했다. 방송국 일거리 받을 수 있게 전화만 한 대

놔달라고…. 20만 원이었는데 매몰차게 거절했다. 딸을 임신하고는 남대문에서 옷을 떼다 방송국 분장실에서 팔았다. 남편 놈은 집을 나가 얼굴을 볼 수도 없고 지하 방에서 자식들하고 살았다.

요즈음은 명호한테 사죄하는 마음으로 산다. 그땐 잘못된 결혼 생활의 복수의 대상이 아들이었다. 이 애만 없었더라면 헤어질 수 있었는데 하는…. 모성을 베풀 마음의 여유가 없었고 순간순간 놀라움과 겪어보지 못한 사기, 거짓말에 충격 또 충격. 요즘 말로 트라우마를 받고 그걸 그대로 말썽쟁이 서너 살짜리 아들에게 풀었다. 무참하게 때리고 학대했다. 한번도 사랑하지 않았고 저주로 느꼈다. 그 애는 사랑을 못 받아 엇박자였다. 유치원서부터 애들을 때리고 사고 치고…. 그때는 나도 무지해서 몰랐다. 내 사랑이 없었다는 걸. 요즘 느낀다. 사랑의 변화를…. 내가 인정해주니 내 곁에서 일을 하고 내 얘길 듣는다. 내 사회생활을 보면서 이제 걸음마를 뗐다. 아비처럼 사기 치고 거짓말하는 게 얼마나 엄청난 파장을 가져오고 자신을 망치는 것인가를 인지하도록 교육하니, 이제 나이 마흔에

엄마의 교육을, 사랑을 아는 것 같다. 이제야 조금이라도 아들
에게 사랑을 줄 수 있다는 건 다행이지만….

　나는 살고 싶지 않다. 너무 고단하다. 이 무섭고 어두운 터
널에서 벗어나고 싶다. 너무 아프다.

인기

2014년 10월 28일

MBC 〈전설의 마녀〉가 원래 특별 출연으로 15회인데, 더 해 달라고 한다. 현장에서 주 감독은 모든 애드립과 행동을 한 컷 도 안 놓치고 살려주니 너무 재미있다. 오랜만에 물 만났다. 이 번 주 방송인데 기대가 된다. 현장도 두심이 등 다 내 편이고, 편하다. 교도소 씬이 너무 재미있다. 한 달 후 결과가 궁금하 다. 내 예상대로 시청률 팍팍 올라가고, 검색어에 뜰는지…. 영 화도 일본 촬영 먼저 하자고 하는데 오랜만에 물 만난 고기다. 우울증이 심했는데…. 삼식아, 엄마 한번 더 살려줘.

2014년 11월 10일

MBC 〈전설의 마녀〉가 대박이다. 모든 언론들이 내 기사뿐
이다. 제작사가 횟수를 늘리자고 하고 1월달 SBS 주말 드라마
도 하자고 한다.

정말 견디기 힘든 우울증이다. 삼식이 죽음 등…. 너무 외
로워서인가 보다. 삼식이는 내 애인이자 정신적 안정제였다.
하루하루가 짜증, 우울, 권태다. 그래도 오늘 등산 모임 망년
회, 내일 조재학 건설 회사 취임식, 14~15일 목포, 다음 주 김
장 등 빽빽하다. 하느님, 제 병 좀 낫게 해주세요.

2014년 11월 27일

요즘처럼 육십 평생 중 편안한 건 처음이다. 물론 이런 환
경, 노후, 이런 마음은 당연히 받아야 할 대가이고 권리지만,
불안하다. 〈전설의 마녀〉도 까메오에게 계속 출연해달라 하는
것도 처음이고. 돈 걱정 안 하고 사는 것도 얼마 만인가. 욕심
아니, 욕심이 아니라 1층 빌라나 단독주택에 장독대 놓고 가마
솥 걸고 살아보는 게 꿈이고 마지막 희망이다. 주방에 아주 크

게 그릇 방도 만들고. 될지는 모르지만 재건축이 될 수도 있다. 오늘도 저녁에 반상회가 있고 오후 3시에는 갑상선 촬영이 있는데 괜찮을는지. 건강만 잘 챙기면 되는데. 〈백화수복〉은 재계약할 것 같다.

2014년 12월 20일

한 해가 저물어간다. 〈전설의 마녀〉가 없었더라면 너무나 무료하고 힘들었을 것이다. 야외 촬영이 춥고 힘들어도 역시 고기는 물에서 놀아야지. 물이 마르면 죽어간다. 두심이는 쉬지 않고 일하니 얼마나 많이 벌었을까? 난 속 빈 강정이다. 번번한 집 한 채 없다. 명호도 내년엔 결혼을 시켜야 하는데…. 내년 4월에 안판석 씨가 뭘 하자는데 드라마보다 영화가 좋은데. 뭐든 쉬면 안 된다. 영옥 언니도 프로그램 두 개 하고 혜선 언니도 꾸준히 쉬지 않고 프로그램 두 개를 한다. 어쨌건 올해 〈전설의 마녀〉로 TV에서 다시 한번 인기를 몰아쳤다. 댓글이 500개가 동시에 올라온다. '영옥 이모 씬 많이 나오게 해주세요', '고정해주세요'. 시청률이 23%, 아마 30%까지도 갈 수 있을 것 같다. 내일모레 방송이 관건이다. 너무 웃기고 많이 나와서 혹시 배가 산으로 가지 않나 우려도 있다.

밤순이가 와서 너무 좋다. 왈패 명랑패다. 얼마나 똑똑하고 활발한지 달리도 의외로 건강하게 잘 지낸다. 딸년은 삐쳐서 한 달 넘게 안 온다. 나도 정나미 떨어졌다. 인정머리 없고 잘난 계집애. 모든 인생을 쏟아부은 내 열정, 내 사랑이 배신감으로 다가온다. 그래서 사람들이 자식 다 필요 없다고 하나 보다. 갑상선, 폐. 한대 병원에서 재진찰했는데 이상은 없다지만 소화가 잘 안 된다. 밥 양을 많이 줄였다. 다음 주 야외 촬영이 많은데 고생할 거다, 날이 너무 추워서.

2015년 2월 3일

삼식이가 하늘에서 준 선물이라 믿는다. TV 탤런트 생활 45년 만에 이토록 인기와 화제가 된 건 처음인 것 같다. 나 자신 스스로도 감당하기 힘들 정도의 인기다. 계속 시청률은 1위를 달리고 있고 주 감독은 신정 날 내 분장실 바닥에 무릎 꿇고 세배를 했다. 정말 아무도 예측할 수 없다. 주 감독 인터뷰대로 나는 까메오로 '신의 한 수'였다. 오죽하면 '전설의 영옥'이라고 한다. 매회마다 언론에서 내 기사뿐이다. 이건 우연, 운명, 요행이라고 볼 수가 없다. 나한테 딱 맞는 역할이었다. 영화에서의 연기를 가지 치고 약하게 해서 TV에서 했을 뿐이다. 연기 생활 45년 만에 내 팬들이 이렇게 많다는 것을 처음 알았다. 보청기와 선보는 장면은 휴대폰 조회 수가 60만 건이 넘는다고 한다. 〈헬머니〉 영화 개봉 뉴스가 검색어 1위까지 올랐다.

말조심, 겸손해야 한다. 인기는 물거품 같은 것, 바람 빠진 풍선이란 걸 잘 안다. 더더욱 동료들에게 친절하고, 인기 없고 일 없는 동료들한테 위압감을 주지 말아야 한다. 이제 막바지한 3주 남았다. 즐겁게 촬영했다. 주 감독이 참 신사고 실력 있는 PD다. PD, 작가를 참 잘 만났다. 이 행운과 시청자의 사랑을 오래도록 감사해하며 잊지 말아야 한다. 까메오가 끝까지전부 다 출연하게 된 나에게도 박수를 살짝 쳐본다. 외롭고 힘든 내 마음을 연기로 해갈시켰다. 이달 말 딸이 무사히 해산하길 기도드린다.

2015년 2월 25일

23일날 딸이 아들을 낳았다. 아직 갓난아기라 먹먹하지만 참 감회가 새롭다. 제왕절개인데 다행히 회복이 빨라서 하루 만에 걷는단다. 내가 잘 참고 잘 견뎌냈다. 내가 딸을 낳을 때 지 아비는 다른 여자 집에서 살고 있다가 딸을 낳고 퇴원하는 날 잠깐 병원에 왔다. 딸아, 잘 커줘서 고맙고 넌 현명하고 지혜로워서 남편 잘 만나서 다행이다. 대견하다.

요즘 연예인의 인기를 실감하고 있다. 드라마 한 편에서의 인기가 정말 실감이 난다. 각 영화, 드라마, MC, CF 등 장난 아니게 들어온다. 유리하다고 교만하지 말고 불리하다고 비굴하지 마라. 형편이 잘 풀릴 때를 조심하자.

2015년 3월 11일

드디어 어제 종방연을 했다. 한 5개월 〈전설의 마녀〉는 나에게는 운이었고 요행이었다. 마지막 제주도 촬영 때 핫팩 붙인 게 허벅지에 화상을 입어 3일째 목욕탕도 못 가고 집에만 있다. 다행히 병원에서 심하진 않다고 하나 부위가 넓어 다 낫기에는 아직 멀었다. 이제 공식적인 일은 12일날 〈룸메이트〉 촬영과 몇몇 행사뿐이다. 5월 5일부터는 일주일간 남편, 아들과 셋이서 하와이에 간다. 명호하고 셋이서는 해외여행을 한번도 안 가본 것 같다. 딸도 무사히 아들 낳아 이번 주 금요일에 퇴원한다. 우리가 외국 갈 때 권 서방이 출장 가면 아기하고 우리 집에 와 있으면 된다.

연예계 생활 45년 만에 모든 언론에서 전설도, 마녀도 아닌 김수미의 원맨쇼였다고, '시청률 1등 공신은 김수미다'라고 한다. 기사마다 이렇게 나오니 몸 둘 바를 모르겠다. 자, 이제 잊어버리자. 잊고 새로 시작할 일에 매진해야지. 하느님, 감사합니다. 그 오랜 세월 배신, 가난, 병, 외로움, 좌절, 곰처럼 견뎌 왔습니다. 올가을이나 내년 봄에 명호 결혼만 시키면 되겠다.

2015년 3월 17일

드라마 한 편의 인기가 이렇게 피부에 닿을 듯 폭발적일까. 제2의 전성시대인가 보다. 삼식이의 선물로 생각된다. 영화 CF 드라마 예능 섭외가 대단하다. 현재 게임 프로 두 개 중

한 개는 1년 연장을 하자고 하고, 영어 학원, 맥콜 CF는 확정된 것 같다. CF와 영화 두 편 모두 섭외 들어온 대로 다 성사가 된다면 올해 10억 정도는 벌 수 있을 것 같다. 《명심보감》에 '형편이 좋아질 때를 조심하라'라고 했다. 재건축이 성사되면 다행이지만 그렇지 않으면 30억짜리 집은 사지 말아야 한다. 내 나이 68세이고, 당뇨에 고혈압이다. 집에다 다 쏟아붓고 무슨 일 생기면 그땐 재기할 에너지가 없다. 드라마 하며 최고의 인기를 누리면서도 얼마나 힘이 들었던가. 핫팩으로 허벅지 화상을 입어서 근 20일째 목욕탕도 못 간다. 어제 하반신 야윈 몸을 보고 깜짝 놀랐다. 오늘부터 조금이라도 운동을 해야겠다.

영화는 2위까지 치고 올라가더니 6위에서 어제 5위로 올랐고, 한국 영화 중엔 2위다. 〈살인의뢰〉가 2위, 〈순수의 시대〉는 망했다. 4월 초 헐리웃 블록버스트 영화가 두 편 개봉하고 윤여정 씨 등 나오는 영화도 개봉한다. 괜찮다. 우리 영화도 입소문 타고 다시 올라오기 시작한다. 영화 평론가 강유정 씨가 아주 좋게 영화평을 썼다.

앞 건물 썬데일 펜트하우스가 너무나 맘에 든다. 옥상이

100평 정도 된다. 쉽게 나갈 조건의 집은 아닌 것 같아서 가능하면 사지 말고 전세로 가도 괜찮을 듯싶다.

남편이랑 명호랑 처음으로 셋이 하와이에 간다. 명호하고 여행은 처음이다. 수미앤컴퍼니가 잃은 것도 많지만, 하느님께서 명호를 사람 만들게 해주셨고 내 입장에선 명호의 재발견이 됐다. 명호는 아기 때부터 사랑이 부족했다. 남편 때문에 고통과 가난에 시달리며 배신과 후회로 계속 살아야 하나 마나로 고민했기에 명호를 사랑할 기력이 없었다. 정이 많은 아이고 성격이 좋은 아이다. 나랑 붙어서 일을 하고 틈날 때마다 좋은 얘길 해주니 성실해진다. 모든 건 매사 때가 있는 것 같다. ㅁ 실장도 큰 수확이다. ㅇ 실장 데리고 다닐 때 몹시 창피했다. ㅇ 실장의 비리가 오히려 나에겐 좋은 찬스가 됐다. ㅁ 실장은 명호 후배다. 아직까진 아무런 하자도 없고 결혼해서 성실하다. 하와이 다녀와서 일주일 후 변정수, 배종옥이랑 2박 3일 괌에 간다. 괌에서 싸게 산 드레스를 적절하게 잘 입었었다.

빙의 끝자락에서 허우적거릴 때 〈오! 해피데이〉 까메오 영화 한 편이 나를 살려줬다. 단 5분 정도 나오는 씬인데 그 영화가 나를 살렸다. 그 후 〈마파도〉, 〈가문〉 등 20여 편의 영화를 했고 〈그대를 사랑합니다〉로 청룡 여우 조연상을 탔다. 올해 〈헬머니〉로 여우 주연상을 수상했으면 좋겠다. 영옥 언니가 나하고 12년 차이 나는데 아직 끄떡없으시다. 언니 나이 때까지 내가 그렇게 건강을 유지할 수 있을까? 연예계 데뷔 후 46년. 결혼 생활 43년. 요즘이 가장 평화로운 노년이다. 항상 경제적으로 허덕였고, 남편의 거짓말, 바람, 사고 치는 문제로 지옥 같은 생활이었다. 잘 참아냈다. 정직하게 약자에게 잘해주면서 살아왔다. 아줌마도 하느님을 제대로 믿는 좋은 정직한 사람을 만났다.

이제 너무 일 욕심내지 말고 건강에 신경 써야겠다. 손주가 아직은 얼떨떨하다. 옹알이하고 방긋방긋 웃으면 모르겠다. 딸한테 너무나 상처를 많이 받았다. 결혼하기 전보다 더 하는 것 같다. 어떨 땐 설핏설핏 자기 고모의 피가 흐른다. 계집애가 너무나 싸가지가 없다. 만정이 떨어진다. 무섭도록 정이 떨어진다. 지 어미를 개무시한다. 상처가 너무나 깊어진다. 독한 계집애. 그래, 너도 자식 키워봐라. 싫다, 너무 싫다. 얘는 사랑이

298

너무 오바돼서 버릇이 없나 보다.

대운

2015년 4월 1일

근 한 달 정도, 팩에 데이고 감기 몸살에 걸려 어제 한양대 입원했다가 하루 있다 나왔다. 웬만한 검사는 다 했다. 소변이 자주 마렵긴 해도 신장 쪽도 괜찮은 것 같다. 육체도 육체지만 화병이다. 더 이상 이 집구석이 너무 싫다. 재건축이 늦어져도, 안 한다 해도, 월세라도 5월 이후론 나가야겠다. 징그럽게 싫다. 이제 내가 68세다. 곧 칠십이다. 의사가 내가 봉고 정도인 데 타이탄 트럭에 실을 분량의 짐을 싣고 다니니 타이어가 펑크 나는 건 정상이란다. 짐 양을 적당히 싣지 않으면 엔진이 과열되고 뇌졸중 등으로 쓰러진단다. 어차피 이제 계절병 도는 3

월 아닌가. 개나리, 목련이 피기 시작하니 나아지겠지.

오늘은 KBS 〈역지사지〉 파일럿 예능 촬영이 있다. 제천으로 가기로 했다. 금요일 날 영어 학원 CF는 하와이에 갔다 와서 하기로 했고, 앞으로 얘기되고 있는 CF들만 다 찍는다면 정말 올해 10억 정도 벌 수 있게 된다. 전세든 매매든 이 집을 내놓으면 다른 집으로 전세 갈 수 있다. 이 집에서 벗어나고 싶다. 모든 후진 것들은 다 버리고 가볍게 살고 싶다.

2015년 4월 2일

입원했다가 퇴원했다. 처부숴버릴 만큼 매사 화가 난다. 딸 때문이다. 지나온 세월이 너무 힘들고 외롭다. 말투, 모습에서 제 고모 모습이 나타난다. 자기 어미한테 하는 행동이 그대로다. 만정이 떨어진다. 뱀처럼 싫은 인간과 왜 수많은 세월을 고통 속에 살아왔는데…. 정말 살기 싫다. 일도 돈도 다 귀찮다.

2015년 4월 4일

사람이 여행을 떠난다 하면 며칠 전부터 설레고 기분이 좋은 법인데, 이번 여행은 너무나 가기 싫다. 인간이 나이를 먹으면 변하는 것도 있어야 하는데…. 두 달 만에 자동차 사고를 네 번이나 내서 보험사에서도 다 퇴짜 맞고 겨우 한 군데서 해결했다. 블랙박스를 보니 서 있는 차를 그냥 뒤에서 받아버렸다. 병원에 있는 동안 주마등처럼 살아온 날들이 생각난다. 딸을 임신해서 만삭일 때 그 여자 보는 데서 나를 내 차 안으로 구겨 넣다시피 했다. 40년 넘게 단돈 10만 원도 벌어 온 적도 없다. 거짓말, 거짓말, 사기. 살갗만 닿아도 뱀처럼 싫은 인간과 고통 속에서 견뎌낸 것은 오직 딸 때문이었다. 그런데 조리원에서 권 서방이 앞에 있는데도 나한테 쏘아붙이고, 퇴원한 날 집에 갔을 때 완전 식모 다루듯 했다. 일하는 아줌마 보기가 민망했다. 이럴 줄 알았으면 그때 이혼할걸. 자식 다 소용없는데. 고모의 피가 흐르고 있다. 만정이 떨어진다. 예전처럼 대하지 않을 것이다. 싸가지 없는 계집애. 아주 나쁜 년이다.

2015년 5월 5일

세기의 권투 대결 스포츠 중계에 승자는 김수미다. 맥콜 CF

가 대박이다. 연관 검색어에 뜨고…. 간판 CF도 너무 잘 나왔
다. 〈나를 돌아봐〉도 화제 만발이다. 《명심보감》에 '형편이 좋
아질 때 조심하라' 했다. 말도 조심하고, 경제적인 것도 조심해
야겠다. 외국 다니면서 지출이 많았다.

2015년 5월 12일

내 나이 또래 아니, 최고의 전성기다. MBC 〈세바퀴〉 후속
단독 MC 프로를 비롯해 여러 곳에서 섭외가 들어온다. 예능 〈나
를 돌아봐〉도 정규 편성됐다. 우선 서너 프로를 해낼 수 있을지
가 의문이다. 〈해피투게더〉도 녹화를 끝냈는데 대박일 것 같
다. 대략 수입으로 본다면, 〈나를 돌아봐〉, MBC 프로, 아침 드
라마로 억은 조금 넘을 것 같고, TV조선 프로는 아직 모르겠
고, 영어 학원 CF 등 나쁘지 않을 것 같다. 생각만 해도 스케줄
이 빡빡하지만 얼마나 감사할 일인가. 삼성카드 CF도 얘기 중
이다. 이사는 앞집 썬데일 1층 경매가 될 것 같다. 아마도 6월
말, 7월 중순에나 이사할 것 같다. 주님, 주님의 사랑임을 확신
합니다. 무리하지 않고 건강만 하게 노력하겠습니다. 불과 10

여 년 전 최불암 씨 아들 결혼식 때 방송 관계자들 만날 기회
다 싶어 얼마나 간절했는가. 잊어서는 안 된다. 아마도 6월부
터 바쁠 것 같다.

2015년 5월 30일

드디어 재판에서 승소했다. 그동안 정신적으로 분하고 속
상함이 많았지만, 정의는 진실을 이길 수밖에 없다. 이 사람과
는 다시 얽히지 말아야겠다. 식품 사업도 안 해야겠다. 법원에
서 그쪽이 항소해도 기각시킨다고 한다. 정말 이 일 저 일 대
운이 들어왔나 보다. 〈해피투게더〉 김수미와 아이들도 대히트
다. 윤현숙은 검색어 1위다. 다시 보기로 여러 번 봤는데 역시
대 MC 유재석을 들었다 놨다 한다. 〈나를 돌아봐〉 팀도 CP가
명호를 찾아와서 방통위에 들어가더라도 계속 내 스타일대로
막 해달라고 했단다. 일단 6월 말경 제주도로 가자고 했다. 진
중권 씨와 이정미 집에 반찬 갖고 가서 네티즌 게시판에 대해
얘기해보고 서태지 얘기나 소녀시대 얘기는 생각해봐야겠다.
조심해야 한다.

내가 소망하는 스타일의 집을 찾았다. 효성빌라다. 고목나무, 지하, 2층, 넉넉한 방, 앞뒤 텃밭. 딱 내 스타일이다. 건물이 오래됐지만 유럽 스타일이다. 은행에서도 70% 대출해준다고 한다. 다음 주부터 이태원과 동대문을 다니며 내 스타일의 가구를 보러 다녀야겠다. 그리고 리솜에서 주겠다는 나무도 갖고 와야겠다. 동대문 풍물 시장도 시간 날 때마다 다녀야겠다. 기다렸다가 1층 나오면 꼭 효성으로 이사 가야겠다.

2015년 6월 7일

지출이 너무 많았다. 하와이, 괌, 시계, 기타 등등. 연예계 생활 40여 년인데, 이깟 이사 한번 가는 것도 맘대로 못 가는 건 사치 때문인가. 불과 10여 년 전을 잊어서는 안 된다. 벼랑 끝 죽음을 각오했던 나를 주님께서 살려주셨다. 요즘 인기가 반짝 있다고 해서 잠깐이지만 흔들렸다. 오순옥 이사장님의 글을 읽으며 많은 각오와 도움이 됐다. 이 집도 괜찮다. 어린 후배들의 수십억, 수백억의 저택을 보면서 흔들렸다. 분수를 모르고. 난 당뇨, 갑상선 환자다. 언제 어떻게 쓰러질지, 또 어떤 사고

가 있을지 아무도 모른다. 그저 마당 있는 집이면 안성맞춤이다. 하나도 급할 것 없다. 친구들도 인테리어가 멋있어서 아무렇지도 않다고, 너무 좋다고 한다. 8월이나 9월이면 바쁘겠지. 건강관리 잘하면서 잘 지내야겠다. 하와이에서 오드리가 왔다. 은네하고는 친형제처럼 통한다. 있는 동안 잘해줘야겠다.

2015년 7월 17일

이런 날이 올 줄 알았다. 오늘 중대한 결정을 해야 한다. 솔직하게 그렇게 판단하고 나니 편하다. 다시 해봤자 내 말 한마디 한마디가 구설수다. 내가 내 발등을 찍은 거다. 나는 〈나를 돌아봐〉에서 하차할 것을 KBS에 통보했다. 제작 보고회 때 많이 심적으로 힘들었던 건 사실이었다. 그러나 동영상을 계속 보면서 미치지 않았나 하는 생각이 들었다. 이미 전날 내가 내 머리 자를 때부터 난 정상이 아니었다. 솔직히 보고회 때 몰카 한번 해볼까 하는 생각도 스쳤다. 헌데 조영남 씨가 자릴 뜨면서 타이밍을 놓쳐버렸다. 도저히 얼굴 들고 이 프로그램을 다시 할 수가 없다. 정신과에 입원해서 치료를 받아야겠다. KBS

측에 미안하고 시청자 여러분께, 조영남 씨께 죄송하다. 시청률 올리는 것에 너무 신경 쓰다 보니 이성을 잃었다. 제작 보고회 전날 '박명수를 같은 전라도 군산이라 네가 꽂았냐, 전라도끼리 잘해 처먹어라'라는 네티즌 글을 읽고 충격을 받았다. 편집해서 방송이 되리라 생각했는데 어떤 기자가 동영상을 올렸다. 몇 번이고 다시 동영상을 봐도, 역시 미치지 않고 그럴 수는 없었다.

죽음

2016년 1월 14일

최근 내 주위 지인들이 암이다. 어제 바니가 위암 말기로 4개월 본다고 했단다. 은네 남편도, 은네 엄마, 은네 아빠, 다 암이다. 바니는 아직 딸이 결혼도 안 했다. 은네도 살아갈 일이 많이 남았다. 산 사람은 산다지만, 내 삶이 몇 개월밖에 안 남았다는 현실에 본인들은 어떨까. 자신의 죽음보다 가족, 자식들 걱정에 더 캄캄할 것만 같다. 어제 노 회장 아들 결혼식에서 오랜만에 본 경진이도 유방암 수술을 받았다고 한다.

남의 일이 아니다. 사람들은 천년을 살 것처럼 야망과 계획을 세운다. 나는 오래전부터 죽음을 생각해봤다. 계절이 바뀌

어 옷을 정리할 때 내년 여름엔 이 옷을 입을 수 있을까 생각한
다. 작년부터 체력이 급격히 떨어짐을 느낀다. 잘 살았다기보
다, 그렇다고 크게 잘못 살지도 않았다. 정의로웠고, 나보다 약
자 편이었고 많이 참아왔다. 베풀었고. 또 내 마음대로 멋대로
살았다. 마흔 넘어서까진 갈등도 많은 시절이었다. 하지만 아
프고 나서 일도, 가정도, 신께서 또 어머님이 조금씩 덜어내주
심을 믿는다. 벼랑 끝에 맨발로 서 있었다. 그러나 기적처럼 인
생을 바꿔주셨다. 오십 이후 경제적으로 또 가정적으로 평안
하게 풀리기 시작했고. 요즘은 딸이 낳은 손주 때문일까 내 인
생에서 가장 행복하고 신기하다. 주치의에게 정기적으로 가보
지만 아직은 별 이상은 없단다. 그래도 다음 주 위 내시경과 대
장 내시경은 검사를 받아보라고 한다.

운이라는 것. 그동안 닦아온 내공과 기회, 때가 맞았을 땐
행운이고. 그렇지 않다면 악연이다. 올해는 영화 두 편이 어찌
될는지. 시간 빌 때마다 자연 속으로 여행을 다녀야겠다. '일
용엄니 집' 계획은 접는다. 리솜리조트에서 만들면 모를까. 남
해 땅도 팔려고 내놨다. 봄에 중앙하이츠 팔아 대출 갚고 나면

노후 자금도 별로 없다. 돈 벌기에 최선은 다해도 이제 무리하지는 않겠다. 지인들이 우리 집에 와서 내가 해준 식사를 하며 즐거워하는 것을 좋아한다. 김일태 화백은 부모님 돌아가시고 처음 받아보는 진수성찬이라고 했다. 이제 김치가 맛있겠다. 봄이 오긴 오나 보다. 벌써 남쪽에는 복수초, 영산홍이 피었다. 봄 되면 베란다에 상추와 고추를 모종해 와서 꽃밭을 만들어야겠다. JTBC 〈힙합〉 녹화가 3월 1일이다. 큰 기대는 안 한다. 11회 정도니까 재미 삼아 도전해본다.

2016년 2월 17일

어제 JTBC 〈힙합〉 첫 연습을 했다. 영옥 언니하고 복집에서 맛있게 점심도 먹었다. 언니를 만나면 배울 점이 많다. 솔직하다. 언니의 건강에도 놀란다. 79세인데 정신세계나 식성, 사고방식, 패션 감각이 인생 선배로서 큰언니 같다. 〈탁구교실〉 영화는 설경구가 될 것 같다. 재판 끝나면 1억. 계약만 한다면 바로 3억. 여기에 작가료와 곗돈까지 하면 조금 더 많아진다. 핏줄이란 게, 매일 오는 손주를 보면 기분이 좋아진다. 이제 돌인데도 아기가 심성이 점잖다. 자다 깨도 칭얼대지도 않고, 자기 집이 아닌 걸 어렴풋이 알고는 물건에 손을 댈 때 내 눈치를 본다. 만져도 되는지 묻는 눈치다. 이렇게 사는 게 자연의 이치인가 보다. 봄 되면 중앙하이츠도 팔리겠지. 근 1년 넘게 영애를 안 보다가 오늘 연락해 김치 가지러 오라고 했다. 불쌍하다. 친구는 친구의 허물만 보지 말라고 했다. 저도 많이 반성했을 것이다. 그러나 금이 간 꽃병은 언젠간 물이 새기 마련이다.

힙합 가사

비웃지 마 이 친구야

난 아직 쓸 만해

다리도 안 떨려

떨리는 건 가슴야 아직도 불덩어리

얼레리 꼴레리 얼레리 꼴레리

벚꽃이 휘날리면

왈츠를 추고 싶어

내 가슴은 뜨거워 누군가가 그리워

얼레리 꼴레리

너무 일만 하고 살았어

이젠 손주까지 봐야 돼

아냐 아냐 이건 아냐

한눈팔고 살고 싶어

내 가슴은 뜨거워

내 남편에게 전해줘

조인성을 좋아한다고 얼레리 꼴레리

얼레리 꼴레리

얼레리 꼴레리

사고 치고 말 거야

한눈팔고 살 거야

그냥 죽긴 아까워

얼레리 꼴레리

나는 이미 금이 갔어

건드리지 마 건드리지 마

건드리면 깨진다 깨진다

스치기만 해도 깨진다

사고 치고 말 거야

얼레리 꼴레리

2016년 2월 18일

영희를 근 2년 만에 봤다. 영희도 어찌 보면 최측근이다. 속내를 다 보여도 흠이 안 되는…. 점심을 맛있게 먹었다. 박 실장이 문자로 넣어준 주님 말씀이 너무 좋다.

큰일을 이루기 위해 큰일을 주십사 하나님께 기도했더니 '겸손'을 배우라고 연약함을 주셨고, 많은 일을 하려고 건강을 구했더니 보다 '가치 있는 일'을 하라고 병을 주셨으며, 행복해지고 싶어 부유함을 구했더니 '지혜'로워지라고 가난을 주셨습니다. 풍요로운 삶을 누릴 수 있도록 모든 것을 달라고 기도했더니 모든 것을 누릴 수 있는 '삶 그 자체'를 선물로 주셨습니다. 세상 사람들의 칭찬을 받고자 성공을 구했더니 '뽐내지 말라고' 실패를 주셨습니다. 내가 구한 것 하나도 주어지지 않은 줄 알았지만, 내 소원 모두 들어주셨습니다. 하나님의 뜻을 따르지는 못한 삶이었지만 내 맘속에 진작 표현하지 못한 기도는 모두 들어주셨습니다.

나는 이렇게 기도한 적도 없는데 하나님께서 다 이루어주셨다. 이건 기적이고 얼마나 큰 사랑인지. 그럼에도 만족은커녕 불안함을 술로 달래며 한잔의 술에 의지함이 귀신들의 장난에 얼마나 휘둘리고 사는 건가. 어제도 좋은 날이라며 막걸리 두 병을 마셨다. 분명 유전이다. 울 아부지, 오빠, 군산 언니…. 군산 언니가 술 취해 한물간 생선 눈동자 주사 부릴 때 너무 싫었다. 박 실장이 선생님은 영이 맑아서 새벽에 귀신들이 꼬인다며 새벽 기도를 가보라고 한다. 하나님의 딸을 보면 우리 아줌마, 박 실장 모두 똑같은 상황이지만 현실을 이해함이 다르다.

밤순이가 꽃봉오리를 따다가 내 방이며 거실에 어질러놔서 맴매를 했다. 왜 내가 싫어하는 짓만 하냐면서 화를 냈더니 아줌마 왈 "선생님이 꽃을 너무 좋아하시니 새벽에 꽃부터 보시라고 따서 안방이며 거실에 늘어놓은 거예요" 한다. 웃고 넘어갔지만 이렇게 하나님 마음으로 보는 현실은 각자가 이해하기 나름이다. 꽃봉오리가 밤순이 입에 안 닿게 내가 화분을 옮겨놨어야 했고, 강아지가 그러는 건 욕구불만이었다. 전혀 산책을 해주지 못했다.

주님, 술로 인해 얼마나 많은 실수를 했습니까? 이상하게 술을 먹으면 화가 난다. 그 화를 많은 사람들에게 전화로 풀어가며 많은 마음에 생채기를 냈다. 술이 깨면 황당했고 스스로가 부끄럽고 속상했다. 주님, 입술에 술을 대지도 않게 해주십시오. 그동안 KBS에, 얼마나 여러 사람들에게 고통을 주었는가. 더 큰 망신당하기 전에 술을 마시지 말아야 한다.

2016년 2월 19일

내가 기획한 〈김수미 막쑈〉가 SBS에 편성될 것 같다. 시청률이나 기획 의도 등이 만만치 않다. 여론도 반반일 것이다. 재벌들을 찾아가서 막가파로 앵벌이해 아르바이트하며 근근이 생활하는 대학생들 졸업 때까지 전액 학비를 대주고 취업도 시켜주기, 군부대에 위문 공연 가기, 독거노인들 종합 진찰해주고 병원에 입원시켜주기 등. 설경구가 계약했으면 좋겠다. 5월이면 드라마와 영화 일정이 있어 스케줄에 무리는 있다. 그러나 내가 너무나 간절히 하고 싶은 프로다.

만에 하나 딸네 집이 안 나가면 얼마 빌려줘야 하는데 만약 그때까지 계약이 안 되면 카드, 신용 대출, 곗돈으로 마련할 수 있다. 이제 곧 3월 중순인데 집 보러 오는 사람이 없단다. 그 안에 우리 집 임자가 나타나면 무조건 팔아야겠다. 만약 계약만 되면 영화와 작가료, 재판 등으로 충분히 되는데…. 다 하나님 뜻이다. 1억 계약금을 떼일 수는 없다.

2016년 2월 22일

아무것도 받지도 누리지도 못하고 그냥 무서움뿐이었다. 제기동 그 집에서 찬물에 아기 기저귀를 빨 때 손등이 다 갈라졌다. 3월달은 따뜻해질까 기도했다. 교복에 풀 먹인 하얀 칼라를 한 중학생들을 보면서 나도 엄마가 있었더라면 생각했다. 아마도 열세 살부터 스무 살 될 때까지 나 혼자 버텨온 그 무섭고 외로웠던 시절 동안 차마 그때는 외로운 건 사치라고 치부하면서 성공해야 한다는 신념으로 당차게 견뎌왔던 것 같다. 결혼 생활 역시 불행했지만 이제 조금 안정기에 접어드니 행복하고 즐겨야 할 때인데, 지금도 아니다. 산다는 것 자체가 버겁다. 신명 나는 일이 하나도 없고 아침에 눈을 뜨면 술 생각뿐이다.

2016년 2월 27일

어제 너무들 행복해하시며 밥을 두세 공기씩 드셨다. 집도 너무 좋고 인테리어가 특이하다며 사진도 찍고, 가시고 나서도 카톡도 많이 왔다. 예쁜 잔, 와인, 이해인 시집 등 선물도 다양하다. 박 실장, 손 실장, 유미 등에 음식들 싸서 보내니 마음도 즐겁다. 얼마나 내가 좋아했던 일인가. 예쁜 집에서 지인들 초대해서 밥 먹는 것이. 이제 승규 삼촌 오면 김 화백이랑 초대하고. 선욱 엄마 계 한번 해야겠다. 영화 들어가면 영화 미팅도 집에서 하고….

2016년 3월 1일

세월은 벌써 3월이다. 어제는 함박눈이 정말 펑펑 왔다. 순식간에 앞 대나무가 휘청거리며 떡 포대를 뒤집어쓰고 휘청거렸다. JTBC〈힙합〉은 결국 안 하기로 했다. 처음부터 하기 싫었지만 사실 돈 때문이었다. 어쩜 촬영 일주일 남겨두고 5천만 원이나 깎아달라 사정한다. 연습하고 이 사람 저 사람 캐스팅 다 해줬는데…. 안 한다 결정하니 속은 시원하지만 역시 예능은 이런가 보다.

요즘 정치권은 4월 13일 국회의원 선거로 총칼 없는 전쟁이다. 과연 목숨 걸고 국민들을 위해 류관순 열사처럼 나랏일을 할 사람은 누구란 말인가. 그깟 국회의원 남자들은 그게 최고의 명예로 생각하는지. 누구나 꿈과 성공을 위해 평생 부대끼며 산다. 노후에 돈과 명예를 잃으면 다 잃는 거다. 요즘 뉴스에 한때는 야구계에서 날렸던 XXX 씨가 사기죄로 두 건이나 오르락내리락한다. 건물도 있었지만 아마 사기당했단 소문도 있다. 본인은 얼마나 치욕적일까? 제일 가까운 옆에서 ○○○ 씨도 봐왔다. 노년의 욕심은 파산이나 명예를 잃게 한다. 다시 일어서기가 힘들다.

제천 시장과 전화 통화를 했다. 흔쾌히 좋다고 했다. 농사가 좋고 자연이 좋아 미국의 타샤 튜더 같은 꿈이 하루에도 몇 번씩 용암처럼 꿈틀거린다. 반려견과 함께 펜션에 머물며 '일용엄니 농장'을 하고 김치, 밑반찬, 장조림, 찌개, 감자, 고구마, 옥수수 등 모든 채소를 판매하는 거다. 간장, 고추장까지…. 제천시와 같이 하면 좋겠다. 필요한 건 농민들 것을 사면 된다.

단 무공해로. 엄 시장이 찍어 보낸 하얀 건물 두 채를 사면 애견 숙소와 음식점은 바로 오픈할 수 있다.

2016년 3월 4일

계절성 우울증. 평소보다 이때쯤, 봄이 오려고 대지가 꿈틀거릴 때 예민한 사람은 우주의 기를 느끼며 몸살을 앓는다고 한다. 천경자, 피카소, 베르나르 베르베르 등. 이외에도 이때 자살이 많은 때라고 한다. 어제가 피크였다. 공황 장애는 아무 것도 아니다. 죽을 것같이 불안하고 만사 귀찮고 앉아 있을 수도 서 있을 수도 없을 만큼 막막했다. 목욕탕 가서도 열쇠도 잊어버리고 운동하러 내려갔다.

쓰러져 죽을 만큼 숨이 막혀왔다. 분명 이유가 있다. 다행히 〈김수미 막쑈〉는 설경구가 계약할 것 같다. 토크쇼 두 개가 성사될 것 같으니 이제야 딸네 집 문제가 숨 트일 것 같다. 사는 게 무의미하고 지친다. 왜 살아야 하는지 즐거움이 없다. 내가 노년에 삶의 끈을 잡고 싶은 건 자연이다. 숲속에 초가집 하나, 반려견과 같이 자고 먹을 수 있는 조그만 집을 마련해 꽃과 나무, 숲, 농사를 짓고 싶다. 유기견도 키우고…. 제천 시장과 애기 중이다. 남해도 그런 꿈으로 땅을 샀는데 시행착오도 많았고 거리도 너무 멀어 포기했다. 오늘도 하루를 어떻게 버텨야 할지 무섭다.

왜 손님을 초대해 밥을 먹이고 음식을 싸주냐고? 중 1 때부터 고 3까지 난 늘 배가 고팠다. 서울에서 혼자 자취하면서 어떻게 뭘 할지 몰라 그냥 굶고 잤고, 군산 시골집에서 반찬, 김치 등이 늦게 오면 냄비에 밥만 해서 단무지 한 가지만 놓고 꾸역꾸역 밥을 먹었다. 보충 수업이 있을 때 도시락을 싸 갔는데 쌀 게 없어서 밥과 새우젓을 싸 가니 서울 년들이 벌레를 싸 왔다고 놀라서 도망을 갔고, 그 바람에 이후부터는 도시락을 못 싸 갔다. 빵집 앞에서 단팥빵 한 개 사 먹으려고 들어갔다가 그냥 나오고 또 들어갔다가…. 우리 아버지가 황토 고구마밭을 전부 팔아 서울로 유학을 시켜주셨는데…. 그래서 겨울엔 칼바람이 부는 군산 부두에 시멘트 싣고 온 미국 배에서 시멘트 포대를 등에 지고 아슬아슬 내려오시는 모습을 방학 때마다 보고 왔는데… 윈도우에 진열된 팥빵을 보고 안으로 들어갔다가도 막상 돈을 내려고 하면 아버지 생각이 났다. 그러다 결국 너무나 먹고 싶어 어느 날 한 개 사 먹었다. 간에 기별도 안 갔지만 죄의식이 들었다. 아버진 늘 편지에 친구에게 얻어먹지 마라, 친구가 사탕 하나 주면 넌 두 개를 주어라, 시골 촌년이라고 더러 무시할 거다 등 누런 편지봉투에 줄줄이 자존심에 대해 써서 보내셨건만. 자취방이 부촌인 한남동과 가까운 해방촌이었다. 그날도 너무나 배가 고픈 날이었는데, 한남동 어느 부잣집이 묻어놓은 김칫독에서 바께츠에 배추김치를 꺼내고 있었다. 난 자존심도 이성도 잃고 "아줌니, 저 아래 해방촌에서 자취하는 학생인디유, 김치 한 포기만 주시믄 안 돼까유?" 했더니 그 아주머니는 양동이에 수북이 꺼낸 배추김치를 통째로 주시면서 얼른 갖고 가라고 하셨다. 얼마나 무겁던지 길바닥은 살얼음이 언 데도 있었는데, 난 넘어지면 죽는다는 생각으로 들고 왔다. 그러고는 양은 냄비에 밥을 한 솥 해서 묵은 김치를 두 포기나 쭉쭉 찢어 먹었다. 며칠 전에 화단을 가꾸며 화분을 옮길 때 열네 살이었던 그때 이것보다 더 무거운 김치 양동이를 들고 왔는데 하는 생각이 들었다. 가끔 무거운 가구를 옮길 때

321

도 그 생각을 하곤 한다.

그러곤 세월이 흘러 내가 김치 사업을 할 때였다. 태풍 매미가 와서 김치가 금치였고 웬만한 식당엔 김치 대신 단무지가 나왔다. TV 뉴스를 보는데 거제도에서 어떤 할머니가 "라면만 보내지 말고 김치도 좀 보내줘" 하시는데 새까맣게 잊고 살아온 한남동 저택의 그 아주머니가 생각났다. 난 그날 바로 홈쇼핑 판매를 취소시키고 트럭에 김치를 실어 거제도로 갔다. 거제도 시장님께 드렸더니 신문에 났는지 이번엔 부산 시장실에서 전화가 왔다. 그래서 판매하지 않고 전부 다 부산으로 보냈다. 그날 밤 침대에 누워 한남동 그 아주머니한테 중얼중얼 감사 인사를 드렸다. "아주머니, 제 생에 제일 맛있었던 밥은 그날 그 김치하고 먹은 밥이었습니다"라고. "거제도고 부산이고 아주머니께서 보내주신 겁니다. 잘하셨습니다"라고.

내가 음식을 해서 지인들을 불러 밥을 먹이는 건, 그 사람들은 나처럼 굶어본 일은 없겠지만, 그들을 위해서라기보다 내 고통스러웠던 과거를 해소하고 치유하고 싶어서인지도 모른다. 손님들이 "밥을 더 달라", "좀 싸달라" 하면 너무 좋다. 신명이 난다. 어느 날 김치하고 간장게장을 싸줬더니 내 친구가 "수미야 번번이 너무 미안한데, 너 그냥 장사를 해. 차라리 사 먹으라면 우리가 너무 편한데…" 했다. 그리고 그 말이 씨가 됐다. 김치 사업과 간장게장을 했다.

간장게장은 게가 알이 꽉 찼을 때가 양력 4월부터 중순까지다. 그때 수억 원어치를 사서 급냉시켜 물류 냉동 창고에 보관해놓았는데, 어느 해인가 이상하게 똑같은 레시피인데도 맛이 없고 물러 터졌다. 이상하다 이상하다 했는데, 알고 보니 물류 창고에서 중국산과 바꿔치기해놨던 거였다. 난 그길로 게장 사업을 끝냈다. 10여 년이 다 됐다. 어떻게 고개 들고 100% 국내산이라고 할 수가 있겠는가.

얼마 전부터 손가락이 시큰시큰 저려서 병원에 갔더니 부엌일 좀 그만하라고 한다. 내 손은 명색이 배우 손인데 베이고 데인 곳투성이다. 그래도 아마 난 멈추지 않을 것이다. 주방에서 반찬할 때 김칫거리 다듬을 때 환장하게 신이 난다. 영화 촬영장에 각종 김치를 싸 가면 한창 먹을 나이인 스탭들이 야참 먹는다며 먹다 남은 김치를 비닐에 소중하게 싸 간다. 참 행복하다. 아무 때고 연락해 김치 줄게. 박명수처럼 너무 들이대지 말고. 얼마나 맛있으면 김치 한 통, 간장게장, 보리굴비를 줬더니 샤넬 구두를 사 보냈다. 넌 바보야, 이놈아. 명수야, 올 김장 김치 다 대줄게. 이번엔 샤넬 백을 사줄래?

엄니가 차려준 밥 한번 먹고 싶네. 스티브 잡스가 병상에서 자신의 과거를 회상하며 마지막으로 남겼던 메세지라고 한다. '나는 사업에서 성공의 최정점에 도달했다. 어두운 방 안에서 생명 보조 장치에서 나오는 푸른빛과 웅웅거리는 기계 소리를 듣고 있노라면 죽음의 사자의 숨길이 점점 가까이 다가오는 것을 느낀다. 이제야 깨닫는 것은 평생 굶지 않을 정도의 부만 축적되면 그 돈 버는 일보다 더 중요한 뭔가가 되어야 한다. 그건 인간관계가 될 수 있고 예술일 수도 있다. 쉬지 않고 돈 버는 일에만 몰두하다 보면 결과적으로 비뚤어진 인간이 될 수밖에 없다. 바로 나같이 말이다. 평생 내가 벌어들인 재산을 가져갈 도리가 없다. 내가 아무리 돈이 많아도 내 병을 다른 사람에게 대신 앓아달라고 고용할 수 없다.'

가슴이 멍한 글이었다. 뭘 하기에 뭐가 그리 바빠서 요즘 사람들은 컵밥, 김밥, 라면으로, 그것도 서서 대충 한 끼 때운다. 물론 젊은 친구들의 주머니 사정이 어렵고, 또 혼자 살아 엄마가 차려주시는 밥상을 못 받기에 그럴 수도 있다. 언제부터인가 참 이상한 음식 문화가 생겼다. 컵밥 먹고 1만 5천 원 정도 하는 팥빙수, 아이스커피를 마신다.

칠십을 코앞에 두고, 내 인생에서 가장 행복했고 가장 그리운 시절은 내 유년 시절이었다고 얘기할 수 있다. 엄니는 꽃들이 지천인 마당 가운데 평상 위에 둥그런 밥상을 펴고 늘 나에게 행주를 주셨고 난 상을 닦았다. 가마솥에 불 때서 밥한 솥뚜껑이 열리면, 노란 양은그릇에 계란찜, 한쪽엔 호박잎, 황석어젓도 자작자작 작은 냄비에 쪄 있고, 엄니는 오케스트라 지휘자가 지휘봉으로 연주하듯 긴 밥주걱으로 강낭콩 밥을 휘휘 이쁘게 살살 뒤집어 섞으셨다. 그때 그 밥을 더도 말고 딱 두어 숟가락만 먹어보고 싶다. 우리 집 식사 시간은 군대 이상이었다. 아침은 7시, 점심은 12시 반, 저녁은 6시에서 7시 사이. 내가 지금 딱 그렇게 한다. 그래서 지금도 영화 촬영 계약서에 추가로 식사 시간을 지켜달라는 문구를 꼭 넣는다.

지금 생각해보니 메인 메뉴가 꼭 있었다. 계절마다 다르다는 걸 어른이 돼서 알았다. 민물새우찜. 엄니는 음식에 새우젓을 주로 쓰셨는데 밭에서 내가 따 온 동그란 애호박에 새우젓 넣어 자작자작 지지고, 감자는 하지 때부터 맛있다고 해 늦가을부터는 갈치조림에 무를 넣고 여름엔 하지 감자를 넣고 조리셨다. 겨우내 묵은 김치를 씻어내고 자작자작 큰 멸치 넣고 조린 시래기, 애기 상추 한 소쿠리, 계란찜. 모든 채소는 우리 밭에서 뜯어 오셨다. 군산 우리 동네에는 피란민들이 많이 살았는데, 아버지는 늘 푸성귀를 먹을 만치 뜯어다 먹으라고 했다. 그 덕분에 굴을 따다 팔고 낙지나 조개를 잡고 캐서 생계를 이어가던 아줌마들이 답례로 가져다준 팔다 남은 싱싱한 굴이며 조기, 갈치, 낙지가 떨어질 날이 없었다.

엄니는 부추장떡에 낙지, 굴 등을 넣고 부침개를 잘해주셨다. 꽈리고추에 찹쌀가루를 묻혀서 살짝 쳐 양념간장에 버무려놓기도 했고. 늘 배 터지게 먹고도 금방 소화가 잘됐던 건 새우젓이 아닌가 싶다. 고무줄놀이 몇 번 뛰고 나면 금방 또 배가 고팠다. 우리 밭에서 농사지은 밀로 빻은 밀가루에 강낭콩 듬

성듬성 넣고 내 얼굴보다 큰 빵을 쪄서 간식으로 주셨고, 옥수수도 쪄서 툇마루 우물가 장독대 위 여기저기에 놓아두셨다. 며칠 전 시골 촬영 갔다가 애호박 열댓 개 사다가 새우젓 넣고 지져서 친구들을 나눠줬다. "수미야, 요즘 속이 거북했는데 너무 소화가 잘돼" 한다. 확실히 새우젓은 소화에 많은 도움을 준다. 엄니가 큰 가마솥에 하신 밥하고 민물새우찜, 부추장떡, 그리고 애기 상추에 황석어젓과 쌈장을 넣고 싸서 입이 돌아가게 한 입만 먹었으면 좋겠다.

"여배우가 각 방송사에서 세 개의 요리 프로 MC를 맡다니." 요즘은 TV 채널도 많지만 먹방 시대라 할까 요리 프로그램이 아마 20개도 넘는 것 같다. 1980년대에는 채널이 세 개였고 오전 9시 30분 〈김수미의 오늘의 요리〉(MBC) 시간대에는 주부들이 수첩과 펜을 준비하고 메모하기 바빴다. 그날 요리가 고등어조림이라고 하면 그날 시장과 마트엔 고등어가 바닥이 났다. 시청률은 무려 60%까지 나왔다. 물론 요리 선생님이 주로 요리를 하시고 난 MC였지만 원고 없이 리얼로 하는 프로라서 척척 죽이 맞았다고 할까? 시청률이 너무 좋아 보너스 여행으로 일본 후지 TV 요리 프로와 대만, 홍콩 등등 여행도 다녀왔다. 그리고 종편이 생겼고 〈수미옥〉이라는 요리 프로가 만들어졌다. 이번엔 나 혼자 요리하면서 각 명사들을 초대해 식사하면서 토크하는 프로그램이었다.

미리 그날 초대 손님에게 먹고 싶은 요리를 알아놓고 준비를 하는 프로다. 운동선수, 배우, 가수, 소설가, 화가. 정치인만 빼곤 거의 다 출연했다. 대부분 그분들이 해달라는 요리는 어렸을 때 엄마가 해주셨던 시골 음식이었다. 나는 출연자분들의 고향을 꼭 물었다. 같은 순두부찌개라도 경상도, 전라도식이 약간 다르기 때문에 간이랑 들어가는 재료도 달랐다. 제일 기억에 남는 분은 부인이 일본 여자인 분이었다. 그 독설가가 내 앞에선 쩔쩔맸다. 가수 송대관 씨는 건강이 안 좋아 누워 계신 엄마 생각을 하면서 울먹이면서 식사를 했다.

그 후 〈쑈킹〉이라는 프로에서는 나 혼자 하기가 너무 힘들고 지루해서 신현준 씨와 탁재훈 씨를 내 옆의 보조 MC로 해주는 조건으로 시작했다. 두 배우는 영화 '가문 시리즈'에서 내 아들 역을 했고, 특히 신현준은 친아들처럼 잘한다. 탁재훈의 천부적인 코멘트는 나를 너무 웃겨서 주저앉게 만들었다. 1시간짜리 프로를 6~7시간 동안 녹화를 해서 편집하니 하루 두 편을 촬영하면 15시간 이상 촬영한다.

〈쑈킹〉 프로 제작 발표회 때 모든 기자들 앞에서 1회 출연자는 조인성을 섭외하겠다고 뻥을 쳤다. 그달에 조인성이 군에서 제대하는 걸 알고 있었다. 나는 섭외해보겠다고 한 거였지만, 신문 기사에는 '조인성 출연'이라고 나갔다. 내가 조인성을 좋아하는 건 대한민국 국민들이 다 알지만 난감했다. 그 후 인성이는 제대했고 모든 영화사, TV, 드라마 등 벼르고 있는 작품이 한둘이 아니었을 테다. 요리 프로 녹화 일정은 하루하루 다가왔다. 나는 매니저에게 여차저차 섭외 전화를 하면서 입이 방정이라며 후회했다. 분명 지상파도 아니고 새로 생긴 종편인데 제대하고 뉴스나 연예 프로 뉴스 말곤 첫 프로인데 거절하기가 얼마나 힘들까. 이렇게 불편한 선배는 되기 싫은데 후회막심이었다. 그런데 어느 날 핸드폰을 받으니 "저 인성이에요" 하는 거다. "누구? 누구? 누구라고?" "아이, 저 인성이에요" 그러곤 서로 1~2분간 깔깔깔 웃기만 했다. "저 출연할게요!" "어머머 그래! 네 스케줄에 맞출게." "아뇨, 저 당분간 놀아요. 어머니 방송 스케줄에 맞출게요" 한다. 방송국 본부장도 섭외하기 힘든 배우를 성사시키고 나서야 비로소 방송국 드라마 PD들의 입장을 알 것 같았다. 의리 있는 친구다. 정말 내 체면을 살려줬고 프로그램도 살렸다. 1회 출연자가 조인성이었으므로. 2회 3회 톱스타 출연 섭외가 그다지 어렵지 않았다.

이럭저럭 요리 프로 MC를 다 합쳐서 10여 년을 해왔다. 아마도 우리 엄니의 유전자가 아니었을까?

2016년 6월 10일

절친의 갑작스러운 죽음을 겪었다. 내 나이 20세 전에 부모님이 돌아가셨고 오 남매 중 막내인 나는 언니, 오빠 둘을 내 나이 40대에 잃었다. 그리고 시어머님의 죽음…. 그리고 지금 많은 경조사를 다닌다. 내 절친의 죽음이 내 부모님 형제의 죽음보다 더 다리에 힘이 빠지는 건 분명 나도 곧 죽는다는 걸 알기 때문이다.

봄이 오기 시작하면 옷 정리를 한다. 혼자 하기 힘들어 친구든 후배를 부르며 "밍크 내년 겨울에도 입을 수 있을까?" 고민한다. 그런 생각 든 게 육십 넘어서였다. 정말 솔직히 말하자면 난 자살은 두어 번이나 시도했기 때문에 죽음에 두려움은 그다지 없다. 어느 날 내 꼬봉 이효재가 전화를 했다. "선생님, 〈지금 죽어도 괜찮아〉라는 글을 쓰신 스님하고 같이 있어요. 통화해보세요" 한다. 난, 지금 죽어도 좋다. '괜찮다'가 아니고, 좋다. 그런데 내 절친이, 그의 관이 불구덩이에 들어가 불과 두어 시간 만에 한 도자기에 재가 돼서 나오는 걸 보면서 불과 열흘 전 그의 집에서 저녁 먹을 때 외국에서 들여온 너무나 멋진 소파를 보여주었던 것이 떠올랐다. 통관이 어려웠고, 얼마였고. 만약 내가 내 절친처럼 이렇게 갑자기 죽는다면?

내 장례식에 사람들은 많이 오지 싶다. 그동안 밥 처먹이고 택배 보내고 싸주고 했으니까. 혹시 돈 빌려주거나 그냥 준 사람들은 올까? 난 조의금을 받을 거다. 내 절친은 안 받았다. 자식도 없고 재산 물려줄 형제도 딱 한 명인데 그도 부자다. 난 늘 내 아들에게 내가 죽으면 내 친정 조카들을 챙기라고 얘기한다. '씨 가난'이란 말이 있다. 그 씨에서 자란 내 형제의 자식들이 아직도 그 씨에서 변형되지 않고 있다. 꽃씨는 배양하면 한국 장미가 영국 장미도 되지만 이 가난의 씨는 몇 대가 흙수저다.

옷을 좋아하고 나하고 신발 사이즈가 딱 맞는 이숙이를 우선 우리 집에 오게 해서 1차로 갖고 가게 할 것이다. 그리고 그릇은 효재더러 다 갖고 가라고 할 것이다. 죽은 사람 옷이 꺼림직할 것 같아 요즘 들어 옷이며 핸드빽이며 막 준다. 어울릴 만한 사람에게 골라주는 것도 꽤 힘들다.

백 세 인생? 누구나 오래 살길 원한다. 헌데 백 살이라 해서 팔십 살부터 중풍 치매로 20여 년을 헤매다가 백 살을 채우고 간다면 가족들은 어쩌라고…. 요즘 혼자 사는 사람들이 많아서 편의점 도시락이 불티나게 팔린단다. 특히 일본에서는 칸막이로 나 홀로 밥 먹어도 누구의 눈총도 안 받고 맘 편히 밥 먹을 수 있는 식당이 인기라고 한다. 내 나이가 되면 경조사 중 조사가 더 많다. 10여 년 전 내 절친인 소설가 김홍신 씨의 아내가 작고했다. 오래 병마와 싸웠기 때문에 크게 놀라진 않았는데 "오늘은 보내준 김치에 밥을 반 그릇이나 먹었어요" 하던 김 선생님의 전화가 생각이 났다. 왜? 우리나라는 장례식장에 가면 육개장, 정체불명의 마른 안주, 떡 이렇게 메뉴가 정해져 있을까? 김 선생님 부인 장례식장에 내가 담은 묵은 김치, 간장게장, 보리굴비를 온종일 날라서 조문객 상에 올렸다. 식사 시간, 퇴근 후 시간 내서 오신 소중한 조문객들이다. 어느 분은 장례식장에서 밥을 두 그릇 먹어본 건 처음이란다. 우연히 어느 날 MBC 사장을 지내시고 국회의원이신 정동영 의원님을 만났다. "그 김홍신 씨 장례식장에서 먹었던 무김치 한 쪽만 먹어볼 수 있을까요? 요즘 밥을 못 먹어서." 그래서 댁으로 한 통을 보내드렸다. 천수무라고 11월 초부터 중순까지만 나온다. 난 아무리 바빠도 11월 달엔 그 천수무를 100단 담근다. 100단이면 무가 1000개가 된다. 송대관 씨 어머니 초상 때도, 불과 며칠 전 내 친한 지인 디자이너 박항치 씨의 장례식장에도 "고인의 죽음을 애도하러 오신 조문객들에게, 당신을 생각하며 눈가가 시뻘건 그들에게 이렇게 위로합니다"라며 정성스레 보리굴비를 찢어주고 무김치를 내주면서 "너무 슬퍼하지 마세요. 우리도 곧 죽어요" 했다.

허영

2016년 9월 21일

26일 일본에 가야겠는데, 너무 문 여사님을 의식하는 것 같다. 너무 지출이 많았다. 멈춰야 한다. 사실 부산 여행도 쓸데 없이 X 회장 신세만 지고…. 집에서 식사 대접하는 건 괜찮지만 신경 쓰인다. 10월 말쯤 촬영 들어갈 것 같고 영화사에서 아직 아무 통보 없는 걸 보니 유보나 지연되는 건 아닌지. 그래도 소송에서 이겨서 이달 말 1억이 들어온다. 다 경험이다. 어제 막걸리 두 병 마셨더니 설사를 한다. 주님, 당뇨라서 술은 안 됩니다. 사랑해주십시오. 자제하게 해주십시오.

2016년 9월 25일

주님께서 이토록 도와주시고 사랑하심을 알면서도 술과 담배를 끊지 못하고 있다. 한동안 안 마셨는데…. 답답해도 너무나 편안해서…. 확실하고 단호한 결심을 해야 된다. 당뇨라서 심혈관 질환이 항상 위험한데 나 스스로 건강을 악화시키고 있다. 속상하지만 이런 자신이 싫다. 무지 속상하다.

2016년 10월 18일

이건 아니다. 아침에 술을 마시고 얼마나 많은 실수와 망신을 했나. 혜자 언니, 박 실장, 김성환 등등. 유전자다. 이제 주님께 매달리겠다. 문 여사님이 교회에서 나한테 막걸리 냄새가 난다고 했다 한다. 당뇨, 고혈압, 갑상선. 건강을 본인이 갉아먹고 있다. 내 평생 요즘처럼 평화로울 수가 없는데 이것도 자제 못한다면 난 인생 실패자다. 이달 말 일본서 투자금이 들어오면 촬영 들어가고 곧에 다녀오겠다. 지출은 여기서 멈춰야 한다. 제주도에서 이달 중 판화 100호를 싸게 샀다.

2016년 10월 27일

최순실 사태로 대한민국이 패닉 상태다. 어제 사위가 늦게 와서 저녁을 그렇게 많이 잘 먹고 갔다. 명란도 다 먹고 고사리, 굴비찜도, 세상에나 배추김치고 뭐고 싹쓸이했다. 딸이 자기 일, 애 때문에 그냥 피자 같은 거나 먹이면서 집 밥을 제대로 못 먹였나 보다. 맘이 뿌듯하다. 이제 좀 있으면 일본서 투자금이 들어올지 결정 난다. 김해 박 회장이 뮤직비디오 투자했으니 일본서만 투자가 되면 된다. 거의 80%는 확실하지만 제작이 완성돼야 안심이다. 강주리 님, 부산성 님 만나고 일이 술술술 잘 풀린다. 나는 알고 있다. 주님께서 모든 일을 도와주심을 믿는다.

2016년 10월 29일

주님. 일본 일 잘되고 있는지요. 어제 강주리 님한테 《뻔뻔스럽게 기도하라》라는 책을 받았습니다. 노년에 문 여사님을 가까이 주셔서 감사합니다. 다만 부잣집 마나님들을 만나면서 거기에 휘둘리지 않게 해주세요. 분수를 지킬 수 있도록 해주시고, 내년에는 아들 결혼하게 해주십시오. 이 동네 전셋집 마련하게 해주세요. 지출도 여기서 멈추게 해주세요. 1년 넘게 드라마 콜이 없는 것도 제가 술을 마시고 예능 녹화하고 횡포 부린 것이 소문난 건 아닌지…. 아들 결혼만 시키면 원이 없습니다.

어제 주리 님 댁에 갔다가 주방이 너무 맘에 들었다. 주방을 개조하고 싶다. 아일랜드를 개조하고 호피로 소파 천갈이 하고 싶다. 문 여사님 덕에 성경 공부 다녔고 은혜 많이 받은 교회에도 나갔다. 주리 님이 주신 십자가가 내 집을 완벽하고 분에 넘치게 완성시켜준다. 주님께서는 내 젊은 날의 고통, 좌절, 피눈물 나는 인내를 이제 편안함으로 사랑해주심을 분명 믿는다. 법정 싸움도 이기게 해주시고, 받을 돈도 주님께서 제3자를 통해 알려주셨다. 오늘 사기, 횡령으로 고소장 들어간다. 아마 5억 이상 내 돈을 해 먹었을 것이다.

주님! 주님께서 유난히 저를 사랑하심을 알고 있습니다. 이제 저 말고 더 가엾은 사람들을 위해 기도드립니다. 주님의 사랑을 소화하기엔 제 위장이 너무 작습니다. 평생 명예는 정직

의 왕관이다. 순간순간 내 사리사욕보다는 나보다 없는 사람
을 거두고 내 가정, 내 일에 최선을 다했다. 새벽에 먹는 막걸
리만 멈추게 해주십시오. 다음 주 무김치 담고 28일 괌에 다녀
오고. 아마도 12월 말부터 영화 촬영에 들어갈 것 같다. 이 모
든 말씀. 주리 님이 이 동네로 이사 오도록 주님이 도와주십시
오. 주님 전도하는 두 분께 제가 맛있는 반찬 등을 해다 드리
려고 합니다.

2016년 12월 5일

주님. 오늘 성경 공부에 김의신 오빠가 강의하러 오십니다.
그래서 제가 80인분 점심을 해 갑니다. 밥도 잘되고 실수 없이
하도록 도와주세요. 매일매일 손주 카톡 보고 있으면 너무 행
복하고 감사합니다. 그 수많은 인내, 고통의 대가를 지금 주신
것임을 확신합니다.

2016년 12월 10일

정신 바짝 차리고 살아야겠다. 은행 대출이 8억이다. 지금

현금이 이미 적금 들었다 하더라도 곧 끝난다. 2년 후 찾을 수 있는 상품과 정기예금뿐이다. 일본 영화 투자금이 들어오면 대출금을 좀 갚고, 명호를 이 동네 전세를 얻어서 내년엔 결혼시켜야겠다. 대출받아 집을 사줄 수도 있지만 증여세도 문제다. 나중에 이 집에서 살면 되니 괜찮다. 딸도 나 죽기 전 얼마 정도는 해주고 싶다. 이제 지출은 여기서 멈춰야 한다. 돈 많은 여자들과 어울리다 가랑이 찢어진다. 그래도 38개월 주고 산 응접실 사이드 테이블은 너무 잘 샀다. 어제 복국 사다가 맛있게 먹었다. 아끼바리 쌀이 너무 좋다. 이제 이 동네서 장 안 보고 킴스에서 장 봐야겠다. 15일에 박 회장 서울대 모임에 보리굴비하고 간장게장을 각각 다섯 개, 다섯 개 준비해 가야겠다. 그래 봐야 1백20만 원이다. 문 여사님 칠순에 코트를 하나 샀다. 금요일날 저녁에 아들 딸과 식사해야겠다.

2016년 12월 어느 새벽

어제 박 대통령 탄핵안이 234표로 가결됐다. 개인적으로 그녀를 알기에 복잡 미묘하다. 그녀의 자서전을 읽고 20여 년 전 묘심화 스님의 소개로 여러 번 만났다. 내 출판기념회 때는 잊을 수가 없다. 모든 행사가 끝났는데도 가지 않는 그녀 때문에 우리 가족들이 엉거주춤했다. 나는 그때 그녀의 외로움을 느꼈다. 어떻게 대한민국이 이 지경에 이르렀을까? 그녀의 정신세계에 동정심을 보낸다.

2016년 12월 어느 새벽

오늘 송대관 씨 디너쑈에 우정 출연해준다. 어젠 이신자 씨 댁에서 목포 성님이 해주신 대구탕을 먹고 기운을 차렸다. 저녁에 딸이 와서 스끼야끼를 너무 잘 먹고 갔다. 와서 맛있게 엄마 밥을 먹을 친정이 있으라고 한평생 참고 살아왔다. 행복하다.

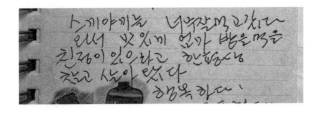

2016년 12월 어느 새벽

정신 차리자. 지출이 너무 많았다. 이제 다음 주부터 치과 치료하고 일체 지출은 삼가야겠다.

2017년 1월 2일

한 2년째 특별한 활동 없이 보냈다. 문 여사님과 제주도에 2박 3일 여행 갔다 왔다. 올해는 바쁘지 않을까 싶다. 곶감 빼 먹듯 많이 빼 먹었다. 절제해야겠다. 뱁새가 황새 따라가다 가랑이 찢어진다. 6일날 부산 박 회장님 일행에 식사 대접하기로 했다. 명호를 위해서다. 눈도 아프고 마음도 메말라간다.

2017년 1월 5일

주님. 감사합니다. 아들도 하는 일이 잘돼가고 있고, 무엇보다 딸이 아들 낳고 능력 있고 심성 좋은 남편과 잘 살고 있습니다. 인생은 말년이 편해야 한다고 들었습니다. 내일 부산 박 회장님 친구 20명을 신년 하례 겸 초대했습니다. 얼마나 작은 소망이었는데요. 예쁜 집에서 제 음식 솜씨로 사람들 밥 먹이는 기쁨. 어제부터 청소를 하고 준비하면서 내내 행복했습니다. 부산 박 회장은 명호가 찾아가 랩 드라마 얘기를 하니, 바로 투자한다고 했다 합니다.

이 집은 베란다가 넓고 옥상이 있어서 내년 봄 옥상에 정원을 꾸미고 여름엔 손주 풀장도 만들어줄까 합니다. 주님, 무엇보다 주님의 큰 종 강주리 님, 부산 문희숙 성님 등 어쩜 유전자가 일치하는 쌍둥이 같은 언니를 노년에 보내주셨습니까. 감사합니다. 아멘.

2017년 1월 16일

어제 이종남 회장 따님이 죽어 양수리에 갔다 왔다. 조금 전문 여사님이 사준 파스테 난로에 과열로 불이 붙었다. 다행히 내가 깨어 있었다. 아무도 없을 때 안 끄고 나갔다면 당연히 큰불이 났을 것이다. 주님 감사합니다. 어떤 경고라고 생각이 든다. 일본 자금이 자꾸 늦는다. 이젠 무조건 지출을 억제해야겠다. 두려워 마라, 무서워하지 마라, 네 뒤에 내가 있느니라….

2017년 1월 18일

주님. 오늘 이 평안함을 감사드립니다. 평생 처음 느끼는 이 평안함을 60대 이후에야 느낍니다. 늘 불안하고 미래가 불확실했습니다. 가정적 불화, 배신, 경제적 고통 등에 괴로웠습니다. 예전 일기를 보면 너무 삭막한 모래사막이었습니다. 그때 간간이 꿈꿔왔던 꿈이 요즘 이루어졌습니다. 저는 큰 꿈은 꾸지 않았습니다. 그저 예쁜 집에서 음식 잘하는 게 좋고 남 먹이는 게 즐거움이라, 꽃이 많은 집에 좋은 사람들을 초대해서 전라도 음식 해서 먹이고 하는 꿈이었습니다. 일기장을 보니 늘 그런 꿈이었습니다. 평생 남에게 가슴 아픈 일을 한 적은 한순간도 없었습니다. 남편도 몸이 아픈 후 기가 꺾여 손주의 재롱에 흠뻑 빠져서 회춘하는 것 같고, 아들도 일을 잘하고 딸도 야무지게 잘 살고 있습니다. 부산 성님을 보내주셔서 감사합니다. 주님을 알고 가까이하는 동기가 됐습니다. 감사합니다.

2017년 1월 31일

주님! 다시는 술을 안 먹겠습니다. 오전에 서래랑 호박사우나, 박 실장, 〈나를 돌아봐〉 등등. 이젠 더 이상 암벽에 부딪힐 수 없습니다. 일 때문에 기도드렸더니 며칠 후 김진영 감독이 일 이야기로 연락해왔습니다. 며칠 전 〈한끼줍쇼〉에도 우연히 나와 실시간 검색어에 1위 할 정도 이슈였죠. 3일날 김해 갔다가 5일날 옵니다. 주님, 약속합니다. 도와주세요.

2017년 2월 9일

주님의 은총과 기적이다. 방송이 뜸한 요즘 정말 우연히 〈한끼줍쇼〉에 깜짝 출연해 검색어 1위를 해서 장안의 화제다. 시청률도 최고이고 신문 뉴스까지 나왔다. 내가 여기저기 오락 프로를 안 했기 때문에 더 화제다. 어제 커피숍에 갔는데, 커피숍 직원들이 〈한끼줍쇼〉 얘길 하고 있었는데 마침 내가 왔다면서 케익 등 서비스를 준다. 며칠 전에는 TV 50부작 섭외가 왔다. 주님께 이젠 일을 하고 싶다고 기도했다. 그런데 며칠 후 또 김진영 감독 작품을 5월부터 들어가게 됐다. 기적 기적 기적 기적. 내가 원하는 대로…. 이 믿기 어려운 현실을 이젠 주님 뜻대로 인도하심을 분명 알 것 같다. 어떻게 믿지 않을 수 있을

까? 돌이켜 보면 아픈 후 폭풍처럼 밀려왔던 영화 시나리오에
도 주님의 사랑을 난 몰랐다. 그저 운이 좋아서라 생각했다. 주
님, 확실히 주님께서 저를 사랑하심을 믿습니다. 이젠 좀 더 교
양 있게 쓸데없는 허풍, 과소비를 없애고 봉사해야겠다. 건강
도 유의하고. 부산 성님 만나고 모든 생활이 유연하고 좋아지
고 의지까지 된다. 주님 사랑합니다. 믿습니다.

2017년 2월 16일

나 자신에 대해 화가 나고 후회막심이다. 나에게는 평안하
고 행복한 생활이 어울리지 않는가 보다. 남편이 며칠 집을 나
가 오늘 들어왔다. 하찮은 일이지만 왜 나한테만은 양보와 이
해를 안 하는지…. 참고 참고 그냥 누르고 살다가 폭발하면 이
성을 잃는다. 딸아이를 배 속에 품고 8개월 때 그 여자 옆에서
나를 차 안에 보릿자루 처넣듯 집어 던졌다. 무심코 효춘이 차
타고 가다 앞차를 보고 따라가서 내린 건데…. 딸 낳고 병원에
도 퇴원하는 날 잠깐 오고 다시 그 여자 집으로 갔다. 딸 돌 때
나 잠깐 왔다가 손님들도 안 갔는데 나가버렸다. 내가 부모가

있고 친정이 반듯했으면 그렇게까지 무시했을까? 이제 칠십인데, 더 살아봤자 아무 변화도 없다. 결혼 생활 동안 단 백만 원 아니, 10만 원도 받아본 일이 없다. 지금은 매달 백만 원씩 내가 용돈을 준다. 그 많은 병원비 등등을 다 내준다. 이젠 버틸 기력이 없다. 이 불행, 이 마음, 이 고통을 자식들에게 보상하랄 이유는 없지만 특히 딸에게 너무나 섭섭하고 밉다. 난 철저히 불쌍하고 억울하다. 그냥 일찍 죽고 싶다.

옛날 어느 날의 일기

도둑이 누구일까? 난 참 허술하다. 예를 들어 금붙이, 패물 등은 은행 창고에 넣어뒀다 갑자기 행세할 일이나 내 부를 과시할 파티 갈 일이 생겼을 때 은행 시간은 지나 찾지 못할 경우가 있을까 봐 찾아다가 집에 뒀는데, 내가 감춰둔 데를 그때그때 기억을 못해서 그냥 침실 서랍에 뒀다. 그런데 없어졌다. 1억 정도 하는 시계인데…. 오늘 밤은 정·재계 인사들이 오는 자리라 꼭 이 시계를 차야 하는데. 난 그들 재산의 100분의 1도 안 되는 재산을 가졌기에 이 시계를 꼭 차고 싶었다. 세계에 열

개밖에 없고 한국에는 한 점밖에 없다 해서. 결국 그날 파티는 그냥 갔지만, 이튿날 새벽부터 서랍장을 뒤지고 1억짜리 시계 찾기에 나섰다. 아마도 FBI보다, 국정원보다 더 철저하게 찾았을 것이다. 범인은 두 사람 중 하나. 가사 도우미 아줌마 아니면 남편. 남편 쪽으로 수사가 시작됐다. 요즘 홈쇼핑에서 잠바를 사고 속옷을 산다. 그리고 젊어진다. 남편 주치의가 당뇨 등 건강이 너무 좋다고 한다. 아마도 손녀를 봐서일 거라는데…. 범인 1호는 남편으로 굳어져갔다. 왜? 예전에 내가 MBC 연기대상을 받고 유럽에 여행을 떠날 때 식모에게 내 패물을 화병에 넣고 혹시 불이 나거나 큰일이 있으면 이 화병을 들고 나가라고 당부했던 적이 있다. 그러다 여행 중 유럽 파리 시골에서 꿈을 꾸었는데, 식모가 다급하게 나를 부르는 게 아닌가. 한국 시간으로 저녁때라 집으로 바로 전화했는데, 안타까워하는 식모의 목소리가 아직도 잊히지 않는다. 나는 감당할 힘, 자신도 없었다. 세상이 무서웠고 떠나면서 부탁했던 패물은 찾아볼 생각도 하지 않았다.

2017년 2월 18일

이젠 정말 멈춰야 한다. 술과 허세. 계속되면 주님께서 끔찍한 형벌을 주실 것이다.

2017년 2월 22일

요즘. 말레이시아에서 일어난 김정남 피살 사건으로 전 세계가 경악이다. 최순실 등등 하루 종일 뉴스만 봐도 시간 가는 줄 모르겠다. 두 남자가 며칠 일본 가고 없으니 반찬 할 일도 없고 혼자 있는 것도 괜찮다. 일본은 또 3월 말로 미뤄졌다. 모든 걸 여태처럼 주님께서 정리해주신다. 믿습니다. 잘 멈추고 있다. 십자가 목걸이 목걸이 노래를 불렀더니 부산 성님이 다이아로 맞춰 보내주셨다. 십자가를 몸에 지니고 싶었다.

2017년 2월 25일

주님. 이 놀라운 기적 앞에서 어찌 주님을 믿지 않을 수 있겠습니까. 명호가 일본에 가 있는 동안 일본 일도 해결되었습니다. 일에 몰두하고 살았습니다. 이미 박 회장에게 연락 안 된다며 짜증스러운 문자를 보내 망신살 뻗친 상황인데…. 어쩌면 이리도 즉각즉각 한 치의 오차도 없이 원하는 대로 기도를 들어주실까? 부산 성님도 그리움에 눈물이 날 것 같다며 문자가 왔다. 당분간 거리를 둬야겠다. 너무나 열정적이라 매사 벅차다. 일에 정진하고 몰두해야 한다. 손주 생일날이었다. 한 보름 만에 왔다. 오늘 딸네하고 점심 먹고 내일은 영화 투자하겠다는 사람 만나러 양수리에 간다.

2017년 2월 27일

주님. 원하는 대로 제가 먹고 싶다는 요리를 한 상 골고루 차려주셨습니다. 이젠 과연 이 성스럽고 맛있는 요리 중 어떤 걸 먹을지, 다 먹고 소화를 시킬 수 있을지가 걱정입니다. 우선 SBS 50부작부터 3월 중순에 촬영 시작이고, TV조선 MC는 2주에 한 번, 5월 초부터는 김진영 감독 영화를 아마도 먼 지방에서 찍을 것 같고, 6~7월 또 영화, 9월엔 MBC 드라마를 찍을 것 같다. 그럼 하루만 여유인데 성경 공부는 어떻게 하지요? 6월에 괌은 못 갈 것 같다. 내일 SBS 측과 미팅인데 아마도 멋쟁이 역할 같다. 하이모에서 가발 준비해준다고 했고, 메이크업도 유미가 당분간 따라다니기로 했다.

내 건강이 걱정된다. 너무나 연기에 목이 말라 있다. 아마도 〈한끼줍쇼〉가 검색어 1위 하며 신문 기사마다 난리 나니 내예감이 맞아떨어졌다. 이건 절대 우연이 아니라 주님의 기적이었다. 갑자기 쥬얼리 바꾸러 가는 중이었다. 부산 성님과 저녁약속이 있어서…. 빨리 치과 치료부터 끝내야겠다. SBS, TV조선, 영화 해낼 수 있다. 이것만 생각하자. 내 동기생 영애가 췌장암으로 사경을 헤매고 있다. 나보다 두 살 아래인데. 시간만나면 걷고 운동해야겠다. 촬영이 늦게 끝나면 사우나에 가서목욕하면서 자야겠다. 손주가 유아원이 대청소라 어제 와서 지금 자고 있다. 얼마나 눈치가 빠르고 씩씩한지 난 도저히 다칠까 봐 감당이 안 된다. 할배가 엄마보다 좋은가 보다.

부산 성님이 걱정된다. 모르겠다. 세월이 주님께서 풀어주시겠지. 술김이긴 하지만 섭섭한 건 마찬가지다. 우린 너무 양은 주전자처럼 뜨거웠다. 주님 감사합니다. 건강 챙기겠습니다. 막걸리도 이젠 마시기만 하면 설사를 합니다. 마시고 싶지도 않고 마실 시간도 없습니다.

2017년 3월 15일

주님. 마술사가 마술하듯 눈앞에서 기적도 많이 보여주셨습니다. 술을 먹으면 분노 조절 장애가 생겨 쪼끔만 섭섭했던 것들도 전화로 다 부숴버립니다. 부산 성님도 워낙 절 좋아하시고 마음이 넉넉하십니다. 저하고 쌍둥이처럼 생각과 취미, 사고가 똑같아서 한동안 뜸했지만 이제 예전으로 다시 돌아갔습니다. 허나 돈 있고 할 일 없는 사람들과의 무의미한 만남은 이제 좀 멈추고 싶습니다. 앞으로 건강도 일도 어떨지 모르지만, 몇 년만 바짝 챙겨놓고 여행도 다니고 할 겁니다. 주님! 이 은혜를 잊지 않겠습니다. 술 안 먹고 달라진 저의 모습을 봐주세요. 김수미가 살아 있다는 걸, 과연 명연기자라는 걸 깜짝 놀라게 보여줄 겁니다. 준비하겠습니다. 가슴이 북받쳐옵니다. 아멘.

만약 내가 내일 죽는다면?

내일 2시 수술이다. 이렇게 하루 만에 결정을 하다니, 아무리 성격이 급해도…. 하긴, 30여 년 전에도 전라북도 무주에, 웬만한 아기 머리통만 한 감이 다닥다닥 열린 감나무 한 그루에 미쳐서 당장 그날 그 초가집을 샀더랬다. 동네 이사님이 "그럼 감 열릴 때만 오시겠네요?"라고 할 땐 이미 집주인에게 3천만 원이 넘어간 후였고, 나보다 귀가 더 얇은 한복 디자이너 이효재가 내 감나무 집 열변에 옆집이나 앞집을 자기도 사달라 해서 뒷집 계약까지 해놓은 상태였다. 하기야 지금 살고 있는 이 집도 두 번 보고 샀고, 자동차는 보지도 않고 7인용 벤으로 샀다.

헌데 홈쇼핑에서 넉 장에 6만 9천 원 하는 목 폴라는 끝날 때까지 기다리다 "매진! 매진!" 하며 쇼핑 호스트의 목소리가 급해져야 그제야 떨면서 전화한다. 1만 5천 원짜리 이쁜 접시를 깨뜨렸을 때도 여섯 개 짝이 안 맞으니 "난 몰라, 난 몰라" 소리 지르며 주워보다가도, 김대중 대통령 취임식 때 이희호 여사님과 두 분이 붓글씨로 사인해주신 제법 큰 백자를 이삿짐 아저씨가 박살을 냈을 때는 심장이 잠깐 뛰다가도 손해배상도 얘기하지 않고 누가 하사한 거라는 얘기를 일절 하지 않고 지나갔다. 스타킹 신다 올이 나가면 너무 아까워 속상해하면서도, 다이아 귀고리 한 짝이 없어졌을 땐 윗도리 한번 흔들어보고 포기해버린다. 그런 내가 나도 참 이해하기 힘들다.

그런데 요 몇 달 전부터 정말 어느 날 갑자기 턱 밑이 축 처졌다. 목주름은 없는 편인데 살들이 축축 늘어져서 특히 목 폴라를 입으면 목 위로 처진 살들이 삐져 올라오는 것이 아닌가. 조금 속상했다. 나는 뭐 노력이나 할 것이고, 보기 싫어도 나이 70 넘어 이 정도면 감사하며 살자 했다. 그랬는데 오랜만에 만난 절친 정심이가 깜짝 놀라 목이 왜 이러냐며, 너무 흉하니 당장 자기가 아는 성형외과에 가자고 하는 말에 거절을 못했다. 이 수술은 귀 뒤를 째서 걷어 올리면 되는 수술로, 3~4일이면 화장도 할 수 있단다. 사실 요즘 사진 찍어보면 부은 게 티 나는 것이, 몇 달 사이에 영 보기 싫게 변했다. 성형이라고는 50여 년 전 쌍꺼풀 수술 한 번 하고 해본 적이 없었다. 물론 간단한 시술 정도야 꾸준히 해왔지만. 다음 날 성형외과에 같이 가 설명을 들었다. 녹화도 2주 밀려서 스케줄도 딱이고, 거기다 천만 원 정도인데 연예인이고 정심이 봐서 그냥 해준단다. 내일 수술 약속을 잡고 오긴 했는데, 며칠 전 분당 사는 동생이 그 동네에서 성형하다 마취 사고가 나 죽었다고 한다. 절친 두 사람에게 여차저차 의논하니 한 사람은 당장 하라고 하고, 한 사람은 "언니 그렇게 흉하지 않은데…. 우리 동네서 마취하다가…" 하고 말꼬리를 흐린다. 이미 저녁 8시가 지났는데도 하느냐 마느냐로 여태 고민이다. "광고 들어온 것도 있는데 하자. 정심이 말로 마취 사고는 비행기가 추락하는 확률이라잖아" 하다가도 "아이구 겁쟁이. 아기 같아" 하며 깔깔깔 웃어버렸다. 만약 마취 사고로 죽는다면 '김수미 성형하다 죽음!'이라고 뜨겠지? 차라리 병으로 죽는 게 낫겠지? 우리 손주가 외국에 5년 살다 내년에 들어오는데, 우리 손주는 어떡하나?

밤 1시에 프라하에 있는 딸에게 전화를 했다. 혹시 마지막일 수도 있다 생각하고. 그냥 성형한다는 소린 안 했지만 왠지 눈물이 났다. 아들은 "병원을 좀 더 신중히 알아보고 결정하시죠"라고 했다. 2시, 3시, 4시, 아침 8시까지 하느냐 마느냐로 계속 고민했다. 그냥 살아. 아침에 오랜 동생 영희한테 또 전화를 했다. "언니, 저 6개월 전에 했어요. 하나도 안 아파요. 언니 요즘 방송 보면 하셔야 할 것 같아요. 제가 수술 전 수술 후 사진 보내드릴게 보세요" 한다. 그냥 네일 샵에 가서 매니큐어 하고 오라는 듯 말한다. 카톡으로 온 사진을 보니 10년은 달라 보여 결국 정심이에게 오늘 하겠다고 전화를 했다. 용기가 확 생겼다. 내가 귀가 얇고 순간순간 대충 사고팔고 하는 것 같지만, 선택한 일이 잘못됐다거나 사기를 당했다거나 비싸게 바가지를 썼다거나 하는 기억은 없다. 주님께선 나에게 탁월한 직관력을 주셨다. 한 개 6천 원짜리 식 접시가 깨졌을 때 소란을 피운 건 용인 어디서 오래전 구입했는데 그 집을 기억 못해서다. 어차피 6인용으로 짝이 안 맞으니 다른 걸로 교체했다. 김대중 대통령의 사인이 그려진 도자기를 크레인에서 내리다 박살 냈을 때는 어느 작가님의 달 항아리처럼 어느 정도 금액인지 시가를 알 수도 없고, 박서보 선생님의 그림이 손상된 것도 아니었으니까. 그리고 괜히 머리 아프게 이삿짐센터하고 실랑이는 하고 싶지 않아서였다. 만약 현금이나 보석을 훔치는 걸 봤다면 당장 경찰을 불렀겠지만 실수로 그런 거니까.

어찌 됐든 그때그때 상황에 맞는 각기 다른 지혜를 발휘할 수 있는 건 모두 주님 덕이다. 감사합니다, 주님!

술

2017년 7월 27일

주님! 술 먹고 〈언니는 살아있다〉 드라마 안 하겠다고 선포하고 땅을 치고 후회했는데, 주님께서 다듬어주시고 거기에다 제가 유리하도록 더 인기가 올라가게끔 해결해주셨습니다. 주님, 제 마지막 소원입니다. 타샤 튜더처럼 제주도에 '일용엄니 집'을 만들고 싶습니다. 커피숍, 북 카페를 만들어 곳곳에다 주님의 십자가를 걸겠습니다. 주님 도와주세요.

2017년 12월 5일

주님. 올 한 해 〈언니는 살아있다〉, 〈밥상 차리는 남자〉 드라마로 다시 또 제2의 전성기라 생각 듭니다. 이사 온 후 이 집도 공간 공간마다 적절하게 쓸모가 많고 거실 앞 대나무 작은 공간의 꽃밭도 예쁩니다. 예쁜 그릇으로 좋은 사람들에게 식사 대접할 수 있게, 어찌 보면 그토록 열망하던 소원도 주님께서 다 제 능력에 맞춰 들어주셨습니다.

명호 일도 주님께서 알아서 척척 해주시고 딸도 우리 손주도 내 노년의 엔돌핀과 웃음 덩어리를 주셨다. 아무 배우도 누릴 수 없는 특권과 개런티를 받고 최고의 대접을 받으며, 그럼에도 그놈의 술 때문에 실수하고 망신당하고 자책하고…. 괴롭다. 아부지 때부터 영례 언니의 취한 모습에 진저리가 쳐졌는데…. 주님! 언니도 술 담배 때문에 뇌졸중으로 10년 넘게 저렇게 있습니다. 오늘부터 주님께 약속합니다. 아무리 허하고 속상하고 기쁜 일이 있어도 술을 안 마시기로…. 주님, 간곡히 기도드립니다. 아멘.

2017년 12월 9일

야외 촬영 등 너무 힘드니 하루 종일 누워 있었다. 올해처럼 손주를 위해 크리스마스트리를 예쁘게 해놓은 건 처음이다. 딸은 제 남편이랑 영국 파리에 갔다가 오늘 온다. 손주가 친할아버지 댁에 있는데 김수미 할머니를 찾는다고 한다. 자다 깨면 대성통곡한다고 하는데 천륜은 천륜인가 보다. 그 카톡을 본 딸은 택시 안에서 울었다고 한다. ○○ 여사. 아직도 안쓰러운 마음이 한 곳 있지만 이런 사람 더러 있다. 결국 성경 공부 파토 내고 그 좋은 사람들 다 잃었지만, 특히 나를 잃은 것을 아마 땅을 치고 후회할 거다. 〈밥차남〉도 벌써 30회 넘었다. 시청률이 15%, 아마도 20%는 찍을 것 같다. 30일 연기대상 때 아마 상을 줄 것 같은데 안 가는 것도 이상할 것 같다. 오늘 이태원 가서 흰 드레스 보고 아니면 괌에서 사 온 드레스를 입든가. 노년에 성경 공부 친구들, 연대 친구들 있어서 심심치 않다. 명호가 얼마나 의지가 되는지 모른다. 내년엔 어떻게든 결혼을 시켜야겠다. 한강이나 시청 앞 남산 호텔이 아닌 곳에서.

그리고 〈효리네 민박〉처럼 너무나 하고 싶다. 내년 군산도 좀 알아보고 해야겠다. 자연이 너무 좋다. 강원도 양평 쪽도 좋다. 한옥으로 하고 싶다. 꽃으로 완전 무장하고 장독대와 김치,

젓갈 등을 파는 거다. 주님, 이루어질까요? 공중파 TV하고 연결해서 하고 싶다. 욕심일까? 사지 말고 전세로는 가능하다. 나이가 꼭 걸린다. 이제 70이다. 죽기 전 꼭 하고 싶은 소원이다. 전주 시장하고 22일날 오면 얘기해봐야겠다. 집은 무상으로 받고…. 절대로 내 돈으로 사면 안 된다.

2017년 12월 10일

딸이 무사히 서울 도착했다고 한다. 손주가 동영상으로 "김수미 할머니, 할아버지! 삼촌이 까만 차 태워주고 장난감 사줬어요"라고 했단다. 아마 딸도 자식과 일주일 떨어져보고 싶고, 자식이 어떤 존재인지 엄마로서의 애정이 어떠한 건지, 엄마가 누구인지를 깨달았을 것이다. 내가 저를 키울 때도 이런 순간순간이 얼마나 많았는지 조금은 이해해줄 수 있을 것 같다. 확실히 손주는 감성적이고 머리가 좋다. 아기지만 반듯하고 예의가 있다.

어제오늘 내 못난 자신이 이토록 밉고 후회스러울 수가 없다. 중국 음식 시킬 때 주문한 빼갈 같은 술을 먹고 속이 너무 아프다. 평생 살면서 늘 난 나 자신이 자랑스러웠다. 무엇보다 이 가정을 깨지 않고 자식을 위해 희생한 것을, 그 암흑 같은 절망과 고통의 세월을 버텨온 것을. 내 삶, 내 인생은 2순위로 밀쳐놓고 애들 상처받을까 봐 꾸역꾸역 살아오다가 결국 40대부터 그 무서운 우울증에 시달려왔다. 헌데 그놈의 술. 그 술버릇이 옥양목처럼 하얀 천에 얼마나 많은 지저분한 먹물을 부어댔던가. 인간관계, 말, 연대, 댓글, 실수투성이. 한동안 술을 안 마셨다. 김수미 인생 노후, 이만한 인생도 드물다. 노년이 이만큼 평온하기도 힘들다. 무엇보다 일이 끊기지 않고 사람 될 것 같지 않은 명호도 사랑으로 친구처럼 의지하면서 살고 있다. 많이 달라졌고 딸도 너무 행복하게 잘 살고, 남편에 대한 증오, 미움도 점점 색깔이 퇴색돼가고 있다. 이렇게 맘에 드는 집에서 맘대로 꽃을 사고 빚도 없고 쪼달림도 없고 맘에 드는 쇼핑도 맘대로 질러대는데. 정말 여기서 멈춰야 한다. 하느님께서 이젠 벌을 주실 것 같다. 이젠 용서하시지 않을 것 같다.

오늘부터 술을 입에 대지 않겠다. 당뇨, 갑상선, 고혈압. 이 좋은 노후 인생을 이수나 언니처럼 살게 될지도 모른다. 이 행복 이 여정에 "치명타를 주쇼, 주쇼" 하면서 빌고 있다. 딸한테 그토록 상처를 주고도… 주성우 감독도 아마 학을 뗐을 거다. 주님, 도와주세요. 하와이에서 권사님 등 모두 제 기도드리고 있잖습니까?

그토록 끈을 놓을 수 없었다. '일용엄니 집'이 아마도 전주에 될 가능성이 높다. 어제 전주 시장하고 통화하고 KBS에도 언질을 줬다. 수미언니네 집, 욕쟁이 할매 집, 일용엄니네 집. 아마 내년 4월쯤 오픈할 수 있을지도 모른다. 모든 건 주님께서 행해주신다. 지금 주님께서 응답하신다. 술만 끊는다면 원하는 대로 다 해주신다고….

2017년 12월 17일

올해 위경련이 몇 번째인지…. 어제 ○○○이란 여인을 김미희 씨에게 모셔 오라 했다. 현관 들어오면서부터 눈물바람. 점심 차려서 먹는데, 미희 씨가 기도할 때부터 울기 시작했다. 하와이 주리 님과 통화 후 내린 결정이었다. 누구보다 난, 그녀의 심정을 헤아린다. 제일 큰 상처와 고통은 나와의 인연이 끝난 거였다는 걸 알기에 묻지도 따지지도 말라 했다. 내가 용서해주는 것이다. 그녀의 포악한 행동들이 어쨌건 멈춰질 것이다. 외로움의 극치였을 것이다. 사랑에 목마른 외로운 70대의 여인이다.

역시 주님께선 용서와 사랑이 최고의 신약이란 걸 알려주셨다. 나는 우리가 남을 미워하고 시시비비를 따지고 살기엔 살 날이 너무 짧다고 말했다. 나 또한 용서하고 나니 마음이 홀가분하고 편안하다. 전주 시장이 준비하고 있는 것 같다. 모든 건 주님께서 인도해주심을 믿는다.

2017년 12월 24일

크리스마스이브이다. 주님께서 올 한 해도 건강과 일을 주시고 행복한 나날을 주셨다. 제천 화재로 사우나에서 여자들 20여 명이 사망했다. 나도 매일 사우나엘 가니 남의 일 같지가 않다. 세 식구가 사망한 집도 있다. 얼마나 가슴 아플까 며칠째 우울하다. 살아 있는 가족들의 고통…. 삼가 고인의 명복을 빈다. 올해는 ○○○이란 사람을 만나 성경 공부 등 좋은 사람들을 만나기도 했지만, 득보다 실이 많았다. '매사에 허식을 즐기지 말라. 겉으로는 화려하고 안으로는 보잘것없는 것은 개인, 가정, 사회, 국가를 쇠망케 하는 근본이니라.' (정산종사법어 근실 편)

전라도 사람들 공통점이 은근히 가오를 부리는 거다. XX이 천만 원, 그림, 조각, 기타 등등 안 써도 될 돈을 거의 1억 가까이 썼다. 박 회장 김만옥 씨 양복 등⋯. 물론 남 도와주느라 쓴 건 아깝지 않으나 그 외에는 쓸데없다. 정말 빈 깡통이다. ○○○ 때문에 사람이 싫어진다. 일본 투자도 알았다고 한 게 거의 1년이 다 돼간다. 전주도 다시 생각해봐야겠다. 한 달에 1억을 쓰고 있다. 몸이 너무나 피곤하다. 이제 70이다. 현금, 현금이 있어야 한다. 내년에는 영화도 CF도 아직 확실히 계약한 상태는 아니다. 아껴야 한다. 물론 드라마 때문인 것도 있긴 하지만, 쥬얼리, 의상, 모자 등 너무 많이 쌓이고 있다.

2017년 12월 27일

이것도 제 연기 생활의 한 템포 쉬어 가는 작전이라 생각합니다. 지금 마음은 그렇습니다. 드라마 캐릭터가 이젠 바닥이 났습니다. 그냥 영화만 하고 싶습니다. 30일날 폭탄선언할까요?

2018년 1월 1일

주님께서 시상식에 못 가게 하심을 느낍니다. ○○○과의 인연도 오늘로 끝입니다. 결국 남의 일에 나서서 이렇게…. 나보다 인격이 훨씬 나은 사람들은 모른 척 외면하는데 괜히 제가 나서서 제 건강만 해친 어리석음인 걸 압니다. 금주하겠습니다.

2018년 1월 6일

오늘이 금주 6일째다. 끔찍이 소름 끼치도록 술이 싫다. 주리 님의 기도 덕분이기도 하지만, 돌이켜 보면 내 주사 때문에 평소 인격이 엉망이었고 실수투성이었다. 아마도 여기서 멈추지 않으면 주님께서도 마지막 내 건강으로 벌을 주시리라 믿는다. 주님께서 새해 아주 맘에 드는 예능 프로그램을 주셨다.

애완견 프로인데 평소 하고 싶은 일이었다. 그리고 전주 한옥 집은 부산으로 바꿀 수도 있다는 생각이 어제 사우나 하면서 불현듯 생각났다. 큰 강아지 두 마리 데리고 부산으로 갈 수도 있다.

2018년 1월 15일

청하 한 모금 마시고 다 토해냈다. 얼마나 내 결심이 컸고 주리 님의 기도가 간절했는지. 어찌 보면 모든 게 내 실수였고 허황된 가오다시였다. ○○○와 비슷한 허풍도 많이 쳤다. 근 2주째 술을 안 먹으니 얼마나 좋은가. 주님께 인기에 비해 너무 돈이 안 들어와요 했더니 바로 다음 날 예능이 들어왔다. ETN 동물 예능. 대사를 외우지 않아도 된다. 이달 말 〈한끼줍쇼〉도 겸손하게 하자.

2018년 1월 17일

주님. 미세 먼지 때문인지 힘들어서인지 너무나 기력이 없고, 대사는 많은데 힘이 없습니다. 다행히 시청률은 3% 올라

18.6%까지 갔으나 주님, 오늘 녹화 잘하게끔 주님께서 인도해 주십시오. 아멘.

2018년 1월 21일

사랑하심을 너무나 느끼는 주님. 이렇게 전혀 술이 싫게 해주심을 감사드립니다. 아마도 3월 초 하와이에 갈 것 같습니다. 이번 드라마도 주님께서 인도하심을 믿습니다. 저 또한 최선을 다하고 있습니다. 쓸데없는 허세, 허풍, 지출 등. 너무 늦지만 철들게 해주심을 감사합니다. 이제 한 달 반 녹화가 남아 있습니다. 주님, 일본 문제도 해결해주시리라 믿습니다.

2018년 2월 17일

주님! 연예계 생활 중 요즘처럼 이런 칭찬과 열광은 처음입니다. 촬영 가기 전날 제가 기도드렸잖아요. 그래서인지, 신문 기사마다 인터넷 댓글마다 다시 한번, 아니 처음으로 제 본성을 시청자들이 알아주는 듯합니다. 엄니가 너무 보고 싶었습니다. 어렸을 때 먹었던 엄니가 해주셨던 그리운 음식이 아닌가

요? 댓글에 '레전드' 전설이라고 합니다. 최고입니다, 존경합니다, 사랑합니다. 배우로서 연기에 대해 칭찬보다 감사합니다. 어젯밤 잊고 살던, 갑자기 열네 살 아이가 서울에 첫발을 내딛고 외로운 그 사춘기 시절이 생각나 눈물이 줄줄줄 나왔습니다. 너무 가여워서…. 사랑하지도 않는 사람과 자식을 낳고 자식을 위해 고통을 참고 지옥 같은 결혼 생활을 했던 지난 몇십 년도 가엾고요. 모든 것이 제 인생은 한번도 행복을 느껴본 적이 없었던 것 같습니다. 아이들이 어렸을 땐 아이들 재롱도 웃으면서 즐길 정신적 여유도 없었습니다. 남편의 외도, 외박. 그래서 지금 손자에게 반해서 연명하는지도 모릅니다. 내가 너무 가여워서 울었습니다.

2018년 3월 1일

주님, 〈밥상 차리는 남자〉 마지막 세트 녹화 날입니다. 코믹에서 감정 씬이고, 조연이 거의 주연으로 막을 내립니다. 주님의 은혜 감사합니다. 시청자들께 주님의 사랑을 전달하는, 메세지가 통하는 연기를 해내게 해주십시오. 예수의 이름으로 기도드립니다. 아멘.

2018년 4월 8일

주님. 일본 여행 잘 다녀왔고 촬영도 잘된 것 같습니다. 오늘 〈수미네 반찬〉 국장과 미팅합니다. 집에서 점심 먹기로 했습니다. 그리고 17일날 〈미우새〉 녹화를 합니다. 어버이날 특집으로 할 예정입니다. 주님께서 함께해주실 거라 믿습니다. 아마도 드라마도 드라마지만, 〈한끼줍쇼〉의 힘이 아닌가 싶어요. 명호가 옆에 있어서 너무 든든합니다. 꽃샘추위 끝나면 옥상에 꽃을 심어야겠습니다. 주님, 일본 투자가 늦어져 5월 세금이 신경 쓰입니다.

2018년 5월 16일

주님. 〈미우새〉가 또 대박이 났습니다. 오후에 명호가 일본서 와서 일본 투자금이 이달 말이면 아마 80% 가능성으로 들어올 것 같다고 합니다. 정태원 사장도 시나리오를 보내겠다고 하고요. 주님, 더 겸손하고 더 노력하겠습니다. 아멘.

2018년 5월 28일

남편이 입원 4일 만에 퇴원하고 별 탈 없이 신이 나서 죽는다. 주님. 주님께서 복잡한 스케줄 정리해주심이 감사합니다. 작품은 많고 어떤 걸 선택해야 할지 혼란스러울 때 시트콤은 내년 2월 SBS로 편성되게 되었습니다. 아마 영화를 부산 로케로 찍고, TV조선 것과 〈수미네 반찬〉. 이 정도면 여유 있을 것 같습니다. 영화는 9월쯤, 반찬은 5월 중순쯤, TV조선은 7월이나 9월이면 될 거예요. 영화 하나가 중간에 끼면 어찌 될지 모르겠습니다. 주님, 제가 쓰고 있는 시나리오도 주님께서 경영해주시리라 믿습니다.

2018년 6월 19일

감당하기 무서울 정도로 저를 사랑하시는 주님. 〈수미네 반찬〉이 그야말로 방송가를 깜짝 놀래키고 대박입니다. 저는 그저 평소 살아온 대로 했을 뿐입니다. 주님, 지난주 한복을 입어볼까 하다 치마가 마땅치 않아 그만두었는데, 어제 남대문시장 구제품에 정말 우연히 들어갔다가 생뚱맞게 미제 구제품 파는 곳의 모시 치마가 눈에 띄었습니다. 한옥 세트에서 우리 엄니의 반찬에 모시 적삼 치마저고리. 그림이 되는데요? 주님, 시청자 반응을 보겠습니다.

2018년 7월 22일

주님! 무서운 은혜 감당하기가 힘들 정도의 사랑 감사합니다. 어제 노사연 씨의 '바램'이란 신곡을 들으며 그 가사가 제 평생 살아온 제 소망 같아서 어제부터 울고 다닙니다. 내가 힘들고 외로울 때 내 얘기를 조금이라도 들어줄 수 있는 사람이 있었다면. 안아주며 사랑한다는 한마디 해주는 사람이 있었다면. 주님, 전 단 한번도 사랑을 받아본 기억이 없습니다. 부모와 형제는 가난이란 핑계로 서울 하늘 아래로 절 버렸습니다. 이성을 알고부턴 정말 사랑한 사람은 제가 조실부모했고, 대학을 안 나왔고, 연예인이라는 이유로 그의 부모가 결혼을 결사반대해 헤어졌고, 그 후 저는 방황과 눈물, 부모 원망으로 하루하루를 살았습니다. 그래도 번뜩 오뚝이처럼 일어섰습니다. 결혼은 제 현재 상황, 현실의 도피처였습니다. 결혼이란, 사랑해서, 그 남자와 여관방 숨어 다니는 게 싫어서, 맘 놓고 사랑하고 싶어서 하는 걸로 알고 있습니다. 헌데 스물다섯 그 상황엔 껄떡대는 유부남 선배, 방송국 PD뿐이었습니다. 무엇보다 힘든 건 언니 오빠들의 가난. 이런 문제들의 편의를 봐주자면 몸을 팔아야 했기에 그것보다는 결혼이 더 나을 거라 생각했을 뿐입니다. 이 남자의 어머니, 그의 누나 등 모두가 멀쩡한 사람들이었고, 당시 그 남자의 외삼촌이 국방부 장관, 시댁 쪽 며느리들은 서울대, 이대 교수고 의사, 하물며 어떤 며느리는 태평양화학 서 회장님 둘째 딸 등등이었기에. 그래도 그 남자가 자기 어머니한테 김수미가 다른 사람과 결혼했다는 소식 들으면 난 이 세상에 없는 걸로 알라고 으름장을 놓았다기에.

주님, 제가 오늘 울고 있는 건 제가 불쌍해서예요. 너무 외롭고, 남자의 손길이 그립고, 내 얘기를 5분만이라도 들어줄 남자가 절실해서. 사랑은 사랑하는 대상이 있는 것만으로도 충분한 거라고 들었습니다. 그래서 상대가 나를 알든 모르든 저만의 짝사랑만을 했습니다. 어떨 때 소통이 돼서 무언가가 시작될 조짐이라도 보이면 칼같이 차단했습니다. 그런 혼자만의

372

헛지랄을 일생 동안 세 번….

주님, 제 나이가 이제 70입니다. 지금부터 막 살고 싶어요.
그렇지만 그러면 아들, 딸 얼굴을 제가 어떻게 보냐고요. 그때
도 지금도 나는 울고 있습니다. 다른 사람이 아닌, 내 남편의 사
랑을 받고 싶었는데 그럴 수가 없어 울었습니다.

2018년 11월 어느 새벽

얼마 만에 불 땐 온돌방에서 자보는지 모른다. 아랫목이 뜨
겁다. 단풍을 가까이서 보는 게 처음이다. 〈집사부〉 촬영, 멍
청이와 배짱이 맞으니 일이 쉽다. 세트보다 야외 나와 일하면
무조건 좋다. 승기와 세형 등 젊은이들이 순수하다. 옛날 생각
도 난다. 원래 11시까지 하기로 했는데 1시로 연장했다. 어차
피 1박 2일 스케줄 준 거 최선을 다해주자. 내년에도 촬영을
할 수 있을까?

2018년 12월 3일

주님, 6개월 전 그저 큰 생각도 없이 전에도 요리 프로를 많

이 했기에 부담감 없이 시작했습니다. 이 프로가 제 인생 노년을 고목나무 꽃 피듯 이렇게 화제가 되게 만들어줄 줄은 몰랐습니다. 저는 확신하고 믿습니다. 장로님과 강주리 님의 100일 기도, 수미 님을 지금보다 더 유명해지고 돈도 더 많이 벌 수 있게 해달라고 간절히 기도드림의 결실이라 믿습니다. 그래야 수미 님 전도가 더 잘될 거라며, 제 나이 70에 지금 현재 모든 연예인 중 저 같은 사람은 없습니다.

〈집사부〉, 〈마이웨이〉, 〈해피〉 등등 등장했다 하면 쑈킹이다. 어떤 칼럼리스트는 '방송사를 뒤집어놓은 김수미의 결단'이란 기사를 길게 써줬다. 아마도 평생 김치며 시골 음식을 아무 조건 없이 먹이고 싸준 대가로 지금 이 나이에 찾아온 동아줄일 거다. 잡을 것이 있어 버틸 수 있음에 감사합니다. 언젠가 이 줄이 끊어질 수도 있음을 안다. 여러 번 끊어져봤으니…. 하지만 여태껏 겪어봤던 인기, 돈과는 무게와 양이 다르다. 현재 홈쇼핑 1년 계약, 시트콤, 증권사 광고 등 아침에 눈만 뜨면 기쁜 소식이다. 이 노년에…. 앞으로 어떤 큰 병마가 올지 치매가 올지 각오는 하고 있다. 내년에 명호 짝을 지어 내보내야 한다.

혜자 언니, 문회 언니, 부자 언니 모두 77, 79세인데 건강하시다. 7일에는 국회에서 주는 한류공로상, 8일에는 괌 사전 답사 등 내년 역시 스케줄이 만만치 않다. 시트콤과 7공주가 내년에 잘되길 기도드리고 무엇보다 애란이가, 지출이 크지만, 옆에서 거들어주니 편하다. 노년의 인생이 달라지고 있다. 이젠 정말 술 마시고 실수하지 말자. 그리고 겸손해야 한다.

2018년 12월 4일

무엇을 들었다고 쉽게 행동하지 말고 그것이 사실인지 이치가 명확할 때 과감히 행동하라. 어젠 모든 게 지쳐버렸다. 오늘도. 동아줄을 잡아보려고 애도 써보지만 부질없는 것. 참 아이러니하다. 물건들을 보내며 참 팔자도 기구하다 싶다. 평생 이랬으니 너무 지친다. 다 싫다.

2018년 12월 11일

괌 답사 2박 3일. 스무스하게 잘돼가는 것 같다. 관광청 협조 등 전 회장 파워가 세긴 세다. 오늘 평양 문제에 관해 얘기를 들어봐야겠지만 조짐이 괜찮다. 주님께서 내 기도를 다 들어주고 계시는 것 같다. 꽘 답사. 점잖게 처신 잘했다.

2018년 12월 14일

오늘 꽘에 2차 답사를 떠난다. 엄마. 엄마가 보고 싶네요. 엄마가 해줬던 반찬으로 노후를 이렇게 행복하게 보내고 있어요. 그런데 비틀거릴 정도로 지탱하기 힘든 이 외로움은 대체 뭘까요. 아무도 그 누구도 해결해줄 수 없는, 오직 나 홀로 감내하고 견뎌야 하는 외로움이에요. 그냥 내 얘기만 들어줄 사람이 있으면 되는데, 그게 문제지요. 말할 상대가 쉽지 않으니. 엄마, 꽘 답사 갔을 때 담당 PD가 쇼핑센터에서 딸아이 옷이며 와이프 거 일일이 사진 찍어 카톡 보내서 OK 허락받는 걸 보면서 많이 부러웠어요. 엄마, 난 그런 결혼 생활이 없었잖아요. 가슴 시리도록 부러웠습니다. 단 한번도 사랑한 적 없는 사람과…. 엄마는 알 거예요. 엄마, 너무나 외로워요. 사랑 사랑 단 한번도, 그 누구의 사랑도 못 받아보고. 평생 껄떡대면서 망신당하는, 추하고 구걸하는 모습 보는 것도 이제 지쳤습니다. 그냥 영화 채널에서 영화나 봐야지요.

2018년 12월 16일

주님! 비틀거림이 사치 아닌 건 아시지요? 너무나 고통스럽습니다. 엄마 아버지, 왜 나를 열세 살에 서울로 보내셨어요. 주님! 저 중심 잡게 해주세요.

2018년 12월 18일

너무 바빠 김장이 늦었다. 주님! 오늘 결정이 아주 중요해요. 아직도 모르겠읍니다. 어떻게 해야 될지. 내일 녹화 펑크내고 익산 언니한테 가고 싶어요.

2018년 12월 22일

어제 윤희정 콘서트에 갔다. 에디트 피아프 노래 등. 나훈아의 '영영'을 들으면서 가슴이 아팠다. 음악은 정말 상상력을 품게 하고 많은 정신적 치유가 된다. LG 회장 등과 같은 좌석인데 부인들 모두 〈수미네 반찬〉 잘 보고 있다고 한다. 남편은 부산에 박 회장 만나러 간다. 잘됐으면 좋겠다. 정말 아침 막걸리와의 전쟁은 끊어야겠다. 주님, 살려주십시오. 〈수미네 반찬〉에 대한 애착 집착도 열정을 잠재워주십시오. 도가 너무 지나칩니다. 주님은 아시잖아요.

나 자신과 싸움에서 이겨내야 한다. 이놈의 술 때문에 실수가 너무 많다. 술을 먹으면 화가 난다. 그 화가 불똥이 튄다. 어디로 폭파될지 모른다. 주님께서 더 이상 봐주지 않으실 거다. 확신한다. 술도 끊고 담배도 끊어야 한다. 건강도 못 지키는 못난이. 외로움도 음악으로 치유하고…. 그나마 추억이라도 남기게, 추억으로 버티게끔 여기서 멈춰야 한다.

나는 알콜중독자였다

몇 달 전 오래전부터 알고 지내던 경향신문사 유인경 기자와 같이 제주도에 갈 일이 있었다. 그녀의 기억력에 깜짝깜짝 놀랐다. 그녀가 독서광이란 걸 알고는 있었지만 내가 20년 전에 출간했던 에세이 대목 대목을 읊고 소설《너를 보면 살고 싶다》의 어떤 내용, 상황 등등을 말하며 "선생님은 글을 쓰세요"

한다. 그리고 어디엔가 음식점을 낼 만한 사람이 일용엄니 책방, 서점을 냈다는 것에 많은 생각을 했다고 했다. 내가 신인 시절엔 배우와 연예계 기자로 만났고 나이가 들어선 그녀의 딸 결혼식에도 갔다. 그녀도 우리 아들 결혼식에 왔고. 따로 만나 식사한다든가 자주 전화 통화하는 사이도 아닌데 매일 카톡 주고받는 친구처럼 너무 편안하다. 요즘 글을 쓰고 있다고만 했다. 그리고 혜자 언니와 카톡을 주고받는데 언니는 "역시 수미는 글을 잘 쓰니까" 하신다. 옛날부터 "넌 글을 써 수미야" 하시며 주셨던 용기에 더해 이 감동과 기적을 알리고 싶었다. 사실 이 고백은, 이 치부만은 시시콜콜 알리고 싶진 않았다. 20여 년 전 에세이에서 언급은 했지만 이번은 기적이다. 술을 끊은 것. 얼마나 술을 끊으려고 발버둥 쳐왔는데….

이젠 TV에서 와인 마시는 장면만 봐도 채널을 돌릴 정도로 싫어졌다. 강주리 권사님께서 수미 씨 술 끊게 해달라는 것을 백일기도 제목으로 삼고 난 설마설마했다. 주님을 만나서 주님의 처방이란 걸 뼛속 깊이 느껴지니 고백하지 않을 수 없다. 혜자 언니는 "수미야, 술 생각날 때 네 손주 얼굴을 떠올려봐.

먼 훗날 네 손주가 너를 어떤 모습으로 기억할까? 네 딸이 기접하잖아. 다른 사람은 다 그만두고 그 순수한 눈치 빠른 아이들 기억에 너의 혓바닥 꼬부라진 소리로 사랑해, 사랑해 그런 걸 기억하게 하지 마! 넌 술만 끊으면 정말 좋은 배우이고, 재능이나 순발력이나 천재에 가까워" 하면서 애원하셨다. 맨 정신으로 통화를 끝내고 너무 속상해서 소주 한 병을 깠다. 난 주로 혼술을 하는데 체질상 소주 한 병이면 그냥 잠에 떨어진다. 그날은 곡기를 끊는다. 아무것도 먹지도 않고. 언제부터 마셨나 더듬어봤더니, 둘째 딸 낳고 남편은 첫사랑 여자 집에서 거의 오지 않았다. 그럼 육아 때문이었나. 심하진 않았지만 본격적으로 들이마시고 이성을 잃으려고 작정한 때는 시어머님이 급발진 차 사고로 주유소 바닥에서 처참히 돌아가신 걸 본 후였던 것 같다. 심장이 떨려 소주를 맥주잔에 부어 단숨에 마시고 잠에 빠져버렸다. 이층에서 귀신이 내려오는 것도 보았는데 가족들 중 아무도 믿어주질 않았다. 잘못 봤다, 몸이 허약해서 그렇다고만 했다. 그러곤 술 먹는 것만 탓했다. 거의 곡기보다 술이 밥이었다. 습관이 안주를 안 먹고, 그저 취해서 잠들어버리려고 마시는 술 약 처방이었다.

체중이 42kg까지 됐고, 한 3년을 그렇게 버텼다. 정말 그때는 혜자 언니가 유일하게 내 얘기를 들어주는 사람이었다. 서로 통화하다 잠들어버리고…. 여차저차 그 후 재기하게 되어 영화계의 러브콜에 〈마파도〉, 〈간 큰 가족〉, 〈위험한 상견례〉, 〈가문의 영광〉 등등 정신없이 눈만 뜨면 촬영장으로 이동할 때는 절대 촬영 후 회식이나 기타 술자리에선 안 마셨다. 문제는 새벽녘이다. 아무리 늦게 잠자리에 들어도 눈을 뜨면 5시나 5시 5분, 어떤 날은 6시다. 그것이 알고 싶다.

아침 8시 이후 일어난 적은 한번도 없었다. 외국 가서도 미국 시간 상관없이 그 나라 새벽 5시에 눈이 떠진다. 정신과 의사하고도 많은 얘길 했다. 운 좋은 날은 커피를 마시고 일기를 쓴다. 어제 얘기들. 그리고 꽃병에 물을 갈아주고, 운동을 가고 사우나하고. 7시 30분쯤 올라와 아침 반찬을 한다. 이런 날은 운 좋은 날이다. 그런데 어떤 날 안개가 끼거나 너무 흐린 날 소나기도 아니고 이슬비나 가랑비가 솔솔솔 내리면 '딱 한 잔만?' 하다가도 스스로 '오늘 녹화인데 설마' 한다. 하지만 설마가 설마였다. 눈을 떠보니 오후였고 분명 〈수미네 반찬〉 녹화 날인데 시계를 보니 4시였다. 앞치마 등 그대로 있고 매니저도 메이크업도 아줌마도 아무도 없었다. 설마, 설마. 핸드폰을 보니 매니저가 '선생님, 오늘은 도저히 안 될 것 같아서 녹화를 취소했습니다. 일어나시면 전화 주세요'라고 메세지를 보내놨다. 정말 죽고 싶었다. 반찬 재료, 스탭들이 80여 명, 출연자, 게스트 등. 담당 PD는 스탭들에게 갑자기 몸이 아파 부득이 취소됐다 했겠지만 '아, 이젠 갈 데까지 갔구나. 아, 이젠 멈춰야 한다. 아, 주님! 저를 큰사람으로 쓰신다고요? 강주리 권사님 백일기도 열심히 안 했죠? 아… 죽어야 끝나겠구나…' 했다. 그날 아침 소주 딱 한 잔만 하려고 했는데 그 한 병이 없었다. 새벽 5시 넘어 편의점 가기도 그렇고. 선물로 들어온 양주가 많은데 난 소주, 막걸리 외엔 양주는 마실 줄 몰랐다. 그날따라 그 한 모금이 얼마나 절실한지 아쉬운 대로 양주를 급하게, 도둑놈이 몇 초 내로 열쇠 따듯 따서 소주잔에 딱 한 잔 따라 훌쩍 넘겨버렸다. 아아, 우리 집에 24시간 클래식 채널에 맞춰놓은 라디오가 있는데 새벽부터 에디트 피아프의 애잔한 목소리가 소파 귀퉁이에서 울부짖고, 베란다 앞 대나무는 가랑비에 하늘하늘 흔들리고 너무 좋았다. 한 잔만 더? 그래서 또 한 잔. 그 한 잔이 목구멍에 너무 부드럽게 넘어가서 마크를 보니 발렌타인 21인가 그랬다. 아무 감흥이 없고 소주처럼 휘까닥 돌지도 않고. 하지만 기분이 슬프게 좋았다. 굳이 변명하자면 라디오 때문이었다. 또 파바로티의 카루소가 나오는 거다. 그래서 또 한 잔. '아~ 이제부턴 양주를 먹어야겠네? 이렇게 부드럽네?' 그리고 눈을 떠서 보니 오후 4시였고 한 병을 빈속에 다 마셨다고 한다. 그 현실, 그 당혹감. 창피한 건 말로 표현할 수 없고 비참하고 수치심이 들었다. 어떻게 뭐라고 변명도 할 수 없다. '정말 끊어야 돼, 끊어야 돼….'

누구보다 방송을 잘 아는 내가…. 새벽부터 식자재 준비한 푸드 팀, 80여 명의 조명 카메라 작가, 소품, 출연자 등. 나중에 안 일이지만 감독이 피치 못할 사정으로 둘러대줘 진짜 이유는 아무도 모르고 PD 한 명만 알고 있었다고 한다. 그런데 〈수미네 반찬〉은 그렇게 철저한 비밀로 넘어갔다 치자. 아마 1년 전인가, 〈미운 우리 새끼〉 게스트 섭외가 왔다. 오후 1시부터 임원희 씨 집이었다. 그날도 새벽에 눈을 뜨니 날씨가 사흘 굶은 시어미상 같았다. 커피 한 잔 마시고 늘 침대 머리맡에 《명심보감》, 시집 등 책이 몇 권 있는데 아무 페이지나 펴보고 한 줄의 시를 읽었다. 그 시의 약발로 하루를 잘 지내는 날도 있는데 그날은 어느 페이지를 펴봐도 시큰둥했다. 이상하게 그날 아침엔 자책으로 시작했다. 난 화내는 기술도, 술 먹는 기술도 저질이야. 왜 이렇게 저질일까? 그 후 파장이 얼마나 큰지도 알면서도…. 삶이, 산다는 것이 참 진부하다. 내 이 변덕스러운 감성도 싫다. 어느 날은 분별력 있게 최고의 상태에서 완벽하다 싶게 일을 해내고, 누군가에게 필이 꽂히면 새벽부터 반찬 해서 바리바리 보내고. 매니저에게 본인이 집에 있더냐 없더냐 묻고 본인이 받았다면 핸드폰을 들고 전화를 기다린다. 띠딩 하고 카톡으로 오면 '이런 염병' 하고 실망하다가 아주 작은 실마리 하나로 하루 일과를 망치거나 잘하거나 한다. 이런 성격도 너무 지랄 같아서 싫다. 그날도 정말 위험한 아침이었다. 내가 제일 위험하지 않는 날은 우리 스탭들이 새벽 6시에 오는 날이다. 차 마시고 메이크업하고 바로 출발하면 안심이지만 이렇게 녹화가 1시나 2시 늦게까지 있고, 기분까지 그럴 땐 위험하다. 그날은 자책의 날이었다. 왜 공기의 날 어버이날 등은 있는데 그냥 국가에서 아니더라도 어느 단체에서든 '자책의 날'을 하나 정해놨더라면. 위험하다는 것은 조심하라는 뜻이다. 전주에서 어제 모주라고 "이건 약입니다"라며 한 열 병인가 보내왔고, 유통기한이 짧대서 냉장고에 다 안 들어간 게 몇 병 있었다. 난 술맛을 모른다. 그냥 괴로운 순간을 잊으려고 들이부은 게 배운 거라서 큰 대접에 꿀꺽꿀꺽 마시니, 좀 순하게 넘어가는 건 느끼지만 약처럼 좋은진 몰랐다. 11시 돼서 내 스탭 3명이 왔다. 모두들 귀신이다. 난 좀 멍청한 사람들은 아주 싫어해서 '아' 하면 '어' 하고 눈빛으로 말하고 알아듣는 걸 좋아한다. 눈치 빠른 스탭들이다. 벌써 〈미운 우리 새끼〉 팀에서 한두 시간 더 미뤄놓은 것 같았다. "선생님, 1시간만 더 주무세요…" 한다. 그 말이 또 약 올라서 "그냥 가! 시간 지켜!" 하고 제시간에 갔다. 예능이고, 대본도 특별히 없다. 그날의 주제 정도만 있달까. 한 30분 촬영하다가 갑자기 카메라맨들이 뭔가가 잘못됐는지 잠깐 쉬었다 가자고 했다. 담당 PD

가 "선생님, 카메라 두 대가 영 이상하네요. 메인 카메라라 교체하는 데도 시간이 너무 오래 걸리니 오늘은 여기서 접고 날짜를 다시 잡죠"라고 하길래 그냥 왔다. 우리 스탭들도 아무 얘기 없었고…. 사우나 가서 시원하게 온탕 냉탕 즐기다가 집에 왔다. 우리 아들한테 카톡이 왔는데 '엄마, 오늘 〈미우새〉에서 엄마 발음이 아무래도 안 될 것 같아서 접었대요' 이렇게만 왔다. 이상하다. 아무도 눈치 못 챘을 텐데…. 그때의 수치심과 자책감. 멈춰야 한다. 우리 애들이 차라리 "엄마 때문에 못 살겠어요. 제발 제발. 녹화 날만은 참으세요"라고 한다면 모르겠지만, 이 자식은 대형 사고가 몇 번이나 있었는데도 아무 말 안 한다. 그런데 또 홈쇼핑 갔다가 생방 20분 전에 아들이 나를 데리고 다시 에레베타를 탔을 때 눈가에 눈물이 고이는 걸 봤다. "왜? 왜? 할 수 있어.…왜 그래?" 내 스탭들과 다시 차를 타고 집으로 돌아올 때, 그때의 자책감, 수치심. "멈춰야 돼. 끊어야 돼! 죽어야겠다. 이렇게 사느니 죽자!" 늘 명랑하고 유머가 있고 웃는 얼굴인 내 아들의 눈에 눈물이 고인 걸 봤다. 언젠가 우리 아들이 술 한잔했을 때 전화로, 처음으로 "엄마 그런 모습이 너무 불쌍해서 죽겠어요. 나는 엄마 인생을 제일 많이 아니까 '엄마 술 끊어, 창피해요' 이런 말 못해요. 그런 낙이라도 있어야죠. 그냥 엄마가 가여워요…" 했다.

우리 딸하고 극과 극이다. 딸이 몇 년째 유럽에 사위랑 손주랑 나가 있다. 작년 여름방학 때 여섯 살 손주와 한 달 나왔는데 하느님께 맹세했다. 딸 있는 동안 집에서는 술을 마시지 않겠다고. 잘 나가다가 떠나기 열흘 전, 그날 새벽에 정말 위험했다. 몇 번 고비가 있었는데 슬리퍼 신고 사우나로 내려가서 위기를 모면했다. 내가 제일 위험한 시간은 새벽 눈 떴을 때다. 밤에는 술 마시자 애원해도 안 마신다. 딸이 아침 일찍 애 데리고 시댁 가는 날인데, 수미야, 보내고 마셨으면 그런 사달은 안 났지…. 딸이 서울 도착하자마자 "엄마, 나 있는 동안 술 마시면 호텔로 나갈 거야" 했기 때문에 그렇게 참았는데…. 정말 그날 소주 딱 두 잔 했는데…. 너무 좋아서 행복해서…. 우리 손주가 얼마나 김치를 좋아하는지 밥을 너무 잘 먹고 "할머니는 김치 천재예요. 프라하에 많이 못 갖고 가서 속상해요" 하길래 너무 신바람 나서 두 잔 마셨을 뿐이다. 간에 기별도 안 갔다.

내가 세상에서 제일 무서운 사람이 딸이기 때문에…. 그냥 그렇게 좋게 친할머니 집에 일주일 있을 거라 생각은 했지만 열흘 후 그길로 프라하로 떠나버렸다. 금 같은 시간을 시댁에 가서 지내다 갔다고 한다. 우리 남편은 자기 선에선 이미 해볼 거 다 해봤다는 식이었다. 길어야 일주일이라고 가족들에게 준비하라고 선언한 의사의 태도였다. 내년에 와서도 애가 쓸 장난감, 두고 간 T셔츠 등을 다 소중하게 챙겨서 방으로 가져갔다. 난 또 '죽어야 돼. 오직 죽어야 끝나. 어떻게 죽을까? 자살은 안 돼. 사고사로 보여야 해. 등산 갔다가 낭떠러지에서 구르든가. 방법은 많아. 죽어야 돼!' 하며 또 자책감에 빠졌다. 왜 그날 신이 났지? 왜? 사우나로 안 내려갔지? 어미로서의 사랑, 희생, 노력 등이 수포로 돌아갔다. 여기고 꼭 짚고 넘어가야 할 것이 있다. 남자 다섯 사람 중 네 명은 술을 마신다. 평생 술을 마셔도 아무런 사고 없이 잘 사는 사람이 대부분이다. 때론 음주 음전, 음주 후 폭행, 살인 등도 더러 있지만. 대체로 일 마치고 저녁에 하는 술 한잔이다. 헌데 나한테 문제는 새벽 6시다. 내 사전에 술 한잔합시다 하고 저녁에 술 약속하는 일은 거의 없다.

새벽 혼술이 문제고 사고였다. 왜? 내 분야에서 나름 탁월한 재능을 발휘하고 시간을 칼처럼 지키는 내가, 가훈이 '명예는 정직의 왕관이다'인 내가 왜 명예를 술로 망칠까. 왜 새벽에 분별력을 잃는 것인가? 지방에 가서 잘 때나 해외 나가서 잘 때는 일체 새벽에 그런 충동이 없다. 왜? 술을 마시면 폭군이 되는 것일까? 왜? 용기가 나는 것일까? 왜? 내 비천함이 슬프고 억울할까? 왜? 정의가 하늘을 찌를까?

중 1 때 아버지가 서울에 방 한 칸 얻어주고 냄비에 밥인지 죽인지 끓여 먹으며 학교를 다녔다. 그때도 새벽형이라 5시, 6시 일어나면 세상이 무서웠다. 불과 며칠 전만 해도 새벽에 눈을 뜨면 솥에서 나는 맛있는 밥 냄새, 엄마의 도마 소리, 생선 굽는 냄새, 마당에선 아버지의 장작 패는 소리가 들려왔다. 그리고 뒤뜰 대나무 숲속에선 새들의 합창 소리도. 그때도 새벽형이었다. 언니, 오빠들 다 곯아떨어졌을 때 나는 방문을 열고 눈을 비비고 마루에 걸터앉으면 마당가 담벼락엔 세숫대야만한 해바라기들이 머리가 무거워 고개를 숙이고 나팔꽃들이 엄마가 만들어놓은 철사 줄 따라 감기고 감겨서 만국기처럼 휘날리고 있었다. 마당 옆 연탄불 위에선 석쇠에 갈치, 박대가 노랗게 구워지고 있고 평상에 반찬이 수십 개 나와 있었다. 내가 충분히 세수할 수 있는 나이인데도 아부진 나를 번쩍 안아서 우물가에서, 손바닥은 굳어서 아팠지만 최소한 부드럽게 세수를 시켜주셨고 꼭 마지막엔 "코!" 하면 "흥!" 하고 코를 풀었다. 아버진 꼭 내 전용 세수 수건을 따로 놓고 꼭 그걸로 닦아주셨다. '신흥교회'라고 쓴 파란색 수건. 그리고 내 전용 머리빗. 참빗으로 머리를 양 갈래로 땋아서 빠알간 망사 리본으로 묶어주셨고, 옷 입고 밥 먹으면 흘린다고 란닝구하고 빤스만 입게 했다. 학교 들어가기 전까진 꼭 무릎에 안고 아침밥을 먹었다. 그러다 어느 날 갑자기 소나기가 퍼붓자 아버진 내 계란찜, 갈치조림, 풀치, 세 가지 반찬을 포개서 잽싸게 나를 안고 방으로 들어와 나만 먹여주셨다. "너는 큰 인물이 돼야 돼. 중학교부턴 서울로 가야 돼…." 염불 외듯 하시더니 어느 날 새벽, 김치 한 가지에 냄비 밥을 놓고 절간 같은 적막한 조그만 방에서 나 혼자, 꼭 먹던 된장찌개도 없이 밥을 먹게 됐다. 새벽에 눈을 뜨면 참 무서웠다. 바짝 마른 새가슴에 심장 뛰는 소리가 둥둥둥.

심장이 북을 치고 있었다. 아버진 서울 오는 장항선 기차 안에서 "영옥아! 너는 새벽에 일어낳게 눈 뜨믄 무서울 거여. 그럴 땐 군산 고아원에 부모가 없는 애들 수백 명 있지? 너는 군산시 신흥동 15번지에 엄니, 아부지, 언니 오빠들이 있어. 긍게 무서울 땐 아부지한테 편지를 써. 아부지도 그 시간에 너한테 편지를 쓸 팅게⋯ 어제 있었던 일, 무서웠던 일 먹고 싶은 거⋯" 하셨다. 그래서 새벽에 꼭 아버지한테 편지를 쓰고 일기를 썼다. 그래서 지금까지 난 새벽에 꼭 일기를 쓴다. 그때 유일한 낙은 노랑 봉투 속 아버지 편지였다.

새벽에 아버지한테 편지를 썼어도, 그때의 불안과 무서움은 내 몸의 일부처럼 아직도 혈액처럼 돌고 있는지 새벽에 가끔 무섭고 불안하고 속상하다. 그러면 마신다. 위험한 물을 빈속에⋯.

그날도 전날 밤 TV 보다 기분 나빴던 것이 술기운이 삐잉 돌면서 약이 오르기 시작했다. TV조선에서 특집 2부로 출연 섭외가 왔고 개런티도 제시한 대로 다 주기로 해서 평창에 가서 임영웅 등과 재미있게 찍었다. 인기 절정에 있는 친구들이

지만 내가 볼 땐 그냥 후배였다. 애들이 순수했고 역시 노래는
너무들 잘 불렀다. 그날 밤 1부 방송이 나가는데 잉? 2부 예고
에 전혀 다른 사람들이 있었다. 김수미 데뷔 50년 2부가 아니
라 다른 사람들 편이었다. '뭐야! 그냥 1부만 내보내는 거야?
아니, 그러면 방송 전에 PD나 작가가 여차저차 2부가 분량이
적고 재미가 없네요 하고 전활 하든가.' 종종 그런 예가 있었기
때문에 그때는 '그래' 하고 그냥 넘어갔다. 술기운이 삐잉 도는
데 '이런 씨발 놈들. 싸가지 없는 것들. 방송사 횡포야? 이거 그
냥 두면 안 돼. 평창까지 가서 하루 종일 촬영했는데 한 시간짜
리를 잘라먹고 카톡 하나 안 보내? 방송국 것들 출연 섭외 때
는 꽃다발 들고 선물 사 갖고 우르르 집에 찾아와서 어쩌고저
쩌고 하고는 촬영 끝나면 칼로 무 자르듯 어느 년도 카톡 한번
안 하고.' 물론 PD 작가 중에 방송 끝나고 예의 있게 "오늘 방
송 너무 좋았어요, 수고 많으셨습니다" 하는 사람도 있지만 그
날은 기분 나빠서 자다 새벽에 깨 소주 반 병 들어가니 화가 슬
슬 꿈틀대기 시작했다. "○○○, 너 딱 걸렸어. TV조선에서 1
백억을 받았느니 뭐 본부장까지 간다는 소문이 파다하던데 잘

나갈 때 조심해. 나? 세상에서 상대하기 제일 무서운 사람이고 더 이상 잃을 것이 없는 사람이야. 나? 씨발 은퇴하면 돼! 하기 싫어, 은퇴하고 싶었어. 너 딱 걸렸어. 많이 컸다. 너 TV조선 가자마자 나 섭외하려고 했으면서. 안 만나주니까 어디 가면 만날 수 있냐고 매니저 살살 꼬셔서 매주 수요일 어디서 몇 시에 한다니까 성경 공부하는 장소로 와인하고 꽃 사 갖고 왔잖아. 말도 못 꺼내고 무조건 난 안 한다고 해서 그냥 갔잖아? 물론 네가 잘나갈 때 그냥 그때 무슨 기획인지 프로가 뭔지 좀 친절하게 해서 보낼걸 속으로 후회는 했다. 그래도 너는 나보다 배포가 큰가 보다. 그래도 나를 섭외해서 내 데뷔 50년 특집을 잘나가는 프로에서 해주다니…. 그러나 이미 넌 실수했어.'

소주 한 병 다 까고 주섬주섬 옷을 입고 택시를 탔다. "TV조선으로 가주세요." 사장실로 올라갔고 비서실에선 당연히 약속이 돼 있는 분인가 보다 하더라. "회의가 5분 후에 끝나니 사장님 방에서 기다리시지요…." 방송사 임원들은 PD들 사원 출근하기 전 6시나 7시부터 임원 회의하는 걸 알고 있었다. TV조선 김민재 사장님. 첫마디가 "어제 방송 재미있게 잘 봤습니다"였다. "사장님! 저 2부가 방송 안 나가서 출연료 그깟 것 때문에 온 거 아닙니다. 적어도 작가가 열 명이고 방송 후나 방송 전 여차저차 카톡 하나 주는 건 예의 아닙니까? 기분 나빠서 왔어요." 사장님은 담당 PD한테 전화했다. 너무 조용해서 전화받는 소리도 잘 들렸다. 사장님은 "장사도 잘해야 하지만 상도덕도 지켜야지요. 지금 김수미 선생님 앞에 와 계신데, 2부가 안 나가면 연락"까지 말하는데 그쪽에서 사장님 말을 끊고 "2부 방송 나가는데요? 2부 끝에 예고입니다. 당연히 2부 나갑니다" 하는 소리가 다 들렸다. 내가 아무리 순발력이 좋고 아이큐가 좋아도 여기선 꼼짝할 수가 없었다. 예고 없이 쳐들어온 거라 결재해줄 일이나 약속이 있는 듯했다. 난 언제든 내 실수는 바로 인정하는 스타일이고 또 여기서 변명할 수도 없었다. 그런데 내 것이 아닌 분명 다른 출연자 예고였다. 순간 'PD가 바뀌나? 사장님 전화받고?' 이런 의심도 0.1% 들었지만, "사장님, 살다 보니 죄송합니다" 하고 나와버렸다. 사장님은 에레베타를 손수 눌러 문이 닫힐 때까지 고개 숙여 인사하시면서 "출연해주셔서 감사합니다" 하셨다. 아마도 내 난처한 입장을 고

려해서인지 눈은 마주치지 않고⋯. TV조선 사옥 건너 나무들이 좀 있는 공간이 있다. 커피숍은 아직 문을 안 열었다. 나무 밑에 앉아서 담배를 한 대 피워 물었다. 담배를 한 대 뿜고, 또 '죽어야지, 죽어야 끝나지⋯' 했다.

주님, 술이 너무 싫어져서 제 의지력으론 안 되니 주님께서 해주신다면 주님 딸로 거듭나서 전도사가 되겠습니다. 저 자살할까요? 술 끊게 해주실까요?

2018년 12월 24일

난 아무것도 후회하지 않는다. 과거는 흘러갔고 난 아무것도 후회하지 않아. 모든 건 잊었고 세월이 다 쓸어 가버렸어. 과거는 흘러갔고 난 불을 밝혔어요. 내 기쁨 내 슬픔도 이젠 소용없죠. 사랑은 떠났고 모든 건 사라졌죠. 영원히 끝난 건 아냐. 첨으로 돌아갈 거야. 나의 삶. 내 기쁨. 그대와 함께 시작이야.

기적. 의학이고 과학이고 더러 얘기하지만 나는 이 기적을 사람이 아닌 동물, 동물이라고 말하기엔 너무 미안한 우리 삼식이에 빗대 말하고 싶다. 내가 MD엔더슨병원에도 입원하고 한양대 병원에도 입원했던 그 일이다. 시어머님이 내 차 급발진으로 돌아가셨을 때 사고 현장은 처참했다. 어머님 몸은 이미 터지고 찢기고 볼 수 없는 처참한 상태였다. 임시 포대기로 덮어놓긴 했지만 경찰과 119가 와서야 흰 천으로 가렸다. 그날 약 30분 전. 냄비 밑에 묵은지를 깔고 생고등어를 조리고 있었다. 어머닌 고등어보다 우거지가 맛있으시다면서 아침 식사를 너무 맛있게 잡숫고 곧 예술의전당에서 공연될, 내가 시나리오를 쓴 내 연극 포스터를 몇 장 달라고 하셨다. 미장원 등등 붙여놓겠다고. 그리고 내 차를 타고 나가셨다. 참 이상하다. 휴대폰이 없을 때였고 주방 벽에 걸린 전화는 내가 받는 전화가 아니었는데 그날 따라 무섭게 울렸다. 소름 끼치도록. 난 절대 그 전화를 안 받는데 그날은 받았다…. 그리고 5분 후 뛰어나간 집 옆 주유소에서 못 볼 것을 보았다. BMW 급발진…. 그리고 어머님의 차마 글로 적을 수 없는 처참한 모습. 그 후, 난 그냥 누워서 "아이구 힘들다. 무섭다"만 연발했다. 남편은 모 그룹 회장과 사냥을 갔을 때다. 전 직원이 야외 스피커를 들고 "회장님! 정 회장님! 어머님이 돌아가셨습니다"라고 산속을 뒤집어놓고 나서야 겨우 초상 이틀 전에 나타났다. 난 이혼을 생각하던 중이었기에 은근히 찾지 못하길 바랐다. 한번 집을 나가면 일주일, 보름이었으니까. 난 묻지도 따지지도 않았다. 그걸 따지자면 너무나 기운이 없고 그 거짓말에 또 졸도하기 때문에…. 그렇게 장례를 치르고….

그 후, 난 지금도 이해할 수 없는 병에 시달렸다. 2층을 올라갈 때면 어머님이 서 있고 냉동실 문을 열 때면 그 차가운 냉기가 내 온몸에 쏘였다. 난 2층 계단에서 쓰러졌고 아무것도 먹을 수가 없었다. 그냥 누워만 있었다. 한 달, 두 달, 육 개월, 1년, 2년. 다행히 〈전원일기〉 드라마 한 편뿐이었다. 바로 세 발짝만 가면 화장실인데 그게 싫어서 침대에서 오줌을 쌌다. 43kg. 딸은 미국에서 유학 중이었고 아들은 모방송국 PD로 있었다. 언론에 퍼지기 시작했고 남편은 회사로 찾아온 기자에게 "사실 미쳤다. 정상은 아니다. 우리 딸 자식들이 걱정이다. 애 엄마 데리고 한국을 떠날 테니 기사를 막아달라" 했다. 감사한 건 그때 기자분들이 "떠나시면 모를까. 기사 안 쓰겠습니다. 선생님 팬이거든요" 해서 기사는 나지 않았다. 남편은 방송국 관계자를 만나 〈전원일기〉에서 아웃시켜달라고 했고, 방송국에선 그냥 일용 엄니 아픈 걸로 누워만 있게 방송을 해야 한다고 해 촬영을 강행했다. 난 대사를 할 수가 없었다. 혀가 꼬이고 눈동자가 이상해서 바스트 샷을 카메라가 잡을 수가 없었다.

남편은 군납하던 회사를 처분했고 우리 딸은 미국에서 고3 때 들어왔고 아들은 동아TV에 사표를 냈다. 난 이 절망이, 매일 누워 있는 이 현실이 받아들여지지 않았다. 더 이상 삶의 의지가 없었고 나 때문에 자식들이 모든 걸 포기해야 하는 것을 보면서 내가 죽어야겠다 생각했다. 성질 급한 나는 3층에서 뛰어내리다 걸리고, 줄넘기 줄로 목을 매다 걸렸다. 자살하는 사람들은 일분일초가 급하다. 그것이 최선이기 때문에. 나는 김혜자 언니한테 "언니, 내 무덤에 나팔꽃을 심어줘요. 우리 엄마가 제일 좋아하던 꽃을…"이라고 말했다. 언니는 "한 가마니 심어줄게, 며칠만 기다려. 뭐가 그리 급하니? 우리 커피 마시고. 그러고 나서 너 하고 싶은 대로 해" 하면서 붙잡았다.

내가 더 자살하고 싶었던 건 경제적인 문제도 컸다. 막상 남편이 회사를 정리하고 남태평양 팔라오로 떠나기로 하니, 작은 건물, 집, 땅 등이 맘먹은 대로 팔리지가 않았다. 전부 다 은행 담보라는 이유였는데 이자를 못 내니 아무것도 되질 않았다.

주님. 너무 큰 은혜에 왠지 오늘 아침엔 눈물이 납니다. 제가 아팠다가 죽음의 문턱에서 끝임을 절망하며 전혀 가망이 없다 포기했을 때 제2의 전성기를 주셨습니다. 영화로요. 그땐 몰랐습니다. 그래서 그 시련을 주신지도 정말 몰랐습니다. 주님, 저를 전도사로 써주십시오.

2020년 1월 26일

주님, 노년을 이렇게 완벽하게 작품으로 만들어주셨습니다! 이제 6월이면 친손녀도 본다. 어제 설날 밥 먹고 세배 받았다. 지난 2년 동안 술로 그 많은 실수를 했다. 오직 우울하다는 이유로? 억울하게 살아왔다는 이유로? 그 대가로 이 나이에 그 누구도 받아보지 못한 인기를 얻지 않았는가. 정말 이건 아니다. 내 옆에 보석 같은 애란이가 있다. 내가 살아내온, 본 것 없고 배운 거 없는 무식함이 부른 함정들이다. 한 사람을 안다는 것은 하나의 세계를 아는 것이라 했다. 오늘부로 다시는 이 입술에 술을 적시지 않겠다. 이젠 안 된다. 여기서 끝내야 한다. 해낼 수 있다. 앞으로 얼마나 더 살까? 긴 병마와 싸울 자신도 없다. 주님. 혜자 언니가 눈 뜨고도 감고도 "살려주세요, 살려주세요, 주님" 하라고 했다. 원인은 알지만, 보석을 돌멩이로 만들지 말자.

2020년 1월 30일

하와이 주리 님 기도가 하늘에 닿았나 보다. 정말 두 가지가 마치 가위로 쏙딱 잘라낸 것처럼 미련 없이 없어졌다. 나 자신도 이럴 수가 있을까 무서울 정도로 쉽게 끝이 났다. 그동안 술 먹고 무수한 사고로 방송도 몇 번이나 펑크 내고 기타 문제를 일으켰다. 알면서도 집착이랄까? 내 외로움의 보상이라 변명하며 많은 걸 잃을 전쟁을 해왔다. 항상 백기 들고 후회하지만 이미 죄 없는 군사들도 많이 죽어나갔다.

분명 빙의였다. 귀신에 씌었다. 술, 술. 달라진 내 생활 태도에 나도 깜짝깜짝 놀란다. 이건 기적이다. 내가 나 자신을 이

기질 못했다. 〈수미네 반찬〉이 2.5%까지 시청률이 떨어졌다. 아마 이젠 한계가 온 것 같다. 어제 긴 통화를 했다. 분명 한계가 왔다. 올 하반기는 드라마나 영화로 가야 할 것 같다. 주님, 감사합니다. 주님 뜻임을 확신합니다.

2020년 4월 7일

코로나19로 전 세계가 죽음과 사투를 벌이고 이 와중에 남편이 하와이에서 오자마자 응급실에 입원했다. 코로나가 아니어서 다행이다. 경제가 이제 최악이다. 정말 소비를 줄여야겠다. 술을 안 먹으니 이리도 차분하고 이성적일 수가 없다. 헌데 자꾸 기력이 달리고 아프다.

2020년 8월 11일

코로나, 40일이 넘는 홍수. 인간이 손쓸 틈 없이 당하고 마는 재해다. 이런 와중에 딸이 와서 호텔에서 손주와 많은 시간을 가졌다. 천부적으로 타고났다. 머리가 좋고 감성적이고 똑똑하다. 이제 올 하반기. 세금은 8억이 넘는데…. 우선 〈수미네 반찬)과 CF인데 어찌 될는지. 연말 해외 촬영 등 불확실 속에서 기다린다. 왜 이리 난 우울하고 기력이 없을까? 2년 전이 노년기에 최고의 컨디션이었다. 정말 열정적이고 잊을 수 없었는데 이렇게 허무하게 식을 줄이야. 노력해서 될 일은 아니다. 지난달 예능에서 많이 활약했다. 오죽하면 농심 라면 회사는 〈아는 형님〉을 보고 섭외가 왔다. 이 나이에 종횡무진하며 예능까지 섭렵한 노 여배우는 없다. 아마도 2~3년을 본다. 오직 자식과 자식의 장래만 보고 왔다. 특히 결혼에 결점이 없길 바라는 마음에 참으려고 애썼지만, 술은 부모였고 때론 남편이었고 친구였기에. 의존할 곳이, 의존할 사람이 술밖에 없었다. 술에 취했을 때 모든 걸 순간적이나마 잊을 수 있었다. 교양 있는 가정에서 크지 않았기에 부모 교육도 학교 교육도 대처할 방법을 몰랐다. 허나 어쨌든 해냈다.

뉴욕 갔을 때 신애 언니가 너 참 장하다 했다. 열세 살 서울이 너무 무서웠다. 찬물에 빨래를 하며 3월달은 괜찮을까 했다. 손등이 칼로 베어낸 듯 갈라졌다. 누런 봉투의 아버지 편지가 그나마 위로가 됐지만 열여덟 이후 그 편지도 끊겨버렸고 편지가 오지 않을 때마다 아버지가 세상에 없다는 걸 뼈저리게 실감했다. 많이도 굶었고 배고팠다. 어려서 엄마가 해줬던 반찬들을 생각하면서 잠이 들었다. 하루도 이 한 몸뚱이 건사할 돈이 모자라지 않은 적이 없었다. 좀 편히 돈 걱정 없이 살고 싶어 결혼을 했지만 가장 아닌 가장으로 살게 됐고, 충격만으로 지쳐갔다. 있을 수 없는 건 딸을 낳았을 때도 그 여자와 살고 있었고, 백일 돌에만 잠깐 와서, 그것도 손님들 가기 전에 먼저 갔다. 왜 이혼하지 않았을까? 왜 곰처럼 견디고 살았을까? 무엇보다 슬픈 건 한번도 연애다운 연애를 해본 적 없고, 한번도 누구의 사랑을 받아본 적이 없다는 거였다. 그래서인지 명호와 효림이가 여보 여보 하면서 사는 모습이 참 신기하다. 고맙고 가슴 한편이 뜨겁다. 평생을 사랑에 목말라 허우적댔다. 부질없는 짝사랑. 이제 일흔두 살. 얼마나 더 살아낼진 모르나 이미 신작로처럼 내 삶은 훤히 보인다. 나쁜 병에 걸려 고통 속에서 견뎌낼 일과 그리 신명 나는 일도 좋을 일도 없을 것이다. 그저 하루하루 살겠지.

2020년 8월 22일

어제 손주가 떠나고 어미 된 입장에서 뭐라도 주고 싶어 돈을 좀 해줬다. 잘 사는 거 보면 됐지. 내 딸이지만 지나쳐서 그렇지, 사리 분별 잘하고 정직하고 부지런하다. 왠지 내년 여름에도 무사히 볼 수 있을는지 생각해본다. 다시 코로나가 2단계까지 전국적으로 퍼졌다. 한 치 앞도 모르는 세상이다. 어젠 홈앤쇼핑의 새로운 사장님과 티타임을 갖고 저녁엔 남편하고 팔레스에서 일식을 먹었다. 하와이에서 왔을 때 기적처럼 내가 또 살려냈다. 정말 부부 연을 떠나 전생에 이 사람에게 내가 큰 신세를 많이 졌나 보다. 문태주 메세지가 참 기운을 돋는다. '선생님 희생으로 자식들이 다 행복하잖아요. 아마 다른 선택을 하셨더라면 그렇지 않았을 겁니다.' 곰처럼 오직 내 행복, 고통은 무시하고 자식만 보고 살아왔다.

화요일에 신라면 CF 등 제대로 진행할지 아직 아무 답이 없다. 3단계로 가기 전까지 빨리 찍는 게 나을 것 같다. SBS의 12회짜리 〈정글의 법칙〉은 하기로 했다. 일단 9월에 〈밥은 먹고 다니냐〉부터 한다. 계획대로만 된다면 올해 수입은 안정적일 것 같다.

2020년 8월 28일

이젠 세계 어디든 여행은 힘든 것 같다. 코로나가 2.5단계까지 심해졌다. 화, 수, 목 계속 농심, 우체국, 세븐일레븐 촬영으로 몸은 너무 지쳤지만 이 나이에 얼마나 감사한 일인가 새삼 감사함을 느낀다. 〈밥먹고〉는 결국 안 하기로 했고 핀란드는 촬영 허가가 난 듯하다. 일이란 게 그때 가봐야 안다. 정말 2~3년이 마지막이다. 내가 건강해야만 명호 회사가 이어진다. 팔자 탓도 많이 해봤지만 피할 수 없는 현실이고 운명이다. 자꾸만 제주도 어디 촌에 마당 넓은 집에서 노후를 보내고 싶다. 내 꿈이었던 '일용엄니 집'.

2020년 9월 26일

추석이 며칠 남았고 다행히 회사 제품으로 하니 너무 편하다. 손녀 조이 동영상 보고 손주 동영상 보고 그게 낙이다. 〈정글의 법칙〉 촬영을 앞두고 고생길을 어떻게 대처할지 고민이다. MBC 주 감독님에게 기획안을 얘기해 시트콤이 될 것 같고 〈수미네 반찬〉도 할 것 같다. 참 인연이다. 우리 회사에서 제작할 줄이야. 요즘은 매일 피곤하고 재미없다.

2020년 9월 28일

이놈의 술. 명호 아빠가 참 대단한 사람이라 생각 든다. 양반이야. 아마 이번 기회에 술은 다시는 먹지 않을 것 같다. 이젠 싫다. 계속 괴롭히면 회사에 얘기하겠다. 오죽하면. 나 자신이 너무 싫으면서도, 방법이 틀렸다. 애란이를 만나서 많이 배운다. 너무 아프다. 와인 한 병을 새벽에 다 마시고…. 많이 참았고 지혜로웠다. 내 착각, 집착이 부른 화다. 이제 일흔세 살이다. 정말 건강 지켜야 한다. 이 집으로 이사 와서부터 술술술 일이 잘 풀린다. 요즘 명호가 행복하게 사는 모습이 너무 감사하다.

2020년 11월 10일

힘들게 여차저차 〈수미네 반찬〉을 다시 하게 됐다. 매일매일 조이 동영상을 보면서 정말 술을 끊어야겠다는 의지가 크다. 품위 있는 할머니가 되자. 외로운 건 누구나 똑같다. 술로 달래려 하지 말자. 오늘 무김치 담근다.

2020년 11월 21일

이젠 멈춰야 한다. 습관이다. △△이한테까지 무시를 당하고 귀중품도 다 잃을 뻔했다. 오늘 금주 3일째다. 뭔가가 든든하다. 잘해내고 있다는 자신감이 든다. 안 마실 수 있다. 그놈의 술 때문에 딸도 호텔 생활까지 하고. 사회적으로도 큰일 날 수도 있다. 이젠 금주다. 맹세코. 보여줘야겠다.

2020년 12월 2일

주님. 잘 견뎌내고 있습니다. 손주 동영상, 조이 동영상 보면서 참아내고 있습니다. 내가 무너지면 어린 천사들도 타격이 있습니다. 내일 〈수미네 반찬〉 녹화를 합니다.

요리 하는걸 좋아한가?

왜 요리 하는가,

"밥상머리 문화" 라는 말이있다.

어려 5.6 남매 엄마 아버지 밥상에 둘려 앉아
이게먹어봐라. 요거집어보고,
그 추억들이 있으나없는 내 삶이

행복이었고 엄마가 그리워서 인것이다.

그건 우리전통문화지만 21세기에와서
21세기에 살면서 내
친정엄마 처럼 살고있다.

혼자 밥먹는 사람들이 많아졌다.
그래서 밥 숟가락이 저거고 아픈데도
김치가 맛있게 익거나 간장게장이
간이 딱맞게되면,
사람들을 막 부른다.
신바람이 나서 흥얼거리면서
상을 챙긴다.
밥을 더 맛갈나는 사람이 있으며,
꼭 앵콜받는 가빠운 감해 신이난다.

쇠약

2020년 12월 5일

참 신기하다. 두 가지 문제가 무뎌지고 싶다. 술도, 그도. 제일 나에게 큰 문제였다. 금주한 지 열흘이 지났지만 술 생각이 없다. 얼마든지 잘해낼 수 있다. 조이와 손주 장래도 생각해야 하고. 내 건강도 문제다. 코로나가 심각하다. 9시면 주점가 불을 꺼야 한다.

2020년 12월 16일

〈수미네 반찬 2〉가 내일 첫 방송이다. 3년 전 첫 녹화 때는 정말 담담했다. 왜 이리 초조한지⋯. 음식 프로그램이 정말 많이 생겼다. 왠지 그리 썩 좋을 거란 생각이 안 든다. 주님! 그저 망신만 안 당하게 해주십시오.

2020년 12월 18일

내 예상이 맞았다. 시청률 1.9%라니. 엠넷까지 2.5%라고 하지만⋯. 왠지 이제 먹방 프로는 한물간 것 같다. 물론 1회라서 그럴 수 있다 하지만 2회도 이 정도 시청률이 나온다면, 아니다. 이제는 정말 지출하지 말아야 한다. 특히 옷을 안 사면 지출할 것도 없다. 이제 일흔세 살. 과연 김수미가 앞으로 몇 년 더 버틸까? 그래도 망신은 안 당했다. 만약 0.5%가 나왔다면 망신이다.

2021년 1월 3일

주님, 감사합니다. 수정싸우나에 코로나 확진자가 왔다 갔지만 이리 무사함은 주님께서 지켜주시기 때문임을 압니다. 작년 한 해 주님께서 왕성한 활동과 건강 주셨습니다. 이제 완전히 술을 끊은 거 같습니다. 전혀 술 생각이 안 납니다. 올 연말

〈미우새〉로 또 대상을 쳤습니다. 〈수미네 반찬〉은 저조하지만 PD는 회사로 볼 때 130% 했다고 합니다. 딸도 너무 잘 살고 있고 명호도 잘 살고 있습니다. 이 코로나 시대에 다행히 식품이라 세븐일레븐과 홈쇼핑에서 잘되고 있습니다. 얼마나 다행인가요. "네 경영을 나에게 맡겨라 내가 인도하노라." 맞습니다. 주님께서 이 불쌍하고 외로운 저를 너무나 잘 알고 계심을 감사합니다. 올해도 크게 바람은 없습니다. 건강과 무탈, 진행 중인 KBS 예능, 그 정도만 생각합니다. 작년 세금을 8억 넘게 내고 나니 더 많은 일은 고생입니다. 그저 정읍에 집만 지어 가끔 시골살이로 만족하고 싶습니다. 올해는 여행도 많이 하고 싶습니다. 어쨌든 지출과 맞는 수입이 들어올지, 돈이 걱정입니다.

2021년 1월 26일

일주일이 지났는데 tvN 쪽에서 아직 연락이 없다. 사실 자존심 문제다. 여러모로 그 시간대 점수로 보나 평가로 보나…. 어제 갑자기 청담동 로데오 거리를 걷고 싶어 걸었다. 정말 맘에 드는 침대 시트 매장이 문 닫는다 해서 아주 싸게 두 개 샀다. 이태리 건데 아주 맘에 든다. KBS 예고편 오늘 촬영. JTBC도 오늘 명호 미팅.

하와이 주리 님도 많이 외롭고 힘드신가 보다. 나는 이해한다. 78세에는 부가 인생을 편하게는 할지 모르나 행복과는 관계없는 것 같다. 모파상의 인생을 더 이해하고 공감한다. 그녀는 43세에 자살했다. 효춘이는 내가 제일 부럽고 존경한다고 한다. 잘 살아냈다고. 허나 하루하루 피치 못해 지탱한다. 배고픔, 기아 이상으로. 난 한번도 부모, 형제, 남편에게서 사랑을 받아본 일이 없다.

배고픈 건 무엇으로든 채우면 해결되지만, 사랑 밥이 고픈 건 정신적으로 공허하고 쓸쓸하다. 사랑은 큰 산도 옮겨놓을 수 있는 파워다. 사랑은 삶의 질을 올리고 윤기를 흐르게 한다. 돌아가신 선생님 글이 생각이 난다. '상대가 알든 모르든 사랑할 대상이 있다는 것만으로도 행복하다. 사랑을 모르는 사람은 해방을 모르는 무기수와 같다.' 그러고 보니 지난 몇 년 일하는 사진을 보거나 일을 진행하는 행보를 보면 빛이 났다. 그런데 이제는 그 빛이 흐려지고 있다.

2021년 1월 어느 새벽

제주도에 마음에 드는 집을 발견했다. 꿈에 그리던 집이다. 대출 2억~3억만 받으면 살 수 있는데. 비어 있을 때 지인들에게 빌려주고 하루 10만 원씩만 받으면 대출이자는 나올 것 같다. 그래도 망설여진다. 과연 후회가 없을지. 6월이면 또 세금인데….

2021년 2월 9일

개나리 피기 시작하면 슬슬 없어지는 계절성 우울증. 거기다 술까지 끊었으니 견디기 더 힘들었다. 탈출구로 제주도 마당 있는 집만 생각하며 근 열흘째 여기에 필이 꽂혀 지냈지만, 어제 등기우편을 받고 가슴이 쿵 내려앉았다. 다행히 몇 년 전 건이다. 군산에서 다 되어간다고 연락이 왔다. 왠지 군산은 고향이지만 인맥도 없고, 제주도가 재산 가치도 더 있어 마음이 가지만 올봄은 안 될 것 같다.

사실 3년 전 김치 사업이나 해볼까 싶어 3억 받고 시작했던 지지부진한 사건이었다. 나팔꽃(우리 회사다)에서 일부 갚았고 우리 집이 담보가 됐다. 어찌 보면 슬럼프로 빠질 수 있었는데 〈수미네 반찬〉이 활력이 됐다. 그랬던 〈수미네 반찬〉이 아마도 이번 달 말쯤 결정 날 것 같다. 누구나 불확실한 환경에서 희망 고문을 당하고 살지만, tvN의 사칙은 특히 맘에 안 든다. 우리 회사에서 제작비를 들여 8편을 만들었다.

식품 사업적으로 〈수미네 반찬〉이 6개월이나 1년 정도 더하면 도움이 될 거다. 베트남과 미국에서 H마트를 잘 아는 한인 부동산 부호가 우리 식품을 미주 지역에 소개해 '수미네 반찬 가게'를 하고 싶다고 한다. 이 일로 조만간 명호가 미국에 다녀올 것 같다. 식품 수송은 홍콩에서 하역해 미국으로 가는 방법이 있다는데, 코로나만 풀리면 김치 수출이 지금보다 더 어마어마해질 거란 뉴스도 있다. 올 한 해가 신의 한 수인 해다. 소의 해인데, 내가 소띠다. 모든 경영은 주님께서 해주심을 믿는다. 안 하게 되더라도 다른 채널에서 요리 학원을 하면 된다. 어쨌건 봄에 제주는 아니다. 가을에 생각해보자. 6월에 또 세금이다.

2021년 2월 11일

희망 고문? 오늘 방송이다. 최소한 2.5%는 나와야 한다.

2021년 2월 14일

일단 시즌 2에서 시청률이 제일 잘 나왔다고는 했지만 이번 주가 관건이다. 왜 이리 매달리는 걸까? 어제 3개월 만에 처음 술을 마셨다. 역시나 이명한 본부장 등에게 전화했다. 이건 절대 못 고친다. 혜신 언니 등 애란이가 와서 밥 차리고 난 3시 정도에 깨서 화투를 쳤다. 제주도는 어떡하나?

엄니에게 드리는 겁니다

왜 나는 밥 먹는 것에 목숨을 걸까? 왜 나는 허리가 아파 파스를 더덕더덕 붙여가며 김치 담그는 데다 목숨을 걸까? 왜 나는 시골에 야외 촬영 가서 배추밭을 보면 환장하고 발을 동동 구르며 신명이 날까? 왜 나는 점심 먹으면서 저녁 반찬거릴 생각할까? 전생에 못 먹어 죽은 귀신이 붙었나? 아니다.

열세 살 때, 우리 막내딸은 똑똑혀서 중학교는 서울 가서 공부를 해야 한다면서 아부진 황토고구마가 나오는 고구마밭을 몽땅 팔아 서울에 방 한 칸을 얻어 입학시켜 주시곤, 농사일이 급하시다며 김치 새우젓만 내려놓고 나 혼자 달랑 떨군 채 군산으로 내려가셨다. 사실 그때부터 난 늘 배고팠고 허기졌었다. 아무것도 할 줄 몰라 냄비에 밥을 해 신 김치하고 밥을 먹고 잠을 청하면 흑백영화처럼 예전 기억이 떠오르곤 했다. 어린시절 엄마는 늘 내가 학교 갈 때 언니 오빠 안 듣게 귓속말로, 찬장에 쑥개떡 놔뒀다, 찬장에 굴비고사리 숨겨놨다, 찬장에 미제 사탕 놔뒀다 그러곤 밭에 일하러 나가셨다. 그러면 학교 끝나고 신발주머니 돌리면서 '오늘은 뭘까?' 찬장 속 비밀 창고를 그리면서 냇가를 건너는 그 설렘이 너무 그리웠다.

서울 자취방 주인집 부엌에서 갈치 굽는 냄새가 나면 꽁댕이 한 토막이라도 얻어먹고 싶어 설거지도 해주고 이불 빨래도 거들어주었지만 콩자반 콩 한 쪽도 얻어먹어보지 못했다. 늘 허기진 사춘기였다. 학교에서 수학 문제 풀면서도 엄마가 만들어준 강된장에 쌀밥을 비벼서 박대 구운 거 스르르 뜯어 고추장 찍어 총각김치하고 밥 먹을 생각만 했었다.

왜? 나는 배우인데, 연기를 해야 하는데 예능 프로인 〈수미네 반찬〉에 목숨을 걸까? 내 나이 열여덟에 밭에서 열무 뽑다 돌아가신 우리 엄니…. 조금만 더 기다려줬더라면. 막내딸 손에 밥 한술 못 얻어 잡숫고 가신 꽃 화 자에 순할 순 자를 쓰신 김화순 씨, 당신이 너무나 그리워서…. 언니 오빠들 먹성이 좋아 뭐든 게 눈 감추듯 먹어치우니 엄니는 행여 막내딸 학교 갔다 오면 배고플까 봐 늘 찬장에 몰래 두고 가셨었다.

엄니, 어느 날 찬장에 무 썰어 넣고 하신 팥시루떡은 먹다가 죽는 줄 알았답니다. 그래서 김치도 담아 퍼주고 게장도 담아 퍼주고 그건 당신한테 드리는 겁니다.

그래서 나는 오늘도 비밀 창고인 찬장을 자꾸 열어본다.

2021년 3월 4일

평생을 외로움 속에서 위태롭게 살아왔다. 지난 한 3년간 삶의 은밀한 끈을 잡고 매달렸다. 원하는 대로 당기진 못했으나 그래도 삶이 부드러웠고 행복한 순간들도 있었다. 이제 그런 것들 아마도 잊히고 있는 것이 아쉽지만…. 많이 외롭다. 앞으로 얼마나 살지 모르지만…. 내가 혼자 누린 기쁨과 행복의 대가는 치렀다. 외로운 호랑이.

2021. 3.

오랜만은 외로움속에서
외태효에 사로아었다
지난 간 그니간
삶이 은갈한 건을 강요
매달고정었다
잃하는대로 엉기진 굿래으
그래도 삼이 부드러젔어
ㅎ못한 순간들도 있었다
이제
그건것들 아아도 잊쳐저고
있는것이 아쉽자고는
않이 외홉다
않으로 얼마나 살지
모르지만 ˙˙˙
내가 혼자누러 기쁨이
있꽁이 맞가는 치꽜어

2021년 4월 16일

이렇게 편안할 수가 있을까? 술은 이제 싫다. 안 마신 지 여러 달째. 미움도 근본적으로 보면 내 처지상 내가 택한 현실도 피였다. 참아낸 것도 이제 와 보니 노년의 평안함을 위함이었다. 이 평안함을 얼마나 누릴지는 모르겠으나 참아내지 못했더라면 아마 지금의 명예도 내 인생도 더 기구하고 많이 망가졌을 것 같다. 애란이 말로는 내가 술 먹고 소란 피울 때 매를 부를 수도 있는데 형부가 참 양반이란다. 딸이 나 술 마시는 것에 학을 떼고 대들고 할 때도 난 술이 없었더라면 죽었을 거라고, 어찌 딸이 어미 한을 몰라주냐며 야속해했지만 이제는 이해가 간다. 물론 술이란 무기로 그 힘을 빌려 어거지였든 용기였든 큰일을 해낸 것도 있다.

늘 명호를 원망하고 신뢰하지 않았지만 어찌 보면 듬직한 아들이다. 5년 전 내 연기자 생활이 시들해질 때 〈수미네 반찬〉 등 예능을 많이 하게 도왔고, 회사 설립해 사업이나 활동도 도왔다. 한국에는 없는 대형 벤츠 차도 끌게 해줬고. 어쨌건 중요한 건 미움이 없어지는 거다. 늙었다. 이젠 미워할 기력도 없고 이미 늦었다. 요즘은 화도 안 낸다. 화낼 기력이 없다.

정호승 시인이 '울지 마라, 사람이니까 외로운 거다'라고 했다. 내가 외롭지 않고 한이 없었더라면 연기 생활하면서 토해낼 것이 없었을 거다. 그저 오늘 하루 무사고 무탈. 나는 인기, 명예, 권력, 재물보다 두 자식의 어미로서 손주, 손녀를 보고 행복해하는 지금이 더 좋다. 남매가 각각 행복한 결혼 생활을 하고 있다. 자식들을 잘 키워낸 어미다. 성공한 어미다.

2021년 5월 1일

그 많은 넝쿨장미 속에 한 송이. 아마 나처럼 성질 급한 애가 피었다. 요즘 날이 개기를 기다렸다가 나팔꽃 씨, 해바라기가 우후죽순 머리 들고 나오는 모습에 행복하다. 정말 얼마 만에 느껴보는 행복과 평안인가. 물을 주며 고맙다고 인사도 한다. 참 다행이다. 7월이면 손주가 온다.

2021년 5월 5일

지난 4년간 끊임없이 달려왔다. 이숙이는 나더러 언니는 나라를 구했냐고 한다. 이제 고정 프로는 한 프로도 없다. KBS 〈수미산장〉 후속 편도 준비한다지만 미지수. MBC 사극도 ○ CP 문제로 흐지부지다. 그러고 보니 매달 3천5백 정도의 지출이었다. 이제 음식해서 나르는 것도 힘들다. 6월이면 또 세금이다. 며칠 전 혜자 언니 집에 갔다 왔다. 용돈도 좀 드리고. 노희경 작가의 드라마 얘길 듣고 충격이었다. 아마 그때쯤 술 마시고 언니한테 한바탕 했을 때다. 그래도 그래도. 허나 내 허물부터 봐야 한다. 만약 계속 일이 없으면 나 역시 큰일이다.

△△이는 벌써 불안하고 노는 게 힘들다고 한다. 다행히 나는 술 안 마시고 베란다나 옥상에서 꽃을 보면서 그런대로 견디고 있다. 이제부터는 절대 돈 안 써야겠다. 주님께서 잠시 숨 돌리고 쉬라 하신다. 네 경영을 내가 행사하느라 하셨다.

홈쇼핑 외에 아무 스케줄이 없다.

2021년 5월 18일

아무 일 없이 2주가 지났다. 지난 4년간 달려왔다. 모든 예능은 거의 다 출연했다. 숨 고르기라고 말은 하지만, 이제는 서서히 한계를 느낀다. 준비 중인 프로그램이 몇 개 있지만, 정말 이젠 지출하지 말아야 한다. 또 6월 세금이다.

2021년 5월 28일

오늘 백신 맞는 날이다. 아주 좋은 아이디어가 떠올랐다. 제주도에 김치 박물관을 세우는 거다. ○○ 지사와 만나 제주 고가옥이나 땅을 임대해서 박물관 겸 별장을 해볼 생각이다. 주님께서 함께해주시기를 기도드린다.

2021년 6월 1일

베란다 나팔꽃 한 줄기가 창문 쪽으로 뻗어 크고 있다. 어제는 나무 이파리 쪽으로 방향을 돌리더니 오늘 새벽엔 완전히 창문 쪽으로 틀었다. 그래서 창문을 닫아줬다. △△이는 일이 없어 불안하고 무기력하다고 한다. 나 역시 그렇다. 아마 돌파구는 자연일 것이다. 제주도가 잘되면 삶에 좀 활력소가 생기고 탄력이 붙을 수 있을까? 매일매일이 무의미하다.

일만 잘 성사된다면 제주도에 커피숍을 차려 화단을 꽃으로 가꾸고 싶다. 제주도만 잘되면 제2의 인생이, 말로의 힘이 될 듯하다. 오늘 아침은 이것조차도 의미 없는 일처럼 만사가 귀찮다. 일이 잘된다면 내년에는 제주도에 주로 가 있을 것이다. 더 자리 잡게 되면 이 집은 딸을 주고 난 서울에 전세나 월세로, 아님 옷방이나 명호 방 하나 쓰면서 노후를 보내고 싶다. 그럼 어미로서 다 한 것 같다. 손주를 위해서 그렇게 하고 싶다. 명호는 효림이가 지혜롭고 똑똑해서 잘 살 거라 믿는다. 손주가 한 달 있으면 서울로 온다. 내 핏줄을 꼭 닮은 것 같다. 분명 사회적으로나 자식으로서나 큰 사람이 될 것이다. 준희야, 너무 사랑한다.

2021년 6월 13일

어젠, 정말 미쳐 죽는 줄 알았다. 이놈의 인간. 인간으로서의 기본적인 양심도 도덕심도 없는 인간. 일하러 나가는데 햄버거 시킨다고 카드를 달라고 한다. 그릇을 박살 내고 난리 쳤다. 싫다. 싫다. 너무 싫다. 내가 지쳤고 내가 너무 가엾다. 불쌍하다.

언젠가 김치찜인지 뭔지를 큰 솥에 끓이며 뚜껑을 열다가 얼굴에 가벼운 스팀 화상을 입은 적이 있었다. 순간 찬물로 세수를 했지만 너무 화끈거려 피부과 치료를 받았다. 그때 이런 생각이 들었다. 난 왜, 왜 이렇게 반찬을 해댈까?

2021년 7월 30일

딸이 와서 내가 술 한 모금도 안 마시니 대화를 많이 하게 된다. 올 하반기는 영화와 예능 정도 할 것 같다. 그리도 원하던 제주 시골집에 계속 필이 꽂힌다. 방이 세 개에 2억 정도면 딱이다. 마당만 있으면 화장실만 만들면 된다. 주님께서 행해 주시리라 믿는다. 욕심부리지 말자. 괜히 6억, 7억짜리로 일 저지르지 말자. 반찬이나 만들어서 팔든가 하자.

2021년 10월 28일

주님. 한 달 전 절박하다고 기도드렸습니다. 너무 쉽게, 부담 주지 않고 서울대 XXX 회장이 2억을 해줬습니다. 그동안 쓸데없는 낭비와 사치로 생각 없이 돈을 썼습니다. 아들에게 집 한 채는커녕, 전셋집 하나 못해줍니다. 이렇게 생각 없이 살아온 저 자신이 한심스러웠습니다. 그래도 주님께서 지혜롭고 현명하고 똑똑한 며느리를 주심에 감사합니다.

제가 며느리 나이에 그런 생활 방식이었다면 최소 백억은 저축했을 겁니다. 일단 불은 껐지만 아직도 문제입니다. 우선 내년에 삼성 핸드폰, 음식물 처리기 등을 예상하고 있습니다. 계약은 안 했지만 50%는 가능한 이야기일 겁니다. 예능도 준비하고 있고요. 주님! 오늘은 드라마나 영화 시나리오를 쓸 예정입니다. 늘 가슴속에서 꿈틀대는 소망입니다. 김정수 선생님과 혜자 언니가 소질 있다고 했습니다. 당장 오늘 노트 사서 글을 쓰겠습니다. 아멘.

2021년 11월 2일

주님, 영화 시나리오나 드라마를 쓰겠습니다. 2년 후 이 집을 팔아 명호를 주고 군산이나 양평 쪽으로 이사하고 싶습니다. 주님! 저 믿으시지요? 아멘.

2021년 어느 새벽

사실 나이 일흔을 넘겨 살다 보니 모든 게 시들해지고 명예, 인기, 돈도 부질없이 느껴지기도 한다. 그러다가도 얼마 전 TV 예능 프로에서 나온 퀴즈 문제에 많이 놀랐다. 파지 줍는 할머니가 그동안 모은 2백만 원이 넘는 동전을 어려운 이웃에게 전해달라며 기부하자 그 동전을 받은 은행 창구 직원들이 놀라워했다고 하는데, 무엇에 놀라워했는지 맞히는 퀴즈였다. 패널들이 열심히 오답을 내놨는데, 정답은 동전이 반짝반짝 빛났다는 거였다. 할머니는 동전이 너무 더러워 깨끗이 닦아서 가져왔단다. 그 할머니에게 감동받은 은행 직원들도 뜻을 모아, 글로벌 어린이 재단 같은 단체의 정기 후원에 가입했다고 한다. 나도 그 프로그램을 보면서 좀 양심에 찔렸다. 갑자기 수십 개의 명품 백들, 수천 벌의 옷과 구두가 불편해지기 시작했다. 물론 배우이기 때문이기도 하지만, 유독 나는 하루도 쇼핑을 안 하면 입안에 가시가 돋고 물을 안 줘 시들해지는 화병 꽃처럼 된다. 그럴 즈음 강주리 권사님을 통해 아주 쬐끔 후원을 하고부터 그 동전 씻어 온 할머니에게 느꼈던 약간의 부끄러움을 덜었다고 할까.

우리나라 유머 중 하늘나라에서 만난 두 분의 대화가 많은 생각을 하게 한다. 고 정주영 회장이 고 이건희 회장한테 "저 5천 원만 꿔주세요" 했더니 "아이구, 백 원도 못 갖고 왔네!" 했다는 죠크가 있다. 재산이 13조로, 가만히 누워 있어도 매달 3천억 원의 돈이 불어나는 삼성그룹 이건희 회장도 죽어서는 가지고 갈 수 없는 것들이다. 그저 우리는 걸을 수 있고 배 터지게 먹을 수 있고 아카시아꽃을 볼 수 있음에 만족해야 한다. 친구들과 매일 카톡을 나눌 수 있음에도.

2022년 4월 어느 새벽

사랑은 죽음보다 더 강하다. 죽음을 통치할 수 있다. 사랑은 조국을 위해서, 내 자식을 위해서 죽을 수도 있다. 우리의 가슴은 쉴 틈이 없다. 하나님을 받들러 가자. 평온이 없다. 자기 자신을 항복시켜라. 죽음의 문제를, 해답을. 죽음 앞에서는 모든 의미가 없다. 죽음의 공포에서 벗어날 수 있다. 죄. 율법.

질투 대 선의의 경쟁. 인간적인 생각으로는, 모든 두려움과 무서움이 없는 것이 사랑이다. 여기서 시기, 질투가 생긴다. 오, 주님! 나를 이끌어주소서. 내 삶의 운전대를 주님께 맡깁니다.

2022년 5월 28일

주님 뜻대로 해주시옵소서. 너무 힘듭니다.

자동 알람 시계

난 새벽형이다. 지구 반대편 나라에 가서도 그 나라 시간의 새벽에 눈이 떠진다. 10시에 자도 5시에 눈이 떠지고 새벽 2시에 자도 5시, 6시에 눈이 떠진다.

이 생리적 정신적 습관에는 아주 슬픈 사연이 있다. 서울에서 달랑 나 혼자 쪽방을 얻어 자취하면서 중학교 다닐 때 갑자기 집주인이 방을 빼달라고 해 아버지가 군산서 급히 올라오셨다. 우리 할아버지가 군산 신흥교회를 세우셨고 작은아버지가 장로이시다. 여차저차 아버진 영락교회 한경직 목사님을 찾아뵙고 다시 방을 얻을 때까지만 우리 막내딸을 좀 맡아달라 하셨다. 목사님께서는 교회 앞 필동에 노전도사님 부부 댁을 소개해주셨다. 양옥집인지 일본식 집인지 어쨌건 연탄 때는 방이 3칸 있는 작은 골목길에 있는 집이었는데, 전도사님 부부는 새벽 4시 반쯤 일어나셨다. 간단한 눌은밥이나 케이크에 커피를 함께 마시며 꼭 아침을 드셨는데 3일째 되던 날부터 나한테 준비하라고 하셨다. 눈치가 빨라 곁에서 본 대로 깔끔하게 해 드렸고 다시 잠이 들어 8시쯤 깨곤 했는데, 어느 날부턴 학교 가기 전까지 다려놓으라며 모시 한복 두루마기, 부라우스 등등 다림질 거리를 내놓고 가셨다. 처음에 한두 벌 내놓다가 나중에는 이불 껍데기까지 내놓고 새벽 교회를 가셨다. 매일매일 노오란 봉투 편지가 아버지한테서 날아왔다. '어떠냐, 지금 농사일이 고양이 손도 빌릴 만큼 바쁘다. 고구마 캐놓고 가마. 깨 털어서 팔고 가마.' 그러면 나는 '아부지 내 손으로 밥을 안 해먹고, 고기 반찬에 계란은 매일 먹고, 방이 외풍도 없어서 기침도 안 하고 잘 자요. 전도사님께서 너무 잘해주셔요. 절대 걱정하지 마세요'라고 답장을 했다. 초가을부터 아주 추운 겨울, 방학이라 집에 다녀와야겠다고 했더니 그럼 다시 오지 말라고 하셨다. 두 분이 이북 사람이었는데 마치 공산당 웃대가리가 말하듯 너무 무서웠다. "오지 마라우. 니레 들어온 복을 발로 차버릴 께니?" 나는 아버지한테 '전도사님께서 영어, 수학 학원을 보내주신다니 군산에 못 내려가유. 벌써 학원 끊었어유, 아부지' 하고 편지를 썼다. 전도사님은 이불 빨래며, 케케묵은 담요며 매일매일 빨랫거리를 내놓으셨다. 부엌 옆 좁은 수돗가에서 연탄불에 물 데워 헹구기에는 시간상 맞지도 않고 당해내지도 못해 찬물로 빨고 또 빨았다. 나는 '내가 크면 절대 예수 안 믿을 거야. 절에 다닐 거야' 다짐했다.

밥 세 끼 주고 재워준다고 월급 한 푼 안 주고, 이제 열다섯 살짜리 애한테 내 몸뚱이 무게보다 더 나갈 것 같은 빨래 뭉치를 내놓고…. 아무리 자식이 없다 해도…. 그러고 보니 자주 와서 집 안 청소며 김치를 담가주던 여신도 아주머니도 반찬만 해놓고 자기가 일할 때 입던 바지며 양말 모두 빨라고 던져놓고 간다. 이건 좀 심했다. 너무 힘들었다. 공부는 언제 하나 그러다가도 하얀 쌀밥에 장조림, 고급 생선구이, 바삭바삭 맛있는 김을 보면 일단은 참아야지 했다. 우선 내가 자는 방바닥이

뜨끈뜨끈했다. 그리고 원래 내가 자취했던 해방촌 방을 얻기 위해 아부진 황토색인 빨간 흙에서 나오는 밤고구마밭을 반이나 팔아야 하셨다. 그 방값을 뺐으니 다시 그만한 땅을 샀을 수도 있었겠다 싶어 참았다. 크리스마스 때가 오니 더 힘들었다. 신도들이 너무 많이 찾아오셨다. 일일이 차 대접을 하니 쟁반 든 팔이 덜덜덜 떨렸다. 그나마 어떤 점잖으신 아주머니가 학생 사고 싶은 거 사라며 꽤 큰돈을 주고 가셨다. 당장 빤스가 구멍이 나 있었고 양말도 사야 되고 책도 사야 되고 주판도 잉크도 볼펜도 사야 돼서 신바람이 났다.

헌데 어느 날 갑자기 아버지가 참기름, 참깨, 검정콩, 찹쌀 등 한 짐을 갖고 오셨다. 얼마나 많이 갖고 오셨는지 작은 응접실 바닥에 한가득이었다. 명색이 하느님을 믿으라고 전도하는 전도사님이 명연기로 아부질 대했고, 그나마 양심이 좀 있는 장로님은 무안했던지 슬며시 나가셨다. 아마 전도사님 연세가 육십 정도 됐지 싶었다. 이북 말씨로 씨부리는데, 거짓말 거짓말 거짓말이었다. 학원을 열심히 다니고 가끔 청소만 시킨다는 등 자기가 일을 만들어 해댄다고 했다. 그러면서 나를 슬쩍슬쩍 쳐다보면서 압력을 줬다. 내 방에서 단둘이 아부지와 앉았는데 참지 못하고 눈물이 쏟아졌다. 그래도 서울서 근 2년 살았다고, 때깔 좋은 서울 사람들만 보다가 거지도 그런 상거지도 아닌 차림에 굵은 이마 주름살 진 아버지 모습을 보니, 이 사람이 내 아버지였던가 싶었다. 너무나 촌스럽고 불쌍해서 아부지 품에서 소리 죽여 엉엉 울었다. 아부진 눈치가 8단이셨다. 내 손등이 짝짝 갈라진 걸 어느새 보신 모양이었고, 방바닥에 맨소리다마라고 살 튼 데 바르는 약과 파스를 보셨나 보다. "당장 짐 싸거라." "왜유? 아부지." 아부진 벽에 걸린 내 옷이며 책들을 주섬주섬 방바닥에 모아놓고 싸라고 하셨다. 이 어린것을 얼마나 찬물에 일을 많이 시켰으면 손등이 이 모양이냐면서 학원 끊은 표를 보자고 하셨다. 그러곤 전도사님 계신 응접실로 가서서 싸 온 잡곡 포대, 깨 포대, 콩 포대를 풀어 바닥에 다 쏟아부으시곤 그 포대 자루에 내 옷이며 책들을 넣고 내 손목을 잡은 채 전도사님에게 말하셨다. "우리 딸 열 달 동안 식모살이 시킨 월급 내노쇼. 닭 모가지 비틀 듯이 모가지 비틀기 전에…." 그러니 전도사님이 벌벌벌 떨면서 "알았시다. 내래, 내

433

래…" 하면서 돈을 대강 집어 줬다.

아버진 필동 골목길까지 나와 그제야 내 손목을 아플까 봐 살짝 잡고는 호탕하게 웃으셨다. "저놈의 여편네. 저 깨, 콩 치울라믄 똥 싸겠네에." 그러곤 가까운 약국으로 데려가시더니 손등에 약을 바르고 붕대로 감아달라고 하셨다. 그길로 군산으로 내려가 지내다 겨울방학이 끝날 무렵 후암동에 해방촌보다 좀 더 깨끗한 방을 얻어주셨다.

그런데 참 이상하지. 전도사님 댁이 아닌데도 아직도 새벽 5시면 자동으로 눈이 떠지는 거다. 아무리 더 자려고 용을 써도 눈이 떠진다. 내 나이 70. 오늘도 5시에 일어났다.

2023년 1월 23일

주님! 너무 평안해서 감당하기가 좀 불안합니다. 남편이 10일, 20일에 두 번이나 입원했습니다. 이제 미움이 하나도 남지 않아 주님의 섭리 아니면 도저히 있을 수 없는 평온한 상태인데도 마음이 불안합니다. 처음 입원했을 때 의신 오빠와 점심 먹으면서 병원비 걱정으로 머릿속이 복잡했는데 너무나 자연스럽게 그날 참석한 제약 회사 사람들과 광고 계약을 하고 〈회장님 네 사람들〉도 자연스럽게 연장되었습니다. 〈가문의 영광6〉도 곧 제작에 들어갈 계획이고 드라마도 들어갈 계획입니다. 무 엇보다 노후에 현금이 하나도 없는 걸 ○○가 해줘서 불편 없 이 지냈습니다. 조금 너그럽게 지나갈걸 마음이 몹시 불편합 니다. ○○하고는 내가 풀지 않으면 어떤 실타래로도 풀리지 않을 것 같습니다. 하지만 조조 간신 같은 그 성격이 너무 싫습 니다. 어떻게 해야 하나. 설인데 떡국은 먹었는지, 누굴 만나고 있는지, 공부하면서 얼마나 재미있게 지냈는지…. 저도 후회하 고 있겠지요. 풀 사람은 나밖에 없습니다.

2023년 1월 30일

주님! 주님이 계심을 또 한번 확신합니다. 어젯밤 주님께 기도드린 지 1시간도 안 돼서 XX에게서 문자가 왔습니다. 편 히 자라고. 잘못했고, 용서해달라고 문자가 왔습니다. 사실 신 경 많이 썼습니다. 협박받는 것도 지겹습니다. 주님께서 귀신 들린 XX 마음을 바꿔주셨습니다. 주님! 제가 요즘 너무 교만

했습니다. CF 돈도 아직 들어오지 않았는데 또 사치하며 팔찌도 사고. 주님께서 저 술을 끊게 해주신 것처럼 사치병도 끊게 해주십시오. 주님! 이 사랑을 어떻게 해야 할지 모르겠습니다. 명호 아빠에 대한 미움도 다 없애주신 주님, 고맙습니다, 감사합니다.

시비

2023년 2월 1일

현금이 없으니 돈 10만 원 쓰기가 얼마나 아쉬운지, 주님께서 낭비하지 말라는 메세지다. 지난 10년간 너무 낭비가 많았다. 〈수미네 반찬〉 등 지금 현금이 몇억은 있어야 할 판인데…. 회사에 법인 카드 한도를 매달 5백만 원으로 올려달라고 부탁했다. 원래는 매달 백만 원이었는데. 방송국 출연료가 늦는다. 10일까지 안 들어오면 적금을 해약해야겠다. 〈회장님네〉도 받을 게 16회 중 13회인데. 이것 외에도 여기저기 받아야 할 돈이 많은데. 다들 늦어지니 6월에 세금 낼 돈이 걱정이다. 정말 돈 만 원도 아껴야 한다. 주님, 얼마가 됐든 〈가문의 영광〉 영화를 찍게 해주십시오. 이렇게 할 일 없는 것이 맥이 빠집니다. ○○가 사실 그립다. 그냥 넘어갈 것을 그랬나 보다. 그만한 사람도 없는데, 모든 것을 주님께서 실타래를 풀어주시리라 믿는다. 오늘 시간도 남고 남대문 안경집도 다녀와야겠기에 나간다. 미제 고물 시장만 들러서 와야겠다.

사랑이 많으신 주님! 주님께선 제 형편을 빤히 내려다보고 계시는 것 같아요. CF는 내일모레 보낸다고 하네요. 그리고 월요일에 제주도에 가는데 아무 가방도 마땅치 않아 난감했습니다. 그런데 꼭 구입하고 싶은 사이즈의 가방을 남대문에서 찾아 10만 원에 그럴싸하게 맘에 든 가방으로 구매할 수 있었습니다. 모두 주님이 해주신 것임에 감사합니다. 운동화도 두 켤레, 영애가 데리고 가서 7만 원으로 살 수 있었습니다. 정말 이제 돈 10만 원도 아껴 아껴 쓰겠습니다.

2023년 2월 2일

오늘 농수산부 홍보 대사를 했습니다. 돈도 한 푼도 안 썼습니다.

2023년 2월 4일

확실히 살아 계신 주님! 어찌 이리도 제 형편을 꿰뚫어 보실까. 제약 회사에서 금주 금요일에 광고료를 보낸다고 한다. 잔고는 백여만 원뿐. 계속 핸드폰을 확인하다가 6시 40분에 홈쇼핑을 하고 나오니 CF 출연료가 드디어 들어와 있다. 이번 주 감사 헌금도 내야겠다고 생각했는데 아마도 이토록 적은 잔고를 보여주심은 쓸데없는 낭비벽을 끊게 해주심이다. 딸이 연말에 들어오면 집을 도와주기로 약속했다. 정말 주님 앞에서 맹세한다. 단 만 원도 허투루 낭비하지 않겠다. 옷과 구두 등 너무 지출이 많았다.

2023년 2월 10일

제 스케줄 관리까지 해주시는 주님. 뮤지컬 〈친정엄마〉 공연을 부담 없이 하게끔 해주셔서 감사합니다. 제주도 여행 내내 ○○이가 보고 싶었다. 참 나하고 잘 맞았는데…. 솔직하지 못하고 간신 같은 행동은 너무 이해하기 힘들다. 주님께서 알아서 해주세요.

2023년 2월 11일

제주도를 그렇게 많이 다니고 헤맸는데. 주님! 정말로 꿈이 이루어질 수 있을까요? 계획대로만 된다면 올여름부터 '수미언니네 집'을 하고 싶다. 욕심부리지 않고 서로의 이익을 위해서 잘되길 바랄 뿐이다. 노후 대책으로도. 어제도 무사 무탈, 감사합니다.

2023년 2월 16일

주님! 제 계획, 제 사정, 제 형편 너무나 꿰뚫어 해결해주시는 주님! 제가 올해 돈이 어느 정도는 있어야 딸아이가 한국으로 들어왔을 때 도와주고, 명호도 도와줄 수 있다는 생각에 고심하고 있었습니다. 그때 정말 단칼에 너무 쉽게 포기하고 있었던 뮤지컬이 찾아와 SOS를, 제 형편대로 편하게 하게끔 며칠 만에 해결해주셨습니다. 어찌 보면 〈친정엄마〉는 내년이고 내후년이고 간에 내가 일이 없을 때도 할 수 있고 힐링도 되는 프로입니다. 어제 미팅이 있었는데 서울서 4~6월간 3개월이라는 기간과 출연료에 관한 이야기를 했습니다. 영화도 이제 시나리오를 쓰고 있습니다. 이미 까맣게 잊어버리고 있던 〈친정엄마〉를 명호 덕분에 부담 없이 다시 할 수 있게 됐습니다.

내가 집사가 돼서 감사 헌금도 내고 목사님과 외부 손님들께 식사 대접도 하기로 했다. 솔직히 이렇게 하면 하느님께서 축복해주시겠지 은근히 기대했는데 오히려 이게 테스트였는지도 모른다. 그리고 불과 일주일 후 기적처럼 내 매니저보다 더 확실하게 완벽한 작품을 만들어주셨다. 아마 제주도도, 양평도 주님 뜻대로 해주시는 대로 되겠지. 내 마음을 너무나 꿰뚫어 보시니 건강관리만 잘하면 된다. 이제 딸아이가 한국에 들어왔을 때 도와줄 수 있게만 되면 아무 걱정 없다. 어느 누구한테 얘기해도 이토록 이해하기 힘들 것 같다.

어제 ○○에게 돈을 갚을 수 있게 해주셔서 주님, 감사합니다. CF료가 들어오지 않았으면 너무 힘들 뻔했는데 제 형편을 잘 아시는 주님께서 여유 있게 해주셨습니다. 주님, 감사합니다.

2023년 2월 17일

어제도 무사 무탈. 요즘 한약을 먹고 있다. 며칠째 잔기침이 아주 심하고, 토요일부터 화요일까지 아무 일 없었다. 집에서 쉬고 싶다. 다음 달부턴 연습이다. 오늘 CF, 라디오 녹음, 〈친정엄마〉 포스터 촬영이 있다. 체력 관리 잘해야겠다. 딸아이가 4월 봄방학 때 왔으면 좋겠다.

2023년 2월 21일

〈회장님네〉 시청률이 좀 올랐다. 그러고 보니 10월에 시작해서 벌써 4개월째다. 어제 오후 체했는지 너무 우울감이 들고 컨디션이 안 좋았다. 다시 생각해봐도 〈친정엄마〉를 다시 하게 된 건 정말 다행이다. 하루 종일 집에 있는 것이 쉬는 게 아니라 스트레스다. 허구한 날 어쩔 뻔했을까 싶다. 오전에 양평 군수한테 전화가 와서 '일용엄마 집'을 얘기했다. ○○하고 양평을 그리 많이 다녔는데 주님께서 어찌 이리도 내 형편, 내 마음을 다 아시고 이렇게 헤아려주실까? CF 출연료가 아니었더라면 얼마나 힘들고 감당할 수 없었을 텐데. 알아서 다 해주신다. 아마 4월달에 내야 할 돈도 분명 맞춰주시리라 믿는다. 감사합니다, 주님! 감사 헌금을 내고 나니 너무나 크게 몇십 배로 주신다. 〈친정엄마〉, 혼신을 다해서 해내야겠다.

2023년 2월 24일

며칠째 기분이 우울하고 무기력하다. 어제 남편 생일이라 명호네하고 저녁을 먹었다. 오늘 양평 군수를 만나고 내일부터 3일간 쉰다. 얼른 개나리가 피어야지. 다행히 〈가문의 영광〉 영화는 4월에 촬영 들어갈 확률이 90%다. 4월에 내야 할 돈만 맞춰 내면 한숨 쉰다.

2023년 3월 15일

제 형편과 마음을 꿰뚫어 보시는 주님! 〈회장님네〉도 촬영 잘했고 ○○○ 방송국이랑도 어제 계약을 다시 할 수 있었습니다. 제작사에서 말일 출연료를 주기로 했는데, 주님께서 도와주실 거죠?

딸아이가 다음 달에 오기에 깨끗하게 방 청소도 해놨다. 봄에 오는 건 처음이다. 다행히 시간이 여유롭다. 이번 〈친정엄마〉 공연은 현재 예매율 60%다. 1층 객석만 채워도 좋겠다. 주님께서 이렇게 인도하셨다. 5월 30일 곰에 가는 것도 60% 확정이고, 가을에 영화와 〈레디액션〉도 동시에 들어가면 고민했던 대로 딸아이가 한국에 들어왔을 때 도와줄 수 있을 것 같다. 이렇게만 된다면 아무 근심이 없다. 주님! 이 나이에 일거리를 알아서 해주시니, 감사합니다. 아멘.

2023년 4월 5일

주님, 이달 준비해주시느라 다방면으로 애쓰셔서 채워주심을 눈물겹게 느끼고 있습니다. 어제 딸네 가족이 왔습니다. 아침에 눈을 뜨고, 난 어미로서 참 잘 살아냈다, 자신에게 칭찬했습니다. 딸에게 이런 친정을 내주기 위해 참아내며 살아왔습니다. 봄비가 촉촉이 내리는 이 아침, 행복합니다. 주님, 고맙고 감사합니다. 아멘.

2023년 4월 28일

주님, 감사합니다. 이 회장님 돈은 갚았습니다. 딸네 가족도 즐겁게 잘 있다가 갔습니다. 딸아이는 전혀 바라지 않지만, 8월 말에 한국에 아예 들어올 때 제가 도와줄 수 있는 능력이 있기를 바랍니다.

지난 모진 세월 참 잘 참고 지혜롭게 잘 살아냈다. 이젠 어미로서 두 다리 뻗고 잘 수 있을까? 목사님은 너무 잘될 때 오히려 조심하라고 설교하셨다. 일종의 경고라고. 이번 공연이 끝나면 〈가문의 영광〉 촬영에 들어갔으면 좋겠다. 30일에 괌 가는 것이 좋다. 힘들겠지만. 건강 유지를 잘해야겠다. 썰물 나가듯 딸네 가족이 우르르 아침에 공항으로 나갔다. 선한 사위를 보게 해주신 주님께 감사드립니다. 손주를 SBS에 데려갔더니 너무 좋아한다. 주님, 감사합니다. 아멘.

2023년 5월 5일

주님. 미래가 불확실하고 심란합니다.

2023년 6월 2일

참, 변화가 많았다. 괌은 태풍으로 미루어졌고 공연은 잘

마쳤지만 개런티는 아직 한 푼도 못 받고, 영화는 재훈이 때문에…. 몸이 으스러지도록 힘든 두어 달이었다. 이제 4일째 쉰다. 그래도 희망 고문이지만 가능성 있는 기다림이다. 만약 아무 일 없이 이렇게 허송세월을 보내는 것은 생각하기도 싫다. 겨우 3~4일 집에만 있는데도 힘들다. 시간이 너무 안 간다. 정신없이 고단해도 일을 해야 되는 체질인가 보다. 주님께서 계획하시는 바 있으리라 믿는다. 주님께서 주신 T 테이블이 너무 마음에 든다. 그동안의 사치가 걸린다. 이제 옷 사는 것도 절제해야 한다. 이렇게 힘든데 말이다. 있는 옷도 다 못 입고 있다. 화장실 공사가 끝나면 집에서 식사도 하고 재미있게 지내야겠다. 공연은 1200석을, 내가 다 채워냈다. ○○○ 대표, □□□ 대표 아들 등 많은 영향력을 주었다. 아마도 영화도 꽘도 곧 결정이 나겠지만 공연 개런티는 불투명하다. 새벽 2시인데 잠이 깨서 이대로 새워야 할 것 같다.

2023년 6월 8일

오늘은 결혼기념일이다. 48년째인지. 견뎌내고 이겨내고 버티고 많이 참고 살아왔다. 속이 답답하다. 영화는 어찌 되는지, 괌은 7월 10일 정도라는데. 희망 고문이다.

2023년 6월 10일

주님. 많이 힘듭니다. 대표이사를 만들어놓고 어떤 일이 일어날지 불안합니다.

2023년 6월 20일

걱정하지 말자. 괌은 12일에 가기로 했고, 영화도 재훈이가 하기로 해서 괌 갔다 온 후에 촬영을 하기로 했다. 〈회장님네〉는 괌 다녀온 후 7월 26일에 촬영하기로 했다. 회사 대표직도 사직서를 준비하고 있다. XX이란 사람은 어떤 사람일까? 하와이 권사님도 어제 학을 떼고 가셨다. 이간질, 거짓말 등등…. 정말 멀리해야겠다. 사악하다.

2023년 6월 21일

근 한 달 동안 맘고생이 많았는데 주님께서 일사천리로 해결해주셨다. 영화도 하게 됐고 콤도 촬영 가고. 두려워 마라, 믿으라! 근심 걱정하지 마라! 못 믿어서 애태웠다. 체력이 문제지만 잘 다스려야겠다. 딸아이에게 조금이라도 보태주고 싶은데…. 걱정하지 말자.

2023년 7월 1일

주님. 역류성 식도염으로 고생하는 사람들 얘기를 듣고 잘 먹고 잘 싸고 잘 자는 것도 감사한 일이라는 생각이 들었습니다. 일이 있는 것이 제 삶, 건강의 비결입니다. 일을 주셔서 감사합니다. 이 나이에…. 제 선배, 동료 거의 다 실업 상태입니다. 건강과 일을 주심에 감사드립니다.

2023년 7월 9일

〈회장님네〉가 끝나면 전혀 수입이 없다. 정신 바짝 차려야 한다.

2023년 7월 10일

계획대로 되지 않아 너무 속상하다. 뮤지컬, 영화 출연료가 차질이 있다. 딸에게 조금이라도 보태주고 싶은데 9월 말이나 돼야 출연료 일부가 들어오고, 생활비는 〈회장님네〉로 겨우 유지해야 한다. 그럼에도 JTBC 방송국 예능이 들어왔지만 해외다. 〈회장님네〉도 잠깐 갈 것 같고 JTBC도 하고…. 두 편만 이어간다면 10월부터는 한 달에 1억 6천이다. 올 12월부터는 손주가 들어오니 한결 외롭지 않다. 죽는 날까지 손주와 좋은 시간을 보내야겠다.

그럼에도 괌에 갈 수 있고, 그럼에도 영화를 할 수 있어, 주님, 감사합니다. 런닝 개런티로 계약했으니 300만 명만 갈 수 있게 해주십시오.

2023년 8월 12일

괌 촬영, 영화. 괌에선 코로나도 무서울만치 고통스럽고 아팠다. 견딜 수 있는 정신력, 체력이 나도 놀랍다. 무엇보다 올 연말 딸아이가 우리 동네로 이사 오는 게 너무 다행이다. 간절히 주님께 기원했더니 들어주셨다. 이제 내년이 문제다.

2023년 9월 8일

정말 하루하루 영화 홍보, 홈쇼핑 등 매일이 스케줄이다. 식욕이 좋아 55kg까지 나간다. 평생 살찔 것 같지 않더니 배는 많이 나오고 허리가 34다. 모든 상의가 이제 작고 다리가 다 자신감이 있다. 이젠 영화 개봉만 기다립니다. 주님께서 걱정 말라 하십니다. 주님, 감사합니다. 11월부터 12부작 드라마로 제주도 로케 촬영이 있고, 〈밥 차〉도 진행될 예정이고. 주님, 집에 있는 외로움보다 현장에 나가 힘은 들지만 외롭지 않게 일거리 많이 주셔서 너무 감사합니다.

2023년 9월 18일

사랑이 많으신 주님. 이 아침에 이 평온, 이 행복을 누려도 되는지요. 가끔 피곤할 땐 눈이 잘 안 보이는 남편 때문에 짜증이 날 때도 있고 너무 밉습니다. 그럼에도 제가 짊어질 십자가이기에 이것저것 잘 먹이고 마음 쓰고 있습니다. 어떤 날은 너무 허무하고 허탈하고 지치지만, 그럼에도 감사합니다. 아멘.

2023년 9월 25일

세상이 호락호락하지 않다. 영화는 폭망했고 무리한 기도였다. 다시 또 정신 차려야겠다. 뜬구름 잡았다고 할까. 만약 드라마도 없고 〈회장님네〉도 끝났으면 어쩔 뻔했나. 다행히 드라마, 〈밥 차〉, 내년 MBC 사극 등 집에서 방황하지 않을 수 있음이 감사하다. 이숙, 윤정수, 유리랑 같이 하게 된 것도.

2023년 10월 11일

2주간 회사 문제로 마음고생이 많았다.

2023년 10월 17일

이 세상에 전라북도 군산에서 김인수 씨, 김화순 씨 사이의 막내딸로 태어난 날이다. 참 대견하다, 김영옥. 너에게 박수를 보낸다. 정직하고 참을성 많고 지혜롭고 IQ 높고 강하고 잘 살아냈다. 며칠 혼란스러웠다. 주리 님, 혜자 언니 애기 등 인생에 정답은 없다. 오늘은 명호네하고 저녁을 먹는다.

2023년 10월 24일

사랑이 많으신 주님. 너무나 이 죄인을 사랑하시고 내년 스케줄까지 기획해주심을 감사합니다. 교회 목사님을 통해 신도인 X 대표와 내년 뮤지컬 계약을 하고 계약금 5천을 오늘 받았다. 어제는 패션쇼에 참석했고 너무 마음에 드는 코트 두 벌, 가디건 등 옷 복도 터졌다. 금요일에 일본에 다녀와서 단편영화를 찍고, 〈회장님네〉도 촬영한다. 5일이 아주 **빡빡**하다. 주님, 살펴주십시오.

2023년 11월 14일

〈회장님네〉가 계속 가기로 해서 훨씬 좋다. 〈밥 차〉는 다른 채널로 갔지만 오히려 너무 잘됐고 이제 1월부터 제주도 촬영에 들어간다. 정말 한 푼도 아껴야 한다. 언제 일이 끊길지 모른다. 명호 회사 일이 순탄하기를 바라며…. 딸네가 1월에 온다.

2023년 12월 9일

참 신기하다. 우선 〈회장님네〉가 계속 간다 해서 좋다. 그런데 후속 〈밥 차〉가 왠지…. 무엇보다 XXX이가 백억 이상 횡령한 것도 아마 결판이 날 것 같다. 주님께서 알아서 해결해주고 계신다. '걱정하지 마라. 네 사업을, 네 회사를 나에게 맡겨라' 하신다. 일본 촬영, 단편영화, 광주, 강릉. 정말 연달아 무리한 스케줄이 있었는데 아프지 않고 잘해냈다. 주님, 아직까지 아프지 않고 이렇게 잘 일할 수 있음이 감사합니다. 드라마 제주 촬영이 어떨지 모르겠다.

2023년 12월 18일

이 나이까지 지난 한 달간 불안, 공포, 마음고생으로 악몽 그 자체였다. 회사 소송 건으로 기사라도 터질까 봐 애를 태웠다. 설상가상 남편이 퇴원해서 소변을 받아내느라 근 열흘간 체력도 바닥이었다. 아직은 장담할 수 없지만 그래도 한숨 놓게 됐다. 주님께서 나를 꽁꽁 싸서 보호해주심을 너무나 확신한다. 주님의 뜻이다. 감사합니다.

2023년 12월 23일

이제 1월에 딸아이와 손주가 온다. 12월의 악몽과 지옥이 끝날 것이다. 며칠째 편두통에 진통제로 살았다. 확실히 주님 께서 날 꽁꽁 싸서 보호해주신다. 그래도 어찌저찌 한 해를 잘 넘어간다. 남편도 기적처럼 하루아침에 걷고 어깨 수술도 잘 됐다. 딸아이가 잘 사니 지금 죽어도 여한이 없고, 명호도 효림 이 만나 딸자식 낳고 잘 사니 이제 내 건강만 지키면 된다. 아 무 걱정 없다. 이 얼마나 감사한 내 인생인가. 주님께 감사하며 아프지 말아야 하는데…. 어젠 분당 ㅇㅇㅇ네 동네에 갔다. 집 인테리어를 너무 예쁘게 잘해놨다. 여유될 때 욕조만 들여놓고 목욕탕 공사를 하고 싶다.

드라마는 딜레이이긴 하지만 엎어질 가능성도 있다. 그래 도 내년에 주님께서 주신 뮤지컬도 있고, 무엇보다 〈회장님네〉 가 계속 이어나가니 생활하는 데 큰 어려움은 없다. 다른 동료 들 사는 걸 들여다보면 그들도 노년이 말이 아니다. 나한테도 다시는 숨이 턱턱 막히고 부들부들 떨리는 괴로운 날들이 오 질 말아야 하는데….

회사 일이 정말 골치 아프다.

2023년 12월 26일

별일 없다는 것이 이토록 감사한 일인 줄 몰랐었다. 이제 열흘 있으면 딸네가 온다. 주말엔 같이 밥 먹고 반찬 해다 주고 할 수 있다. 이 실장이 엄마 아버지 병간호를 오래 했다고 한다. 얼마나 힘들었을까. 크리스마스에 요즘 홈쇼핑도 없는데 흰 꽃을 사 왔다. 이달엔 백만 원 주고 이 실장 줄 반찬을 이 것저것 해냈다.

〈회장님네〉 촬영이 이리도 감사한 일인 줄 몰랐다. 이 와중에 어쩔 뻔했나. 12월 초부터 애간장이 타올라가고 공황장애로 숨이 턱턱 막혔다. 불안 공포. 정말 생애 최고의 힘든 시기였다. 저녁에는 무교동 낙지를 사 오라고 했다. 이제 밥맛도 좋아져서 잘 먹는다. 남편은 눈도 잘 보여서 어제는 화투도 쳤다. 모두 주님의 은혜라는 것을 잘 알고 있습니다.

2023년 12월 27일

1월 초에 기사가 터질 것 같다. 결국. 갈 데까지 가봐야지.

2024년 1월 5일

남편이 어깨를 마저 수술하고 한양대 병원엘 갔다 와서 갑자기 또 가슴과 머리가 아프다고 한다. 정말 지긋지긋하다. ○○○ 작가가 〈수미네 하숙집〉을 준비하고 있다. 3월 정도에 드라마가 끝나면 들어갈 수 있다. 딸이 내일 온다.

2024년 1월 16일

주님. 하루하루가 고문입니다. 기사가 터져서 어떤 파장이 올지 밥맛도, 잠도 전혀 잘 수 없습니다.

2024년 1월 18일

주님, 오늘부터 무슨 일이 일어날지 예상하지만 담대하게 견뎌낼 마음과 힘을 주십시오.

2024년 1월 19일

어젯밤에 효림이하고 통화하고 조금은 진정이 됐다. 언제 터질지 모르는 시한폭탄. 어젠 너무 고통스럽고 힘들었다. 어

456

찌 됐든 시간은 흐른다.

2024년 1월 20일

그나마 딸과 손주가 와서 하루하루 고통을 잊을 수가 있다. 언제 터지고 그 파장은 어디까지일까…. 그나마 오늘 아침, 집 밥답게 별 반찬 없이 시금치나물로 맛있게 먹었다. 최고의 고통은 남편의 입원 후 퇴원으로 대소변을 받아낼 때. 정말 밥이 모래알 같고 공황장애의 숨 막힘의 고통은 어떤 약으로도 치유할 수 없다.

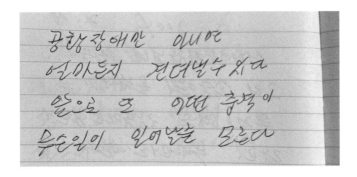

2024년 1월 22일

오늘 기사가 터졌다. 오히려 담담하다. 반박 기사를 냈다. 나쁜 놈. 나더러 횡령이라니. 정말 어이가 없다.

2024년 1월 26일

연예인이라 제대로 싸울 수 없다. 합의하는 게 최선이다. 안 되면 법으로 가야 하고. 주님, 도와주세요. 딸한테 1억이 다시 들어오게 돼 다행이다. 감사합니다.

2024년 2월 2일

주님, 〈회장님네〉와 뮤지컬을 할 수 있어 감사합니다. 변호사비도 낼 수 있어 감사합니다.

2024년 2월 4일 새벽

어젠 죽을 만큼 힘들었다. 악마라는 소리까지 들으며. 어제 명호한테 안심하라는 전화를 받고 오늘은 마음이 훨씬 편하다.

2024년 2월 4일 밤

주님! 감사합니다. 범석이, 애란이, 뮤지컬. 주님, 저는 죄를 안 지었습니다. 저 아시죠? 횡령 아닙니다. 아시죠?

2024년 2월 5일

주님! 오늘 살아 있음에 감사하고 감격하는 하루가 되게 하소서. 앞으로 어떤 일이 일어날지 모른다. 정신 바짝 차리자. 이수나 언니처럼 뇌졸중에 걸릴 수도 있다.

2024년 2월 6일

어젠 정말 죽을 정도로 힘들었다. 공황장애가 이런 건가? 포스터 찍고 집에 와서도. 오늘은 또 멀쩡하다. 약들을 좀 줄이자. 이수나 언니가 생각이 난다.

2024년 2월 7일

〈회장님네〉 촬영이 이리 소중한지 몰랐다. 공황장애만 아니면 얼마든지 견뎌낼 수 있다. 앞으로 또 어떤 충격이, 무슨 일이 일어날지 모른다. 어제는 과거, 내일은 미스테리, 오늘은 선물이다. 내일은 딸아이가 온다, 설이다. 주님, 오늘도 잘 보내게 해주세요. 견더낼, 현명한 지혜를 주십시오.

2024년 2월 11일

연휴 마지막 날. 딸네가 와서 밥 먹고 갔다. 우리 딸 속상하게 하지 말아야 한다. 주님께서 지켜주신다. 합의를 볼 수도 있다. 주님께 맡긴다.

2024년 2월 12일

주님! 오늘 아침 이 상태로라면 얼마든지 견디겠습니다. 공황장애만 안 오게 해주십시오.

2024년 2월 16일

정신과 약을 먹고 훨씬 좋아졌다. 견뎌내야 한다. 언젠가 결말이 나겠지. 하루 종일 집에 있었다. 그래도 감사한 건 〈회장님네〉, 뮤지컬이 있다는 것. 그것마저 없다면 죽음이다. 견더내자. 견뎌내자. 주님이 계시지 않은가.

2024년 2월 28일

효림이랑 명호가 왔었다. 효림이가 울더란다. 시어머닐 떠나 선생님인 김수미가 이렇게 무너져버린 모습을 보고. 정신과 약을 이틀째 먹지 않고 뜬눈으로 꼬박 밤을 새웠다.

2024년 3월 27일

어제 꼬박 밤을 새웠다. 정말 난감하다. 〈회장님네〉도 시청률이 떨어져 오래 못 갈 것 같다. 그래도 뮤지컬 연습이 일주일에 세 번이라 다행이다.

2024년 4월 8일

주님! 무사히 부산 공연 잘 먹고 잘 다녀왔습니다. 회사 문제도 조용히 잘 정리될 것 같습니다. 주님, 6월 세금 문제만 해결하고, 4월, 5월은 뮤지컬, 공연으로 긍정적인 생각으로 건강만 생각하고 기뻐하며, 범사에 감사하며 살아내겠습니다.

2024년 4월 9일

어제 TV에서 알콜중독자의 삶을 보았다. 바로 나였다. 수년 동안 딸이 학을 뗀 것도 이해가 가고, 평생 견뎌준 남편도 대견하다. 이유야 어쨌건 정말 죽어도, 무슨 험한 일이 있어도 술은 아니다. 부산 가서 문 언니를 보고 역시 숨통이 좀 트이는 것 같았다. 대구도 온다고 한다. 공황장애가 없어 살 만하다.

2024년 4월 23일

일단 고소 사건은 합의를 봤다. XXX가 다 내려놓고 나가기로 했다. 연예인이라 제대로 싸울 수 없어 억울하지만, 한숨은 돌릴 수 있으니… 남은 건 두 가지 문제. 1억 5천, 보광. 이제 이것만 해결되면 끝난다. 주님, 감사합니다.

2024년 5월 27일

주님의 시나리오가 이렇게 해주시네요. 감사합니다. 절대 수면제 안 먹고 살아낼게요. 어제도 눈만 감고 꼬박 새웠습니다. 식욕만 있으면 견뎌내겠습니다. 예수의 이름으로 기도합

462

니다.

2024년 7월 13일

아! 주님이 경매 해결해주셨다. 정말 끔찍하다. 주님, 감
사합니다.

주님! 〈회장님네〉 종영하고 저 어떻게 살아가요?

2024년 10월 1일 마지막 일기

우리 손주만 생각해서 약 끊어야 한다. 주님, 도와주세요.
아멘. 발음이 이상하고 음식 먹을 때 흘리고 손을 떤다.

정신과 약먹오 확실
좋아졌다
견뎌내야 한다
언젠간 결말이 나겠지
하느님의 뜻에서
그래도 감사한건
희망있네 휴지한
2번바위 있다면 축복이다
견뎌내자
견뎌내자
주님이 계시지 않은가

464

죽엄 1

회장님네 출연하고
저
어떻게 살아가요?

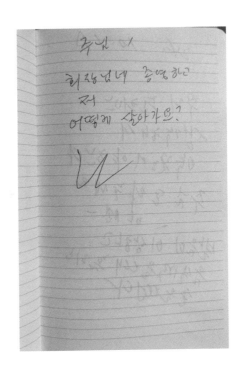

존경하는   재판장님 께

저는 예명 김수미로 활동하고 있는
1배우 김영옥 입니다 이번 사건을
살펴주시는 재판장님께 감사의 말씀을 드립니다
젊은나이에 전원일기라는 프로그램에서 할머니인
일용엄니로 나왔던때가 엊그제 같은데 이제는
진짜 할머니가 돼었는데도, 노 배우로서 많은
분들의 사랑을 받아온것에 늘 감사한 마음으로
살고있습니다
  그런 와중에 피고에게 아무 의심없이 회사의
운영을 맡겼고 어련히 잘 해주겠지 하는
생각으로 일고있다가 결국 오늘같은
사태를 맞고 말았습니다.
  그동안 피고는 저희 모자 에게 고소취하를
계속요구하면서   안해주면 언론에 망신을
주겠다고 협박을 해왔습니다
거부하자 결국 이틀전에 저희 모자를
맞고소 하고 즉시 언론에 제보하여 저의
모든 언론비서 김수미 횡령이라는
청천벽력과 같은 기사가 쏟아져 나왔습니다

이 글을 쓰는데 심장이 터질것만 같습니다
일단 저희 모자는 법의 돌안에서 법의
판단을 받아 처리할것임을 명백히
하였으나 피고는 이 와중에도 사람을시켜
고소 취하의 합의를 요구하는 한편으로
이번에 재판에 영향을 주기위해 대표이사
변경을 진행하고 있습니다 저희 모자는
회사의 지분 60%를 가진 사람들로서
피고의 무법적 행위들이 이 순간에도
지속되고있는것에 경악을 금할수 없습니다
존경하는 재판장님, 저는 50 여년간
배우생활을 하면서 여러 부침을 겪어
왔습니다 저뿐마니라 제 며느리인
서효림 배우라는 점에서 연예인 가족비
이라는 어려움을 늘 곁에 있습니다
그렇지만   배우는 사회에 선한
영향력을 주는 공인이기도 하다는 절 때문에
늘 조심하고 참고 견디고 바보 같은
생활을 해왔습니다—
드라마속 일용엄니는 자기가 하고싶은말
다 하는 역할이지만 김수미 본인은

그러나 양아들이라 어머니 어머니 하고
따르던 피고로부터 이런일을 당하고
이런 고통을 겪고있는것이 모두 제
못난 탓이다 한탄만 하고있습니다
그렇지만 저희 모자는 이번 만큼은
저희 권리들을 포기 하지 않고 용기내어
보려 합니다

존경하는 재판장님
이번 판결은 피고가 저에 대해 망신 주기를
작정하고 이를통해 저를 압박 하여
합의금 이끌어냄 으로써 자신의 결백을
자기치는 담으려는 때에 이뤄지는
판결이라는 점에서 제 목숨라도 같은
연기 인생 전체를 송두리째 앗아갈수
있는 기로에선 판결이라고 생각합니다
연기생 활 내내 함께 일하는 감독 스텝
동료들비게 음식을 해주는걸 큰 낙으로
삼다가 하도 멋있다 맛있다 하여
내친김에 시작한 건치 사업이 그동안
많은 사랑을 받아있는데 이 일로
제가 연예인으로서 받은 타격은
엄청이고 퇴사 임직원들이 겪은

어려움을 생각하니 이런일을 나설수도
거의 뜬눈으로 밤을 지세웁니다
존경하는 재판장님께서 부디
저희 어려움을 잘 살펴주시어
저희가 경영상에 발생한 문제들을
잘 수습하며 건강한 기업으로
사회적 책임을 다 하며 살아갈수
있도록 도와주시기를 간청드립니다

2024 1월 2.3일 김영옥 [印]